ROBERT LUDLUM

Né à New York en 1927, Robert Ludlum a grandi dans le New Jersey. Se destinant très tôt au théâtre, mais attiré également par une carrière militaire, il s'engage (avant sa majorité) dans les Marines pendant la Seconde Guerre mondiale. Après la victoire, il reprend des études à la Wesleyan University puis devient comédien et metteur en scène. À 40 ans, il se tourne vers l'écriture. *L'Héritage Scarlatti*, publié en 1971, remporte un succès immédiat.

Il publie ensuite une série de romans qui sont autant de succès, parmi lesquels *Le Week-end Osterman* (1972), *L'Échange Rhinemann* (1974), *Le Duel des gémeaux* (1976), *Le Manuscrit Chancellor* (1977), *La Mosaïque Parsifal* (1982) et *La Route d'Omaha* (1992). Entre espionnage et thriller, ses romans, lus dans 40 pays et traduits en 33 langues, nous entraînent au cœur des tensions du pouvoir et des enjeux stratégiques du monde contemporain.

Grand voyageur, Robert Ludlum aimait séjourner dans les capitales de la « vieille Europe » où se situent nombre de ses intrigues. Il est décédé en Floride en mars 2001.

LE MANUSCRIT CHANCELLOR

DU MÊME AUTEUR

CHEZ POCKET

LE WEEK-END OSTERMAN
LA CONSPIRATION TREVAYNE
LE SECRET HALIDON
L'AGENDA ICARE
L'ILLUSION SCORPIO
LES VEILLEURS DE L'APOCALYPSE
LE MANUSCRIT CHANCELLOR

Série MacKenzie Hawkins et Sam Devereaux

SUR LA ROUTE DE GANDOLFO
LA ROUTE D'OMAHA

LA VENGEANCE DANS LA PEAU
Une aventure de Jason Bourne

ROBERT LUDLUM

LE MANUSCRIT CHANCELLOR

ROMAN

POCKET

Titre original :
THE CHANCELLOR MANUSCRIPT
Traduit de l'anglais (États-Unis) par Jacques Martinache

Cet ouvrage a paru pour la première fois en 1978,
aux Presses de la Cité, sous le titre :
L'HOMME QUI FIT TREMBLER L'AMÉRIQUE

Le papier de cet ouvrage est composé de fibres naturelles, renouvelables, recyclables et fabriquées à aprtir de bois provenant de fôrets plantées et cultivées durablement pour la fabrication du papier.

ISBN 978-2-266-21024-9

Pour Mary

Chaque jour apporte de nouvelles raisons.
Mais avant tout il y a Mary.

PROLOGUE

3 juin 1968.

Comme le reste du mobilier, la chaise qu'occupait l'homme aux cheveux bruns sacrifiait le confort à la rigueur des lignes. La pièce tout entière avait d'ailleurs une sévérité spartiate invitant ceux qui y faisaient antichambre à méditer, avec appréhension, sur l'entrevue qu'allait leur accorder l'occupant du bureau voisin.

L'homme qui attendait avait des traits anguleux, qu'on eût dits taillés au burin par un sculpteur plus soucieux du détail que de l'ensemble. Il approchait de la trentaine et s'appelait Peter Chancellor. Ses yeux d'un bleu très clair restaient fixés sur le mur, juste au-dessus du chignon gris d'une secrétaire d'âge mûr aux lèvres figées dans une grimace austère. C'était la garde prétorienne, le dernier rempart protégeant le sanctuaire situé derrière la porte de chêne près de laquelle se trouvait son bureau.

Chancellor eut l'audace de consulter sa montre, manifestation d'impatience qui lui valut un regard désapprobateur du chien de garde. Il était six heures moins le quart et tous les autres bureaux de l'université de Park Forest, petit campus du Middle West, s'étaient déjà vidés.

Park Forest offrait un îlot de quiétude dans un monde estudiantin agité de convulsions. C'était un havre dans la tempête, une université paisible, prospère... et sans éclat.

Et c'était ce calme, disait-on, qui y avait attiré l'occupant du sanctuaire dont la porte de chêne commandait l'accès. Munro St Claire avait trouvé à Park Forest sinon un impossible anonymat du moins une certaine tranquillité. Il avait rempli les fonctions de sous-secrétaire d'État dans les gouvernements Roosevelt et Truman, puis d'ambassadeur extraordinaire d'Eisenhower, Kennedy et Johnson. Aussi avait-il stupéfié les membres du conseil de Park Forest en leur proposant d'enseigner un semestre dans une université riche, certes, mais assez obscure. Revenus de leur surprise, les membres du conseil avaient accepté cette candidature inespérée en garantissant à St Claire une tranquillité qu'il n'aurait jamais trouvée à Cambridge, New Haven ou Berkeley.

C'était ce qu'on racontait, et Peter Chancellor se remémorait cette histoire pour ne plus penser à la sienne propre, particulièrement affligeante depuis quelque temps. Vingt-quatre mois pour rien, songeait-il. Deux années de sa vie totalement perdues!

Par huit voix contre une, les sommités universitaires du campus avaient rejeté sa thèse de doctorat en l'accusant d'avoir pris avec l'Histoire des libertés inacceptables, d'avoir manqué de sérieux dans ses recherches et de s'être livré à des suppositions hasardeuses ne se fondant sur aucun fait vérifiable.

Peter Chancellor était tombé de haut. Six semaines plus tôt, la revue de politique internationale de l'université de Georgetown avait décidé de publier des extraits de sa thèse, jugée à la fois intéressante et curieuse, à la condition toutefois qu'elle fût auparavant acceptée par les autorités universitaires.

Bien entendu, il n'était plus question désormais de publier tout ou partie de cette thèse s'intitulant : *Les Origines d'un conflit mondial* et éclairant d'un jour nouveau la période 1926-1939, les hommes et les forces qui s'affrontèrent au cours de ces années. En vain Chancellor avait-il fait valoir qu'il n'avait pas cherché à établir des faits mais à leur donner une interprétation : aux yeux de ses juges, il avait commis un péché capital en attribuant à des personnages historiques des propos de son invention.

Peter aurait pourtant dû se douter que ses vénérables professeurs trouveraient grotesque l'idée que des géants de la finance avaient encouragé ou laissé faire les psychopathes qui avaient modelé l'Allemagne d'après Weimar. Grotesque et manifestement erronée.

Chancellor prétendait que des sociétés multinationales avaient nourri les loups de la meute nazie dont elles avaient délibérément ignoré les objectifs et les méthodes.

Ignoré, ou plutôt toléré, *accepté* ces méthodes au nom de l'expansion économique et du profit. Les financiers avaient déclaré l'Allemagne nazie économiquement saine malgré le mal qui la rongeait. Et parmi les colosses de la haute finance internationale qui alimentaient l'aigle de la Wehrmacht, on trouvait un certain nombre d'industriels américains des plus honorables.

Le problème, c'était que Chancellor ne pouvait, faute de preuves, révéler les noms de ces sociétés. Ses informateurs, vieillards effrayés et las, vivant de retraites versées par le gouvernement ou par leurs anciens employeurs, refusaient qu'on utilisât leurs noms et s'étaient déclarés prêts à démentir publiquement au besoin ce qu'ils avaient confié à Chancellor en privé.

S'il n'entendait pas nuire à des hommes usés par l'âge qui n'avaient fait qu'appliquer une politique qu'ils ne comprenaient pas, Chancellor n'en voulait pas moins lever le voile sur des événements authentiques dont personne n'avait parlé jusqu'alors. Il avait donc adopté la seule solution s'offrant à lui : changer les noms de ces géants de l'industrie mais de manière à ne laisser aucun doute sur leur identité véritable.

On ne lui avait pas pardonné cette erreur : campus paisible, Park Forest jouissait d'une excellente réputation auprès des firmes et fondations octroyant des aides financières aux universités. Fallait-il risquer de s'aliéner de généreux mécènes en cautionnant les élucubrations d'un candidat au doctorat?

Deux années gâchées, se répétait Peter. Bien sûr, il avait songé à soumettre *Les Origines* dans une autre université mais il se serait probablement heurté au même refus. D'une certaine façon, il comprenait la réaction de ses professeurs devant une thèse qui n'était ni chair ni poisson, qui faisait à la fois appel à la réalité et à la fiction.

Le téléphone de la secrétaire ne sonna pas, il bourdonna, et sa discrétion rappela à Chancellor les rumeurs selon lesquelles une ligne spéciale reliait directement Munro St Claire à Washington.

– Oui, monsieur l'ambassadeur, fit le cerbère. Je vous l'envoie... Je peux rester si vous avez besoin de moi...

Apparemment, la garde prétorienne était renvoyée dans ses foyers, ce qu'elle ne semblait pas apprécier.

– On vous attend à la réception donnée par le doyen à 18 h 30, reprit la secrétaire... Oui, Mr. St Claire... Je téléphone pour vous excuser... Au revoir, Mr. St Claire.

Se tournant vers Chancellor, elle l'invita à passer dans le sanctuaire. De l'autre côté de la porte, Peter découvrit une pièce lambrissée de boiseries de chêne et percée de fenêtres aux carreaux de verre cathédrale. Munro St Claire se leva de derrière l'antique table qui lui servait de bureau et tendit la main vers son visiteur. Dans ce décor, l'homme paraissait plus vieux que lorsqu'il traversait d'un pas ferme les pelouses du campus. Son long corps mince, sa tête d'oiseau de proie semblaient plus difficilement lutter contre l'affaissement causé par l'âge. Sous la fine moustache blanche soigneusement taillée, les lèvres de St Claire esquissèrent un sourire.

– Ravi de vous revoir Mr. Chancellor, annonça l'ancien ambassadeur.

– Je ne crois pas que nous nous soyons déjà rencontrés, observa Peter.

– Bravo! fit joyeusement St Claire en invitant de la main l'étudiant à s'asseoir. Vous ne vous embarrassez pas de formules de politesse.

– Je ne voulais pas vous contredire, commença Chancellor, je...

Il s'interrompit, incapable de trouver à sa phrase une suite qui ne semblât pas trop idiote.

– Pourquoi pas? dit St Claire. Comparé à ce que vous avez fait à d'éminents historiens contemporains...

– Je vous demande pardon?

– Je parle de votre thèse. Je l'ai lue.

– Vous m'en voyez flatté.

– Très intéressant.

– D'aucuns ne partagent pas votre opinion.

– Oui, je sais, fit l'ex-sous-secrétaire d'État. On m'a dit qu'elle a été refusée.

– En effet.

– Dommage. Vos recherches avaient pris une orientation tout à fait originale.

Qui es-tu, Peter Chancellor? As-tu seulement une idée de ce que tu as déclenché? Des hommes oubliés ont fouillé leur mémoire en tremblant de peur. Des rumeurs circulent dans Georgetown où l'on a eu vent d'un document explosif rédigé par un étudiant inconnu d'une obscure université du Middle West. Inver Brass ne peut pas te laisser remuer un passé que personne ne veut se rappeler.

Peter décida qu'il n'avait rien à perdre en se montrant direct.

– Auriez-vous l'intention de...

– Pas le moins du monde, le coupa St Claire. Je ne saurais intervenir dans une décision qui ne m'appartient pas et qui s'appuie sans doute sur des critères parfaitement valables. J'aimerais vous poser quelques questions et peut-être vous prodiguer quelques conseils.

– Quelles questions? demanda Chancellor en se penchant en avant.

– Sur vous-même, d'abord. Simple curiosité de ma part. Votre père est journaliste?

– Disons plutôt *était*. Il prend sa retraite en janvier prochain.

– Votre mère écrit également, n'est-ce pas?

– Des articles pour les magazines féminins. Quelques nouvelles, aussi.

– Vous avez passé un diplôme de journalisme avant de préparer votre doctorat d'histoire. C'est un changement assez brutal d'orientation.

– Pas vraiment. En fait, je n'ai pas encore pris de décision en ce qui concerne mon avenir. Mes parents prétendent que je suis un étudiant professionnel mais cela ne les dérange pas outre mesure. Ayant servi au Viêt-nam, je bénéficie d'une bourse et en outre je donne des cours particuliers. A trente ans ou presque, je ne sais toujours pas ce que je veux faire mais je ne crois pas être un cas rare, de nos jours.

– Parlons un peu de votre thèse, proposa St Claire. Elle contient des insinuations stupéfiantes, des conclusions proprement atterrantes. En résumé, vous accusez un bon nombre de dirigeants politiques du monde libre d'avoir fermé les yeux, il y a quarante ans, sur la menace hitlérienne ou, pis encore, d'avoir directement et indirectement financé le Troisième Reich.

– Non pas pour des raisons idéologiques, précisa Chancellor, mais pour en retirer des avantages économiques.

– Contrairement à ce que disent nos éminents historiens, vous avez dû vous livrer à un travail de recherche assez poussé?

Pourquoi t'es-tu lancé dans ces recherches? Nous devons absolument le découvrir. Agis-tu sur l'ordre d'hommes cherchant à se venger, après toutes ces années? Ou bien est-ce par hasard que tu as entrepris cette thèse? En tout cas, nous ne pouvons pas te laisser continuer, Chancellor. Nous devons trouver le moyen de t'arrêter.

La question du vieux diplomate surprit Peter qui hésita avant de répondre :

– Bien plus poussé qu'ils ne le pensent mais beaucoup moins que certaines conclusions l'auraient exigé. C'est la réponse la plus honnête que je puisse vous faire.

– Pourriez-vous préciser? Vous parlez très peu de vos sources.

Chancellor se sentit soudain mal à l'aise. La discussion tournait à l'interrogatoire.

– Quelle importance? demanda-t-il. Je ne cite pas mes sources parce que les personnes qui m'ont fourni des renseignements tiennent à garder l'anonymat.

– Requête parfaitement compréhensible, fit le vieillard en souriant. Je ne vous demande pas de me révéler leur identité.

Nous n'avons pas besoin de tes révélations. Un nom, c'est si facile à trouver une fois qu'on a circonscrit la zone des recherches, et d'ailleurs il vaut mieux n'en prononcer aucun, pour éviter de nouvelles rumeurs.

– Très bien. J'ai interrogé des personnes ayant occupé des fonctions assez peu importantes au gouvernement – principalement au Département d'État – dans l'industrie et la finance, de 1923 à 1939. J'ai également rencontré six ou sept officiers supérieurs attachés à l'époque à l'École supérieure de guerre et aux services de renseignements.

– Ils vous ont fourni des matériaux intéressants pour votre thèse?

– Le plus intéressant, c'est ce qu'ils ne m'ont pas dit, les questions qu'ils ont refusé d'aborder. Ajoutez à cela des remarques curieuses, surgissant sans raison apparente dans la conversation mais souvent très instructives. Aujourd'hui, ils sont vieux, à la retraite pour la plupart, et constituent une galerie plutôt triste de, de...

– De bureaucrates et de cadres aigris vivant d'une maigre pension, acheva St Claire à la place de Chancellor. Et ressassant des souvenirs que bien souvent leur amertume a déformés.

– Ils m'ont dit la vérité, protesta Peter. Et c'est pourquoi il suffit de lire ma thèse pour savoir quelles étaient ces sociétés, comment elles opéraient.

Ignorant la repartie de Chancellor, St Claire poursuivit :

– Comment avez-vous pris contact avec ces personnes? Quelle filière vous a mené jusqu'à elles?

– Mon père m'a communiqué quelques noms, qui ont fait boule de neige.

– Votre père?

– Au début des années cinquante, il était correspondant à Washington pour...

– Je vois, interrompit le vieillard. Ainsi, il vous a fourni une première liste de noms?

– Une douzaine d'hommes, environ, qui s'étaient occupés de l'Allemagne, avant la guerre, au gouvernement ou ailleurs.

– Votre père connaissait-il vos objectifs?

– Il lui suffisait de savoir que je préparais une thèse de doctorat, répondit Chancellor en souriant. Lui, il n'a pas pu poursuivre ses études, faute d'argent.

– Est-il au fait de vos découvertes – de vos prétendues découvertes?

– Pas vraiment. J'attendais que ma thèse soit acceptée pour la faire lire à mes parents mais à présent, je doute qu'ils s'y intéressent. Coup dur pour la famille : l'étudiant perpétuel rentre bredouille à la maison.

– Résumons la situation, voulez-vous? suggéra le diplomate. Vous avez réuni des matériaux pouvant servir de base à une analyse théorique parfaitement justifiée : on peut faire de l'Histoire des lectures fort différentes et toutes discutables à l'infini. Sommes-nous d'accord?

– Oui, bien sûr.

– Plus une interprétation défie l'orthodoxie, plus il faut l'étayer solidement, reprit St Claire en regardant par la fenêtre. Or pour fonder la vôtre, les matériaux et sources généralement acceptés ne suffisent pas : vous devez vous appuyer sur les témoignages de vieillards déçus par la vie ou de quelques anciens spécialistes du renseignement d'ailleurs assez avares de confidences.

– Mais...

– Mais vous soulignez vous-même que vous n'avez recueilli, bien souvent, que des remarques « curieuses », sans rapport apparent avec vos questions. Vous vous dites dans l'impossibilité de citer vos sources et de votre propre aveu, certaines de vos conclusions auraient mérité des recherches plus poussées.

– Elles n'en sont pas moins justifiées, s'obstina Peter.

– Aucune autorité universitaire ou judiciaire ne les acceptera jamais. A juste titre, d'ailleurs, si vous voulez mon avis.

– Je sais que j'ai raison, même si toutes les sommités du pays prétendent le contraire. Les faits sont là, il suffit de creuser un peu pour les exhumer mais personne ne veut en entendre parler. Pourquoi? Parce qu'il se passe aujourd'hui exactement la même chose qu'il y a quarante ans! Une poignée de sociétés gagne des milliards en alimentant des régimes militaires que nous qualifions de gouvernements *amis*, de « première ligne de défense du monde libre ». Tout ce qui les intéresse, c'est la courbe ascendante des profits sur leurs graphiques!... Je reconnais que mon argumentation manque de preuves tangibles mais je ne veux pas rayer d'un trait de plume deux années de travail parce qu'un jury déclare ma thèse irrecevable.

C'est ce que nous voulions savoir. Les autres pensaient que tu abandonnerais la partie, mais je ne partageais pas leur avis. Tu sais que tu as raison, et la tentation de continuer envers et contre tous est si forte quand on a ton âge! Il faut t'en empêcher.

– Vous vous êtes trompé de tribune, fit St Claire en regardant Chancellor dans les yeux. Cherchez donc ailleurs l'approbation que le jury de thèse vous refuse; là où vérité historique et documentation importent peu.

– Je ne vous comprends pas.

– Vos travaux font une part importante à l'imagination, à la fiction. Pourquoi ne pas concentrer tous vos efforts sur cette partie?

– Comment?

– Écrivez un roman. Personne ne se soucie de l'exactitude historique d'une œuvre romanesque, dit St Claire en se penchant en avant. Avec un roman, vous aurez au moins une chance de vous faire entendre tandis que vous perdrez deux ou trois années de plus si vous vous obstinez dans la vie universitaire.

– Un roman? fit Chancellor abasourdi. Je n'y ai jamais songé...

– Peut-être que si, inconsciemment du moins. Vous n'avez pas hésité à inventer de toutes pièces actions et réactions lorsque vous le jugiez nécessaire. Et Dieu sait que votre thèse réunit tous les ingrédients d'une histoire captivante ! Un peu tirée par les cheveux, à mon avis, mais tout à fait indiquée pour les dimanches après-midi pluvieux.

– Un roman, répéta Peter. Ça alors...

Munro St Claire le regardait en souriant.

Le soleil avait commencé à descendre derrière l'horizon. Debout à la fenêtre de son bureau, St Claire regardait les longues ombres des arbres zébrant la pelouse du campus. Il pouvait quitter Park Forest maintenant, il avait achevé son travail. Le résultat obtenu après de délicates manœuvres ne lui donnait pas entièrement satisfaction, mais il s'en contentait.

L'ancien sous-secrétaire d'État regarda sa montre. Une heure s'était écoulée depuis qu'un Chancellor interloqué avait quitté la pièce. St Claire retourna à son bureau, décrocha le téléphone, composa l'indicatif 202 puis un numéro de sept chiffres. Il entendit deux déclics suivis du bruit caractéristique signalant un appareil en dérangement mais il n'en forma pas moins un autre numéro de cinq chiffres. Après un nouveau déclic, une voix annonça :

– Inver Brass. Je déclenche le magnétophone.

L'interlocuteur de St Claire avait un accent de Boston où se mêlaient des intonations européennes.

– Bravo à l'appareil, dit St Claire. Mettez-moi en liaison avec Genèse.

– Genèse se trouve en Angleterre. Et il est plus de minuit, là-bas.

– Je crains de ne pouvoir m'arrêter à ce genre de considération. Puis-je lui parler immédiatement sur une ligne sûre ?

– S'il n'a pas encore quitté l'ambassade. Sinon, il loge au Dorchester et là, je ne peux rien garantir.

– Essayez l'ambassade, je vous prie.

La ligne resta silencieuse quelques minutes puis une voix claire, à peine déformée malgré la distance, résonna aux oreilles du diplomate.

– Ici Genèse. J'allais partir. Que s'est-il passé ?

L'homme parlait avec une certaine nervosité mais en gardant un ton déférent.

– C'est fait.

– Dieu soit loué!

– La thèse a été rejetée. J'avais clairement précisé à chacun des membres du jury que je la tenais pour un tissu d'inepties gauchistes qui feraient de Park Forest la risée des milieux universitaires. Ils se sont rangés sans difficulté à mon opinion : ce sont des médiocres.

– Voilà une excellente nouvelle. Et lui, comment a-t-il réagi?

– Comme je l'avais prévu : il a raison, il le sait; rien ne peut donc l'arrêter.

– Avez-vous réussi à le faire changer d'avis? demanda Genèse.

– Je le crois. L'idée d'abandonner le terrain de la recherche universitaire pour celui du roman m'a paru faire facilement son chemin. Au besoin, je veillerai de loin à ce qu'il rencontre certaines personnes pouvant l'aider, mais je ne pense pas que cela sera nécessaire.

– Vous l'avez convaincu de renoncer définitivement à sa thèse? Vous imaginez ce qui se produirait s'il décidait de continuer ses travaux à Cambridge ou à Berkeley?

– Je pense l'en avoir dissuadé.

– Peut-être son roman n'intéressera-t-il personne? suggéra Genèse. Nous pourrions même nous assurer qu'aucun éditeur ne décide de le publier.

– Il vaut mieux ne pas intervenir, conseilla St Claire. Nous pouvons espérer un roman mal ficelé qu'un petit éditeur publiera en le faisant précéder de l'habituelle formule : « Toute ressemblance, etc. » Il aura dit ce qu'il avait à dire dans l'indifférence générale. Une intervention de notre part pourrait susciter certaines questions et c'est ce que nous voulons éviter.

– Vous avez raison, Bravo, comme d'habitude.

– Au revoir, Genèse. Je partirai d'ici dans quelques jours.

– Pour aller où?

– Je ne sais pas. Peut-être dans le Vermont, peut-être à l'étranger. Ce qui se passe dans le pays me plaît de moins en moins.

– Raison de plus pour rester en contact avec nous.

– Je me fais vieux.

– Vous n'avez pas le droit de disparaître, Bravo. Vous le savez, n'est-ce pas?

– Oui. Bonsoir, Genèse.

St Claire raccrocha sans attendre que l'homme de Londres répondît à son au revoir. Il ne voulait plus l'entendre.

Une fois de plus, songea-t-il avec lassitude, Inver Brass a dû prendre des décisions déplaisantes. C'était d'ailleurs son rôle d'agir là où d'autres avaient les mains liées, de protéger des hommes et des institutions contre des accusations devenues aujourd'hui accablantes. Ce qui semblait juste quarante années plus tôt faisait désormais figure de crime monstrueux.

Des hommes effrayés avaient murmuré à d'autres hommes en proie à la crainte qu'il fallait arrêter Peter Chancellor. De quel droit cet obscur candidat au doctorat posait-il des questions qui avaient aujourd'hui perdu toute signification ? Tant de choses avaient changé en quarante ans !

Pourtant, il restait des zones d'ombre. Tout le monde, en fin de compte, portait la responsabilité de ce qui s'était passé, et Inver Brass ne faisait pas exception. C'est pourquoi il fallait laisser Peter Chancellor trouver un exutoire à son indignation sans provoquer de remous ou de catastrophe.

St Claire se leva, inspecta une dernière fois son bureau et ne découvrit qu'une pièce impersonnelle où son passage avait laissé peu de traces. C'était bien ainsi.

Demain, il aurait quitté l'université de Park Forest.

Chronique littéraire du New York Times
du 10 mai 1969.

Reichstag! est un livre à la fois étonnant et pénétrant, maladroit et invraisemblable. Le premier roman de Peter Chancellor nous raconte comment le parti nazi naissant reçoit au berceau l'aide financière d'un cartel de banquiers et d'industriels américains, britanniques et français, qui bénéficient de l'approbation tacite de leurs gouvernements respectifs. En dépit d'un style encore mal maîtrisé et d'outrances mélodramatiques, l'auteur finit par amener le lecteur à se demander si, après tout, l'Histoire ne s'écrit pas comme il nous la présente...

Critique littéraire du Washington Post
du 22 avril 1970.

Dans *Sarajevo!* Chancellor nous révèle le dessous des cartes de la guerre 14-18 comme il l'avait fait l'année précédente pour la Seconde Guerre mondiale... Lorsqu'on remonte le long des ficelles qui agitent les marionnettes occupant le devant de la scène, on finit par arriver, d'un côté comme de l'autre des tranchées, à de puissants groupes industriels...

Peter Chancellor possède une imagination fascinante qui devrait assurer à *Sarajevo!* un succès encore plus grand que *Reichstag!*

Los Angeles Times
du 4 avril 1971.

Riposte! est à coup sûr le meilleur roman de Peter Chancellor bien que, pour des raisons qui nous échappent, l'auteur fasse reposer son intrigue, fort complexe, sur une erreur monumentale bien surprenante de sa part. Le livre raconte comment la CIA intervient de façon clandestine dans une ville universitaire de la Nouvelle-Angleterre où une puissance étrangère a déclenché une vague de terreur. Mr. Chancellor devrait savoir qu'il est formellement interdit à la CIA, dans sa charte de 1947, d'opérer sur le territoire national.

Cette réserve mise à part, *Riposte!* mérite de devenir aussi populaire que les livres précédents de Peter Chancellor...

L'automne avait transformé la campagne du comté de Bucks en un océan de jaune, de roux et de vert sombre. Le bras passé autour des épaules d'une jeune femme, Peter Chancellor s'appuyait contre la portière d'une Continental Mark IV couleur argent. Son visage était devenu plus plein, ses traits moins anguleux. Il contemplait une grande maison blanche située au bout d'une allée traversant des champs en pente douce et bordée de clôtures. La femme qui l'accompagnait semblait aussi émerveillée que lui du spectacle qui s'offrait à leurs yeux. Grande, elle avait de longs cheveux bruns qui encadraient un visage à la fois délicat et énergique. Elle s'appelait Catherine Lowel.

– Elle est exactement comme tu me l'avais décrite, fit-elle en pressant la main de Peter posée sur son épaule. Elle est vraiment magnifique.

– Je me sens soulagé qu'elle te plaise, répondit Chancellor en glissant à la jeune femme un regard en biais.

– Tu l'as achetée? Tu l'as achetée, j'en suis sûre! s'exclama-t-elle.

Peter acquiesça d'un signe de tête.

– Il a bien fallu. Un banquier de Philadelphie voulait me la souffler, j'ai dû prendre une décision sur-le-champ. Si elle ne te plaît pas, je peux lui téléphoner que je suis disposé à la lui céder.

– Ne sois pas bête, cette maison est absolument ravissante!

– Tu n'as pas encore vu l'intérieur.

– C'est inutile.

– Alors, je te la ferai visiter sur le chemin du retour. Les anciens propriétaires m'ont promis de la libérer jeudi. J'espère qu'ils tiendront parole : j'ai déjà donné notre nouvelle adresse pour les documents qui doivent arriver de Washington vendredi après-midi.

– Les copies?

– Douze caisses envoyées par l'Imprimerie nationale : toute l'histoire des procès de Nuremberg à travers les minutes des tribunaux alliés. Devine comment va s'intituler mon prochain livre?

Catherine répondit en riant :

– Je vois déjà Tony Morgan arpentant son bureau et s'arrêtant soudain en s'écriant : « J'ai trouvé! *Nuremberg*, avec un point d'exclamation! »

Peter joignit son rire à celui de Catherine.

– Te moquerais-tu de mon éditeur? fit-il, faussement sévère.

– Je n'oserais jamais. Sans lui, nous emménagerions dans un cinquième sans ascenseur au lieu d'une ferme construite pour un gentilhomme campagnard.

– Et son épouse?

– Et son épouse, répéta Catherine en pressant le bras de Peter. Comment se fait-il que les anciens propriétaires ne soient pas déjà en train de déménager? Il devrait y avoir des camions dans l'allée.

– Pour ne rien te cacher, commença Peter avec un sourire embarrassé, j'ai dû l'acheter meublée. Ils vont s'installer aux Caraïbes. Tu jetteras ce qui ne te plaira pas, voilà tout.

– Quel grand seigneur tu fais!

– Quel gros richard je suis! Allons-y. Il nous reste encore plus de cinq heures de route et il fera bientôt nuit.

– Plus nous approchons et plus je me sens nerveuse. Je croyais que le rite de la présentation aux parents était tombé en désuétude depuis dix bonnes années.

– Tu ne m'as pas dit ça avant de me présenter aux tiens.

– Oh, c'est facile! Et tu ne vas pas comparer : toi, tu n'avais qu'à te laisser admirer sans rien dire par deux pauvres vieux subjugués par ta réputation d'écrivain.

– Ce que je n'ai pas fait. J'aime beaucoup tes parents et je crois que les miens te plairont.

– Mais est-ce que je leur plairai, voilà la question.

– J'en suis sûr, dit Peter en attirant Catherine contre lui. Ils t'aimeront tout comme je t'aime. Mon Dieu, comme je t'aime!

– C'est exact, Genèse. Peter Chancellor a obtenu de l'IN une copie de tous les documents relatifs aux procès de Nuremberg. Son éditeur les a fait expédier à une adresse en Pennsylvanie.

– Il n'y a pas lieu de s'inquiéter, Bannière. Venise et Christopher sont de mon avis : nous n'intervenons pas.

– Ils se trompent! Chancellor aborde de nouveau la question de l'Allemagne.

– Mais pas la période où les erreurs furent commises. Bien avant Nuremberg, nous avons compris ce qui nous avait échappé à l'origine. Il ne peut remonter à aucun d'entre nous.

– Rien ne nous le garantit.

– J'en ai la certitude absolue.

– Qu'en pense Bravo?

– Bravo est en voyage. Nous n'avons pas pris contact avec lui et nous n'avons pas l'intention de le faire.

– Pourquoi?

– Pour des raisons qui ne vous concernent pas et qui remontent à une période antérieure à votre entrée à Inver Brass.

– Nous commettons une erreur, Genèse.

– Vous vous alarmez sans raison, Bannière. Nous n'aurions jamais fait appel à vous si vous ne compensiez votre nature anxieuse par des qualités peu communes.

– Je maintiens que nous courons un risque.

***

Une pluie que le vent rendait oblique tombait sur l'autoroute où les voitures continuaient pourtant à rouler à vive allure. Chacun se pressait de rentrer chez soi avant l'orage. Chancellor tourna le bouton de la radio de sa Continental.

... à tous les automobilistes d'éviter la région Jamestown-Waren et, s'ils s'y trouvent, de s'arrêter immédiatement à la station-service la plus proche. Nous répétons : des orages accompagnés de vents violents se préparent dans la...

– Il y a une bretelle de sortie à quelques kilomètres d'ici, dit Peter. Nous nous arrêterons au restaurant situé à l'intersection.

Chancellor ne sut jamais comment arriva l'accident. Un opaque rideau de pluie masquait le haut de la colline vers lequel il roulait; de puissantes rafales de vent déportèrent soudain la lourde Continental, comme un petit navire sur une mer houleuse.

Brusquement des phares surgirent dans son rétroviseur et l'aveuglèrent; un énorme camion se porta à sa hauteur. A travers sa vitre relevée, Peter injuria le chauffeur, le traita de fou, d'ivrogne, de tueur.

La lourde carcasse du camion se rapprocha de la Mark IV, se colla contre son flanc, la poussa vers la droite. Le chauffeur devait être saoul ou complètement pris de panique. A travers le rideau de pluie, Peter aperçut son visage : l'homme ne regardait même pas la Continental ! Il ne savait plus ce qu'il faisait !

La Mark IV glissa vers le trou noir s'ouvrant au-delà de la route; son capot se souleva puis plongea dans le vide. Catherine se mit à crier par-dessus le fracas des vitres brisées et de la tôle enfoncée, déchirée, tandis que la voiture roulait sur elle-même. Lorsque la Continental couleur argent s'immobilisa après plusieurs tonneaux, Catherine avait cessé de hurler.

1

La cinquième limousine parcourut lentement les rues sombres et bordées d'arbres de Georgetown. Elle s'engagea dans une allée puis s'arrêta devant un escalier de marbre dont les entrelacs emprisonnant des feuilles de pierre conduisaient au portique d'une imposante bâtisse. Comme le reste de la demeure, l'entrée avait une majesté tranquille que rehaussait encore la lumière venue de derrière les colonnes soutenant le lourd balcon du premier étage.

Les quatre premières limousines s'étaient succédé devant le portique à intervalles réguliers de cinq à six minutes, en un ballet soigneusement réglé à l'avance. Des rideaux dissimulaient aux regards les occupants des cinq véhicules qui avaient été loués dans cinq agences de location différentes. Même les chauffeurs ne pouvaient voir le visage de leur passager puisqu'un panneau opaque les en séparait et qu'ils avaient reçu l'ordre formel de ne pas quitter leur volant lorsque l'homme qu'ils transportaient monterait ou descendrait de voiture.

L'opération avait été savamment orchestrée, les chauffeurs choisis avec le plus grand soin. Deux limousines avaient attendu une heure sur le parking d'un aéroport, à un emplacement convenu, puis étaient reparties avec leur passager. Les trois autres avaient fait de même devant une gare de Washington, un centre commercial de MacLean (Virginie) et le Country Club de Chevy Chase (Maryland) dont le passager attendu n'était naturellement pas membre.

Dernière précaution, un homme aux cheveux blonds

tapi dans l'ombre du balcon surplombant le portique se tenait prêt à empêcher un promeneur trop curieux de s'intéresser aux limousines et à leurs passagers. Il portait autour du cou un émetteur miniaturisé grâce auquel il transmettait ses instructions – dans une langue qui n'était pas de l'anglais – aux gardes surveillant le pâté de maisons. Ses mains tenaient un fusil muni d'un silencieux.

Le cinquième passager descendit de voiture, gravit les marches de marbre tandis que la limousine s'éloignait. Sur le balcon, l'homme aux cheveux blonds murmura quelques mots dans son micro et la porte d'entrée s'ouvrit.

La salle où allait se tenir la réunion se trouvait au premier étage. C'était une pièce splendide, aux boiseries sombres, où trônait un vieux poêle à charbon qu'on avait allumé malgré la douceur du soir de printemps. Autour de la grande table ronde placée au centre de la pièce étaient assis six hommes dont l'âge variait de cinquante à quatre-vingts ans. Un homme aux cheveux bouclés et grisonnants, au visage de type latin, voisinait avec un personnage aux traits nordiques dont les cheveux bruns, coiffés en arrière, faisaient ressortir la pâleur de la peau. C'étaient les « cadets ». Ils se tenaient à la gauche du président de la réunion, vieillard au visage las, au crâne presque chauve entouré d'une couronne de cheveux gris. Il faisait face à un autre vieillard maigre et aristocratique dont la lèvre supérieure s'ornait d'une fine moustache aussi blanche que ses cheveux clairsemés. A sa droite se tenait un colosse noir dont la tête énorme semblait sculptée dans l'acajou. A côté de lui se trouvait le plus âgé et le plus frêle de tous, un juif à la tête chauve et décharnée, coiffée d'une calotte.

Tous parlaient d'une voix posée, aux inflexions cultivées; tous avaient un regard ferme et pénétrant, donnant une impression de force tranquille. Chacun d'entre eux portait un nom de guerre que ses voisins utilisaient à l'exclusion de tout autre. Certains le portaient depuis près de quarante ans, d'autres l'avaient hérité plus récemment d'un prédécesseur défunt qu'ils avaient été appelés à remplacer.

Le groupe ne comptait jamais plus de six membres. Genèse, l'actuel président, était le second homme à occuper cette fonction. Auparavant, il avait porté le nom de Paris, dévolu à présent à l'homme de type latin. Avec Christopher, Venise, Bannière et Bravo, ils constituaient Inver Brass.

En face de chacun des participants à la réunion, on avait disposé une chemise de papier bulle sur laquelle se trouvait une seule feuille blanche portant dans le coin gauche un nom et en dessous quelques paragraphes dactylographiés incompréhensibles pour tout autre que les membres d'Inver Brass.

– Il faut avant tout s'emparer des dossiers et les détruire, attaqua Genèse. A n'importe quel prix. Nous avons fini par découvrir qu'ils se trouvent dans un coffre encastré dans un mur d'acier, au fond d'un cagibi situé derrière le bureau et sur la gauche.

– Un bouton situé sous le tiroir central du bureau commande l'ouverture du cagibi, enchaîna Bannière. Le coffre lui-même est protégé par une série de dispositifs électroniques dont le premier, qui commande tous les autres, ne peut être déclenché que de sa résidence. En outre, il faudrait au moins dix bâtons de dynamite pour en entamer le blindage, et la chaleur dégagée par un chalumeau mettrait aussitôt en branle le signal d'alarme.

Le visage acajou de Venise s'anima lorsqu'il demanda :

– Avons-nous eu confirmation de la façon dont on déclenche le premier dispositif électronique?

– Oui, répondit Bannière. De la chambre. En appuyant sur un bouton encastré dans le bois de la tête du lit.

– Qui a confirmé? voulut savoir Paris, l'homme aux traits latins.

– Varak, précisa Genèse.

Plusieurs membres d'Inver Brass hochèrent lentement la tête. Le vieux juif assis à la droite de Bannière lui demanda :

– Et quant au reste?

– Nous avons obtenu de La Jolla, Californie, le dossier médical du sujet. Les dernières analyses indiquent une hypochlorémie mineure, un taux de potassium bas mais ne présentant aucun danger. Toutefois, cela pourrait suffire à justifier l'administration d'une dose de digitaline que l'autopsie pourrait révéler.

– Il est vieux, remarqua Bravo, pourtant plus âgé que l'homme dont il parlait. Pourquoi procéderait-on à une autopsie?

– A cause de ce qu'il est, expliqua Paris avec un accent trahissant ses origines castillanes. Le pays ne résisterait pas à un nouvel assassinat qui fournirait à des individus dangereux un prétexte pour commettre des crimes odieux au nom de la patrie.

Genèse exprima son désaccord :

– Si ces individus dangereux – et je me réfère sans équivoque au 1600 Pennsylvania Avenue [1] – devaient conclure un accord avec le sujet, nous connaîtrions des atrocités auprès desquelles les crimes que vous redoutez feraient figure de vétilles. Entrés en possession des dossiers, les hommes du 1600 élèveraient la coercition et le chantage au rang de méthode de gouvernement. Nous savons tous ce qui se trame en ce moment. Nous *devons* agir.

– Bien qu'à regret, je partage l'opinion de Genèse, dit Bravo. D'après nos informations, le 1600 a franchi les bornes que les gouvernements antérieurs n'avaient osé dépasser et il est en passe d'échapper à tout contrôle démocratique. Rares sont les ministères, les institutions qui ne soient pas déjà contaminés. Les dossiers constitueraient pour le 1600 un instrument autrement redoutable que les rapports des enquêteurs du fisc ou des Renseignements généraux.

Se tournant vers le benjamin d'Inver Brass, Genèse lui demanda :

– Voudriez-vous résumer la situation?

– Il n'y a pas grand-chose à ajouter au rapport dont vous avez pu prendre connaissance, répondit Bannière. La santé mentale du sujet se dégrade à un rythme accéléré. Le médecin que nous avons consulté le croit atteint d'artériosclérose, mais nous n'avons aucun moyen de confirmer son diagnostic. Le sujet contrôle les dossiers médicaux de La Jolla et donc le sien propre. Il filtre à la source les informations médicales qu'il transmet. Toutefois, sur le plan psychiatrique, nous avons une certitude : d'un état maniaco-dépressif, le sujet est passé au stade de la paranoïa aiguë. A lui seul, cet argument suffirait à justifier son élimination.

– A qui devons-nous ce diagnostic? demanda le vieux juif portant le nom de Christopher.

– A trois psychiatres qui ne se connaissent pas et qui ont établi leur rapport séparément.

– Sur quelle base se sont-ils prononcés? fit Venise en croisant ses grosses mains noires.

– Pendant un mois, nous avons filmé le sujet avec une caméra à infrarouges munie d'un téléobjectif, dans toutes sortes de situations : au restaurant, à l'église pres-

1. La Maison-Blanche. *(N.d.T.)*

bytérienne, arrivant à une cérémonie officielle, ou en sortant. Deux sourds-muets ont lu sur ses lèvres les mots qu'il a prononcés et les deux textes établis concordent en tous points. En outre, certains agents travaillant sous ses ordres nous ont fourni des rapports détaillés et accablants : l'homme est fou, cela ne fait aucun doute.

– Et au 1600? interrogea Bravo.

– Ils progressent de semaine en semaine : ils en sont maintenant à lui proposer une association, dans le but évident de mettre la main sur les dossiers. Le sujet se méfie, il connaît leur roublardise, mais il admire la façon d'agir et résiste mal à leurs flatteries.

– Approchent-ils du but? s'enquit Venise.

– Je le crains. Nous avons la preuve que le sujet a livré au Bureau ovale [1] plusieurs dossiers ou tout au moins les informations les plus compromettantes qu'ils contenaient. Des accords concernant les contributions financières à la campagne électorale et les élections proprement dites sont en voie de conclusion. Deux candidats de l'opposition à l'investiture de leur parti pour les présidentielles ont subitement abandonné la course à la Maison-Blanche : l'un a prétendu manquer de fonds, l'autre a volontairement gâché ses chances.

– Précisez, demanda Genèse à Bannière.

– En général, il suffit de commettre, en parole ou en acte, une erreur grossière qui vous élimine de la campagne présidentielle mais ne compromet pas pour autant votre carrière politique à un autre échelon. En l'occurrence, il a suffi au candidat d'afficher une conduite irresponsable pendant les primaires. C'est assez bien manigancé, il faut le reconnaître.

– Et plutôt effrayant, ajouta Paris.

– Nous nous écartons du sujet, observa Bravo. Revenons à l'autopsie. Pouvons-nous intervenir pour l'empêcher?

– Ce ne sera peut-être pas nécessaire, répondit Bannière. Nous avons fait venir un médecin texan, un spécialiste en recherche cardio-vasculaire, qui croit avoir affaire à une grande famille du Maryland : nous lui avons raconté une histoire de patriarche perdant la raison et menant la famille à sa ruine. Selon lui, il existe un dérivé de la digitaline qui, combiné à une injection intraveineuse d'air,

1. Bureau du président des États-Unis à la Maison-Blanche. *(N.d.T.)*

aurait l'effet recherché sans laisser aucune trace dans le corps.

– Qui s'occupe de cet aspect de la question? fit Venise, encore hésitant.

– Varak, dit Genèse. Il supervise toute l'opération.

Les membres d'Inver Brass approuvèrent derechef en hochant la tête.

– D'autres questions?

Personne n'intervint.

– Alors, nous allons passer au vote, conclut Genèse.

Il sortit de dessous la chemise de papier bulle un bloc-notes dont il détacha six feuillets, en conserva un et passa les cinq autres à son voisin de gauche.

– Le nombre un pour un vote affirmatif, le nombre deux pour un vote négatif, en chiffres romains rappela-t-il.

Les membres d'Inver Brass inscrivirent leur décision sur leurs feuilles de papier, les plièrent et les rendirent à Genèse qui procéda aussitôt au dépouillement.

– Messieurs, le projet est adopté à l'unanimité, annonça le président de la réunion. Bannière, voudriez-vous faire venir Varak?

Le benjamin de cinquante ans se leva, traversa la pièce, ouvrit la porte, adressa un signe de tête à une silhouette se tenant dans le couloir et regagna sa place.

Varak entra et referma la porte derrière lui. C'était l'homme aux cheveux blonds qui avait monté la garde sur le balcon tandis que les membres d'Inver Brass arrivaient l'un après l'autre. Son visage large, ses pommettes haut placées et ses yeux clairs indiquaient des origines slaves. Il pouvait avoir n'importe quel âge entre trente-cinq et quarante-cinq ans, comme ces hommes qu'une vie très active et un entraînement physique intensif empêchent de vieillir.

– Avez-vous pris une décision? demanda-t-il.

Son accent bostonien ne masquait pas totalement un rythme de phrase rappelant l'Europe centrale.

– Affirmative, répondit Genèse.

– Vous n'aviez pas le choix, fit Varak.

– Avez-vous déjà fixé une date? lui demanda Bravo.

– Oui. Dans trois semaines. La nuit du 1er mai. Le corps sera découvert dans la matinée.

– La nouvelle sera donc connue le 2, précisa Genèse en regardant tour à tour les membres d'Inver Brass. Préparez-vous à faire des déclarations au besoin. En outre, il serait préférable que certains d'entre nous se trouvent à l'étranger à cette date.

– Vous partez de l'hypothèse que sa mort sera annoncée normalement, mais rien ne nous le garantit, objecta Varak.

– Pourquoi? fit Venise.

– La nouvelle va provoquer une véritable panique au 1600. Ils seraient capables de garder le cadavre au frais dans le placard du président si cela leur donnait le temps de s'emparer des dossiers.

– Alors arrangez-vous pour qu'ils ne puissent pas le faire, Mr. Varak, répliqua Genèse. C'est *nous* qui devons mettre la main sur ces dossiers.

– Très bien.

– Ce sera tout. Je vous remercie.

Lorsque Varak eut quitté la pièce, Genèse se leva en prenant les six bulletins de vote et la feuille dactylographiée posée devant lui.

– Messieurs, la séance est levée, annonça-t-il. Comme d'habitude, nous laissons à chacun le soin de détruire les notes qu'il a reçues ou prises.

L'un après l'autre, les membres d'Inver Brass jetèrent dans le poêle à charbon le rapport d'une page rédigé en code.

– Merci d'être revenu, murmura Genèse à Bravo, qui attendait son tour.

– Vous m'avez dit il y a quatre ans que je ne pouvais pas disparaître, répondit Munro St Claire. Vous aviez raison.

Genèse l'entraîna à l'écart des autres.

– Ma santé décline, fit-il. Je n'en ai plus pour longtemps.

– Oh, mon Dieu!

– C'est très bien ainsi.

– Mais comment...?

– Il y a dix semaines, les médecins ne me donnaient plus que deux ou trois mois à vivre. C'est moi qui ai voulu savoir. Ils ne se sont pas trompés, je le sais, je le sens. En un sens, cette certitude absolue m'apporte un certain réconfort.

– Je suis bouleversé au-delà des mots, dit St Claire. Venise sait-il?

Machinalement, son regard se porta sur le grand Noir qui discutait dans un coin de la pièce avec Paris et Bannière.

– Non. Je n'ai pas voulu qu'un élément « extérieur » pût influencer notre décision de ce soir.

Genèse jeta dans le brasier jaune du poêle la feuille dactylographiée puis les six bulletins de vote.

– Je ne sais que dire, murmura St Claire, la voix altérée par l'émotion.

Le président d'Inver Brass tourna vers lui un regard étonnamment paisible.

– Moi, je sais, fit-il en souriant. Vous êtes de retour, maintenant. Et vous avez plus de ressource que Venise, ou n'importe quel autre homme présent ici ce soir. Promettez-moi de mener cette affaire à son terme.

St Claire baissa les yeux vers la feuille de papier qu'il tenait à la main, vers le nom inscrit dans le coin gauche.

– Il a essayé de vous détruire et il a failli réussir, dit-il... Je vous le promets.

– Ne laissez pas la rancune guider vos actes, fit Genèse. Nous n'avons jamais agi par vengeance, nous ne le ferons jamais.

– Les sentiments coïncident parfois avec les exigences d'ordre supérieur.

Munro St Claire regarda de nouveau le nom dactylographié en haut du rapport.

John Edgar Hoover.

Il chiffonna la feuille et la jeta au feu.

2

Étendu sur le sable mouillé, Peter Chancellor offrait son corps à la caresse des vagues venant mourir sur la plage de Malibu. Il regardait le ciel où le gris faisait insensiblement place au bleu : l'aube allait bientôt se lever.

Il se redressa, s'assit et sentit une douleur lui traverser la nuque, remonter pour venir battre à ses tempes. Il s'était soûlé la veille. Et l'avant-veille. Son regard se posa sur la cicatrice qui courait le long de sa jambe gauche, du mollet au bas de la cuisse en passant par le genou. La fine ligne blanche dessinée sur la peau bronzée était encore sensible au toucher mais l'opération avait parfaitement réussi. Peter marchait presque normalement à présent que la douleur avait fait place à une sensation constante d'engourdissement.

D'un doigt distrait, il suivit le bourrelet de peau qui lui barrait le crâne, de la tempe à la nuque. Ses cheveux masquaient presque totalement la cicatrice maintenant et il fallait regarder de très près pour la remarquer. Les médecins lui avaient expliqué que la tôle de la voiture avait incisé son crâne comme un rasoir l'aurait fait d'un melon. Quelques millimètres plus haut ou plus bas et c'était la mort. Pendant de longues semaines, Chancellor avait sincèrement regretté de ne pas avoir péri lui aussi dans l'accident. A présent, il ne souhaitait plus mourir mais il n'était pas sûr de vouloir vivre sans Cathy.

Le temps panserait ses blessures intérieures aussi bien qu'extérieures, il n'en avait jamais douté. Pourtant, la guérison se faisait attendre : quand se réveillerait-il, à l'aube, plein d'énergie, prêt à écrire, sans cette douleur aux tempes et cette angoisse diffuse?

Même lorsqu'il ne se soûlait pas, il éprouvait toujours un sentiment de malaise en repensant à la veille. Il se sentait hors de son élément à Los Angeles – à Hollywood : pourquoi n'osait-il jamais prononcer ce nom ou même le penser? La faune de Beverley Hills et Malibu le déconcertait, et il se demandait encore pourquoi il avait accepté de participer à l'adaptation de *Riposte!* pour le cinéma. Il n'avait jamais écrit un scénario de sa vie! Son agent littéraire, le redoutable Joshua Harris, lui avait assuré que cette lacune mineure ne constituait pas une raison valable de laisser échapper le pactole hollywoodien.

En fait, Peter ignorait que son agent avait surtout cherché à l'éloigner de la maison de Pennsylvanie. Depuis trois mois qu'il était sorti de l'hôpital, Chancellor n'avait pas écrit une seule ligne de son livre sur les procès de Nuremberg.

« Qu'est-ce que je fous sur la plage? » se demanda-t-il soudain. Il avait ramené une fille hier soir, il en était sûr. Enfin, presque. Il se mit debout et gagna en traînant la jambe l'escalier menant à la maison. Une blonde, se rappela-t-il, avec de gros seins.

Peter avait vaguement le sentiment qu'un incident déplaisant était survenu la veille et qu'il était lié à la fille. Il s'approcha de la porte de verre menant à la chambre à coucher. Sur la terrasse en planches, un fauteuil était renversé à côté d'une bouteille de Pernod à moitié vide et d'une paire de sandales.

La mémoire lui revenait. Il avait fait l'amour – mal, se rappelait-il – à la fille aux gros seins; il était sorti sur la terrasse, dégoûté ou honteux, et avait bu du Pernod sans eau et sans verre. Pourquoi avait-il agi de la sorte? Que lui importait de bien ou mal faire l'amour avec une fille ramassée à Beverley Hills?

Chancellor se glissa sans bruit dans la chambre où régnait un terrible désordre. Des vêtements jonchaient le sol à côté de cendriers renversés; le téléphone pendait au bout de son fil et un verre s'était brisé au pied de la table de nuit.

La fille était étendue sur le lit, couchée sur le flanc, les seins pressés l'un contre l'autre, le visage enfoui dans l'oreiller. Une jambe bronzée émergeait du drap qui recouvrait en partie son corps. Peter sentit son désir s'éveiller pour cette femme dont il ne voulait surtout pas voir le visage. Il voulait lui faire l'amour comme à un objet, en refusant de reconnaître son existence en tant que personne.

Il s'approcha du lit, s'arrêta en sentant des morceaux de verre sous ses pieds. Les sandales, songea-t-il. Au moins avait-il eu, malgré son ivresse, la présence d'esprit de les enfiler. Le téléphone. Il se souvenait d'avoir crié dans le téléphone.

La femme roula sur le dos. Elle avait un visage d'une joliesse banale, sans caractère. Ses seins se séparèrent, le drap glissa complètement, découvrant le renflement du pubis. Peter défit son short et s'allongea sur le lit. La fille ouvrit les yeux, sourit et demanda d'une voix ensommeillée :

– Tu te sens mieux, chéri ?

Elle se tourna vers lui, enserra dans sa main le pénis à demi raidi.

– Je te dois des excuses ? fit Peter.

– Sûrement pas. A toi peut-être mais pas à moi. Tu t'es démené comme un bélier en rut sans que ça te fasse grand-chose puis tu es parti, furieux.

– Je suis désolé, dit Peter.

Il prit entre ses doigts la pointe d'un sein qui s'érigea sous la caresse. En gémissant, la fille se mit à agiter de brefs mouvements rapides la main enserrant le membre de l'homme. Chancellor se demanda si elle jouait la comédie ou si elle s'enflammait aussi facilement.

– Je me sens encore toute chaude, fit-elle. Tu ne t'arrêtais plus ; tu continuais, tu continuais sans pouvoir prendre ton plaisir, mais moi !... Baise-moi encore, chéri. Viens...

Peter cacha son visage contre les seins volumineux de la fille qui écartait les jambes, s'offrant à lui.

– Je ne peux pas, je ne peux pas, murmura-t-il.

La douleur martelait de nouveau son crâne.

– Laisse-moi faire, dit la fille en le poussant doucement sur le dos. Ne bouge pas.

Peter ferma les yeux. Il sentit son érection décroître puis se ranimer sous les caresses rapides et habiles des mains de la blonde, de ses lèvres humides. Il eut de nouveau envie d'elle et l'attira à côté de lui. La fille haletait, poussait de petits cris tandis qu'il se coulait doucement entre ses cuisses.

– Oh! Peter! gémit-elle. Oh oui, tu es merveilleux! Maintenant! Maintenant!

L'écrivain oublia la douleur en entendant la fille. Il explosa en elle, eut l'impression de se vider complètement et s'affala sur le corps qui semblait fondre sous le sien. Enfin, songea-t-il, il avait réussi à prendre du plaisir et surtout à en donner. Ce fut alors qu'il l'entendit dire, avec un ton désinvolte de professionnelle :

– Tu vois, trésor, ce n'était pas si compliqué.

La blonde souriait comme une artiste à la fin d'une représentation réussie.

– Je te dois combien? lui demanda Chancellor froidement.

– Rien du tout, dit-elle en riant. Je n'ai pas besoin de ton argent, Aaron m'en donne déjà suffisamment.

Peter se souvint tout à coup : la soirée chez Aaron Sheffield, le producteur de cinéma, propriétaire des droits de *Riposte!*; la dispute, le trajet en voiture de Beverley Hills à Malibu et la colère au téléphone.

Sheffield avait insisté pour qu'il vînt à la soirée, et Peter n'avait accepté que sur la promesse d'y rencontrer le scénariste chargé de l'adaptation de son livre, avec lequel il était censé travailler. Depuis qu'il se trouvait à Hollywood, Chancellor n'avait rencontré qu'une seule fois ce coscénariste fuyant qui avait passé les quarante-cinq minutes de leur entrevue à répéter que l'adaptation ne posait aucun problème.

Il s'avéra qu'elle en posait et Sheffield crut sans doute habile d'en aviser Peter dans l'euphorie de la soirée. Les studios, lui apprit-il, avaient reçu de Washington plusieurs coups de téléphone « très sérieux » concernant *Riposte!* Les milieux gouvernementaux avaient souligné que contrairement à ce qui se passait dans le roman, la CIA n'intervenait jamais sur le territoire national. Devant leur insistance, Sheffield avait accepté de transformer l'agence en un groupe d'anciens officiels. « Du point de vue dramatique, c'est bien mieux, avait expliqué le producteur à l'auteur. Nous aurons deux équipes de méchants au lieu d'une... et Washington sera content. »

Mais l'auteur avait réagi avec colère. Il avait discuté avec d'anciens agents de la CIA qui lui avaient fait des confidences; ils lui avaient expliqué qu'ils avaient dû enfreindre la charte de 1947 parce qu'un fou nommé J. Edgar Hoover refusait de les faire bénéficier des informations que le FBI possédait. À qui pouvaient-ils se plaindre? A Mitchell? A Nixon? Ils n'avaient d'autre ressource que d'obtenir eux-mêmes les renseignements que Hoover ne leur fournissait pas.

Gommer cet aspect essentiel de *Riposte!* revenait à le vider de toute substance, avait expliqué Chancellor, furieux. Plus sa colère avait monté, plus il avait bu; et plus il avait bu, plus la fille assise à côté de lui s'était montrée provocante.

Le producteur les avait ramenés en voiture à Malibu. Et après, le grand trou noir...

Lorsqu'elle se sentit observée, la fille ouvrit la bouche et passa la langue sur ses lèvres : l'artiste s'apprêtait à une nouvelle représentation. « Qu'est-ce que ça peut bien foutre? » se dit Peter en avançant la main vers elle.

3

L'homme dont tout le pays connaissait le visage déjeunait seul au restaurant Mayflower de Connecticut Avenue. Assis près de la fenêtre, il regardait d'un œil distrait mais vaguement hostile les passants déambulant dans la rue.

Arrivé à 11 h 35 précises, il repartirait à 12 h 40 exactement, comme il l'avait fait depuis plus de vingt ans, chez Harvey d'abord, puis au Mayflower lorsque Harvey avait fermé ses portes.

Son visage à la bouche trop large, aux yeux protubérants, semblait avoir fondu. Les joues pendaient de la mâchoire comme des baudruches vides et flasques. Le regard seul restait alerte, vigilant, attentif aux menaces réelles ou imaginaires qui l'entouraient. L'homme prit comme un affront personnel l'absence de son serveur habituel, souffrant ce jour-là, et le fit savoir.

Une salade de fruits nappée de crème fraîche destinée à la table dix passa de la cuisine à la desserte. Le maître d'hôtel suppléant, engagé temporairement au Mayflower, inspectait les plats d'un œil compétent, un carnet à la main. Il s'approcha de la desserte, plaça le carnet au-dessus de la salade de fruits tout en continuant son inspection.

Le maître d'hôtel aux cheveux blonds tenait dans sa main droite, sous le carnet, une petite pince d'argent au bout de laquelle se trouvait une capsule blanche et molle. Tout en souriant à un serveur qui revenait de la salle à manger, il enfonça la pince dans la crème fraîche, la ressortit aussitôt et s'éloigna de la desserte.

Quelques secondes plus tard, il revenait vers la commande de la table dix, secouait la tête en soupirant et rectifiait d'une cuiller experte le nappage de la salade de fruits.

La capsule introduite dans le dessert contenait une faible dose d'acide lysergique diéthylamide; elle se désintégrerait sept ou huit heures après ingestion, libérant le narcotique dans l'estomac du client de la table dix. Le produit provoquerait un stress mineur et un abrutissement suffisant sans pour autant laisser de traces dans l'organisme.

Assise dans une pièce sans fenêtre, une femme d'âge mûr écoutait les phrases sortant d'un haut-parleur puis répétait dans le micro d'un magnétophone ce qu'elle venait d'entendre en s'efforçant d'imiter la voix devenue désormais familière.

Cette voix appartenait à Helen Gandy, secrétaire particulière de John Edgar Hoover depuis des années.

Dans quatre heures, la femme aurait terminé l'enregistrement; elle prendrait les deux valises posées dans un coin du studio et partirait d'abord pour Zurich, où elle toucherait la somme convenue à la Staats-Bank, avant d'aller s'installer à Majorque.

C'était Varak qui l'avait engagée. Il l'avait choisie pour ce travail avec l'aide de l'ordinateur du Conseil national de sécurité, qu'il avait programmé seul et en secret. La machine avait désigné une veuve, ancienne actrice de la radio qui avait disparu dans les tourbillons de la chasse aux sorcières de 1954 et n'avait jamais refait surface. Son mari, à qui l'on reconnaissait un grand talent, avait lui aussi été victime de la vague d'hystérie cautionnée et encouragée par le FBI. Sept années plus tard, son cœur usé par l'angoisse quotidienne avait lâché alors qu'il se rendait à la banque où il était employé.

Après bien des années, la comédienne retrouvait un rôle mais elle n'aurait pour public – à l'autre bout du fil – qu'une seule personne, un homme qu'elle haïssait parce qu'il avait gâché sa vie.

Il était un peu plus de neuf heures du soir lorsque la camionnette d'une compagnie de téléphone s'engagea dans une petite rue de Washington, une impasse où se trouvait la maison de briques rouges du directeur du FBI. Le véhicule descendit la rue, fit demi-tour, la remonta, tourna à droite puis à droite encore dans une allée bordée de garages. Au bout de l'allée se dressait un mur de pierre isolant la résidence de John Edgar Hoover. Au-dessus des garages il y avait des appartements et dans l'un d'eux – le chauffeur de la camionnette ne l'ignorait pas – des agents du FBI chargés de surveiller nuit et jour la maison de leur directeur.

Le chauffeur savait aussi que l'homme posté ce soir-là derrière une des fenêtres appellerait un service spécial de la compagnie de téléphone et demanderait les raisons de la présence d'une camionnette de réparation à cette heure tardive.

L'employée vérifierait sur une liste si son correspondant avait droit à ce renseignement puis lui fournirait l'explication qu'on lui avait communiquée : il y avait un court-circuit dans une boîte de raccordement, provoqué probablement par un écureuil inquisiteur.

Lorsqu'il avait commencé à travailler pour le Conseil national de sécurité, Varak avait appris qu'il ne fallait jamais donner de réponse trop simple ou trop compliquée à un agent chargé d'une surveillance.

Le récepteur radio de haute fréquence du camion se mit à bourdonner : c'était le signal que la compagnie de téléphone avait reçu de la sentinelle vigilante l'appel prévu. Le chauffeur fit de nouveau demi-tour, remonta l'allée, s'arrêta devant un poteau téléphonique, déplia sur son volant une grande feuille de papier et fit mine de l'étudier. Sachant qu'il arrivait souvent aux agents du FBI de faire à pied le tour du pâté de maisons, le chauffeur se comportait comme s'il était constamment surveillé.

Au bout de quelques instants, il quitta son siège, passa à l'arrière de la camionnette et brancha ses appareils. Il lui faudrait attendre quarante-six minutes exactement pendant lesquelles il surveillerait la consommation d'électricité faite dans la résidence de Hoover, les charges les plus fortes correspondant au système d'alarme, les plus faibles aux lampes, aux postes de radio et de télévision. Si le système d'alarme revêtait une importance capitale, il était tout aussi important de savoir qu'on venait d'allumer une lampe dans la partie de la maison où logeait Annie Fields, la gouvernante du directeur du FBI.

La limousine quitta Pennsylvania Avenue pour s'engager dans la Dixième Rue et ralentit devant l'entrée ouest du bâtiment du FBI. En tout point semblable à celle qui chaque jour amenait le directeur à son bureau, elle avait le même pare-chocs légèrement bosselé que Hoover se refusait à faire changer pour rappeler à son chauffeur, James Crawford, son inattention. C'était la réplique exacte de la voiture du patron du FBI (gardée, elle, vingt-quatre heures sur vingt-quatre) et personne, pas même Crawford, n'aurait pu découvrir la supercherie.

Le chauffeur prononça les mots appropriés dans le micro du tableau de bord et les lourdes portes d'acier s'ouvrirent. Le garde de nuit salua la limousine, qui traversa un long couloir de béton avant de s'arrêter devant une porte. Un deuxième garde du département de la Justice se précipita pour ouvrir la portière arrière droite du véhicule.

Varak descendit prestement de voiture et remercia le garde étonné. Le chauffeur et un troisième homme assis à côté de lui descendirent à leur tour.

– Où est le directeur? demanda le garde. C'est la voiture personnelle de Mr. Hoover.

– Nous sommes ici sur ses instructions, répondit calmement Varak. Nous devons nous rendre immédiatement à la Sécurité intérieure, qui l'appellera sur la ligne munie d'un brouilleur. La SI a le numéro. Dépêchez-vous, c'est très urgent.

Le garde regarda les trois inconnus correctement vêtus, pleins d'assurance, et sa méfiance se dissipa. Ils connaissaient le mot de passe, différent chaque soir, exigé à la porte d'entrée et surtout l'existence d'une ligne téléphonique qu'on n'utilisait jamais. Après un hochement de tête, le garde les conduisit au bureau de la Sécurité intérieure puis regagna son poste.

Un homme tout aussi correctement vêtu que les trois visiteurs se tenait devant un vaste panneau d'acier constellé d'ampoules et encadrant plusieurs écrans de télévision.

– Agents Longworth, Krepps et Salter, annonça Varak en posant sur le bureau une carte plastifiée. Vous devez être Parke?

– C'est exact, répondit l'homme, qui examina la carte de Varak puis celles de ses deux compagnons. Nous nous sommes déjà rencontrés, Longworth?

– Il y a dix ou douze ans. A Quantico.

– Oui, je me souviens. Al Longworth. Qu'est-ce que vous devenez? fit Parke en tendant la main à Varak.

– Je suis à La Jolla.
– Dites donc, vous avez un ami haut placé!
– C'est la raison qui m'amène. Moi et mes deux meilleurs agents, dit Varak avec un geste en direction des hommes qui l'escortaient. *Il* m'a téléphoné hier soir... J'ai de mauvaises nouvelles, Parke. Très mauvaises. Nous allons peut-être nous retrouver en « terrain découvert ».

Pour les agents du FBI élevés en grade l'expression signifiait que le directeur était atteint d'une maladie grave, peut-être mortelle. Parke accusa le coup.
– Oh, mon Dieu, murmura-t-il.
– Il désire que vous l'appeliez sur la ligne à brouilleur, reprit Varak.
– Oh, mon Dieu, répéta Parke. Mais qu'est-ce que je suis censé lui dire?
– Il veut que vous nous conduisiez aux « drapeaux [1] ». Dites-lui que nous sommes ici, vérifiez ses instructions et laissez un de mes hommes se rendre dans la salle des relais.
– Aux relais? Pour quoi faire?
– Demandez-le-lui.

Parke fixa un instant les yeux de Varak puis décrocha le téléphone.

A deux kilomètres de là, dans le sous-sol d'un central téléphonique, un homme se tenait assis sur un tabouret devant une plaque métallique portant un réseau de fils entrecroisés. Sur la carte épinglée à sa veste, on lisait le mot *Inspecteur*, surmonté de sa photographie. A l'oreille droite, il avait un écouteur relié à un amplificateur posé sur le sol à côté d'un petit magnétophone.

Le voyant de l'amplificateur s'alluma, signalant qu'on utilisait la ligne à brouilleur du bureau de la Sécurité intérieure du FBI. L'homme écouta, appuya sur le bouton du magnétophone, que deux fils reliaient au panneau. La bande magnétique se mit à tourner et presque aussitôt, l'homme l'arrêta. Il écouta de nouveau, attendit et pressa sur le bouton. La bande se remit à tourner.

Varak observait le visage tendu de Parke.
– Oui, qu'est-ce que c'est? fit une voix bourrue dans l'écouteur.
– Ici Parke, de la Sécurité intérieure, Mr. Hoover. Les agents Longworth, Krapps et...

Parke s'arrêta, leva vers Varak des yeux affolés.

1. Bureau de J.E. Hoover. *(N.d.T.)*

– Salter, murmura Varak.

– Et Salter, répéta Parke. Ils sont ici et me demandent de vérifier vos instructions. Selon eux, ils ont reçu mandat de se rendre dans vos bureaux, aux relais, et...

– Ces hommes agissent sur mon ordre personnel, interrompit la voix avec autorité. Faites ce qu'ils vous demandent et ne soufflez mot à personne de leur visite. C'est compris?

La phrase avait été composée à l'aide d'extraits d'enregistrement soigneusement choisis et montés bout à bout.

– Oui, Mr. Hoover.

– Rappelez-moi votre nom?

– Agent Lester Parke.

Il y eut un silence qui se prolongea indûment. Varak retint sa respiration.

– Je m'en souviendrai, fit enfin la voix. Bonsoir, Parke.

Varak se détendit. Le coup du nom avait marché, comme le reste. Il avait été « repiqué » d'une conversation au cours de laquelle le sujet s'était plaint de l'accroissement de la criminalité à Rock Creek Park.

Parke raccrocha et sortit d'un tiroir trois laissez-passer.

– On ne dirait pas qu'il est gravement malade, fit-il.

– Il a un courage extraordinaire, répondit Varak.

La femme d'âge mûr au visage triste regardait l'horloge encastrée dans le mur du studio. Encore cinquante-cinq secondes. Le téléphone était posé sur la table, à côté du magnétophone qu'elle avait utilisé pour répéter. Pendant une semaine entière, elle s'était préparée pour une représentation qui ne durerait pas plus d'une minute et n'aurait lieu qu'une seule fois.

Répéter. Représentation. Ces mots faisaient partie d'un vocabulaire qu'elle avait presque oublié. Ils évoquaient un monde qu'elle avait dû quitter par la faute de l'homme à qui elle allait parler dans... quelques secondes, maintenant. Un homme haïssable qui avait brisé la carrière de son mari.

– Pour toi, mon amour, murmura-t-elle en décrochant le téléphone.

Calme, sûre d'elle-même, elle allait donner la meilleure représentation de toute son existence.

Étendu sur son lit, John Edgar Hoover plissait les yeux en regardant le poste de télévision installé dans sa chambre à coucher. Il avait beau changer de chaîne à l'aide de son boîtier de commande à distance, l'image restait trouble. Le son aussi lui parvenait déformé, trop fort par moments puis trop faible. Hoover éprouvait dans la gorge une étrange sensation de vide qu'il n'avait jamais ressentie auparavant : comme si on avait percé un trou sous sa pomme d'Adam et que sa poitrine recevait trop d'air.

Pourtant, il ne sentait aucune douleur. Il avait faim, même, lui qui avait habitué son estomac à ne jamais se manifester à une heure indue. Ce curieux malaise l'agaçait et la sonnerie assourdie du téléphone ne fit qu'accroître son irritation. Une dizaine de personnes seulement à Washington connaissaient le numéro de sa ligne privée et il ne se sentait pas d'humeur à discuter d'affaires graves.

– Oui, qu'est-ce que c'est?

– Désolée de vous déranger, Mr. Hoover, mais il s'agit d'une question urgente.

– Miss Gandy? Que se passe-t-il?

La voix de la secrétaire semblait s'éloigner puis se rapprocher. Mais qu'avait-il donc de détraqué dans les oreilles?

– Le Président a appelé de Camp David. Il est en route pour la Maison-Blanche et vous demande de voir immédiatement Haldeman.

– Ce soir? Pour quelle raison?

– Le Président m'a chargée de vous dire qu'il s'agit d'une affaire de la plus haute importance, liée à des informations recueillies par la CIA ces dernières quarante-huit heures.

John Edgar Hoover eut une moue méprisante. La Central Intelligence Agency n'était qu'un ramassis de sycophantes, d'abominables « libéraux » à qui on ne pouvait faire confiance. Pas plus qu'à l'actuel occupant de la Maison-Blanche, d'ailleurs, mais Hoover n'allait pas refuser des renseignements qu'on lui offrait sur un plateau et dont le FBI saurait, lui, faire bon usage.

– Miss Gandy, le Président connaît mon numéro. Pourquoi ne m'a-t-il pas appelé directement?

– Il croyait que vous dîniez en ville et sachant que vous n'aimez pas être dérangé au restaurant, il m'a chargée de vous transmettre sa requête.

Hoover ricana intérieurement en songeant que les services de renseignements du Président fonctionnaient bien mal.

– Je recevrai Haldeman ici, répondit-il.

– J'ai pris la liberté de le suggérer moi-même. Le président m'a demandé d'accompagner Mr. Haldeman pour que vous puissiez me dicter séance tenante d'éventuelles instructions à transmettre aux services concernés. La voiture de la Maison-Blanche passera me prendre.

– Vous avez très bien fait, Miss Gandy. Ils doivent avoir mis la main sur quelque chose d'intéressant.

– Le Président tient à ce que personne ne sache qu'il vous a envoyé Haldeman. Il se trouverait dans une situation très embarrassante si on venait à l'apprendre.

– Passez par l'entrée latérale, Miss Gandy. Vous avez la clef. Le système d'alarme sera débranché et les gardes prévenus.

– Très bien, Mr. Hoover.

L'ancienne actrice raccrocha le téléphone et se renversa dans son fauteuil. Elle avait réussi! Elle avait retrouvé le rythme, les intonations, les inflexions légèrement nasillardes et même les pauses presque imperceptibles de la voix qu'elle avait cherché à imiter. La représentation absolument parfaite avait effacé des années de peur et de chagrin.

Elle avait encore un coup de téléphone à donner mais, cette fois, elle pouvait prendre n'importe quelle voix. Elle composa le numéro.

– Maison-Blanche, annonça-t-on à l'autre bout de la ligne.

– FBI, trésor, fit la comédienne en affectant un léger accent méridional. Simple information pour vos registres, rien d'urgent. Le directeur a reçu le message de Mr. Haldeman à 21 heures. Nous accusons réception, c'est tout.

– Entendu, je note.

Le chauffeur de la camionnette regardait l'écran où venaient de s'éteindre plusieurs points lumineux : le système d'alarme était débranché dans les secteurs inférieur et central gauche de la résidence, la grand-porte et l'allée menant à l'arrière de la maison. Tout se déroulait selon les prévisions. Dans dix minutes, il appuierait sur un bouton qui priverait totalement la résidence d'électricité pendant cinq secondes et créerait des perturbations qui dureraient quinze secondes encore avant le retour du courant à une tension normale.

Mais auparavant, il fallait neutraliser un autre élément du dispositif de sécurité qui allait bientôt être mis en place, selon une habitude vieille de plusieurs années. Il ouvrit la portière arrière de la camionnette, sauta sur la chaussée et se dirigea rapidement vers le poteau téléphonique. Après avoir abaissé les crochets prolongeant ses bottes, il passa sa ceinture de sécurité autour du cylindre de bois et commença à grimper.

Parvenu en haut du poteau, il examina la rue. Il n'y avait personne en vue mais le réverbère l'éclairait d'une lumière trop forte, dangereuse. Il sortit de sa poche un pistolet pneumatique et tira une bille de plomb dans le globe qui brillait juste au-dessus de sa tête. La lumière s'éteignit.

L'homme tendit l'oreille : pas un bruit. Satisfait, il sortit de sa boîte à outils un tube métallique de cinquante centimètres de long et une barre d'acier, terminée par une sorte de poignée incurvée, qu'il vissa au tube. De sa poche, il extirpa une lunette à infrarouges qu'il fixa sur le long cylindre, puis un bloc, muni d'une détente, qu'il adapta en dessous. L'arme était prête, il ne restait plus qu'à la charger.

Il sortit de sa poche une fléchette d'acier dont l'extrémité arrondie était recouverte de peinture lumineuse; il la glissa dans le fusil, referma la culasse, releva le chien puis consulta sa montre : 22 h 44. Plus que quelques minutes maintenant, si l'horaire habituel était respecté. L'homme resserra la ceinture qui l'attachait au poteau, à dix mètres au-dessus du trottoir, et appuya la poignée incurvée contre son épaule. Dans le cercle vert pâle de la lunette, il vit apparaître la porte de derrière de la maison du directeur. Malgré l'obscurité, les marches du perron se dessinaient nettement derrière la fine croix du viseur de son arme.

Il attendit. Les minutes s'écoulèrent. A 22 h 53, il ne s'était toujours rien produit. Que se passait-il? Il ne pouvait attendre plus longtemps, il devait redescendre appuyer sur le bouton qui couperait le courant. Pourquoi fallait-il que les habitudes de la maison ne soient justement pas respectées ce soir-là?

Enfin la lumière du porche s'alluma, la porte s'ouvrit. Avec quelques minutes de retard sur l'horaire, l'énorme bouledogue que Hoover ou Annie Fields faisait sortir chaque soir à 22 h 45 descendit les marches. La porte se referma. L'homme juché en haut du poteau visa la gorge de l'animal, appuya sur la détente de son arme. Dans la lunette, il vit la gueule du chien s'ouvrir mais aucun aboiement n'en sortit. La bête s'effondra sous l'effet de la drogue dont la pointe de la fléchette était enduite.

Une voiture grise s'arrêta dans l'impasse, à une trentaine de mètres de la maison du directeur du FBI. Un homme de haute taille vêtu d'un costume sombre en descendit et inspecta les alentours. Hormis un couple promenant un dalmatien, la rue était déserte. L'homme regarda sa montre, adressa un signe de tête au chauffeur resté dans la voiture puis se dirigea d'un pas rapide vers la grand-porte.

Onze secondes, constata-t-il en consultant de nouveau sa montre. Il sortit le pistolet pneumatique glissé sous sa ceinture, le passa dans sa main gauche, fouilla sa poche à la recherche de la clef et attendit quelques secondes encore par mesure de sécurité.

Maintenant.

Il glissa la clef dans la serrure, ouvrit la porte, entra et la repoussa derrière lui sans la fermer. Le chien gisait dans l'herbe, la gueule ouverte, la mâchoire pendante. Le chauffeur de la camionnette avait fait son travail. L'homme au costume sombre monta les marches en songeant qu'il enlèverait avant de ressortir la fléchette fichée dans la gorge de l'animal endormi. Demain matin, il n'y aurait plus trace du narcotique dans l'organisme du bouledogue.

La lumière du porche s'éteignit, se ralluma, faiblit de nouveau. L'homme grimpa les marches du perron en comptant mentalement les secondes. Il sortit de sa poche une seconde clef, l'introduisit dans la serrure. Neuf secondes encore.

La serrure refusa de s'ouvrir! L'homme agita la clef fébrilement. Quatre secondes, trois. Ses doigts de chirurgien gantés de caoutchouc se crispaient sur le métal. Deux secondes, une...

La porte s'ouvrit. L'homme se coula à l'intérieur de la maison, s'immobilisa dans le hall et tendit l'oreille. Au premier étage, un poste de télévision diffusait en sourdine les informations de 23 heures. La lumière était redevenue normale.

Le chirurgien traversa l'entrée, monta l'escalier et s'approcha de la porte derrière laquelle se trouvait l'homme qu'il haïssait depuis si longtemps. Plus de vingt années il avait attendu ce moment sans que jamais sa haine le quitte. Il tourna doucement le bouton de la porte. Le directeur du FBI s'était assoupi, sa grosse tête inclinée sur le côté, les bajoues pendant sur son cou épais. Ses mains dodues, féminines, tenaient une paire de lunettes qu'il ne portait que très rarement en public, par coquetterie.

Le médecin traversa la chambre, augmenta le volume du son du poste de télévision et retourna près du lit où dormait l'objet de sa haine. Le directeur s'éveilla en sursautant.

– Quoi? grommela-t-il.

– Mettez vos lunettes, lui ordonna le chirurgien par-dessus le bruit du poste.

– Qu'est-ce que...? Miss Gandy? Vous n'êtes pas...

Hoover mit ses lunettes d'une main tremblante.

– Regardez-moi bien. Il y a vingt-deux ans, souvenez-vous.

Derrière les verres, les yeux protubérants accommodèrent sur la silhouette penchée vers le lit.

– Vous! Comment...

– Vingt-deux ans, poursuivit le médecin en sortant une seringue de sa poche. J'ai changé de nom; j'exerce à Paris maintenant. Les médecins américains y sont très appréciés.

Le directeur tendit la main vers la table de nuit mais le chirurgien lui attrapa le poignet, lui plaqua le bras sur le matelas. Lorsque Hoover se mit à crier, l'homme au costume sombre lui enfonça son coude dans la gorge, le réduisant au silence. Avec ses dents, il enleva le petit bouchon de caoutchouc protégeant la seringue puis souleva le bras tremblant du vieillard et plongea l'aiguille dans la chair molle de l'aisselle ainsi découverte.

– Pour ma femme et mon fils, fit le médecin. Pour tout ce que tu m'as volé.

Le chauffeur de la voiture grise vit la lumière du premier étage s'éteindre puis se rallumer cinq secondes plus tard : le chirurgien avait fait son travail. Il avait appuyé

sur le bouton dissimulé dans le bois de la tête du lit. Le chauffeur décrocha le micro pendu au tableau de bord et annonça avec un accent anglais prononcé :
– Phase Un terminée.

Au fond de la pièce longue de près de dix mètres, un imposant bureau en acajou, légèrement surélevé, faisait face à des fauteuils de cuir profonds et bas d'où le visiteur levait les yeux vers le maître des lieux. Derrière le bureau pendait au mur une rangée de drapeaux dont les bannières du FBI et des États-Unis se partageaient le centre.

Varak se tenait immobile devant le plateau d'acajou où étaient posés deux téléphones : le premier, décroché, le reliait à l'homme assis dans la salle des relais, d'où l'on commandait tous les dispositifs d'alarme ; le second ne portait pas de numéro au centre de son cadran ; c'était une ligne directe qui ne passait pas par le standard.

L'homme qui accompagnait Varak éclairait de sa lampe électrique le tiroir central du bureau, à moitié ouvert. L'index de sa main droite, dirigé vers le haut, touchait un bouton encastré dans l'acajou.

Le téléphone se mit à sonner et Varak décrocha aussitôt.

– « Drapeaux », lança-t-il.

– Phase Un terminée, lui répondit-on.

Varak fit signe à son compagnon de presser sur le bouton invisible.

Quatre étages plus bas, dans une pièce aux murs de béton, le troisième visiteur nocturne observait les rectangles sombres alignés en haut d'un tableau. Un sifflement se fit entendre dans le téléphone décroché posé à côté de lui sur une table d'acier. Soudain, une sonnerie stridente retentit dans la maison, un voyant rouge s'alluma au centre du tableau. L'homme appuya aussitôt sur le rectangle situé au-dessus du point lumineux et rétablit le silence. Un garde en uniforme se précipita dans la pièce, l'air affolé.

– Nous faisons un essai, fit tranquillement l'homme installé devant le tableau en raccrochant le téléphone. Je vous l'ai dit.

– Bon Dieu ! soupira le garde. Vous voulez me faire mourir d'une crise cardiaque ou quoi ?

Varak regarda Salter ouvrir la porte du cagibi masquée par les drapeaux et allumer la lumière. Dans quelques minutes, il pourrait informer Bravo, qui avait pris la succession de Genèse, que le travail était fait. Dans quelques minutes, à l'aide des deux chariots métalliques disposés le long du mur, il porterait des centaines de dossiers – plusieurs milliers, peut-être – jusqu'à la limousine.

Les dossiers secrets de John Edgar Hoover finiraient dans les flammes, un Quatrième Reich serait étouffé dans l'œuf.

– Varak ! Viens vite !

L'homme blond courut rejoindre Salter dans le cagibi. Le coffre d'acier, béant, révélait deux classeurs métalliques aux tiroirs ouverts. Celui de gauche, portant l'étiquette A - L, débordait de dossiers, celui de droite, marqué M - Z, était vide.

Il manquait la moitié de la boue accumulée depuis des années par John Edgar Hoover.

4

Étendu sur la plage, Chancellor se chauffait au soleil en lisant le *Los Angeles Times*. La nouvelle paraissait incroyable : J. Edgar Hoover était mort dans son lit d'une banale crise cardiaque, comme tant d'autres vieillards usés par les années. Le Congrès et le gouvernement s'étaient naturellement empressés de faire l'éloge du défunt, mais les formules officielles faisaient irrésistiblement penser à des larmes de crocodile. En fait, le pays tout entier avait poussé un soupir de soulagement en apprenant la mort de Hoover.

Peter roula le journal en boule et le jeta sur le sable. Il avait perdu le goût de lire, celui d'écrire aussi, d'ailleurs. Il se demandait s'il retrouverait un jour l'envie de se mettre au travail, s'il cesserait de vivre comme une plante de serre.

Pourtant la vie végétative rapportait gros. Joshua Harris venait de lui téléphoner que les studios avaient de nouveau versé à son compte la somme prévue par le contrat. Chancellor gagnait beaucoup d'argent en ne faisant absolument rien. Depuis sa dernière soûlerie, il n'avait plus mis les pieds aux studios ni pris la peine de téléphoner au coscénariste de *Riposte!*

Il leva le bras pour regarder sa montre. A huit heures trente du matin, le sable de Malibu brûlait déjà la peau. Il décida de regagner la maison climatisée et de s'offrir un verre. Pourquoi pas? Comment disait-on, déjà? *Jamais* d'alcool avant cinq heures du soir, mais il devait bien être cinq heures quelque part.

Le ciel était couvert, l'air lourd, oppressant. Le crachin qui tombait sans discontinuer depuis plusieurs heures menaçait de se changer en averse. La foule massée devant le Capitole se taisait, moins par respect, semblait-il, que par un reste de crainte inspirée par l'homme dont on attendait la dépouille. Lorsque le corbillard arriva enfin, avec vingt minutes de retard, Stefan Varak eut l'impression que la foule refluait, bien que le convoi funèbre eût largement la place de passer.

Des soldats à l'uniforme assombri par la pluie rendaient les honneurs le long des marches menant sous le dôme où le corps de John Edgar Hoover serait exposé toute la journée et toute la nuit. C'était la première fois que la nation rendait un tel hommage à un civil, mais on pouvait se demander si le pays n'avait pas voulu montrer ainsi au monde et à lui-même que l'homme était bel et bien mort. Il s'était abattu, le chêne qui avait transformé le FBI corrompu des premières années en une organisation terriblement efficace. Peu à peu, cependant, les années avaient rongé le géant de l'intérieur sans qu'il doutât un seul instant de sa puissance et de son infaillibilité. Si seulement il s'était arrêté avant de perdre la raison, songea Varak.

Huit soldats chargèrent sur leurs épaules le cercueil recouvert d'un drapeau et commencèrent à gravir lentement les trente-cinq marches. La foule sembla retenir sa respiration jusqu'à ce que les soldats parvinssent en haut de l'escalier de pierre, devant les grandes portes de bronze.

Varak se tourna vers le cameraman qui se trouvait à ses côtés, sur une petite plate-forme surélevée. Sous l'objectif de la caméra, des lettres de métal composaient le sigle d'une station de télévision de Seattle qui n'avait envoyé aucune équipe à Washington ce matin-là.

– Vous pouvez tout prendre? demanda Varak en français.

– Tout, répondit le cameraman. Le cortège, la foule, les visages au téléobjectif.

– La lumière n'est pas trop mauvaise, par ce temps-là?

– Avec le film que j'ai mis, pas de problème.

– Bon. Je vais là-haut.

Varak descendit de la plate-forme, traversa la foule, entra dans le bâtiment et passa devant un garde à qui il laissa le temps d'examiner la carte du Conseil national de sécurité portant sa photo épinglée au revers de sa veste. Il monta l'escalier quatre à quatre et se retrouva derrière la foule qui se pressait déjà à l'intérieur pour s'incliner devant le cercueil.

Un parlementaire en sueur, visiblement soûl, jouait des coudes pour se dégager. Il trébucha à deux reprises et un homme jeune, probablement son secrétaire, le prit par le bras pour l'aider à sortir de la foule. Le parlementaire faillit tomber et heurta le mur de l'épaule.

En regardant les yeux égarés, le visage luisant de transpiration, Varak se souvint que l'homme avait publiquement accusé le FBI d'avoir branché son téléphone sur table d'écoute. Il avait promis de fournir des preuves de ses allégations puis avait soudain cessé de porter des accusations embarrassantes pour le directeur du Bureau. Apparemment, il n'avait plus rien trouvé à lui reprocher. Est-ce que son dossier faisait partie des documents disparus? se demanda Varak en remontant un couloir. Il adressa un signe de tête à un garde qui s'effaça et lui ouvrit une porte. Un étroit escalier en colimaçon conduisait à une haute galerie intérieure fermée au public depuis des années. Varak le gravit rapidement et alla rejoindre un second cameraman qui filmait au téléobjectif ce qui se passait cinquante mètres plus bas.

Les soldats avaient posé la bière sur le catafalque. De l'autre côté du cordon de velours, les principaux dirigeants du pays prenaient place dans une bousculade manquant de dignité. La garde d'honneur, dans laquelle étaient représentées les trois armes, prit position autour du cercueil. Quelque part, au loin, la sonnerie d'un téléphone retentit à deux reprises. Varak sortit de sa poche l'appareil à transistors qui le reliait à ses hommes, le porta à son oreille, écouta. Fausse alerte.

La voix d'Edward Elson, aumônier du Sénat, ministre de l'Église presbytérienne, s'éleva vers le dôme pour la prière inaugurale puis Warren Burger prononça l'éloge funèbre.

« ... Un homme au courage tranquille, qui resta fidèle aux grands principes sans se soucier des clameurs... qui servit son pays et gagna l'admiration de tous ceux qui croient à la liberté dans l'ordre. »

Quels principes? se demandait Varak en regardant la scène. Et qu'est-ce que la liberté dans l'ordre?

– Ça va? murmura-t-il en tchèque au cameraman.

– Ça ira si je n'attrape pas de crampes.

– Étirez vos membres de temps à autre mais ne vous levez pas. Je vous remplacerai pendant trente minutes toutes les quatre heures et vous apporterai à manger.

– Je vais rester ici toute la nuit?

– C'est pour cela qu'on vous paie. Je veux sur la pellicule la tête de tous ceux qui franchiront les portes de bronze.

Dans les jardins de l'église presbytérienne, l'eau de la fontaine retombait en cascade dans un bassin circulaire. L'allée conduisant à la maison de Dieu passait sous un portique de pierre flanqué de portes qui évoquait davantage un péage routier que le porche d'une église.

Bourrés de benzédrine et de café, les deux cameramen épuisés continuaient à filmer. Dans quelques heures, ils auraient terminé leur travail et rentreraient chez eux les poches pleines, l'un à Prague, l'autre à Marseille.

Le service funèbre devait commencer à onze heures mais les premières limousines arrivèrent à 9 h 45. Le Tchèque se trouvait à l'extérieur; le Français, agenouillé à gauche de l'autel, ne priait pas mais braquait la caméra sur tous ceux qui entraient dans l'église. Il était dissimulé derrière une lourde tenture et portait sur sa veste, pour plus de sûreté, une carte d'allure officielle frappée du sceau d'un imaginaire département des Archives.

Nul ne savait de quoi il s'agissait mais nul ne s'étonna de la présence du cameraman.

L'orgue emplit l'église d'une musique grave et majestueuse tandis que vingt-cinq soldats revêtus de tuniques noires s'avançaient vers le chœur comme des somnambules. Le service commença. Après les prières et les psaumes, le chœur de l'armée entama un chant liturgique que Varak trouva un peu froid, trop maîtrisé, encore qu'il se moquât totalement de la qualité de la cérémonie. Puis il entendit la voix familière du président des États-Unis dont le ton, d'ordinaire papelard, s'était adapté à l'occasion :

« Le peuple américain rejette aujourd'hui l'inadmissible laisser-aller qui a dangereusement sapé nos traditions nationales de respect des lois. Le peuple américain est las de voir les lois bafouées. L'Amérique entend refaire de la loi le fondement de son mode de vie... »

Varak avait mieux à faire que d'entendre une telle profession de foi. Il quitta l'église, traversa la pelouse soigneusement tondue et alla s'asseoir au bord de la fontaine. De sa poche, il sortit une carte routière, la déplia sur ses genoux et y chercha le cimetière du Congrès. Il y posterait une dernière fois ses deux cameramen avant l'arrivée du convoi funèbre afin qu'ils filment tous ceux qui viendraient assister à l'enterrement.

Dans deux heures, les restes de John Edgar Hoover seraient recouverts de terre mais sa présence continuerait à se faire sentir tant que les dossiers disparus n'auraient pas été retrouvés.

De M à Z, songeait Varak. Trois mille dossiers, au moins, dont la possession permettait de modeler le gouvernement et de changer les lois, de diriger le pays.

Qui les avait?

Quelqu'un que les cameramen avaient filmé, conclut Varak. Il ne pouvait en être autrement, car nul étranger à Washington n'aurait réussi à déjouer les services de sécurité du FBI.

Dans les milliers de mètres de pellicule se cachait un visage et ce visage portait un nom. Il lui fallait découvrir l'un et l'autre.

5

Les visages filmés en gros plan se succédaient sur l'écran. Varak se frotta les yeux d'un geste las : c'était la quinzième fois en trois mois qu'il revoyait le film.

De M à Z. Quatorze lettres. L'homme qui avait subtilisé les dossiers portait un nom commençant par l'une de ces lettres, c'était plus que probable. Cela ne réduit guère le champ des recherches, se dit Varak. D'autant qu'il faut tenir compte des noms de code : un Kleindienst ou un Grey pouvaient être connus du Bureau sous le nom de « Nelson » ou de « Stark ».

Le sous-sol de la maison de Georgetown avait été transformé en salle de projection. Dans la pièce adjacente s'entassaient les films, les photos, les dossiers – personnels, médicaux, gouvernementaux, etc. –, les factures de téléphone, les relevés bancaires : une énorme quantité de documents que Varak devait dépouiller et étudier sans aucune aide. En s'adjoignant ne fût-ce qu'un seul collaborateur, il multipliait les risques de fuites.

Il ne pouvait s'agir que d'un proche de Hoover, Varak en était persuadé. Un complet étranger n'aurait jamais su comment débrancher les dispositifs de sécurité ni s'introduire dans une salle gardée jour et nuit pour arrêter la sonnette d'alarme.

Alors, un ami ? Un proche collaborateur ? Probablement mais qui ? Après avoir épluché pendant trois mois une quantité considérable de matériaux, Varak n'avait pas avancé d'un pouce.

Il passa dans le petit bureau sans fenêtre en songeant qu'il y avait trop longtemps qu'il n'avait pas vu le soleil ni respiré d'air pur. La lampe de bureau, braquée vers le mur, éclairait un agrandissement photographique du testament de Hoover.

La fortune du directeur du FBI – au total 551 500 dollars – allait presque entièrement à son ami et adjoint depuis près de cinquante ans, Clyde Tolson. A la mort de Tolson, la succession serait partagée entre diverses fondations et clubs de jeunesse. Piste sans intérêt. Le chauffeur James Crawford, la gouvernante Annie Fields et la secrétaire Helen Gandy héritaient de deux, trois et cinq mille dollars. A ceux qui avaient passé leur vie à son service, Hoover ne laissait que des miettes. Le fait éclairait la personnalité du défunt mais, là encore, la piste ne menait nulle part.

Varak avait aussi songé à ceux que le testament ne mentionnait pas : les huit neveux et nièces, qui avaient presque tous assisté à l'enterrement. Aucun n'héritait de l'oncle Hoover, pas même celui qui avait passé dix ans au FBI. Nouvelle impasse.

Voilà tout ce que lui avait révélé l'étude des dernières volontés de John Edgar Hoover, colosse et mythe! Et les autres documents empilés dans la pièce ne lui en avaient guère appris davantage.

L'homme blond passa dans la partie du sous-sol aménagé en appartement. Salon, salle à manger, chambre à coucher : Bravo avait veillé à son confort. Curieux, se dit Varak, comme il ne songeait jamais à lui donner son vrai nom, Munro St Claire.

Le téléphone sonna. C'était Bravo, précisément.

– Mr. Varak? La partie a commencé, je le crains. Je suis en ville. Restez où vous êtes, j'arrive.

Assis dans le fauteuil de cuir, St Claire arborait l'expression de sérénité totale avec laquelle il avait coutume d'aborder les crises les plus graves.

– Ces dernières vingt-quatre heures ont été marquées par deux démissions proprement stupéfiantes, dit-il. Celles du général de division Bruce MacAndrew, affecté au Pentagone, et de Paul Bromley, auditeur à la Cour des comptes. Vous les connaissez?

– Je ne connais pas Bromley.

– Que pensez-vous du général?

– Beaucoup de bien. Il ne craint pas d'exprimer des opinions souvent mal accueillies en haut lieu.

– Exactement. Et malgré ce rôle de censeur, il jouit de l'estime quasi générale. Comment expliquez-vous que, parvenu au faîte de sa carrière, il laisse soudain tout tomber?

Varak répondit par une autre question :

– Pour quelles raisons croyez-vous que sa démission a un rapport avec les dossiers?

– Parce que celle de Bromley en a un. Je viens de le rencontrer. Vous vous souvenez peut-être qu'il y a un an environ, il avait témoigné devant le Sénat sur les gaspillages financiers de l'administration?

– Oui, je me souviens maintenant. Cela lui avait valu de se retrouver chargé d'apurer les comptes des cafétérias du Congrès ou d'un autre poste aussi essentiel du budget national.

– Bromley n'en avait pas moins continué à constituer un dossier accablant dénonçant la gabegie régnant dans l'administration. Et voilà maintenant qu'au lieu de l'utiliser, il donne sa démission.

– Vous a-t-il expliqué pourquoi? demanda Varak.

– Oui. A cause d'un coup de téléphone.

Bravo marqua une pause avant de reprendre :

– Bromley a une fille d'une trentaine d'années qui vit dans la banlieue de Milwaukee avec son second mari. Son premier mariage avait été une catastrophe. A dix-huit ans, elle avait épousé un garçon à peine plus âgé qu'elle. Ils se droguaient tous les deux, vivaient dans la rue, et elle se prostituait pour pouvoir acheter de la drogue. Bromley n'avait plus de nouvelles de sa fille depuis trois ans lorsqu'un policier vint l'avertir qu'elle venait d'être arrêtée pour le meurtre de son mari.

St Claire résuma la suite : le tribunal conclut à un accès de folie passagère et après plusieurs années de soins psychiatriques, la fille de Bromley alla vivre chez ses grands-parents dans le Wisconsin. Elle y retrouva son équilibre, épousa un ingénieur travaillant pour une société du Middle West et eut plusieurs enfants. Dix ans après le drame, son père recevait un coup de téléphone l'enjoignant de mettre fin à ses attaques contre l'administration et de donner sa démission s'il voulait éviter un scandale.

– L'actuel mari connaît cette histoire?

– Oui. En fait, il s'agit moins de lui que de la fille de Bromley : elle ne résisterait pas à une résurgence du passé.

– Bromley vous a-t-il décrit la voix de son interlocuteur?

– Un murmure, répondit St Claire.

– Cela fait plus menaçant, observa Varak.

– Cela permet aussi de déguiser sa voix. Bromley ne saurait dire s'il s'agissait d'un homme ou d'une femme.

– Je vois. A-t-il noté quelque chose de particulier?

– Absolument rien, si ce n'est peut-être une diction un peu mécanique.

– Pouvait-il s'agir d'un enregistrement? D'une bande magnétique?

– Non. La voix répondait aux questions de Bromley.

– Comment a-t-il eu l'idée de s'adresser à vous?

– En fait, c'est moi qui ai pris contact avec lui à l'origine, répondit Bravo. Immédiatement après sa déposition au Sénat. Comme je tenais à rencontrer un fonctionnaire assez hardi pour s'attaquer au Pentagone, je l'avais invité à dîner.

– Ici?

– Non, bien sûr. Dans une auberge du Maryland.

– Vous ne m'avez toujours pas dit pourquoi il s'est adressé à vous, souligna Varak.

– Parce que je le lui avais demandé. J'étais sûr qu'en se frottant au Pentagone il s'attirerait des ennuis et je lui avais dit de me prévenir s'il faisait l'objet de représailles.

– Pourquoi êtes-vous convaincu que celui ou celle qui a téléphoné à Bromley est en possession des dossiers de Hoover? Il suffisait de fouiner dans les archives du tribunal pour déterrer cette histoire.

– A cause d'une formule que la voix a utilisée. Il ou elle a dit détenir des informations « saignantes » sur la famille de Bromley. Cela ne vous rappelle-t-il rien?

– C'était une des expressions favorites de Hoover, reconnut Varak. Seulement, il y a une incohérence dans votre hypothèse : Bromley, cela commence par un B.

– Au Pentagone et au FBI, on l'avait affublé du nom de code de Vipère, expliqua Bravo.

– Comme s'il était un agent ennemi?

– Exactement.

– Et sur MacAndrew? Nous avons quelque chose?

– Je crois que oui. Nous nous intéressons à lui depuis des années. C'est l'un des rares militaires à croire sincèrement à la nécessité d'un contrôle de l'armée par le pouvoir civil. A vrai dire, nous avions même envisagé sa candidature à Inver Brass à une certaine époque, avant votre venue parmi nous. En étudiant son dossier, nous avions constaté un curieux trou de huit mois dans ses états de service. Une note indiquait que les documents concernant cette période – 1950 – avaient été transmis au G 2, département d'analyse psychiatrique.

– A son niveau, cela signifie en général une histoire de trahison.

– Oui. Nous avons été très étonnés, naturellement, et lorsque nous avons voulu vérifier dans les archives du G 2, nous n'avons rien trouvé de plus que la mention : « Dossier transmis au FBI et à la Sécurité intérieure. » Vous devinez le reste, je suppose?

– Aisément, dit Varak. Vous vous êtes procuré son dossier au FBI et vous n'y avez rien trouvé. Vous avez vérifié auprès de la Sécurité intérieure : toujours rien. Les informations étaient devenues... « saignantes ».

– Exactement. Tout ce qui « concernait » la Sécurité passait sur le bureau de Hoover, et vous savez ce que l'on entend par là : habitudes sexuelles, relations conjugales, extraconjugales, problèmes familiaux, etc. Hoover accumulait dans son coffre les détails les plus intimes, les plus personnels. Rien n'avait trop peu d'importance. Trois présidents ont essayé de le limoger, aucun n'a réussi.

– Il faudrait commencer par savoir ce qu'il y avait dans le dossier de MacAndrew, suggéra Varak. Désormais, rien ne nous empêche de lui poser la question.

– *Nous?*

– Pas directement, bien sûr.

– A travers un intermédiaire?

– Oui. Un « furet », qui débusquera le gibier mais qui ne permettra pas de remonter jusqu'à nous.

– Parfait, mais ensuite? objecta St Claire. Lorsque vous aurez découvert le vice caché de MacAndrew, qu'aurez-vous de plus?

– Il faut bien recommencer à zéro quelque part. Jusqu'ici toutes les pistes ont abouti à une impasse, mais nous finirons par trouver un des maillons de la chaîne.

– Ce ne sera pas si facile, fit Bravo. Bien qu'étant le meilleur dans votre partie, vous en êtes toujours au même point qu'il y a trois mois.

– Nous avons des éléments nouveaux. Laissez-moi mettre quelqu'un sur MacAndrew.

– Attendez... Un « furet », disiez-vous?

– Un intermédiaire téléguidé, si vous préférez, précisa Varak.

– Quelqu'un qui obtient pour vous les renseignements désirés sans que vous ayez à intervenir, n'est-ce pas?

– C'est exact. Le « furet » agit pour des motifs personnels n'ayant rien à voir avec les objectifs poursuivis par ceux qui se servent de lui, dont il ignore d'ailleurs l'existence. Tout l'art consiste à passer derrière lui pour récupérer les marrons qu'il a tirés du feu.

– Il convient donc de choisir son « furet » avec le plus grand soin, fit St Claire.

Ce n'était pas une question mais une affirmation.

– Nous pourrions par exemple laisser entendre à un journaliste que les dossiers « saignants » de Hoover n'ont peut-être pas disparu en même temps que lui, reprit l'ancien diplomate.

– Un début d'enquête éveillerait aussitôt la méfiance de celui ou de celle que nous recherchons, répondit Varak.

Quittant son fauteuil, Munro St Claire se mit à arpenter la pièce.

– La presse n'a quasiment pas mentionné ces dossiers dont elle connaissait pourtant l'existence, dit-il. On dirait que personne n'ose en parler.

– On préfère les enterrer en même temps que Hoover.

– Tout Washington observe un curieux silence, y compris les journalistes. C'est à croire que chacun se demande si sa vie privée faisait ou non partie des dossiers de l'ancien directeur du Bureau.

– Il ne suffit pas toujours de briser le mur du silence pour trouver la solution du problème.

– Cela dépend de la façon dont on s'y prend, répondit Bravo d'un ton pensif.

Il s'immobilisa au milieu de la pièce puis poursuivit :

– Dites-moi, Varak : y a-t-il la plus infime possibilité que ceux qui ont participé à la neutralisation du sujet soient retrouvés?

– Absolument aucune, répondit catégoriquement Varak. Les deux « réparateurs » de la compagnie téléphonique purgent en Australie une peine pour homicide, dans le corps des Marines. « Salter » se trouve à Tel-Aviv et ne s'occupe que de défendre la Terre promise. Nous lui fournissons des informations sur les terroristes palestiniens, c'est tout ce qui l'intéresse. L'actrice s'est retirée à

Majorque. Maintenant qu'elle a vengé son mari, elle n'attend plus rien de la vie. L'Anglais qui conduisait la voiture pour la phase Un a regagné les SR militaires. Il sait que nous pourrions le condamner à mort en révélant qu'il a joué double jeu avec les Russes à Berlin-Est. Pour le médecin installé à Paris, vous connaissez son histoire, aucun risque de ce côté-là.

– Vous oubliez l'homme chargé de la salle des relais, remarqua St Claire. Le prétendu Krepps.

– Je l'ai tué. Il fallait prendre une décision, je l'ai prise, dit Varak en soutenant le regard de Bravo.

– Ainsi, on ne pourra jamais attribuer la mort de Hoover à des causes qui ne seraient pas naturelles?

– C'est impossible.

– Si bien que notre éventuel « furet » ne pourrait jamais découvrir que Hoover a été assassiné?

– Tout à fait exact.

Munro St Claire se remit à marcher de long en large.

– Je ne vous ai jamais demandé pourquoi il n'y avait pas eu d'autopsie, fit-il.

– Ordre de la Maison-Blanche.

– Ils avaient une raison de donner un tel ordre?

– Je leur en ai fourni une.

Bravo se contenta de cette explication. Il connaissait assez Varak pour savoir qu'il pouvait s'en remettre à lui.

– Notre « furet » ne pourrait se raccrocher aux faits puisqu'il n'y en a pas, conclut-il. Il nous faudrait donc quelqu'un que l'absence de preuves tangibles ne décourage pas, quelqu'un qui ne s'intéresse qu'à l'hypothèse de départ.

– Je ne vous suis pas, dit Varak. Qu'est-ce qu'un « furet » qui ne s'intéresse pas aux faits pourrait découvrir et surtout nous apprendre?

– Beaucoup de choses, peut-être.

– Je ne vous comprends pas, j'en ai bien peur.

– Avez-vous entendu parler d'un écrivain nommé Peter Chancellor?

– J'ai lu *Riposte!* Ce bouquin a semé la panique dans bon nombre de bureaux de la CIA.

– Ce n'est qu'un roman, pourtant.

– Chancellor se trompe sur les détails, les noms des services et les méthodes employées mais, quant au fond, il décrit exactement ce qui s'est passé.

– Parce qu'il ne se laisse pas enfermer dans le carcan

des faits. Il s'en tient à sa théorie de départ, il sélectionne les données et les ordonne de manière à recomposer la réalité telle qu'il la voit. Il ne s'embarrasse pas de preuves, il *invente*. Je ne suis pas étonné d'apprendre que *Riposte!* a causé des inquiétudes à l'Agence. Chancellor a de nombreux lecteurs et ses romans poussent l'analyse en profondeur. Supposons qu'il ait l'idée de s'intéresser au personnage de Hoover, vers la fin de sa vie...

– A ses dossiers, précisa Varak. Quelqu'un pourrait lui parler de leur disparition. En commençant à poser des questions, Chancellor troublerait des eaux limpides et nous serions là pour ferrer le poisson.

– Allez à New York, Mr. Varak. Recueillez sur notre « furet » tous les renseignements possibles : ses habitudes, ses relations, sa façon de travailler. Chancellor est fasciné par les complots et nous allons lui offrir sur un plateau une conspiration à laquelle il ne pourra pas résister.

6

– Mr. Peter Chancellor? demanda la standardiste.

Peter extirpa son bras des couvertures et regarda sa montre en clignant des yeux. Il allait être dix heures. Une brise matinale agitait les rideaux de la fenêtre ouverte.

– Oui?

– Mr. Anthony Morgan vous appelle de New York. Un instant, s'il vous plaît.

– Je ne quitte pas.

Il entendit un déclic puis une voix s'exclamer joyeusement :

– Bonjour, Mr. Chancellor!

La secrétaire de son éditeur était invariablement d'excellente humeur.

– Bonjour Radie. Comment allez-vous?

Mieux que lui, il l'espérait pour elle.

– Très bien, merci. Et que devient la Californie?

– Brillante, verte, humide, rutilante. Faites votre choix!

La fille partit d'un rire agréable à entendre.

– Je ne vous ai pas réveillé, j'espère?

– Non, non, mentit Peter sans raison. J'étais sur la plage.

– Je vous passe Mr. Morgan.

Chancellor entendit un autre déclic.

– Allô, Peter? fit la voix de son éditeur.

– Comment vas-tu, Tony?

– Et *toi?* Mary m'a dit que tu as téléphoné hier soir. Désolé, je n'étais pas à la maison.

– Je... J'avais bu. Présente-lui mes excuses, tu veux?

– Ne t'en fais pas pour cela. Tu étais furieux, paraît-il?

– Furieux et complètement soûl.

– Ce que tu as raconté à Mary l'a rendue furieuse, elle aussi. Quand je suis rentré, j'ai eu droit à une conférence sur la façon dont je devrais protéger les intérêts de mes auteurs. Que se passe-t-il là-bas?

Peter s'éclaircit la gorge et s'efforça de chasser toute amertume de sa voix.

– Hier après-midi, à 4 h 30, un porteur des studios m'a remis la première mouture du scénario de *Riposte!* Je ne savais même pas que nous avions commencé à l'écrire.

– Et alors?

– Cela n'a plus rien à voir avec mon roman.

Morgan garda le silence un instant puis demanda sur un ton gentiment moqueur :

– Tu te sens blessé dans ton orgueil d'écrivain, Peter?

– Tu sais bien que non. Je n'ai pas dit que je trouvais le scénario indigne de mon grand talent. En fait, il est même sacrément bien foutu, dans l'ensemble, mais c'est exactement le contraire de ce que j'ai écrit.

– Josh m'a dit qu'ils ont changé le nom de l'Agence...

– Ils ont tout changé! explosa Chancellor. Les types du gouvernement sont devenus de vrais anges, purs et innocents! Et les méchants, les manipulateurs, sont désignés par un simple pronom personnel : « ils » prônent la violence, « ils » prêchent la révolution et, tiens-toi bien, « ils » parlent avec « un léger accent européen »! Il n'y a plus rien de ce que j'ai voulu montrer avec mon livre. Mais pourquoi en ont-ils acheté les droits si c'était pour le charcuter à ce point?

– C'est peut-être simplement pour avoir ton nom qu'ils payent tout cet argent.

– Pas question de mettre ma signature sous un scénario qui dit le contraire de ce que j'ai écrit.

– Est-ce si important pour toi?

– Je ne demande pas qu'on mette sous globe mon « œuvre littéraire », mais je refuse qu'on dénature ce que j'ai à dire.

– Bien... As-tu commencé à travailler sur Nuremberg?

– Pas encore, Tony. Je vais bientôt m'y mettre, fit Chancellor en fixant le plafond. Je t'en parlerai plus tard.

Peter raccrocha. Si seulement la douleur qui lui martelait la tête disparaissait, il pourrait peut-être recommencer à écrire. La douleur et les souvenirs : le verre brisé, la lumière aveuglante, la tôle déchirée, les cris...

Il se leva, fit quelques pas dans la chambre, chercha son slip de bain. Il était en retard pour sa baignade du matin et se sentait coupable, comme s'il avait manqué à un rite important. Le plus grave, songea-t-il aussitôt, c'est que le rite a remplacé le travail.

Se penchant en avant, Varak ouvrit la serviette posée sur la table basse et en sortit deux dossiers. Le soleil matinal baignait de lumière la suite de l'élégant hôtel dont les fenêtres donnaient sur la partie sud de Central Park. Assis en face de l'homme blond, Munro St Claire inclinait un pot à café vers une tasse posée sur un plateau d'argent.

– Vous n'en voulez vraiment pas? demanda-t-il.

– Non, merci. Votre venue ici va nous faire gagner du temps.

– Chaque jour compte, dit St Claire. Chaque heure, même. Qu'avez-vous trouvé?

– Tout ce qu'il nous faut. Mes deux principales sources ont été Anthony Morgan, l'éditeur de Chancellor, et son agent littéraire, un nommé Joshua Harris.

– Ils ont fourni les renseignements aussi facilement?

– Je les ai aisément convaincus qu'il s'agissait d'une simple enquête de routine.

– Quelle enquête de routine?

Varak sortit une feuille de l'un des dossiers.

– Avant son accident, Chancellor s'était fait envoyer par l'Imprimerie nationale une copie des minutes des procès de Nuremberg. Il écrit un roman sur ce sujet : une sombre histoire de machinations judiciaires qui auraient permis à des milliers de nazis d'émigrer librement à l'étranger en emportant avec eux d'énormes sommes d'argent.

– Il se trompe. Ce qu'il prend pour une règle n'a été que l'exception.

– Quoi qu'il en soit, certains de ces documents sont

encore considérés comme secrets. Chancellor ne les a pas obtenus mais il ne le sait pas. J'ai laissé entendre qu'on les lui avait confiés, ce qui expliquait ma petite enquête, simple formalité.

Varak sortit une autre feuille du dossier.

– Il a failli mourir l'année dernière dans un accident de voiture, expliqua-t-il. La femme qui l'accompagnait a été tuée. Sa mort a été un choc terrible pour Chancellor. Outre les cinq mois passés à l'hôpital, il a connu une longue période de dépression dont il n'est pas encore vraiment sorti, d'après son éditeur et son agent.

– Morgan et Harris, fit Bravo, plus pour lui-même que pour Varak.

– Harris est convaincu que la maison de Pennsylvanie et les souvenirs qu'elle évoque empêchent Chancellor de se rétablir complètement. C'est pourquoi il l'a expédié en Californie.

– A-t-il obtenu le résultat escompté?

– Il y a un léger mieux.

Varak leva les yeux de ses papiers.

– Ce qui n'arrange pas nos affaires, ajouta-t-il.

– Que voulez-vous dire?

– Chancellor nous sera d'autant plus utile que son équilibre psychologique restera fragile. S'il redevient l'homme posé et sage qu'il était avant l'accident, l'écrivain tranquille épanchant son agressivité et son angoisse dans ses livres, il ne nous servira à rien. Il faut entretenir son anxiété, son instabilité mentale.

St Claire s'abstint de commenter les propos de l'homme blond. Après avoir bu une gorgée de café, il lui demanda :

– Quel genre de vie mène-t-il?

– Sans histoire. Il se lève tôt, généralement avant l'aube, et se met au travail. Il écrit à la main, sur des feuilles jaunes, puis fait taper son texte par une maison de Greenwich Village. Ce détail présente un certain intérêt : nous pourrions intercepter les originaux et en faire une copie.

– Et s'il se les fait livrer par porteur en Pennsylvanie?

– Nous nous introduirons dans les bureaux de Greenwich Village.

– Naturellement. Poursuivez.

– C'est à peu près tout, sinon qu'en dehors de Morgan et Harris, il a pour amis d'autres écrivains, des journalistes et, curieusement, plusieurs avocats de New York et Washington. Voilà.

Varak referma ses dossiers avant de poursuivre :

– Je voudrais maintenant aborder une autre question.

– Oui?

– Pour appâter Chancellor, je vais me faire passer pour Longworth. C'est une couverture impeccable. Longworth se trouve actuellement à Hawaii, où il fait le mort. Je lui ressemble beaucoup et j'ai même pris le soin de me faire une cicatrice comme la sienne. Pourtant, je crois qu'il nous faudrait une seconde amorce pour inciter Chancellor à mordre à l'hameçon.

– Que proposez-vous? fit Bravo devant la mine hésitante de Varak.

– De lui faire rencontrer un membre d'Inver Brass : Venise, autrement dit le juge Daniel Sutherland, le seul à avoir un renom et un poids comparables aux vôtres. Je voudrais mettre Chancellor sur une piste qui mènerait à lui.

L'ancien ambassadeur réfléchit un moment en silence.

– Pour étayer les révélations que vous allez lui faire? Pour lui en donner une confirmation irréfutable?

– Et pour donner du corps à notre histoire de dossiers volatilisés. Sutherland fera un appât irrésistible pour un homme comme Chancellor.

– C'est dangereux, remarqua calmement Bravo. Vous savez qu'aucun membre d'Inver Brass ne doit jamais s'avancer ouvertement sur l'échiquier.

– La situation l'exige. Et vous ne pouvez jouer ce rôle puisque vous avez déjà rencontré Chancellor.

– J'en parlerai à Venise... Revenons, je vous prie, à la condition mentale de Chancellor. Si j'ai bien interprété vos propos...

– Vous m'avez parfaitement compris, dit Varak. Chancellor ne doit pas se rétablir, il ne doit pas retrouver son équilibre. Il faut qu'il attire l'attention sur lui, que ses réactions, surprenantes, constituent une menace, un danger que le détenteur des dossiers se verra contraint d'éliminer. Lorsqu'il – ou elle – passera à l'action, nous interviendrons.

– Je crois que nous franchissons les limites que nous nous étions fixées, dit Bravo, l'air soucieux.

– Je ne me rappelle pas en avoir discuté.

– Elles étaient implicites. Nous utilisons Chancellor mais pas jusqu'au point de mettre sa vie en danger.

– Ce n'est que l'aboutissement logique de notre stratégie. Sans ce dernier élément, elle perd toute sa valeur. Parlons franchement : je suis prêt à sacrifier Chancellor sans remords pour obtenir les dossiers. Pas vous?

Munro St Claire ne répondit pas.

7

Chancellor retourna à la fenêtre, écarta le rideau : l'homme blond était toujours là. Depuis plus d'une heure, il arpentait la plage, la veste sur le bras, la chemise déboutonnée, les chaussures enfonçant dans le sable chaud. De taille moyenne, solidement bâti, il avait des épaules puissantes et lourdes dont les muscles tendaient l'étoffe de la chemise.

Peter avait remarqué pour la première fois à midi cet homme qui se tenait immobile sur la plage, les yeux fixés sur la maison. Après l'avoir déconcerté, la présence de l'inconnu commençait à irriter Chancellor : il devait s'agir d'un détective que Sheffield avait engagé pour le surveiller.

L'écrivain n'aimait pas être surveillé. Il ouvrit la porte, s'avança sur la terrasse. L'homme s'immobilisa et l'observa sans chercher à cacher son intérêt. L'irritation de Peter se transforma en colère. Il descendit l'escalier, se dirigea vers la plage. L'homme blond le regardait s'approcher sans faire un pas dans sa direction. Parvenu à deux mètres de lui, Chancellor demanda d'un ton abrupt :

– Vous ne trouvez pas qu'il fait un peu chaud pour venir tourner autour de ma maison?

– Une maison qu'on a louée pour vous, Mr. Chancellor.

– Vous feriez mieux de m'expliquer comment vous connaissez mon nom et ce détail. Sinon j'appelle la police.

– Vous allez faire mieux que cela, Mr. Chancellor. Vous avez des amis à Washington. Vous allez leur demander de chercher mon nom dans les archives concernant le personnel du FBI.

– Vous êtes du FBI? fit Peter, perplexe.

– J'ai pris ma retraite, précisa l'homme aussitôt. Je ne suis donc pas ici à titre officiel mais mon nom n'en figure pas moins dans les archives. Vous pouvez vérifier.

– Pourquoi vérifierais-je?

– J'ai lu vos livres.

– Je ne vois pas le rapport.

– Pourtant c'est la raison qui m'amène.

– Expliquez-vous.

– Dans chacun de vos livres, vous montrez que certains événements ont pu ne pas se dérouler comme on le croit. Il y a moins d'un an, il s'est produit un fait entrant dans cette catégorie.

– Lequel?

– Un homme est mort. Un homme très puissant. On a attribué sa mort à une cause naturelle mais, en réalité, il a été assassiné.

– Allez trouver la police, suggéra Peter en scrutant le visage de l'inconnu.

– Je ne peux pas. Lorsque vous aurez vérifié auprès de vos amis de Washington, vous comprendrez.

– Je suis romancier. J'écris des œuvres de fiction. Pourquoi vous adressez-vous à moi?

– Je vous l'ai dit : parce que j'ai lu vos ouvrages. Le genre de roman que vous écrivez constitue peut-être le seul moyen de faire connaître l'histoire dont je vous parle.

– Mais cette histoire est *réellement* arrivée. Il ne s'agit pas de fiction. Du moins, c'est ce que vous affirmez.

– C'est ce que je crois, mais je peux difficilement en apporter la preuve.

– Et vous ne pouvez pas vous adresser à la police?

– Non.

– Confiez votre histoire à un journaliste. Il y en a des dizaines qu'elle intéresserait.

– Aucun journal n'oserait la publier. Vous pouvez me croire sur parole.

– Et pourquoi diable vous croirais-je?

– Renseignez-vous sur mon compte. Je m'appelle Alan Longworth. J'ai quitté le FBI il y a cinq mois après y avoir travaillé pendant vingt ans. J'ai eu pour base San Diego et... un lieu plus au nord. Je vis maintenant à Hawaii, dans l'île de Maui.

– Longworth? Alan Longworth? Ce nom est-il censé évoquer quelque chose pour moi?

– Absolument pas. Je vous demande simplement de vérifier.

– Supposons que j'accepte?

– Je reviendrai vous voir demain matin. Si vous le désirez, nous poursuivrons cette conversation, sinon, je m'en irai.

L'homme blond parut hésiter puis ajouta :

– J'ai parcouru un long chemin pour vous trouver. J'ai pris des risques; j'ai rompu un accord qu'on ne transgresse qu'au prix de sa vie. Aussi vais-je vous demander de me promettre une chose.

– Et si je refuse?

– Alors ne téléphonez pas à Washington. Oubliez ma visite.

– Comment le pourrais-je? Vous posez vos conditions un peu tard.

– Savez-vous ce qu'est la peur? demanda l'inconnu... Non, probablement pas. Pourtant, vous en parlez très bien dans vos livres.

– Vous n'avez pas l'air facile à effrayer, remarqua Peter. Alors, cette condition?

– Quand vous demanderez des renseignements sur moi, ne dites surtout pas que nous nous sommes rencontrés. Ne répétez pas ce que je vous ai confié.

– Mais c'est insensé! Et quelle raison vais-je invoquer?

– Je suis sûr que vous en trouverez une. Vous êtes écrivain.

– Ce qui ne veut pas nécessairement dire que je mens bien.

– Vous voyagez beaucoup. Dites que vous avez entendu parler de moi à Hawaii... *je vous en prie.*

Peter baissa les yeux vers le sable. Le bon sens lui conseillait de s'éloigner au plus vite de cet homme étrange, au masque impassible, au regard trop vif, mais la curiosité eut raison de la sagesse.

– Qui était cet homme? demanda-t-il. Celui qui a été assassiné, selon vous.

– Je vous le dirai demain si vous acceptez de continuer.

– Pourquoi pas maintenant?

– Vous êtes très célèbre. On doit constamment vous importuner avec des histoires abracadabrantes, que vous vous empressez d'oublier. Je ne veux pas que vous me preniez pour un fou ou un farceur.

Chancellor sourit en songeant à tous ceux qui, depuis le

succès de *Reichstag!*, l'avaient entraîné à l'écart des invités d'une soirée ou d'un cocktail pour lui confier une « histoire sensationnelle », « tout à fait dans ses cordes ». A les croire, le monde n'était qu'une vaste conspiration.

– D'accord, accepta l'écrivain. Vous vous appelez Alan Longworth, vous avez travaillé vingt ans pour le FBI, vous avez pris votre retraite il y a cinq mois et vous vivez à Hawaii.

– A Maui.

– Ces renseignements doivent se trouver dans votre dossier, mais n'importe qui peut en prendre connaissance. Donnez-moi une véritable preuve de votre identité.

Longworth déboutonna sa chemise, l'ouvrit complètement, révélant une longue balafre qui lui barrait la poitrine et disparaissait sous la ceinture du pantalon.

– Je ne crois pas que vos cicatrices puissent rivaliser avec ça, railla-t-il.

Peter sentit monter en lui une bouffée de colère mais il se contint. Si Longworth disait vrai, il avait pris le temps de se renseigner avant de venir le trouver.

– A quelle heure viendrez-vous demain matin?

– A l'heure qui vous conviendra.

– Je me lève tôt.

– Huit heures?

– Entendu.

Longworth fit demi-tour et commença à descendre la plage. En le regardant s'éloigner, Peter s'aperçut tout à coup que la douleur à la jambe qui ne l'avait pas quitté de la journée s'était évanouie. Il décida d'appeler Joshua Harris à New York : un de leurs amis communs, avocat à Washington, pourrait lui fournir des renseignements sur Alan Longworth.

Tandis qu'il grimpait rapidement l'escalier menant à la terrasse, l'écrivain se sentait mieux dans sa peau qu'il ne l'avait été depuis des mois, sans qu'il pût s'expliquer pourquoi.

La matinée s'annonçait pluvieuse. De gros nuages noirs pesaient sur l'océan et Chancellor s'était habillé en conséquence : blouson de nylon et pantalon de toile. Il attendait dans la maison le coup de téléphone que Josh avait promis de lui donner à 7 h 30. Pourquoi ce retard d'un quart d'heure? Longworth n'allait plus tarder à arriver.

L'écrivain se versait une cinquième tasse de café lorsque le téléphone sonna enfin.

– Drôle de zèbre, ton Longworth, annonça Harris sans préambule.

– Pourquoi?

– D'après notre ami de Washington, il a pris sa retraite alors que personne ne s'y attendait.

– Il n'avait pas vingt ans de maison?

– A peine.

– Cela suffit pour obtenir une pension, n'est-ce pas?

– Une pension qui ne permet pas de vivre si on n'y ajoute pas un salaire, ce que Longworth n'a pas fait.

– C'est cela qui en fait un drôle de zèbre?

– Non. Longworth a un dossier exceptionnellement brillant. Hoover lui-même l'avait recommandé dans une note écrite pour les postes les plus élevés du Bureau. Pourquoi mettre un terme à une carrière aussi prometteuse?

– D'autre part, ce genre de dossier permet d'obtenir d'excellents boulots dans le privé, objecta le romancier. Peut-être a-t-il trouvé un emploi sans que le FBI le sache.

– C'est peu probable. Le Bureau suit de près ses anciens agents. Et d'ailleurs, quel genre de poste important pourrait-il occuper à Maui? Il n'y a pas beaucoup d'activités dans l'île.

Peter regarda par la fenêtre. Une pluie fine avait commencé à tomber du ciel couvert.

– Les autres renseignements coïncident?

– Oui, répondit Harris. Il avait son bureau à San Diego et assurait apparemment la liaison avec La Jolla.

– La Jolla?

– La retraite favorite de Hoover. Longworth se chargeait de toutes les communications.

– Et la cicatrice?

– Elle est mentionnée dans les signes particuliers, sans explication. Plus curieux encore, son dossier médical est incomplet : il manque les bilans de santé des deux dernières années.

– Il manque bien des choses dans cette histoire.

– Je ne te le fais pas dire.

– Quand a-t-il pris sa retraite?

– En mai dernier. Le 2.

Chancellor fronça les sourcils. Cette date... Il repensa à Longworth arpentant la plage et, pour une raison inexplicable, cette image en amena une autre. Il se revit étendu sur le sable, lisant un journal.

Le 2 mai. J. Edgar Hoover était mort le 2 mai.

Un homme est mort. Un homme très puissant. On a attribué sa mort à une cause naturelle mais, en réalité, il a été assassiné.

– Nom de Dieu, souffla Peter dans le téléphone.

Ils marchaient le long de la plage, sous le crachin. Longworth avait refusé d'avoir l'entretien dans la maison ou même à proximité d'une construction quelconque où l'on aurait pu dissimuler un « mouchard » électronique.

– Vous avez vérifié? demanda l'homme blond.

– Vous savez bien que oui. Je viens juste de recevoir la réponse.

– Satisfaisante?

– En ce qui concerne votre identité, certainement. On m'a confirmé que vous travailliez à San Diego et que vous assuriez la liaison personnelle avec Hoover à La Jolla.

– Je ne vous ai parlé ni de La Jolla ni de Hoover.

– C'est dans votre dossier.

– En fait, je passais plus de temps à Washington qu'à San Diego ou à La Jolla, mais, cela, vous ne le trouverez pas dans mon dossier.

– Pourquoi?

– Le directeur ne voulait pas qu'on le sache.

– A nouveau, pourquoi?

– Je travaillais directement pour lui. Pour ses dossiers personnels. La Jolla représentait bien plus qu'une maison dans un petit village de la côte Ouest.

– Cela devient trop mystérieux pour moi, protesta Peter.

– Je n'ai pas l'intention de vous éclairer davantage. Il vous faudra puiser à d'autres sources.

– Vous paraissez bien sûr que je m'intéresse à votre histoire.

– Elle vous intrigue, je le sais. Vous ne comprenez pas pourquoi j'ai pris ma retraite alors que j'aurais pu devenir sous-directeur ou même, qui sait, directeur adjoint du Bureau.

– Eh bien, je vous pose la question.

– En vérité, je n'ai pas pris ma retraite. J'ai été transféré dans un autre service gouvernemental, avec certaines garanties. Je travaille désormais pour le Département d'État, branche internationale, secteur Pacifique. A près de 10 000 kilomètres de Washington. Si j'étais resté là-bas, on m'aurait exécuté.

– Bon, ça suffit comme ça! tonna Chancellor en s'arrêtant de marcher. Je vois parfaitement où vous voulez en venir et vos foutaises commencent à me fatiguer. Dans cinq minutes, vous allez me parler de l'assassinat de J. Edgar Hoover!

– Ainsi vous avez deviné, remarqua simplement Longworth.

– Je n'y crois pas une seconde. C'est absurde!

– Je ne vous ai pas dit que je pouvais le prouver.

– C'est ridicule. Hoover était un vieillard qui avait des ennuis cardiaques.

– Qu'en savez-vous? Personne n'a jamais pu prendre connaissance de son dossier médical. Les résultats des examens lui étaient envoyés directement, sans qu'on puisse en faire une copie. En outre, on n'a pas autorisé l'autopsie.

– Mais il avait plus de soixante-dix ans! fit Peter en secouant la tête. Vous avez l'imagination fertile.

– Vous aussi, si j'en crois vos livres.

– Mes romans reposent sur une idée vraisemblable ou tout au moins crédible. Ils s'appuient sur une certaine réalité, ou apparence de réalité, si vous préférez.

– Si par réalité vous entendez des faits, j'en ai plusieurs à vous fournir.

– Citez-les donc.

– En mars dernier, j'ai été contacté par un groupe désirant garder l'anonymat mais assez influent pour intervenir au niveau du Département d'État et obtenir un transfert – le mien – que Hoover n'aurait jamais autorisé. Moi-même j'ignore comment ils s'y sont pris. Ils s'intéressaient aux dossiers que Hoover avait constitués sur plusieurs milliers de personnes.

– Ce sont eux qui vous ont donné les garanties dont vous parliez tout à l'heure?

– Oui. Je crois connaître l'identité de l'un d'entre eux et je suis prêt à vous la révéler.

Longworth s'arrêta, la mine soucieuse.

– Je vous écoute, invita Chancellor d'un ton impatient.

– Vous me donnez votre parole que vous ne prononcerez pas mon nom?

– Bon sang, oui! Pour parler franchement, j'ai dans l'idée que je vais bientôt vous planter là et que vous ne reviendrez pas de sitôt occuper mes pensées.

– Connaissez-vous Daniel Sutherland?

Une expression de surprise se peignit sur le visage de Chancellor. Il connaissait Sutherland, un géant par la taille et par l'esprit, un Noir qui en cinquante ans s'était hissé des champs de coton de l'Alabama jusqu'au sommet du système judiciaire de la nation. A deux reprises, il avait refusé sa nomination à la Cour suprême par le président des États-Unis pour ne pas abandonner des fonctions qu'il estimait plus actives.

– Le juge? Bien sûr. Tout le monde a entendu parler de lui. Pourquoi pensez-vous qu'il fait partie du groupe?

– J'ai vu son nom sur une note du Département d'État me concernant. Une note secrète, naturellement, dont je n'aurais pas dû avoir connaissance. Allez le voir. Demandez-lui s'il existe un groupe d'hommes qui s'est intéressé aux deux dernières années de la vie de Hoover.

Comment résister à une proposition aussi alléchante? songeait Peter. Daniel Sutherland était un personnage fascinant, une légende.

– J'irai peut-être, dit Chancellor. Quels sont les autres faits?

– Comparé à celui-là, ils ont un caractère mineur. Excepté peut-être la démission du général Bruce MacAndrew.

– Qui est-ce?

– Un homme qui occupait encore récemment de hautes fonctions au Pentagone. Il aurait pu devenir président du comité des chefs d'état-major s'il l'avait souhaité mais brusquement il a tout laissé tomber : l'état-major, sa carrière et même l'armée.

– Son attitude n'est pas sans rappeler la vôtre, souligna Chancellor.

– Aucune comparaison, répliqua Longworth. Il se trouve que je possède certains renseignements sur MacAndrew. Il lui est arrivé quelque chose il y a vingt et un, vingt-deux ans. Quoi? Je ne sais pas exactement mais c'est suffisamment grave pour qu'il y ait un trou de huit mois dans ses états de service, en 50 ou 51, je ne me souviens plus. La démission de MacAndrew a peut-être un rapport avec les dossiers de Hoover, et cette idée me fait peur, Chancellor.

– Quels dossiers?

– Les dossiers secrets de Hoover. Il en avait plus de trois mille sur des personnalités du monde politique, des milieux d'affaires, de l'université, de l'armée : une véritable coupe transversale du pays. Ces dossiers ont disparu, Chancellor. On ne les a pas retrouvés après la mort de Hoover. Quelqu'un s'en est emparé et ce quelqu'un a commencé à les utiliser.

– Les dossiers de Hoover? C'est du délire!

– Réfléchissez. Je vous ai donné le moyen de vérifier mon identité; je vous ai confié deux noms. En échange, je vous demande seulement de réfléchir, d'envisager toutes les possibilités.

Sans un geste indiquant qu'il avait terminé, sans même un hochement de tête, Longworth tourna le dos à Peter et se mit comme la veille à descendre la plage.

8

Chancellor se tenait au bar d'un restaurant de la Cinquante-sixième Rue qui se donnait des airs de « chop-house » anglais transplanté aux États-Unis. Il aimait l'atmosphère du lieu, qui incitait à de longs déjeuners voués autant aux plaisirs de la conversation qu'à ceux de la table. Tony Morgan et Joshua Harris devaient l'y rejoindre. Il leur avait téléphoné de Los Angeles, avant de prendre l'avion pour New York. Pour la première fois depuis des mois, il avait dormi dans son appartement et regrettait à présent de ne pas avoir quitté plus tôt sa cage dorée de Californie. Il guérissait. Un déclic s'était fait dans sa tête, une barrière s'était effondrée, libérant l'énergie qu'il avait accumulée.

Il sourit en voyant par la vitrine ses deux amis approcher ensemble de l'entrée. Grand, mince, Anthony Morgan était l'archétype de l'universitaire devenu éditeur. Il avait le dos légèrement voûté, un visage maigre aux traits purs, des yeux marron, le regard toujours un peu distant mais jamais absent. Il affectionnait les costumes droits couleur anthracite, les vestes de tweed anglaises sur les inévitables pantalons de flanelle grise. Ce conformisme vestimentaire ne rendait pas compte d'une nature bouillonnante qui s'illustrait plutôt dans de brusques flambées d'enthousiasme pour un livre, dans la recherche passionnée de nouveaux talents et une ardeur contagieuse à défendre un manuscrit.

Si Morgan était un pur produit des universités de la Nouvelle-Angleterre, Joshua Harris semblait sorti tout droit de quelque cour élégante du XVIIe siècle. La poitrine large, le port impérial, il déplaçait son imposante carcasse avec grâce, comme si chacun de ses pas faisait partie d'un cérémonial. Une barbiche noire conférait un rien de sévérité à son visage par ailleurs fort sympathique.

L'écrivain régla sa consommation et se dirigea vers ses amis, qui l'accueillirent de manière un peu trop démonstrative, sans doute pour cacher une inquiétude que Peter lut néanmoins dans leur regard. Ils prirent place autour de la table habituelle – un peu à l'écart –, commandèrent les boissons habituelles. Chancellor remarqua avec un amusement mêlé d'irritation que les deux hommes l'observèrent attentivement lorsqu'on apporta le whisky.

– Ne vous affolez pas. Je vous promets de ne pas danser sur la table.

– Vraiment, Peter..., commença Morgan.

– Enfin, voyons..., ajouta Harris.

Ils se souciaient de lui, c'était l'essentiel.

– J'ai rencontré un type curieux, attaqua Chancellor. Ne me demandez pas qui, je ne vous le dirai pas. Il m'a raconté une histoire dont je ne crois pas un traître mot mais qui pourrait fournir la matière d'un sacré roman.

– Avant que tu ne continues, l'interrompit Harris, as-tu passé avec lui un accord quelconque?

– Il n'a aucune exigence, si ce n'est de garder l'anonymat. Je lui ai donné ma parole de ne pas révéler son identité.

Peter se tourna vers Joshua Harris. L'agent littéraire s'était chargé d'obtenir de l'ami commun de Washington des renseignements sur un certain Longworth.

– Toi seul la connais hormis moi-même, lui dit l'écrivain, et je te demande de t'estimer engagé par ma promesse.

– Continue, fit Harris.

– Il y a quelques années, une poignée d'hommes politiques s'inquiétèrent de ce qu'ils considéraient comme une situation très dangereuse, peut-être même catastrophique : J. Edgar Hoover avait établi deux ou trois mille dossiers sur les personnages les plus influents du pays. Au Sénat, à la Chambre des représentants, au Pentagone, à la Maison-Blanche. Plus Hoover vieillissait, plus ces hommes s'inquiétaient. Certaines rumeurs en provenance du FBI commencèrent à circuler : Hoover utilisait *effectivement* ces dossiers pour faire pression sur ceux qui s'opposaient à lui.

– Mais on raconte cette histoire depuis des années avec plusieurs variantes, objecta Morgan. Je ne vois pas l'intérêt.

– Je vais abréger, décida Peter en se tournant vers son éditeur. Hoover est mort il y a quatre mois, on n'a pas procédé à l'autopsie de son cadavre. Et les dossiers ont disparu.

Le silence se fit autour de la table. Penché en avant, Morgan faisait lentement tourner les glaçons de son verre de whisky.

– Raccourci saisissant, lança-t-il. Mais Hoover avait près de quatre-vingts ans et le cœur malade.

– Qui prétend que les dossiers ont disparu? demanda Harris. On a pu les détruire, les brûler, ou les enterrer.

– C'est possible, reconnut Chancellor.

– Mais tu laisses entendre qu'on aurait tué Hoover pour les obtenir? fit l'éditeur.

– Je ne le laisse pas entendre, corrigea l'écrivain, je l'affirme. Non comme un fait réel, bien sûr, mais comme l'élément de départ d'une œuvre de fiction. Je ne dis pas que je crois à cette histoire, je dis que je peux la rendre crédible.

De nouveau, les trois hommes restèrent un moment silencieux.

– C'est une idée sensationnelle, hasarda enfin Morgan d'un ton prudent. Un peu trop, même. Je ne sais pas si on peut lui donner les fondations solides qu'elle réclame.

– Ce type dont ni toi ni moi ne révélerons l'identité, fit Joshua, il y croit?

– Je n'en sais rien, répondit Chancellor d'une voix hésitante. J'ai l'impression – l'impression seulement – qu'il est convaincu que quelqu'un, quelque part, avait décidé l'assassinat de Hoover. Cette conviction semble lui suffire. En tout cas, elle l'a amené à me dévoiler deux éléments étayant ses allégations.

– Des éléments liés à Hoover? s'enquit Morgan.

– Il ne peut le prouver mais il le suppose. Le premier concerne le groupe d'hommes influents inquiets de l'utilisation que Hoover faisait des dossiers; le second, assez nébuleux, serait lié à des événements vieux de plus de vingt ans.

– Voilà peut-être les fondations qu'il te faut, suggéra l'éditeur.

– Concernant ce mystérieux groupe, je vais devoir

sérieusement étoffer parce qu'il ne m'en dira pas davantage. Quant à l'autre élément, je ne sais vraiment pas ce que je peux en tirer.

– Tu veux garder les noms pour toi ? demanda Joshua.

– Pour l'instant, je préfère. Je tenais seulement à savoir comment vous réagiriez à l'idée d'écrire un roman sur l'assassinat de Hoover et la disparition de ses dossiers.

– C'est une idée sensationnelle, répéta Morgan.

– Elle va te coûter cher, gloussa l'agent littéraire à l'adresse de l'éditeur.

9

Le sénateur Walter Rawlins, héritier d'une affligeante dynastie de politicards et de prévaricateurs, était assis dans la bibliothèque de sa maison des faubourgs d'Arlington. Il était plus de minuit. Seule source de lumière, une lampe de cuivre posée sur le bureau éclairait des agrandissements photographiques de divers aïeux chassant à courre.

Rawlins était seul dans la maison. Son épouse passait le week-end à Roanoke et la bonne avait pris son jour de sortie. Sa nuit de sortie, plutôt, songeait le sénateur. Cette salope allait encore découcher, comme tous les jeudis, pour se faire quelques dollars avec son cul de négresse. Un sacré beau cul, d'ailleurs, se disait Rawlins, qui en aurait bien tâté s'il n'avait eu peur de l'autre salope de la maison. Sa femme lui avait *dit* qu'elle allait à Roanoke avec le Cessna mais elle aurait très bien pu ordonner au pilote de faire demi-tour et de retourner à l'aérodrome de MacLean. Cette garce attendait peut-être devant la maison le moment de rentrer le surprendre.

Comme elle aurait aimé le pincer avec la négresse! pensa le sénateur en buvant une longue rasade de bourbon.

La sonnerie du téléphone parvint à son cerveau déjà engourdi par l'alcool. Bon sang! Cette saleté d'appareil qui le dérangeait en pleine nuit! Et de surcroît, il s'agissait de la ligne confidentielle qui le reliait à Washington!

D'un pas mal assuré, Rawlins s'approcha du bureau, le verre à la main, et décrocha.

– Allô? fit-il.

– Bonsoir.

La voix qui lui répondit n'était qu'un murmure, à la fois sourd et haut perché. Rawlins n'aurait pu dire s'il s'agissait d'un homme ou d'une femme.

– Qui êtes-vous? Comment avez-vous obtenu ce numéro?

– Question sans intérêt. Par contre, ce que je vais vous dire n'en manque pas.

– Vous n'allez rien me dire du tout, explosa le sénateur. Je ne parle pas à...

– *Newport News*, Rawlins, murmura la voix. Je ne raccrocherais pas, si j'étais vous.

Le sénateur se figea.

– Qui êtes-vous? Que voulez-vous?

– Il y a trois ans, sénateur. Je suis sûr que la mémoire va vous revenir si vous faites un petit effort. Le coroner de Newport News avait estimé l'heure de la mort à minuit trente, le 22 mars.

– Mais qui êtes-vous, bon Dieu?

Rawlins se sentit pris de nausée.

– C'est sans intérêt, vous dis-je. Parlons plutôt de la petite Noire de Newport News. Quel âge avait-elle, sénateur? Quatorze ans, non? Tragique histoire, n'est-ce pas? On a raconté qu'on l'avait rouée de coups, qu'on lui avait tailladé tout le corps...

– Je ne comprends rien à ce que vous dites! cria Rawlins.

Il porta maladroitement le verre à ses lèvres, fit couler du bourbon sur son menton.

– Je n'ai jamais mis les pieds à...

– A Newport News? Je crois bien que vous vous y trouviez dans la nuit du 22 mars 1969. En fait, j'ai sous les yeux le plan de vol détaillé d'un Cessna qui a décollé et atterri cette nuit-là sur un aérodrome privé situé à quinze kilomètres au nord de Newport News. Je possède également le signalement du passager : il était ivre, il avait les vêtements couverts de sang...

Rawlins lâcha le verre, qui se brisa sur le sol.

– Vous... *Arrêtez!*

– Ne vous tourmentez pas, reprit la voix. Voyez-vous, il se trouve que vous présidez une commission parlementaire à laquelle je m'intéresse et que je n'approuve pas votre opposition au projet de loi HR 375. Vous allez changer d'attitude, Rawlins. Vous allez soutenir pleinement ce projet...

Phyllis Maxwell passa devant la réception du Hay-Adams et se dirigea vers la salle Lafayette, bondée comme d'habitude à l'heure du déjeuner. Elle ne s'en souciait d'ailleurs pas puisque le maître d'hôtel s'empresserait de la conduire à sa table dès qu'il aurait remarqué sa présence.

Phyllis s'observa sans déplaisir dans le grand miroir situé à l'entrée de la salle à manger. Pas mal, songeait-elle. Pas mal du tout, même, pour une petite provinciale rondelette nommée Paula Mingus qui avait quitté Chillicothe, dans l'Ohio, pour devenir la célèbre journaliste Phyllis Maxwell. A quarante-sept ans, elle avait... de la classe, oui, c'était l'expression appropriée. Mince, les jambes fuselées, les seins fermes, elle avait un cou long et gracieux surmonté d'un joli visage. Ses yeux surtout attiraient l'attention. Il y brillait toujours une lueur de curiosité sceptique et amusée dont elle se servait à merveille dans son travail de journaliste.

– Par ici, Miss Maxwell, l'invita le maître d'hôtel. On vous attend.

– Merci, Jacques.

Un homme jeune au visage de chérubin et à l'air affable se leva en la voyant approcher de la table. Encore un menteur patenté, se dit Phyllis en remarquant ses manières obséquieuses.

– Désolée d'être en retard, s'excusa-t-elle.

– Quel retard ? je viens juste d'arriver, répondit le chérubin avec un sourire.

– Alors vous étiez en retard vous aussi, Paul. Prenez donc un verre, je ne cafarderai pas.

Il en but trois, sans guère toucher à ses œufs Bénédict, et ouvrit la discussion avant même la fin du repas.

– Phyl, ne laissez pas l'arbre vous cacher la forêt. Vous faites fausse route, croyez-moi. Vous êtes en train de scier la branche sur laquelle vous êtes assise.

– Vous vous prenez les pieds dans vos métaphores, Paul. Comme tous ceux qui ont quelque chose à cacher.

– Nous n'avons rien à cacher.

– Alors mettons-nous au travail. Voici mes informations : deux compagnies aériennes désirant établir de nouvelles lignes ont été avisées, sans trop de subtilité, que le ministère pourrait accueillir défavorablement leur demande, etc., à moins qu'elles n'apportent une contribution financière importante à la campagne électorale. Une grande société de transports a versé une somme substantielle pour éviter une grève. Deux jours après avoir été sollicitée par le comité électoral, la plus grande firme pharmaceutique de l'Est s'est vue menacée d'une enquête. Quatre banques, quatre *grandes* banques, Paul, deux à New York, une à Detroit, une à Los Angeles, demandaient l'autorisation de procéder à des fusions. On leur a répondu que leurs requêtes attendraient plusieurs années si elles ne se conciliaient pas les bonnes grâces de certaines personnes. Dès qu'elles eurent décidé de participer financièrement à la campagne, les obstacles s'envolèrent. Mes accusations reposent sur des faits. Je possède des noms, des chiffres, des dates. J'ai l'intention de tirer la sonnette d'alarme si vous ne m'apportez pas la preuve que ces huit exemples sont des exceptions malheureuses qui ne mettent pas en cause le reste de la campagne. Je ne vous laisserai pas gagner les élections à coups de million. Sombres crétins! Vous n'avez même pas besoin de cela pour gagner!

– Vous vous trompez complètement, protesta le chérubin en pâlissant. Les positions radicales prises par l'opposition déchireraient le pays, saperaient ses fondations, porteraient atteinte aux libertés fondamentales.

– Arrêtez vos idioties!

– Miss Maxwell?

Jacques, le maître d'hôtel, se tenait près de leur table, un téléphone à la main.

– Une communication pour vous. Je vous la passe?

– S'il vous plaît.

Le maître d'hôtel posa l'appareil et s'éloigna.

– Allô? Ici Phyllis Maxwell.

– Pardonnez-moi d'interrompre votre déjeuner.

– Je vous entends mal.

– Je vais tâcher de parler plus clairement.

– Qui êtes-vous? C'est une plaisanterie?

– Absolument pas, Miss Mingus, murmura la voix haut perchée.

– Vous ne m'impressionnez pas. Tout le monde peut connaître mon vrai nom. Il est sur mon passeport.

– Oui, je sais. Je l'ai vu sur le registre des services d'immigration de l'île de Saint-Vincent, dans les Petites Antilles. *Mademoiselle* Mingus.

Le sang se retira du visage de Phyllis Maxwell; ses mains se mirent à trembler, une nausée lui souleva le cœur.

– Vous m'écoutez? fit l'horrible voix.

– Qui êtes-vous?

– Quelqu'un en qui vous pouvez avoir confiance.

Affolée, la journaliste se demandait comment on avait pu découvrir son secret. Chaque année, Phyllis Maxwell quittait Washington ostensiblement pour prendre trois semaines de repos près de Caracas, dans une retraite complètement coupée du reste du monde. Mais Paula Mingus ne demeurait pas à Caracas. Elle prenait l'avion pour les Grenadines avec d'autres femmes; elle se rendait sur *leur* île, là où elle pouvait être elle-même : une femme trouvant la plénitude de l'amour avec d'autres femmes.

Paula Mingus était lesbienne, adjectif que Pyllis Maxwell avait rayé de son vocabulaire pour ne pas nuire à sa carrière.

– Que voulez-vous? murmura-t-elle.

– Je garderai le silence sur la bizarrerie de vos mœurs si vous assurez au jeune homme déjeunant en votre compagnie que vous renoncez à écrire une seule ligne sur le sujet dont vous venez de discuter.

Phyllis Maxwell raccrocha, les larmes aux yeux.

– Vous ne reculez devant aucune bassesse, siffla-t-elle d'une voix à peine audible.

– Phyl, je vous assure...

– Allez-y, continuez vos sales combines pour gagner les élections. Je ne vous en empêcherai pas!

Elle se leva et sortit du restaurant en courant.

Carroll Quinlan O'Brien, appelé Quinn par ses collègues du FBI, entra dans son bureau et s'installa derrière sa table de travail. Il était près de huit heures du soir. L'équipe de nuit avait pris son service, ce qui signifiait que la moitié des bureaux étaient vides. Si plus de soixante pour cent des crimes violents étaient commis la nuit, le FBI n'employait qu'un personnel réduit de moitié après la tombée du jour : le Bureau servait avant tout à découvrir des faits, matériaux qu'on obtient plus facilement quand le pays est éveillé.

C'est dans d'autres domaines qu'il faut introduire des changements, songeait O'Brien. Mauvaise organisation, agents en surnombre dans certains secteurs, trop peu nombreux dans d'autres; règlement intérieur stupide;

sanctions disciplinaires pour des peccadilles, réprimandes évitées au prix de quelques phrases flatteuses, favoritisme. Et surtout la peur, la peur qui régnait constamment au FBI. Depuis son arrivée à Washington, Quinn n'avait jamais connu d'autre climat.

Pendant quatre ans, il s'était tu. Il avait gardé le silence, convaincu que sa présence au sommet de la hiérarchie empêcherait des erreurs ou des fautes plus graves. Il avait à plusieurs reprises transmis aux services de contre-espionnage des informations que le directeur leur refusait sous un prétexte quelconque. C'est à l'une de ces occasions qu'il avait fait la connaissance de Stefan Varak, qui travaillait pour le Conseil national de sécurité. Hoover avait refusé au CNS des informations sur le personnel en provenance des pays de l'Est employé aux Nations-Unies. O'Brien avait simplement photocopié les documents désirés et avait remis les copies à Varak au cours de leur premier dîner ensemble. Depuis, il y avait eu bien d'autres dîners et Quinn avait appris à connaître Varak.

Maintenant que Hoover était mort, les choses allaient changer. C'était du moins ce que tout le monde répétait, mais O'Brien attendait de voir les nouvelles directives pour y croire. Alors, peut-être, la décision qu'il avait prise quatre ans plus tôt trouverait un sens.

O'Brien n'avait jamais ignoré que, à l'origine, le FBI l'avait engagé à des fins publicitaires : Hoover aimait s'entourer de héros et deux ans de captivité au Viêt-nam suivis d'une évasion spectaculaire avaient fait de Quinn une gloire nationale. Au lieu de reprendre son poste d'assistant du procureur de Sacramento, le vaillant soldat avait accepté l'offre du Bureau en songeant qu'elle lui ouvrirait plus tard les portes du ministère de la Justice s'il grimpait rapidement les barreaux de l'échelle. Aujourd'hui, à quarante-neuf ans, l'ancien héros avait effectivement réussi sa carrière, mais il avait aussi appris à se taire.

Une chose l'intriguait : il se demandait pourquoi la fin du règne dictatorial de Hoover n'avait pas délié les langues, pourquoi personne n'avait parlé des centaines – des milliers, peut-être – de dossiers explosifs que le directeur du Bureau avait constitués pour son usage personnel. Nul n'avait réclamé leur destruction ou même suggéré leur existence.

C'était anormal et Quinn avait commencé à poser des questions. Au service de destruction des documents, on lui avait répondu que le bureau de Hoover ne leur avait rien envoyé depuis des mois. Il avait alors enquêté auprès du laboratoire : on n'avait pas mis de dossiers sur microfilms depuis des années. Il avait consulté les livres d'entrée et de sortie, les livraisons ou enlèvements de matériel concernant les bureaux de Hoover : toujours rien.

O'Brien avait pourtant fini par découvrir dans les registres de sécurité un détail troublant. Le 1er mai, la veille de la mort de Hoover, trois agents nommés Salter, Krepps et Longworth s'étaient présentés aux bureaux à 23 h 57. Bien qu'ils n'eussent pas de laissez-passer officiel, on les avait néanmoins admis après vérification auprès de la résidence privée du directeur.

Trouvant cette histoire étrange, Quinn avait pris contact avec Lester Parke, l'agent qui avait introduit le trio dans les bureaux. Cela n'avait pas été aisé : Parke avait pris sa retraite un mois après la mort de Hoover, avec une maigre pension mais assez d'argent pour s'acheter une propriété en Floride. Cela aussi, c'était étrange.

De surcroît, Parke n'avait rien éclairci. Selon lui, Hoover en personne lui avait ordonné cette nuit-là au téléphone de laisser entrer les trois agents. Pourquoi ? Il fallait le demander au trio.

O'Brien s'était donc mis à la recherche des trois agents. Il avait découvert que « Salter » et « Krepps » n'étaient que de simples noms, assortis d'une biographie, que divers agents avaient utilisés à plusieurs reprises dans des missions confidentielles. D'après les archives, *personne* n'avait eu recours à ces « couvertures » au mois de mai.

Quant aux informations sur Longworth, Quinn ne les avait reçues qu'une heure plus tôt. Elles étaient si stupéfiantes qu'il avait prévenu sa femme qu'il ne rentrerait pas dîner.

Longworth avait pris sa retraite deux mois avant la mort de Hoover ! Que faisait à Washington, le 1er mai, dans les bureaux du FBI, un agent en retraite censé vivre à Hawaii ?

Quinn était convaincu que les détails étranges et inexplicables qu'il avait découverts avaient un rapport avec les dossiers dont personne ne parlait. Sa décision était prise : demain, il irait voir le procureur général.

La sonnerie du téléphone le fit sursauter.

– O'Brien, annonça-t-il après avoir décroché.

– *Han Chow!* murmura une voix. Rappelez-vous les morts de Han Chow.

Carroll Quinlan O'Brien eut le souffle coupé. L'image familière de son bureau disparut, comme s'il était soudain frappé de cécité.

– Quoi? balbutia-t-il.

– Ils vous avaient supplié, vous vous en souvenez?

– *Non!* Je ne sais pas de quoi vous voulez parler!

– Mais si, poursuivit le murmure. Le commandant viêt-cong avait menacé de procéder à des représailles – des exécutions – si un prisonnier s'échappait de Han Chow. Tous vos camarades décidèrent de renoncer à s'évader mais pas vous, major O'Brien. Pas vous.

– C'est un mensonge! Aucune décision n'avait été prise! Aucune!

– Vous savez bien que si. Ils étaient neuf dans votre baraque; ils vous ont supplié de ne pas tenter l'évasion. Le lendemain matin, quand les Viêt-cong eurent constaté votre disparition, ils les emmenèrent dans les champs, à l'extérieur du camp et les fusillèrent.

Mon Dieu! criait silencieusement O'Brien. Cela ne s'est pas passé ainsi! Les canons américains étaient tout proches, il les avait entendus. Jamais plus il n'aurait une occasion aussi belle de s'évader! Il suffisait de rejoindre les troupes américaines, de leur indiquer Han Chow sur une carte. Avant le matin, elles s'empareraient du camp et libéreraient ses camarades malades et affaiblis! Mais la pluie, la jungle et l'obscurité l'avaient égaré. Il n'avait jamais trouvé les canons et ses camarades avaient été exécutés.

– Vous vous souvenez? murmura la voix. Huit hommes sont morts pour la plus grande gloire du major O'Brien, héros de la guerre du Viêt-nam. Savez-vous que le camp de Han Chow a été libéré moins de deux semaines après votre évasion?

– Vous ne comprenez pas. Vous déformez les faits...

– Absolument pas, major. Quelques mois plus tard, on a trouvé sur le cadavre d'un Vietnamien le témoignage écrit d'un lieutenant-colonel américain, prisonnier à Han Chow, qui, avant de mourir, vous rendait responsable de sa mort et de celle de ses camarades.

– Pourquoi n'a-t-on jamais parlé de ce témoignage?
– Le pays vous avait déjà accueilli en héros.
– Alors pourquoi maintenant? gémit O'Brien en portant la main à son front.
– Parce que vous vous mêlez d'affaires ne vous concernant pas. Dans votre intérêt, cessez de montrer autant de curiosité.

10

Daniel Sutherland se tenait au fond de son bureau, devant des rayons surchargés de livres. Chancellor regardait les puissantes mains noires feuilletant un volume, les lunettes d'écaille posées sur la tête énorme. Le géant se retourna vers lui et déclara d'une voix profonde, chaude, agréable :

– Les précédents, Mr. Chancellor. Le droit s'appuie trop souvent sur des décisions antérieures faisant jurisprudence, elles-mêmes trop souvent imparfaites.

Souriant, Sutherland replaça le livre sur un rayon et s'approcha de Peter en tendant la main. En dépit de son âge, sa démarche était ferme, assurée.

– Mon fils et ma petite-fille dévorent vos romans. Je les ai beaucoup impressionnés en leur apprenant que j'allais vous rencontrer.

– Je suis certainement plus impressionné qu'eux, répondit Peter avec sincérité. Merci de m'avoir accordé cette entrevue. Je n'abuserai pas de votre temps.

– Asseyez-vous, proposa Sutherland avec un geste en direction d'une des chaises entourant une table de conférence.

Peter attendit que le juge choisisse sa place dans la rangée puis tous deux s'assirent.

– Que puis-je faire pour vous ? s'enquit le colosse noir. Vous avez précisé à ma secrétaire qu'il s'agit d'une affaire personnelle mais nous ne nous connaissons pas.

– Je ne sais par où commencer.

– Si je peux risquer un cliché devant un écrivain, pourquoi pas par le début ?

– Voilà justement l'ennui : je ne connais pas le début et vous estimerez peut-être que c'est très bien ainsi.

– Dans ce cas, je vous le dirai.

Peter hocha la tête.

– J'ai rencontré un homme dont je tairai l'identité. Il a mentionné votre nom au sujet d'un petit groupe de personnages influents formé il y a quelques années afin de contrôler les activités de J. Edgar Hoover. Il a même précisé qu'à son avis, vous deviez être le responsable de l'existence de ce groupe. J'aimerais vous demander si c'est vrai.

Sutherland n'eut aucune réaction de surprise ou d'indignation.

– A-t-il cité d'autres noms ?

– Non, pas en ce qui concerne le groupe. Il m'a affirmé ne pas en connaître d'autre.

– Pourquoi a-t-il mentionné le mien ?

– Alors, c'est vrai ?

– J'aimerais que vous répondiez d'abord à ma question.

Chancellor réfléchit. Tant qu'il ne révélait pas l'identité de Longworth, il pouvait donner satisfaction au juge.

– Il l'a lu sur une note apparemment destinée à vous fournir certains renseignements.

– A quel sujet ?

– Sur lui, j'imagine. Et sur d'autres personnes que Hoover avait fait placer sous surveillance.

Le juge prit une profonde inspiration avant d'annoncer :

– L'homme dont vous parlez s'appelle Alan Longworth. C'est un ancien agent opérationnel du FBI actuellement employé par le Département d'État.

– Je m'abstiendrai de tout commentaire, fit Chancellor en s'efforçant de masquer sa surprise.

– A votre guise, répondit Sutherland. Mr. Longworth vous a-t-il également informé que son travail concernait précisément cette surveillance ?

– L'homme à qui j'ai parlé y a fait brièvement allusion.

– Alors, je vais compléter votre information. Pour répondre à votre question initiale, oui, un tel groupe a existé. *A existé*, je souligne le temps. Quant à ma participation, elle fut mineure et restreinte à certains aspects juridiques de la question.

– De quelle question ?

– M. Hoover avait une regrettable propension à lancer des accusations dénuées de fondement. Pire, il leur donnait le plus souvent la forme d'insinuations, de généralités imprécises contre lesquelles il y avait peu de recours légaux.

– Ainsi ce groupe d'hommes...

– Et de femmes, interrompit Sutherland.

– Et de femmes, reprit Chancellor, fut constitué pour protéger les victimes de Hoover?

– Fondamentalement, oui. Hoover était devenu plein de hargne en vieillissant. Il voyait des ennemis partout. Des hommes d'un grand mérite disparaissaient dans une trappe sans qu'on sût pourquoi. Quelques mois plus tard, on découvrait dans l'affaire la patte du directeur du FBI. Nous nous efforcions d'endiguer cette vague d'abus de pouvoir.

– Accepteriez-vous de me révéler les noms des autres membres du groupe?

– Évidemment non, répondit le juge en enlevant ses lunettes. Je me contenterai de préciser qu'il s'agissait d'hommes et de femmes capables de faire entendre leur protestation, de voix qu'on ne pouvait ignorer.

– Cet agent opérationnel en retraite...

– Je n'ai pas dit en retraite, corrigea le juge. J'ai dit *ancien.*

– Cet ancien agent s'occupait de surveillance?

– De certaines surveillances particulières. Hoover appréciait Longworth. Il l'avait chargé de centraliser les renseignements sur les personnes soupçonnées à tort ou à raison de ne nourrir aucune sympathie pour le FBI ou Hoover lui-même. Cela faisait une liste plutôt longue.

– Mais, de toute évidence, il avait cessé de travailler pour Hoover.

L'écrivain s'interrompit. Il hésitait sur la façon de formuler sa question.

– Vous me dites qu'il travaille à présent pour le Département d'État, reprit-il. En ce cas, il a dû quitter le FBI dans des circonstances tout à fait inhabituelles.

Sutherland remit ses lunettes, se caressa le menton.

– J'ai compris votre question, fit-il. Dites-moi, pourquoi êtes-vous venu me voir cet après-midi?

– Pour savoir si je peux écrire un roman sur les dernières années de Hoover. Sur sa mort, pour être franc.

Le juge laissa tomber sa main sur ses genoux. L'air parfaitement calme, il regarda Peter.

– Cela n'explique toujours pas le motif de votre visite.

– Je tâche de rendre mes livres vraisemblables en incorporant dans la fiction le plus de faits réels possible. Avant de commencer à écrire, je rencontre beaucoup de gens, je m'efforce de sentir les conflits sous-jacents.

– Apparemment vous y réussissez remarquablement, si j'en crois mon fils. Mr. Chancellor, votre silence sur l'identité de Longworth témoigne en faveur de votre discrétion. Vous ne trahissez pas les confidences qu'on vous fait, n'est-ce pas ?

– Naturellement.

– Très bien, approuva le juge en se renversant en arrière. C'est de l'histoire ancienne, maintenant, mais si vous devez utiliser tout ou partie de ce que je vais vous confier, faites-le avec discrétion. Rappelez-vous que l'objectif poursuivi était des plus honorables.

– Je n'y manquerai pas.

– En mars dernier, Alan Longworth se vit proposer de prendre une retraite précoce, de quitter une branche des services du gouvernement pour passer subrepticement dans une autre. Pour des raisons évidentes, le Bureau devait tout ignorer de sa nouvelle affectation. Lorsque nous avions appris le rôle joué par Longworth, nous l'avions contacté pour le mettre en garde contre les dangers que Hoover faisait courir au pays par ses abus de pouvoir. Longworth décida de nous aider. Pendant deux mois, il nous transmit de mémoire des centaines de noms et ce qu'il se rappelait du contenu compromettant de leurs dossiers. Il parcourut tout le pays pour prévenir ceux qu'à notre avis il fallait alerter. Jusqu'à la mort de Hoover, Longworth fut notre arme de dissuasion, notre bouclier pour ainsi dire.

Peter commençait à comprendre l'étrange homme blond qu'il avait abordé sur la plage de Malibu. Son étrange conduite, ses hésitations, ses retraites soudaines s'expliquaient par les remords qu'il devait éprouver à trahir une loyauté pour une autre.

– Son travail prit donc fin avec la mort de Hoover ? fit Chancellor.

– Oui. La disparition soudaine et inattendue du directeur du FBI rendait inutile notre opération défensive.

– Que devint l'agent ?

– Je crois savoir que le gouvernement l'a généreusement récompensé. Le Département d'État l'a transféré dans un secteur calme, où il s'acquitte d'un travail très peu prenant dans un cadre agréable.

Peter observait attentivement Sutherland en songeant qu'il fallait lui poser la question maintenant.

– Que diriez-vous si je vous apprenais que mon informateur met en question la mort de Hoover?

– La mort est la mort. On ne peut la mettre en question.

– Je veux parler de ses causes. Il doute qu'elles aient été naturelles.

– Hoover était vieux, usé. Pour répondre à votre question, je dirais que Longworth doit être en proie à certains tourments moraux. Les remords, le sentiment de culpabilité – cela n'aurait rien d'étonnant. Il s'accuse peut-être d'avoir trahi Hoover.

– C'est ce que je pensais.

– Alors qu'est-ce qui vous préoccupe? demanda le juge.

– Le fait qu'on n'ait jamais retrouvé les dossiers. Mon informateur m'a dit qu'ils avaient disparu à sa mort.

– Ils ont été détruits. Tous les papiers personnels de Hoover ont été découpés en lanières et brûlés. Nous en avons reçu l'assurance.

– De qui?

– Je ne peux vous le révéler, mais sachez quand même que cela nous a pleinement satisfaits.

– Et s'ils n'avaient pas été détruits?

– Ce serait une complication d'une extrême gravité, dit Sutherland en soutenant le regard de Peter. Je n'ose y songer. – Souriant, il ajouta : – Mais ce n'est guère possible.

– Pourquoi?

– Parce que nous le saurions, vous ne croyez pas?

Peter se sentit perplexe. Pour la première fois depuis le début de l'entretien, Sutherland ne se montrait guère convaincant.

Chancellor se rappelait à la prudence en descendant les marches du tribunal. Il ne cherchait pas des faits concrets mais une trame crédible, des événements arrachés à leur contexte avec lesquels il jetterait un pont au-dessus de l'inévitable fossé séparant réalité et fiction.

Maintenant que Daniel Sutherland lui avait fourni la réponse à l'énigme Longworth, Peter pouvait se mettre au travail. Le juge avait expliqué l'attitude de l'agent fédéral avec perspicacité et simplicité : le mot remords donnait la clef du problème. Longworth avait trahi son mentor, l'homme qui lui avait confié les missions les plus secrètes, le directeur qui le tenait en haute estime. Rien d'étonnant à ce qu'il se sente coupable, à ce qu'il se retourne contre ceux qui l'avaient incité à trahir. Et le meilleur moyen de le faire, n'était-ce pas de mettre en doute les causes naturelles de la mort de Hoover?

Chancellor se sentit dégagé de toute obligation envers Longworth et lâcha du même coup la bride à son imagination. Il décida de prendre cette histoire pour ce qu'elle était : une idée fascinante pouvant servir de base à un livre; un jeu captivant auquel l'écrivain qu'il était commençait à se prendre.

S'avançant sur la chaussée, il fit signe à un taxi en maraude.

– Hôtel Hay-Adams, lança-t-il au chauffeur.

– Désolé, monsieur, je ne peux vous communiquer ce numéro, fit la standardiste avec une certaine condescendance.

– Je vois, répondit Chancellor. Merci.

Il raccrocha et s'adossa à l'oreiller de son lit. La réponse ne le surprenait pas. Un reporter de Washington lui avait appris que le général en retraite MacAndrew vivait depuis plusieurs années dans une maison retirée de Rockville, Maryland, mais il n'avait pas trouvé son nom dans l'annuaire.

Fils de journaliste, le romancier n'allait pas se laisser arrêter pour si peu. Il feuilleta l'annuaire, composa un autre numéro.

– Armée des États-Unis. Pentagone, fit une voix d'homme.

– Le général Bruce MacAndrew, je vous prie, demanda Peter avec autorité.

– Un instant, s'il vous plaît... Désolé, il ne figure pas sur ma liste.

– Il y était encore il y a un mois, répliqua sèchement l'écrivain. Passez-moi le registre central.

– A vos ordres.

– Registre central du Pentagone, annonça une voix de femme.

– Colonel Chancellor à l'appareil. J'arrive de Saigon et

je cherche le général MacAndrew. La dernière lettre qu'il m'a envoyée venait d'Arlington. Est-ce qu'il a été transféré?

L'employée mit moins de trente secondes pour trouver l'information demandée.

– Non, colonel. Il n'a pas été transféré, il a pris sa retraite.

Peter marqua délibérément une pause avant de déclarer :

– Je comprends. Ses blessures... Puis-je le trouver à Walter Reed [1]?

– Je l'ignore, colonel.

– Alors donnez-moi son adresse et son numéro de téléphone.

– Je ne sais si je peux...

– Mademoiselle, coupa le prétendu colonel, je viens de parcourir seize mille kilomètres, le général est un ami de longue date et la nouvelle de sa mise à la retraite m'inquiète beaucoup. Me fais-je bien comprendre?

– Oui, colonel. Il n'y a pas d'adresse mais le numéro...

Chancellor prit note, remercia l'employée, raccrocha, décrocha de nouveau et composa le numéro qu'il venait d'obtenir.

– Résidence du général MacAndrew, fit une voix traînante, probablement celle de la bonne.

– Pourrais-je parler au général?

– Il sera de retour dans une heure. Voulez-vous laisser un message?

– Ici les services d'expédition du Pentagone. Nous avons un dossier à envoyer au général mais il semble y avoir une erreur dans son adresse à Rockville. Quel est le numéro de la rue?

– 23, route du Vieux-Moulin.

– Merci.

Trapu, de taille moyenne, le général MacAndrew avait un visage d'officier de carrière : la peau creusée de rides, les yeux froids. Il se tenait sur le seuil d'une vieille maison bordant une route de campagne et regardait s'approcher un inconnu dont les traits lui semblaient vaguement familiers.

Chancellor avait l'habitude de ce genre de réaction.

1. Hôpital militaire. *(NdT)*

Sans le reconnaître, les gens se souvenaient de son visage, qu'ils avaient vu sur leur écran de télévision.

– Général MacAndrew?

– Oui?

– Nous ne nous connaissons pas, dit Peter en tendant la main. Je m'appelle Peter Chancellor, je suis écrivain. J'aimerais vous parler.

Une lueur s'alluma dans les yeux de l'officier. De la peur? se demanda Peter.

– Bien sûr! fit MacAndrew. Je vous ai vu à la télévision. Je crois même que j'ai lu un de vos livres. Entrez donc, Mr. Chancellor. Excusez mon étonnement mais je – eh bien, comme vous dites, nous ne nous connaissons pas.

Peter s'avança dans le vestibule.

– Un ami commun m'a donné votre adresse.

– Un ami commun? Qui donc?

– Longworth. Alan Longworth.

Le visage du général n'exprima aucune réaction.

– Longworth? Je ne me souviens pas de lui. A-t-il servi sous mes ordres?

– Ce n'est pas un militaire. C'est plutôt un maître chanteur.

– Je vous demande pardon?

Les yeux de MacAndrew s'allumèrent de nouveau. C'était bien de la peur.

– Si nous entrions? proposa Chancellor.

– Venez dans mon bureau, fit le général d'un ton sec.

La pièce était petite, meublée d'un bureau en bois de pin et de fauteuils de cuir sombre. Aux murs, des photographies et des diplômes racontaient la carrière de MacAndrew.

– Asseyez-vous, dit le général.

C'était un ordre plus qu'une invitation.

– J'ai peut-être choisi une entrée en matière assez brutale, admit l'écrivain en s'installant dans un fauteuil.

– Plutôt, répondit MacAndrew, qui resta debout. Bon, qu'est-ce que c'est que cette histoire?

– Pourquoi avez-vous pris votre retraite?

– Cela ne vous regarde pas.

– Un nommé Longworth prétend qu'on vous y a contraint en vous menaçant de révéler un événement survenu il y a de nombreuses années. D'après lui, les informations concernant cet événement ont disparu de vos états de service pour passer dans une collection de dossiers privés, qui ont à leur tour disparu. Longworth affirme que vous avez quitté l'armée de peur qu'on n'étale ces informations compromettantes au grand jour.

MacAndrew resta un long moment silencieux et immobile, les traits figés en une expression de haine mêlée de crainte.

– Ce Longworth vous a-t-il précisé la nature de ces informations? fit-il enfin d'une voix blanche.

– Il prétend l'ignorer. En tout cas, votre réaction semblerait confirmer ses dires.

– Sale petit con, cracha le général. Vous ne savez pas de quoi vous parlez.

Peter soutint le regard méprisant de MacAndrew.

– Je ne tiens pas à connaître ces informations, elles ne me concernent pas. En venant ici, j'ai cédé à la curiosité, cette maladie professionnelle de l'écrivain, et je n'aurais peut-être pas dû. Croyez-moi, je ne cherche pas à fouiller dans votre passé. Je voulais simplement savoir pourquoi on m'a donné votre nom en pâture et je crois avoir trouvé la réponse. Vous êtes un exemple, une preuve vivante.

– Un exemple de quoi? demanda le général, moins hostile.

– Des victimes du chantage exercé par le détenteur des dossiers subtilisés. Vous apportez la preuve que Longworth ne m'a pas menti.

– Je ne comprends pas. Pourquoi tient-il à ce que vous le croyiez?

– Parce qu'il veut que j'écrive un livre racontant son histoire.

– Mais pourquoi vous avoir donné justement mon nom?

– Longworth a eu accès à certaines informations vous concernant, je le sais. Voyez-vous, général, je crois qu'il s'est servi de nous deux. Comme il lui fallait une victime dont il pourrait me livrer le nom afin de prouver ses assertions, il a commencé par vous faire chanter et ensuite...

Chancellor ne put aller plus loin.

– Où est-il? aboya MacAndrew en soulevant l'écrivain de son fauteuil par les revers de sa veste.

– Hé! Doucement...

– Où est Longworth? Réponds, salaud!

– Lâchez-moi! Espèce de cinglé!

Bien que plus lourd, l'écrivain ne pouvait résister à la force du général, qui le plaqua contre le mur.

– Ma tête! Faites attention! protesta Peter stupidement.

– Réponds! Où puis-je trouver Longworth?

– Je ne sais pas! Je l'ai rencontré en Californie.

– Où ça en Californie?

– Il n'y vit pas. Il habite Hawaii. Mais lâchez-moi!

– Quand tu auras répondu!

MacAndrew tira Chancellor vers lui puis le projeta de nouveau contre le mur.

– A Honolulu?

– Non! cria Peter, la tête transpercée par la douleur. A Maui. Pour l'amour de Dieu, lâchez-moi. Vous ne comprenez pas...

– Je ne comprends pas? Et toi, tu comprends ce que c'est, trente-cinq années jetées au rebut?

– Oui, dit Chancellor en saisissant les poignets du général. Écoutez-moi. Je ne veux pas me mêler de vos affaires, je regrette qu'à cause d'un livre...

– Tu regrettes? explosa MacAndrew en plaquant Peter contre le mur. C'est un peu tard! Et tout ça à cause d'une saleté de bouquin?

– Je vous en prie! Vous ne pouvez pas...

Il y eut un bruit de verre brisé derrière la porte, dans la salle de séjour, puis une sorte de long gémissement, de plainte chantonnée. MacAndrew lâcha Chancellor et sortit précipitamment du bureau.

Appuyé au mur, Peter voyait la pièce tourner autour de lui. Il respira profondément à plusieurs reprises pour retrouver l'équilibre et calmer la douleur.

L'étrange complainte monta de nouveau derrière la porte. Cette fois, il distingua les paroles.

... le vent d'hiver, boules de neige et flocons blancs, et bonne année grand-mère...

D'une démarche incertaine, Peter s'approcha de la porte, l'ouvrit et le regretta aussitôt.

Agenouillé sur le plancher, MacAndrew tenait dans ses bras une femme vêtue d'un vieux peignoir déchiré. Des débris de verre jonchaient le sol où roulait encore le pied d'un verre à vin. S'apercevant de la présence de Chancellor, l'officier lui lança :

– Maintenant vous connaissez la nature de ces informations compromettantes.

... vive le vent, vive le vent, vive le vent...

Tout s'expliquait. La vieille maison perdue dans la

campagne, le numéro de téléphone non répertorié, l'adresse manquant au registre central du Pentagone. Le général Bruce MacAndrew vivait à l'écart du monde parce que sa femme était folle.

– Je comprends, fit Peter.

– Oui, murmura l'officier. Après l'accident, les docteurs m'ont conseillé de me séparer d'elle. Je n'ai pu m'y résoudre.

Chancellor comprenait. Les généraux du Pentagone n'avaient pas droit aux tragédies familiales.

... boules de neige et flocons blancs...

L'épouse de MacAndrew regarda Peter. Ses yeux s'agrandirent, ses lèvres fines et pâles s'ouvrirent, elle poussa un cri, puis un autre, suivi d'un troisième. Le cou tordu, le corps arqué, elle se mit à hurler de plus en plus fort.

Le général resserra son étreinte autour de son épouse en fixant Chancellor, qui reculait vers le bureau.

– Non! rugit MacAndrew. A la lumière! Mettez votre visage près de la lampe! A la lumière, bon sang!

L'écrivain s'exécuta comme un automate. Il s'approcha d'une lampe posée sur une table basse, la porta à hauteur de son visage.

– Tout va bien, Mal. Tout va bien, disait MacAndrew en berçant sa femme.

Les cris cessèrent et firent place à des sanglots, longs et profonds.

– Sortez d'ici, ordonna le général à Chancellor.

11

Peter conduisait sa voiture sur la route du Vieux-Moulin sans parvenir à chasser de son esprit la scène à laquelle il venait d'assister. Pourquoi la femme de MacAndrew avait-elle réagi de la sorte en le voyant? Ressemblait-il à quelqu'un qu'elle connaissait? Non, impossible. En fait, elle s'était calmée lorsque son visage n'avait plus été dans l'ombre. Quels cauchemars avait-il évoqués pour elle, d'une manière ou d'une autre?

Longworth a eu recours à des méthodes méprisables mais il a atteint son objectif, se dit l'écrivain en baissant le pare-soleil pour se protéger des rayons qui l'aveuglaient. Comme victime pathétique d'un maître chanteur, MacAndrew était parfait et Longworth n'aurait pu mieux choisir pour convaincre Chancellor que les dossiers de Hoover n'avaient pas été détruits.

Une voiture couleur argent se porta à sa hauteur et Peter ralentit pour la laisser passer. Au lieu de doubler, le véhicule resta à son niveau et se rapprocha même de lui.

Chancellor pensa que le chauffeur voulait peut-être le prévenir de quelque chose par signes.

C'était une conductrice. En tournant la tête, Peter vit de longs cheveux noirs coiffés d'un chapeau à large bord, une bouche barbouillée de rouge tranchant avec la pâleur de la peau, des lunettes de soleil et une écharpe orange moussant au-dessus d'une veste sombre. La femme regardait droit devant elle, comme si la voiture de Chancellor n'existait pas.

Les deux véhicules allaient se toucher. Peter klaxonna furieusement. Devant lui, la route s'incurvait fortement à droite. S'il freinait, il déraperait ou entrerait en collision avec la voiture argent. Les mains crispées sur le volant, il négocia le virage, regardant alternativement la route et le véhicule qui s'approchait dangereusement.

La voiture argent heurta sa portière, le poussa vers le fossé. La femme au chapeau voulait le tuer ! Peter se souvint du camion, en Pennsylvanie. Tout recommençait ! La femme était au volant d'une Continental Mark IV, le même modèle que celui qu'il conduisait cette nuit-là sous l'orage. Cette nuit affreuse qui avait vu la mort de Cathy.

Au sortir du virage, Chancellor écrasa l'accélérateur et sa Chevrolet de location bondit en avant. Plus puissante, la Continental n'eut aucun mal à revenir à sa hauteur. Pris de panique, Peter ne pensait plus qu'à une seule chose : échapper à cette horrible apparition argentée surgie du passé. La femme aux cheveux bruns continuait à regarder droit devant elle, sans paraître avoir conscience de l'effroyable jeu qu'elle jouait.

– Mais arrêtez ! lui hurla Peter par la vitre baissée.

La conductrice ne tourna pas la tête. Pourtant la Mark IV ralentit, laissant la Chevrolet se dégager. Avait-elle entendu ses cris ? se demandait Peter, gêné par les gouttes de sueur qui lui coulaient du front autant que par les rayons du soleil.

Il se sentit soudain projeté en avant et sa tête alla heurter le pare-brise. Dans le rétroviseur, il vit le capot luisant de la Continental qui fonçait vers lui. Un nouveau coup de boutoir enfonça le coffre de la Chevrolet. Peter prit le côté gauche de la route puis se mit à zigzaguer pour échapper au bélier d'argent qui le talonnait. Un coup de volant brutal fit déraper la Chevrolet, qui quitta la route et enfonça une clôture de barbelés.

Chancellor ne leva pas le pied de l'accélérateur. La voiture parcourut une centaine de mètres dans le champ bordant la route puis accrocha une borne et s'immobilisa, moteur rugissant. Tournant la tête, Peter aperçut la voiture couleur argent s'éloigner sur la route dans les rayons du soleil couchant. Ce fut la dernière chose qu'il vit avant de fermer les yeux.

Combien de temps resta-t-il ainsi, prostré sur son siège ? Il n'aurait pu le dire. Une sirène lointaine le tira de sa semi-inconscience, une silhouette en uniforme se profila devant la vitre, une main se glissa vers le tableau de bord pour couper le contact.

– Vous pouvez parler? demanda le policier.
– Ça va.
– Vous êtes drôlement arrangé.
– Juste un saignement de nez, marmonna Peter en cherchant son mouchoir.
– Voulez-vous que j'appelle une ambulance?
– Non. Aidez-moi à sortir.
Après s'être extirpé de la voiture, Peter fit quelques pas dans le champ en secouant la tête.
– Que s'est-il passé? lui demanda l'agent de police. Pourrais-je voir votre permis et votre carte grise?
– C'est une voiture de location, répondit Chancellor en sortant son portefeuille. Comment se fait-il que vous soyez ici?
– On nous a prévenus par téléphone.
– Pourquoi n'est-on pas venu à mon secours?
– C'est une femme qui a téléphoné. La propriétaire du champ. Son mari est absent. Elle a entendu le bruit de l'accident, mais elle n'a pas osé sortir seule de chez elle.
– C'est une femme aussi qui conduisait.
– Qui conduisait quoi?
Peter donna des explications au policier, qui prit quelques notes sur son carnet. Lorsque Chancellor eut terminé, l'agent lui demanda :
– Qu'étiez-vous venu faire à Rockville?
– Je suis écrivain. Je roule souvent sans but, à l'aventure, simplement pour m'éclaircir les idées.
– Restez ici. Je vais appeler le QG.
Cinq minutes plus tard, l'homme revint près de Peter.
– Nous l'avons retrouvée, Mr. Chancellor, annonça-t-il. Tout concorde.
– Que voulez-vous dire?
– Nous l'avons arrêtée à la sortie de Gaithersburh. Cette timbrée s'amusait à jouer aux autos tamponneuses avec une camionnette des postes. Vous vous rendez compte? Une camionnette des postes! Les collègues l'ont fourrée au bloc.
– Qui est-ce?
– La femme d'un concessionnaire de Lincoln-Mercury à Pikeville. On l'a déjà pincée plusieurs fois pour conduite en état d'ivresse et, le mois dernier, on lui a enlevé son permis. Elle va encore s'en tirer avec une amende : son mari a le bras long.
– Je ferais mieux de prévenir l'agence de location, s'inquiéta Peter.

– Dites-leur que je m'occupe de ramener la voiture, fit le policier en s'approchant de la Chevrolet. Je vais prendre les clefs et reviendrai attendre la dépanneuse. Ils n'auront qu'à demander Donnelly. Agent Donnelly, à Rockville.

– C'est très aimable à vous.

– Je vais vous reconduire à Washington.

– C'est possible?

– Le QG m'a donné le feu vert. L'accident a eu lieu sur le territoire de la municipalité.

– Comment savez-vous que j'habite Washington?

Le policier hésita un bref instant avant de répondre :

– Vous êtes vraiment commotionné : vous me l'avez dit il n'y a pas cinq minutes.

La Continental argent s'arrêta au bord de la route, après un virage. Le chauffeur enleva lunettes de soleil, chapeau et perruque, frotta ses lèvres d'un mouchoir imprégné de crème à démaquiller. Il entendit la sirène de la voiture de police s'éloigner en direction de la Chevrolet. Bientôt le faux agent Donnelly jouerait le rôle pour lequel on l'avait engagé : donner à Chancellor des informations fallacieuses. Donnelly faisait partie du plan, tout comme la Mark IV, dont la vue devait terrifier l'écrivain, lui rappeler cette horrible nuit où il avait failli mourir.

Varak dénoua l'écharpe orange, l'envoya rejoindre le chapeau et la perruque sur le plancher de la Continental. Il fallait, songeait-il, continuer à tisser autour de Chancellor une toile de mensonges, de vérités et de demi-vérités si inextricablement imbriqués les uns dans les autres que l'écrivain ne pourrait jamais les démêler. Il fallait agir vite. Bravo avait appris qu'un sénateur nommé Walter Rawlins avait inexplicablement changé d'attitude à la commission qu'il présidait. Sans doute avait-il lui aussi entendu au téléphone une voix lui murmurant des menaces.

Une nouvelle victime, probablement, conclut Varak. Et un nouveau nom à donner à Peter Chancellor.

En approchant de la rangée d'ascenseurs, Peter s'examina dans le miroir du hall de l'hôtel. Comme l'avait pertinemment remarqué l'agent Donnelly, il était « drôlement arrangé » : la veste déchirée, les chaussures boueuses, le visage maculé de sang séché. Le préposé à la réception du Hay-Adams devait souhaiter voir disparaître le plus rapidement possible dans l'ascenseur un client d'allure aussi peu respectable.

Une femme dont Peter avait souvent vu le visage à la télévision se dirigea vers lui.

– Mr. Chancellor?

– Miss Maxwell? répondit l'écrivain en souriant.

– Comme c'est flatteur d'être reconnue par quelqu'un de célèbre.

– C'est ce que j'allais vous dire.

– Mais que vous est-il arrivé? s'exclama la journaliste.

– Un petit accident.

– Vous êtes drôlement arrangé.

– L'unanimité semblerait se faire sur ce point. Je monte me changer.

Les portes de l'ascenseur s'ouvrirent.

– Accepteriez-vous de m'accorder une interview tout de suite après? se hâta de dire Phyllis.

– Pourquoi, grand Dieu?

– Je fais mon métier de journaliste.

– Je n'ai aucune nouvelle intéressante à vous confier.

– Quand un auteur célèbre traverse le hall du Hay-Adams en boitant et a l'air d'être passé sous un camion, c'est une nouvelle intéressante. Surtout s'il se trouve à Washington pour glaner des informations en vue d'un nouveau livre.

– Je traîne la jambe depuis des mois et l'accident n'avait rien de spectaculaire. De plus, si je préparais effectivement un roman, je ne vous en parlerais pas.

– Si vous m'en parliez quand même, on ne sait jamais, je le garderais pour moi, assura la journaliste.

Peter savait qu'elle ne mentait pas en lui faisant cette promesse. En outre, son père parlait toujours d'elle comme d'un des meilleurs correspondants à Washington. Phyllis Maxwell, qui devait connaître la capitale sur le bout des doigts, pourrait peut-être lui fournir des éléments pour son livre.

– D'accord, accepta-t-il. Dans une heure, ça vous va?

– Parfaitement. On se retrouve au bar?

Chancellor acquiesça de la tête en entrant dans l'ascenseur. Les portes s'étaient à peine refermées qu'il regrettait de ne pas l'avoir plutôt invitée à le suivre jusqu'à sa suite : Phyllis Maxwell était une femme d'une beauté saisissante.

Douché, vêtu d'un costume de toile marron, Peter pénétra au bar une heure plus tard. Phyllis Maxwell l'attendait à une table située dans un coin de la salle discrètement éclairé.

En buvant un premier puis un second verre, ils parlèrent d'abord à bâtons rompus de leurs lieux d'origine, de Erie et de Chillicothe, de leur ascension à New York et Washington. Lorsque Chancellor commanda une troisième tournée, Phyllis protesta :

– J'ai déjà trop bu. N'abusez pas de votre charme de jeune et sémillant romancier.

– Ni sémillant ni jeune, tant s'en faut.

– Ma folle jeunesse à moi remonte à l'époque où vous appreniez l'algèbre, fit la journaliste.

– Remarque à la fois condescendante et totalement fausse. Regardez autour de vous. Aucune femme dans cette salle ne vous arrive à la cheville.

– Dieu merci il fait sombre, sinon je devrais vous traiter de charmant flagorneur.

La serveuse apporta les verres et s'éloigna. Phyllis sortit un bloc-notes de son sac en disant :

– Puisque vous ne voulez pas parler de votre travail en cours, dites-moi ce que vous pensez du roman moderne. Est-il redevenu drôle ?

– Je ne savais pas que vous écriviez pour la page des bandes dessinées.

– Je vous ai vexé ? C'est pourtant un sujet intéressant.

La journaliste embraya sur d'autres questions auxquelles Chancellor répondit prudemment. Comme il le soupçonnait, elle possédait une redoutable maîtrise de l'interview. Lorsqu'elle eut terminé, ce fut au tour de Peter de poser une question :

– Avez-vous des projets pour ce soir ?

Phyllis hésita puis répondit :

– J'ai un engagement.

– Je ne vous crois pas.

– Pourquoi ?

– Vous n'avez pas regardé votre montre une seule fois. Les femmes organisées le font quand elles ont un rendez-vous.

– Toutes les femmes ne se ressemblent pas, jeune homme.

Peter avança la main par-dessus la table, la posa sur le poignet de la journaliste, qui se raidit à son contact.

– A quelle heure, ce rendez-vous? fit-il.
– Huit heures et demie? risqua Phyllis en souriant.
– Laissez tomber. Il est neuf heures dix. Il s'est lassé de vous attendre. Vous êtes condamnée à dîner avec moi : Que diriez-vous de rester ici?
– D'accord, acquiesça-t-elle sans conviction.
– Vous préférez aller ailleurs?
– Non, non. Ici, c'est parfait.
Peter fit signe à la serveuse en montrant leurs verres vides.
– A mon tour de vous mettre sur le gril, dit-il. Vous connaissez Washington mieux que personne, n'est-ce pas?
– Vous n'avez pas de bloc pour prendre des notes? feignit-elle de s'étonner.
– J'ai un magnétophone dans la tête.
– Ce n'est pas rassurant. Que voulez-vous savoir?
– Parlez-moi de J. Edgar Hoover.
En entendant le nom de l'ancien directeur du FBI, Phyllis Maxwell lança à l'écrivain un regard chargé de colère.
– C'était un monstre. S'agissant de lui, je n'hésite pas à médire d'un homme mort sans la moindre componction.
– Était-il mauvais à ce point?
– Oui, du moins vers la fin de sa vie. Cela fait seize ans que je travaille à Washington et je ne me souviens pas d'une seule année où il n'ait pas brisé quelqu'un de grande valeur.
– Vous ne l'aimiez guère.
– Je le méprisais. Je l'ai vu à l'œuvre. Si quelqu'un a jamais fait régner la terreur par le chantage, c'est bien lui. Personne n'osait l'accuser et je crois qu'encore aujourd'hui personne n'en aura le courage.
– Pourquoi?
– Le FBI veille sur la réputation du monarque défunt. Les héritiers ne tiennent pas à être éclaboussés par la boue jetée sur le chef disparu.
– Comment pourront-ils l'éviter?
– *Pourront?* Mais ils ont déjà pris leurs précautions depuis longtemps. Tout ce qui aurait pu ternir le blason de Hoover a disparu dans les flammes.
– Vous en êtes sûre.
– On raconte – c'est une rumeur, je vous l'accorde – que Clyde a fait le tour de tous les bureaux avec quelques fidèles pour hacher menu, avec des machines portatives, les documents compromettants.

– Clyde Tolson?
– En personne. Et ce qu'il n'a pas détruit, il l'a mis en lieu sûr.
– Il y a des témoins?
– Probablement.
La serveuse apporta la commande.
– Faut-il réserver une table pour le dîner? lui demanda Peter.
– Je m'en occupe, répondit-elle.
– Au nom de..., commença Chancellor.
– Je sais. Maxwell, dit la fille en s'éloignant.
– Très impressionnant, avoua l'écrivain à la journaliste, qui ne cachait pas sa satisfaction. Il y a eu des témoins, dites-vous?
Au lieu de lui répondre, Phyllis se pencha en avant. Le décolleté entrebâillé révéla la naissance des seins, que Peter ne put s'empêcher d'admirer. La journaliste ne sembla pas sentir son regard.
– Vous préparez un livre sur Hoover, n'est-ce pas? demanda-t-elle.
– Pas sur l'homme lui-même, ni sur son histoire, encore qu'elle joue un rôle essentiel. Dites-moi tout ce que vous savez sur lui, ensuite je vous expliquerai mon projet, je vous le promets.
Phyllis commença dans le bar et continua dans la salle à manger. Elle parla de députés et de membres du gouvernement contraints à suivre la ligne politique définie par Hoover, d'hommes courageux réduits au silence. Elle évoqua certaines actions entreprises par le directeur du FBI après les assassinats des deux Kennedy et de Martin Luther King, la joie indécente qu'il affichait en privé.
– La presse est persuadée qu'il a dissimulé des informations compromettantes à la commission Warren, affirma Phyllis.
La journaliste rappela les méthodes qu'il employait : tables d'écoute, micros dissimulés, bandes magnétiques trafiquées. Personne n'était à l'abri. Hoover avait régné par les insinuations calomnieuses, la médisance, les rumeurs, les preuves fabriquées de toutes pièces.
A mesure qu'elle prononçait son réquisitoire, Phyllis devenait plus haineuse que méprisante. Elle avait bu trop de vin pendant le repas, trop de cognac après le café. Sa colère avait brûlé une grande partie de l'alcool, mais elle n'en était pas moins un peu ivre.

– Maintenant, votre promesse, rappela-t-elle. Que préparez-vous? Un autre *Riposte!*?

– Il y a une certaine ressemblance. C'est un roman prenant pour point de départ l'hypothèse de l'assassinat de Hoover.

– Fascinant mais incroyable. Qui aurait osé?

– Quelqu'un ayant accès à ses dossiers secrets. C'est pourquoi je vous ai demandé s'il y avait eu des témoins, des personnes ayant vraiment assisté à la destruction des documents.

– Et s'ils n'ont pas été détruits? dit la journaliste, le visage soudain fermé.

– L'assassin de Hoover s'en est emparé; il en fait un usage aussi répugnant que son prédécesseur : il fait chanter des personnes influentes, il les menace de divulguer certains détails scabreux de leur vie sexuelle, par exemple. Hoover était obsédé par le sexe.

Phyllis Maxwell eut un mouvement de recul.

– En murmurant au téléphone? souffla-t-elle d'une voix à peine audible. Dites-moi, Mr. Chancellor, à quel genre d'horrible plaisanterie vous livrez-vous?

– Comment?

Les yeux agrandis, elle le regardait fixement.

– Non, reprit-elle de la même voix froide et lointaine. Impossible. C'est moi qui ai cherché à vous rencontrer, quand je vous ai vu dans le hall...

– Phyllis, qu'est-ce qu'il y a?

– Oh, mon Dieu, je suis en train de devenir folle...

Chancellor prit la main glacée et tremblante de la journaliste dans la sienne.

– Là! Ça va passer! C'est le dernier cognac qui vous monte à la tête, fit-il avec un sourire rassurant.

– Vous me trouvez vraiment attirante?

– Vraiment.

– Pouvons-nous aller dans votre chambre?

– Ne vous sentez pas obligée, dit Chancellor, perplexe.

– Vous ne me désirez pas, n'est-ce pas?

– Plus que vous ne croyez. Je...

– Montons, décida-t-elle en pressant durement la main de l'écrivain.

Elle se tenait au-dessus de lui, près du lit. La fermeté de ses seins démentait son âge; sous sa taille fine, ses hanches s'évasaient en courbes provocantes conduisant à des cuisses fuselées de statue grecque. Il lui prit la main, l'attira vers lui.

Phyllis s'assit maladroitement au bord du lit. Lorsque Peter toucha sa poitrine, elle trembla, retint sa respiration, puis soudain se retourna et lui caressa le ventre. Sans dire un mot, elle roula au-dessus de lui et pressa son visage contre le sien. Peter sentit des larmes lui mouiller la joue. Elle se retourna à nouveau, écarta les jambes et l'attira sur elle.

– Vite, souffla-t-elle. Fais vite.

Ce fut pour Peter une expérience étrange. Dans les minutes qui suivirent, il fit l'amour à un corps consentant mais sans aucune réaction. A de la chair morte.

Quand il eut terminé, il s'écarta d'elle en la regardant avec une perplexité mêlée de compassion. Les yeux fermés, elle sanglotait sur l'oreiller, les joues inondées de larmes.

– J'ai envie de vomir, gémit-elle.

– Tu veux un verre d'eau?

– Non! cria-t-elle sans ouvrir les yeux. Tu pourras leur dire, maintenant! Tu pourras leur dire!

– C'est le cognac, murmura Chancellor, abasourdi.

12

Chancellor avait disposé sur la longue table de son bureau tout ce dont il avait besoin : rames de feuilles jaunes près du téléphone, crayons taillés formant un bouquet dans une pinte d'étain. Il se mit à écrire sans hésitation, au fil de la pensée.

A l'attention d'Anthony Morgan
Plan général du roman sur Hoover
sans titre pour l'instant.

Dans le prologue, une personnalité militaire célèbre et sympathique rentre d'une tournée en Asie du Sud-Est. Cet officier rapporte de son voyage de quoi confondre les autorités du Pentagone : les succès remportés par les troupes américaines sont délibérément grossis, la corruption et l'incompétence règnent dans les états-majors. Les quelques collègues qui connaissent les intentions de l'officier lui conseillent de ne pas faire éclater le scandale. Il s'obstine.

Un inconnu lui rend visite chez lui et lui rappelle un événement passé dont la révélation briserait sa carrière et sa vie privée. L'inconnu exige que l'officier détruise le rapport sur Saigon et garde le silence.

Resté seul, le militaire brûle, la mort dans l'âme, les preuves ramenées d'Asie du Sud-Est.

Changement de scène. L'inconnu entre dans une énorme chambre forte du FBI, ouvre un classeur et y range le dossier de l'officier. Sur le dernier tiroir du classeur, une étiquette portant l'inscription :

A – L Propriété du directeur

Peter alla s'asseoir sur le divan pour relire ce qu'il venait d'écrire. Il se demandait si MacAndrew se reconnaîtrait dans son personnage.

Le premier chapitre montre quatre ou cinq personnalités, gouvernementales ou autres, victimes d'un chantage. Les maîtres chanteurs n'exigent d'elles que leur silence. Des attaques sont lancées contre les dirigeants d'organisations défendant les minorités et les défavorisés. Les accusations reposent sur des insinuations calomnieuses, des médisances, des rumeurs et des preuves fabriquées de toutes pièces. Le pays devient un État policier.

Chancellor s'arrêta, frappé par les mots qu'il avait écrits : *insinuations calomnieuses, médisance, rumeurs, preuves fabriquées de toutes pièces.* Exactement les termes employés par Phyllis Maxwell.

Le personnage principal, Alexander Meredith, sera différent des héros habituels du roman à suspense. La quarantaine, marié, deux ou trois enfants, il est juriste de formation, expert en droit pénal. Il vient d'obtenir un poste contractuel à Washington, au ministère de la Justice. Son travail consiste à enquêter sur les méthodes utilisées par certains départements du FBI. Ce poste a été créé pour satisfaire une opinion alarmée par des « bavures » de plus en plus fréquentes : accusations publiquement lancées sans preuve, perquisitions et arrestations illégales, violations de la Constitution.

En un an de travail au ministère, Meredith a transformé ce qui ne devait être qu'une enquête de pure forme en investigation sérieuse, aboutissant à une série de révélations fracassantes : au sein du FBI se poursuit secrètement une opération destinée à recueillir des informations compromettantes sur un grand nombre de personnalités publiques et privées.

Meredith fait le rapprochement avec des personnes influentes ayant récemment adopté une attitude surprenante. Il s'agit, bien sûr, des victimes du chantage décrites dans le premier chapitre. Deux exemples frappants : un juge à la Cour suprême, détesté par Hoover, donne soudain sa démission. Un dirigeant d'une organisation de défense des droits civiques des Noirs publiquement attaqué par Hoover se suicide.

Feignant une sympathie qu'il n'éprouve pas, Alexander se fait des amis parmi les proches du directeur du Bureau. Il progresse dans son enquête, fait des découvertes terrifiantes. Il existe au sein du FBI, au plus haut niveau, un groupe de fanatiques totalement dévoués à Hoover. Ces hommes obéissent aveuglément aux ordres du directeur sans ignorer qu'ils constituent souvent des violations grossières de la loi. Parmi eux, un agent affecté à La Jolla sert à Hoover d'homme de main et apparaît toujours sur la scène lorsqu'une personnalité agit d'étrange façon. Sa description correspondra à celle de *l'inconnu* du prologue.

Chancellor posa son crayon sur la table en songeant à Alan Longworth, le véritable « homme de main » de Hoover. Le remords d'avoir trahi son ancien chef expliquait-il les risques qu'il avait pris en venant le trouver? Apparemment, son désir de vengeance comptait plus que tout, plus que MacAndrew, qu'il n'avait pas hésité à sacrifier.

Meredith accumule les preuves et les découvertes renversantes. J. Edgar Hoover a constitué plusieurs milliers de dossiers sur les personnalités les plus influentes du pays. Ces informations compromettantes constituent une menace pour la nation. Si Hoover a passé alliance avec certains éléments du Congrès ou de la Maison-Blanche, la république pourrait bien s'effondrer.

Alexander décide donc de porter ses preuves à la connaissance d'un assistant du ministre de la Justice. Sa vie devient alors un enfer. L'assistant est un homme intègre mais il a peur. Des employés de ses services transmettent une partie du rapport de Meredith au FBI. S'apercevant des fuites, l'assistant remet secrètement le rapport à un sénateur.

L'écrivain se renversa sur sa chaise en étirant ses membres. Pour le personnage du sénateur, il décida de s'inspirer d'un homme politique qui s'était présenté l'année précédente aux primaires de son parti pour les élections présidentielles. Le président en exercice faisait pâle figure auprès du sénateur connu pour son intégrité, sa profondeur de vue et ses talents d'orateur. Sa façon calme et lucide d'aborder les problèmes avait suscité une vague d'enthousiasme dans le pays. Pourtant, en quelques minutes, le sénateur avait perdu toute chance d'être élu en prononçant un discours invraisemblable, suicidaire.

Chancellor prit un autre crayon dans la pinte d'étain.

> Alex subit un harcèlement psychologique constant. On surveille ses moindres faits et gestes; son épouse reçoit des coups de téléphone anonymes obscènes ou menaçants; des agents du FBI interrogent ses enfants sur leur père pendant et après les heures de cours; des voitures s'arrêtent la nuit devant chez lui, éclairent ses fenêtres de leurs phares.
>
> Précipité dans ce cauchemar, Meredith tente d'en appeler aux autorités. Il alerte son député, les services du ministère. En vain. Même l'assistant du ministre de la Justice ne veut plus entendre parler de lui. Hoover tire les ficelles à tous les niveaux.
>
> Tu remarqueras que j'emploie le nom de Hoover. Comme on dit, je n'hésite pas à médire d'un homme mort sans la moindre componction...

Chancellor leva la tête un instant de sa feuille de papier jaune. Pas « on », songea-t-il. Phyllis Maxwell.

> ... et je n'ai pas l'intention de lui donner un pseudonyme dans mon roman. Pas question de raconter l'histoire d'un certain J. Edwin Haverford, président du FDI, par exemple. J'entends décrire nommément Hoover comme un mégalomane dangereux qu'on aurait dû contraindre à démissionner vingt ans plus tôt. Un monstre...

Phyllis Maxwell, encore une fois. La journaliste lui avait brossé un portrait si saisissant qu'il ne cessait de s'en inspirer.

> ... dont les méthodes s'harmonisaient davantage avec la politique du Troisième Reich qu'avec celle d'une société démocratique.
>
> Je veux que les lecteurs soient révoltés par les manipulations de Hoover. (A ce propos, tu ferais bien de montrer ce plan à tes services juridiques. Steve va probablement avoir une attaque mais demande-lui d'enquêter sur les possibilités de poursuites légales par la famille.)
>
> A partir du septième chapitre, Meredith quitte le devant de la scène pour laisser la place aux victimes du chantage de Hoover, en particulier le sénateur. Ces hommes évoluant dans les mêmes milieux, la rencontre de deux d'entre eux n'aurait rien d'invraisemblable. Il s'agira du sénateur et d'un membre du gouvernement contraint de démissionner après avoir affronté le Président. J'envisage une scène dans laquelle ces deux fortes personnalités reconnaissent leur impuissance face à Hoover : deux lions qu'un chacal vieillissant réussit à terroriser. A la fin de l'entrevue, ils décident néanmoins d'agir, de constituer avec d'autres victimes de Hoover un petit groupe d'hommes...

Peter s'arrêta d'écrire. « Et de femmes », avait précisé Daniel Sutherland. Mais quel genre de femme? se demanda l'écrivain. Pourquoi pas une journaliste? Un personnage inspiré de Phyllis Maxwell? A cette différence près que dans le roman elle serait d'abord victime du chantage.

> ... et de femmes chargé de défendre le pays contre les attaques du directeur du FBI. Ils ont un point de départ : l'homme de main de Hoover, et grâce à leurs relations dans les services de renseignements, ils constituent sur lui un véritable dossier.

Le crayon cessa de courir sur le papier. Une fois de plus, l'écrivain se heurtait à l'énigme Longworth. Daniel Sutherland ne lui avait pas expliqué comment Hoover avait réagi quand l'agent avait décidé de prendre sa retraite. Le directeur avait-il simplement déclaré : « Mais bien sûr, mon cher Alan. Prenez donc un repos bien mérité! » Peu plausible. Le Hoover qu'il connaissait aurait plutôt décrété la mort de Longworth. Il devait y avoir une autre explication.

> Le groupe prend contact avec l'homme de main, le convainc de coopérer au moyen de pressions diverses. Une supercherie médicale est alors mise sur pied. L'homme se plaint de douleurs abdominales, entre à l'hôpital Walter Reed. On prévient Hoover que son agent est atteint d'un cancer du duodénum, qu'il n'a plus que quelques mois à vivre. Le directeur n'a pas le choix : il le libère pour le laisser mourir en paix.
>
> Ainsi se constitue le « Noyau » anti-Hoover. L'agent « en retraite » lui communique des centaines de noms et de faits qu'il a lus dans les dossiers secrets auxquels il avait accès. La liste, impressionnante, comprend non seulement des hommes politiques mais aussi des industriels, des dirigeants syndicaux, des professeurs, des journalistes.
>
> Le Noyau doit agir immédiatement. Il prend secrètement contact avec des victimes en puissance, les avertit de l'existence des dossiers de Hoover.
>
> J'exposerai la stratégie du Noyau en une série de scènes courtes et rapides, sans m'attarder sur les raisons d'un éventuel chantage, sans introduire une nouvelle série de personnages qui créeraient une certaine confusion.
>
> A propos des personnages, j'y reviendrai bientôt. Je veux d'abord tracer les grandes lignes de l'intrigue.

Peter prit un autre crayon.

> Le rythme s'accélère avec deux événements : premièrement, le Noyau prend contact avec Meredith ; deuxièmement, il décide d'assassiner Hoover. Ces hommes, qui ne sont pas des tueurs, ne viendront que lentement à cette décision, lorsqu'elle s'imposera comme la seule solution possible. Mis au courant, Alexander s'y oppose. Il refuse de régler le problème par un meurtre et lutte à présent sur deux fronts : contre les fanatiques du Bureau et contre ceux du Noyau.
>
> Du point de vue narratif, le plus difficile sera de

justifier ce qui précisément révolte Meredith : à savoir que des hommes d'une telle valeur puissent envisager de faire couler le sang. Je crois tenir une solution en introduisant deux événements « démarqués » de l'histoire récente de notre pays : le retrait des élections présidentielles du candidat le mieux placé, et la démission d'un juge de la Cour suprême.

Le Noyau y voit l'œuvre de J. Edgar Hoover et considère qu'il ne peut plus le laisser agir dès lors qu'il s'attaque directement aux fondements du système politique.

La mine de crayon se brisa tant Chancellor écrivait rageusement. C'était la colère, cette indignation qu'il éprouvait, qu'il devait exprimer dans son roman. Faisons le point, se dit-il.

Dans la réalité, tout était rentré dans l'ordre avec la mort du mégalomane et la destruction de ses dossiers. A en croire Daniel Sutherland, le Noyau s'était dissous après avoir mené sa tâche à bien. Mais l'écrivain n'avait que faire de la réalité. Pourquoi ne pas imaginer que les dossiers n'ont pas été détruits? Que le groupe se lance à leur recherche?

Le Noyau met sur pied l'assassinat de Hoover et le vol de ses dossiers. Ici, je vois une série de scènes écrites dans un style volontairement plat et documentaire mais rendues captivantes par l'ingéniosité même du plan, sa minutie, et le fait que la moindre erreur dans la conception ou l'exécution pourrait le faire échouer à tout moment.

Voilà pour les grandes lignes de l'intrigue jusqu'à ce point du roman.

Peter étira les bras, grimaça en sentant une douleur à l'épaule gauche. Les personnages, à présent. Il commença par de simples silhouettes, qui prirent ensuite forme, s'épaissirent et reçurent un nom. Selon son habitude, il se contenta de les décrire brièvement, sachant que leur personnalité se dégagerait au fil du récit, qu'ils donneraient à leur tour naissance à d'autres personnages.

Après l'officier du prologue, Meredith, l'homme de main, le sénateur et le membre du gouvernement, il fallait maintenant donner vie et chair aux membres du Noyau.

Outre les hommes politiques, il y aurait un professeur ou un avocat, à coup sûr un juge mais pas un Noir : Peter ne pouvait désigner aussi clairement Daniel Sutherland. Une femme aussi, qui ressemblerait à Phyllis Maxwell par certains aspects.

Chancellor se pencha de nouveau vers son bureau.

L'avocat a plus de soixante-dix ans...

Peter écrivait, inconscient du temps qui passait, de l'énergie qu'il dépensait. Il abordait un neuvième personnage lorsque le téléphone sonna.

– Allô?

– Est-ce que je parle à l'écrivain Peter Chancellor? demanda une voix à l'accent du Sud.

– Lui-même.

– Pour qui vous prenez-vous? Vous n'avez pas le droit de...

– Qui est à l'appareil?

– Comme si vous ne le saviez pas!

– J'ai bien peur que non.

– Très amusant. Votre ami Longworth est venu me voir à Washington.

– *Alan* Longworth?

– Comme si vous l'ignoriez! Si vous voulez écrire une version négro de la guerre de Sécession, ne vous gênez pas. Mais attention où vous fourrez les pieds!

– Je ne comprends pas un mot de ce que vous me dites. Qui êtes-vous?

– Sénateur Walter Rawlins. Nous sommes mercredi, je serai à New York dimanche pour vous rencontrer.

– Parce que nous allons nous rencontrer?

– Oui. Avant qu'on ne nous fasse sauter la cervelle à tous deux.

13

Pour la première fois depuis qu'il écrivait, Chancellor avait commencé son roman sans attendre que Morgan en eût approuvé le plan. Il n'avait pu s'en empêcher; les mots, semblait-il, avaient jailli d'eux-mêmes de sa tête pour s'aligner sur la feuille de papier, et il regrettait d'avoir dû s'interrompre afin de rencontrer Walter Rawlins.

Peter avait tout d'abord refusé le rendez-vous du sénateur mais, à la réflexion, il s'était dit qu'il y apprendrait peut-être ce que Longworth faisait à Washington alors qu'il aurait dû se trouver à Hawaii. L'énigme avait fait sa réapparition pour une mystérieuse raison qui intriguait l'écrivain.

Chancellor avait décidé de se rendre à New York la veille du rendez-vous avec Rawlins, de dîner avec Joshua Harris et de passer la nuit dans son appartement newyorkais. Au volant de sa Mercedes 450, il roulait sur une vieille route longeant la rivière Delaware. Il y avait peu de circulation mais de temps à autre, il se faisait doubler par un représentant pressé d'arriver au prochain motel. La Mercedes de Peter aurait pu rivaliser de vitesse avec n'importe quel autre véhicule mais il ne l'avait pas choisie pour cette raison. Il avait voulu une voiture massive, lourde, donnant une impression de sécurité. Quant à sa couleur bleu sombre, il n'y avait attaché aucune importance. Tant qu'elle n'était pas...

Argent?

Argent! Non, c'était impossible...

Dans le rétroviseur latéral venait d'apparaître une

Continental argent ! Lorsque la voiture se porta à la hauteur de la Mercedes, Peter reconnut la conductrice ! Le chapeau, les longs cheveux bruns, les lunettes de soleil, la peau blanche et les lèvres d'un rouge éclatant, l'écharpe orange ! C'était la même femme ! Il devenait fou !

Chancellor écrasa l'accélérateur et la Mercedes bondit en avant ; elle allait semer la Mark IV, beaucoup moins puissante. Mais non ! C'était à n'y rien comprendre. La voiture argent rattrapait la Mercedes sans difficulté ! Et sa conductrice au visage macabre continuait à regarder droit devant elle.

Les deux véhicules approchaient d'un poids lourd encombrant la route. Peter appuya brutalement sur le frein, laissant la Continental le doubler. Aussitôt, la femme au chapeau se rabattit sur le côté droit pour le bloquer mais Chancellor donna un coup de volant sur la gauche en accélérant à fond. Il doubla à toute allure la Mark IV puis le poids lourd, dont le chauffeur lui lança un regard stupéfait. A quelques centaines de mètres devant, trois voitures ralentissaient en approchant d'un feu rouge et Chancellor dut en faire autant. Dans le rétroviseur, le capot de la Continental grandissait de nouveau. Peter s'arrêta sur la partie droite de la route, derrière deux autres voitures ; la Mark IV s'immobilisa à côté de la Mercedes.

L'écrivain descendit de voiture, se précipita vers le véhicule argent dont il essaya en vain d'ouvrir la portière.

– Qui êtes-vous ? Que voulez-vous ? cria-t-il en secouant la poignée.

Derrière la vitre, le masque impassible et macabre continuait à fixer la route. Peter se mit à marteler le toit de la voiture en vociférant :

– Laissez-moi tranquille !

Les autres conducteurs observaient la scène. Le feu avait passé au vert mais personne ne semblait l'avoir remarqué.

– Espèce de folle ! hurlait Chancellor.

La conductrice tourna vers lui un visage d'une pâleur cadavérique, une tête poudrée de blanc de clown lugubre, sans la moindre expression.

– Répondez ! braillait Peter en secouant de nouveau la poignée de la portière.

La Continental démarra, traversa le croisement et prit de la vitesse. La main endolorie, Chancellor la regarda s'éloigner. Il eut la présence d'esprit de penser à prendre son numéro mais il s'aperçut que la voiture argent n'avait pas de plaque minéralogique.

Il vivait un cauchemar, un épouvantable cauchemar.

Assis dans un fauteuil de la salle de séjour, Peter écoutait les bruits rassurants des rues de New York pénétrer dans son appartement par la fenêtre ouverte. Malgré la fraîcheur du soir, il était encore en sueur.

Il devait se ressaisir, ne pas céder à la panique, réfléchir. Comment s'appelait ce policier de Rockville? Connelly? Donovan? Il allait demander son nom à l'agence de location puis il l'appellerait pour...

Le téléphone sonna. Il alla décrocher en songeant qu'il devait s'agir de Rawlins puisque personne d'autre ne savait qu'il était à New York.

– Allô?

– Peter?

C'était Joshua Harris. Chancellor l'avait complètement oublié.

– Désolé, vieux frère, je viens juste d'arriver. J'ai eu quelques ennuis.

– Quels ennuis? demanda Harris d'un ton inquiet.

– Je... rien de grave. Des réparations sur la voiture qui ont pris plus de temps que je ne pensais. Où es-tu?

– J'allais partir pour le restaurant. Tu te souviens que nous dînons ensemble ce soir?

L'écrivain se souvenait mais il ne se sentait pas de force à jouer toute la soirée la comédie à son agent littéraire.

– Si cela ne te dérange pas, nous pourrions peut-être remettre à plus tard. J'ai travaillé toute la nuit et avec le voyage... Je me sens crevé.

– Alors, ton livre avance?

– Mieux et plus vite que je ne l'espérais.

– Bravo, Peter. Je suis content pour toi. C'est curieux, Tony ne m'en a pas parlé.

– Il n'en sait rien encore. C'est... c'est un plan très long, il lui faudra un sacré bout de temps pour le lire.

Pourquoi diable n'avouait-il pas tout simplement qu'il avait commencé à écrire son roman?

– Tu m'en donneras une copie, bien sûr, réclama l'agent littéraire.

– Demain soir, c'est promis.

– Alors à demain soir. Je m'occupe de changer la réservation. Bonsoir, Peter.

– Bonsoir.

Après avoir raccroché, Chancellor alla jusqu'à la fenêtre et regarda la rue, calme, bordée d'arbres, évoquant une époque disparue de l'histoire de la ville. Soudain, une image se superposa à celle de la rue. Les énormes lunettes de soleil se tournaient vers lui, le visage macabre le regardait...

Peter secoua la tête, se passa la main sur le front. Qu'allait-il faire avant le coup de téléphone de Josh? Il avait l'intention de téléphoner, précisément.

La sonnerie du téléphone retentit. Oh non! Il avait besoin de s'étendre, de fermer les yeux pour calmer la douleur qui lui vrillait les tempes.

– Chancellor?

– Oui.

– Ici Rawlins. Vous vous sentez d'attaque, le matin?

– Le matin, je travaille.

– Pour une fois, vous changerez vos habitudes. Vous connaissez les Cloîtres?

Peter se souvint aussitôt du grand parc, des promenades qu'il y avait faites avec Cathy, les dimanches d'été. Rawlins connaissait-il ce détail? Non, bien sûr. A moins que...

– Oui, répondit l'écrivain.

– Soyez-y à cinq heures trente demain matin. Prenez la porte ouest, la grille sera ouverte. Suivez l'allée qui mène à une cour intérieure. C'est là que je vous attendrai.

Le sénateur raccrocha. L'heure et le lieu du rendez-vous étaient d'un homme effrayé, songeait Peter. Une fois de plus, Longworth avait semé la peur.

Chancellor alla dans la chambre, s'assit sur le lit, enleva ses chaussures, déboutonna sa chemise. Il tomba lentement sur le côté, enfonça la tête dans l'oreiller.

Et les cauchemars commencèrent.

L'herbe était humide de rosée. A l'est, la lumière inondait le ciel, éclairant les statues, les ruines et les arbres noueux. Il ne manquait pour compléter l'atmosphère qu'un fond de chants grégoriens.

Chancellor remonta l'allée bordée de fleurs conduisant à la reconstruction des cloîtres d'un monastère français du XIIIe siècle. Il s'avança dans la cour, examina ses bancs de marbre, ses arbres nains. L'endroit était désert, d'un calme pesant.

Les minutes s'écoulèrent. Le soleil matinal commençait à chauffer les vieilles pierres du cloître. Peter consulta sa montre : six heures moins dix. Rawlins avait vingt minutes de retard. Avait-il si peur qu'il avait finalement décidé de ne pas venir au rendez-vous?

– Chancellor...

Le murmure provenait d'un buisson dont les feuilles encadraient un piédestal sur lequel reposait le buste d'un saint médiéval. Une silhouette jaillit du feuillage.

– Rawlins? Depuis combien de temps êtes-vous là?

– A peu près trois quarts d'heure.

Le sénateur rejoignit Peter mais ne lui tendit pas la main.

– Pourquoi m'avez-vous fait attendre? protesta Peter.

– Pour voir si vous étiez venu seul.

– Je suis seul. Alors, qu'avez-vous à me dire?

– Marchons un peu, proposa le sénateur.

Les deux hommes s'éloignèrent du saint moyenâgeux.

– Vous boitez? remarqua Rawlins. Qu'est-ce que vous avez eu?

– Blessure de guerre, fracture en jouant au rugby, faites votre choix. Je ne suis pas venu ici pour me promener. Dites-moi ce que vous avez à me dire ou je rentre chez moi.

– Il y a un banc, là-bas, fit le sénateur.

– Il y en avait aussi dans la cour.

– Avec des micros, peut-être.

– Vous êtes aussi cinglé que Longworth.

Le parlementaire attendit d'être près du banc de fer forgé pour demander :

– Longworth est votre associé, hein? Vous avez monté ensemble la combine du chantage?

Rawlins se laissa tomber sur le banc.

– Non, répondit Chancellor. Je n'ai pas d'associé et je ne fais chanter personne.

– Mais vous écrivez un livre.

– C'est comme cela que je gagne ma vie. En écrivant des romans.

– Qui flanquent une telle trouille aux petits gars de la CIA qu'ils en salissent leur culotte, à ce qu'on raconte.

– Vous exagérez. Qu'aviez-vous à me dire?

– Laissez tomber, Chancellor, fit le sénateur d'une voix blanche. Vos informations ne valent pas un pet de lapin. Oh, vous pouvez me couler politiquement mais, légalement, je m'en tirerai. Et alors, attendez-vous à des ennuis sérieux.

– Quelles informations? Longworth vous a menti. Je ne possède aucune information sur vous.

– Pas de baratin. Je sais que je me trouve dans le pétrin, je sais ce que des gens comme vous pensent de moi. En privé, je tiens des propos racistes et, quand j'ai bu, j'ai un faible pour les négresses. Pour couronner le tout, j'ai épousé une pute qui me tient à la gorge et me piquerait tout ce que j'ai au premier faux pas. Mais je fais mon boulot de sénateur! Et je ne suis pas un assassin! Vous comprenez?

– Bien sûr. Vous vous contentez de couler des jours paisibles sur la plantation familiale, ironisa Peter. Bon, ça suffit, je m'en vais.

– Non, attendez! s'écria Rawlins en se levant pour retenir Chancellor. Newport News était un coup monté! On a cherché à se débarrasser de moi.

Peter s'arrêta, soudain attentif.

– On m'a fait avaler un tonnelet de bourbon puis on m'a emmené dans des rues sombres que je ne connaissais pas, poursuivit le sénateur. J'ai peut-être baisé la gosse mais je ne l'ai pas tuée! J'aurais été incapable de lui faire ce qu'*ils* lui ont fait! Je connais les coupables! Et ces salopards de nègres savent que je suis au courant. Des nazis noirs! Voilà ce qu'ils sont! Ils tuent leurs propres frères, ils se cachent derrière...

Un léger « pop » se fit entendre derrière eux et un cercle rouge apparut au-dessus du sourcil droit du sénateur, qui ouvrit la bouche. Le sang jaillit d'abord de la blessure comme une fontaine minuscule puis coula lentement en petites rigoles sur la peau cendreuse, autour de l'œil grand ouvert. Figé par la mort, Rawlins resta un instant debout avant que son corps ne s'affaisse lentement sur l'herbe humide, comme en un horrible ballet.

Chancellor avait trop peur pour pouvoir crier. Il entendit un deuxième pop, suivi d'un troisième, puis un bruit métallique. Une balle venait de ricocher sur le banc, tout près de lui! Il se jeta à terre, roula sur le gazon pour se mettre à couvert. Des éclats arrachés à la pierre lui griffèrent le visage. Soudain son front heurta une surface dure; la paume de sa main reconnut la rugosité froide d'une stèle. Se tournant sur le dos, Peter découvrit qu'il était provisoirement à l'abri.

Des cris montaient de toutes parts autour de lui, déments, hystériques. Les voix s'éloignaient, se rapprochaient, l'encerclaient. Un commandement guttural retentit :

- Foutons le camp d'ici!

Une main puissante le prit par le devant de sa veste, le souleva. Devant ses yeux, une autre main tenait un gros automatique muni d'un silencieux. Le canon de l'arme crachait des langues de feu en direction de l'endroit d'où venaient les cris.

Incapable de dire un mot, Chancellor obéit aux injonctions muettes de l'homme blond qui lui ordonnait de fuir. Alan Longworth, qu'il méprisait tant, lui sauvait la vie!

Plié en deux, Peter se précipita vers les buissons, plongea sous un arbuste, et reprit sa course à quatre pattes, terrorisé et haletant.

14

Il errait dans les rues comme un somnambule. Les passants qu'il abordait détournaient les yeux et se hâtaient de s'éloigner de ce fou aux vêtements déchirés, aux yeux hagards.

Les tempes douloureuses. Peter continuait à marcher sans savoir où il allait. Il se rendait compte qu'il lui fallait se ressaisir, empêcher les images de tournoyer dans sa tête, mais il n'y parvenait pas. Étrange situation, il se trouvait entre la conscience et l'inconscience, comme un voyageur égaré dans une terre inconnue.

Lorsque le brouillard se dissipa, il regarda sa montre. Quatre heures ! Cela faisait quatre heures qu'il marchait au hasard ! Il se souvint d'avoir laissé sa Mercedes devant les Cloîtres, en face de la porte ouest. Plongeant la main dans sa poche, il en retira assez de monnaie pour prendre un taxi.

– Porte ouest, papa, annonça le chauffeur au teint fleuri. J'vois pas de Mercedes. A quelle heure vous l'avez laissée ?

– Tôt ce matin.

– Vous avez pas vu le panneau ? fit le chauffeur en pointant le doigt vers son pare-brise. Ils l'ont embarquée à la fourrière, votre bagnole.

L'écrivain donna son adresse à Manhattan. Lorsque le taxi quitta Lexington Avenue pour prendre la Soixante et onzième Rue, Chancellor découvrit avec stupéfaction sa Mercedes garée devant chez lui. Comment avait-elle pu revenir là ? Impossible. A moins que Cathy n'ait pensé à la ramener pour...

Cathy? Mais il devenait fou!

Il descendit du taxi, régla le chauffeur et inspecta sa voiture comme s'il ne l'avait pas vue depuis des mois. On avait lavé la carrosserie, passé l'intérieur à l'aspirateur, nettoyé le tableau de bord, astiqué les chromes.

Chancellor grimpa rapidement les marches conduisant à son appartement. Sur sa porte, agrafée au bois, il découvrit une note dactylographiée portant ces mots :

> La situation a dégénéré mais cela ne se reproduira pas. Vous ne me reverrez plus.
>
> Longworth.

En examinant la note, Peter constata que les *e* étaient légèrement décalés par rapport au texte : on l'avait tapée avec sa propre machine à écrire, sur son papier à lettre.

– Il s'appelle Alan Longworth. C'est Josh qui m'a renseigné sur lui, dit Chancellor en regardant par la fenêtre la Mercedes garée dans la rue.

Assis dans un fauteuil de cuir, Anthony Morgan gardait une immobilité inhabituelle chez lui.

– Tu es dans un état épouvantable, soupira l'éditeur. Tu as bu beaucoup, hier soir?

– Non. J'ai très mal dormi, j'ai eu des cauchemars.

– Mais tu n'as pas picolé?

– Non, je te dis!

– Et Josh se trouve à Boston?

– Oui. D'après sa secrétaire, il rentre par la navette de 16 heures. Nous dînons ensemble ce soir, en principe.

– Mais pourquoi n'as-tu pas prévenu la police? demanda Morgan en quittant son fauteuil. Un sénateur se fait tuer sous tes yeux et tu n'avertis pas les flics!

– Je sais, j'ai eu tort. Ce qu'il y a de plus grave, c'est que je ne me souviens même pas de ce que j'ai fait. Pendant quatre heures, j'ai déambulé dans le brouillard sans savoir où j'allais.

– Que dit la radio? On a dû donner la nouvelle.

– Je n'ai pas écouté.

L'éditeur tourna le bouton du poste, régla le volume et rejoignit l'écrivain, qu'il força à se retourner.

– Écoute-moi. Je ne te reproche pas de m'avoir appelé en premier, bien au contraire. Mais je voudrais savoir pourquoi tu n'as pas téléphoné à la police.

– Je ne sais pas. Je ne peux pas t'expliquer.

– Bon, bon, fit Morgan, radouci.

– Je ne fais pas allusion à des difficultés d'ordre pyschologique, rétorqua Peter, devinant les pensées de l'éditeur. Regarde mes mains. Si j'avais ramené la voiture, il y aurait eu des traces de sang sur le volant, de la boue sur le plancher. Mais non, elle est propre comme si elle sortait du garage. Et la note sur ma porte : on l'a écrite avec ma machine, sur mon papier à lettre. Et ces quatre heures de trou total... Je ne sais plus ce que je fais !

– Arrête, Peter ! fit Morgan en saisissant son auteur par les épaules. Cesse de te prendre pour un de tes personnages. Il ne s'agit pas d'un roman mais de la réalité ! J'appelle la police.

Les deux inspecteurs envoyés par le vingt-deuxième commissariat ne cessèrent d'interrompre le récit de Chancellor par leurs questions. Le plus âgé avait la cinquantaine, des cheveux gris; l'autre, un Noir, pouvait avoir l'âge de Peter. Tous deux s'efforçaient de mettre l'écrivain à l'aise.

Lorsque Chancellor eut raconté son histoire, l'aîné des inspecteurs alla téléphoner tandis que le plus jeune parlait à Peter de *Sarajevo!* Ce ne fut que lorsque le policier aux cheveux gris vint les rejoindre que l'écrivain comprit que les remarques littéraires de son collègue avaient eu pour seul but de l'empêcher d'écouter la conversation téléphonique.

– Mr. Chancellor, commença l'inspecteur âgé, il semble qu'il y ait un problème. Lorsque Mr. Morgan nous a appelés, nous avons aussitôt envoyé une équipe aux Cloîtres pour gagner du temps. Nos hommes n'ont trouvé sur place aucune trace de fusillade.

– C'est impossible, balbutia Chancellor, incrédule. J'étais là !

– Nos techniciens ont examiné le terrain attentivement.

– Mais pourquoi inventerais-je une histoire pareille ?

– Nous vous servons peut-être de banc d'essai pour un nouveau roman, suggéra le policier noir en souriant.

– Doucement, protesta l'éditeur. Peter ne ferait pas une chose pareille.

– Cela constituerait un délit, rappela l'inspecteur aux cheveux gris.

– Vous... vous ne me croyez pas, murmura Peter. Le rapport de vos collègues, c'est l'évangile, conclusion : vous avez affaire à un cinglé. Mais quel genre de flics êtes-vous ?

– D'excellents flics, répondit le jeune policier.

– Je ne partage certainement pas votre avis, rétorqua Chancellor en décrochant le téléphone. Il y a un moyen extrêmement simple de régler la question.

Il composa un numéro, attendit.

– Allô, les renseignements de Washington ? Je voudrais le numéro du bureau du sénateur Walter Rawlins... Merci.

L'éditeur et les deux inspecteurs le regardèrent composer un autre numéro, pianoter nerveusement sur le bord de la table.

A l'autre bout du fil, une voix de femme à l'accent traînant se fit entendre. Quand Peter demanda à parler au sénateur Rawlins, elle lui répondit :

– C'est terrible, monsieur. La famille vient de communiquer la nouvelle il y a quelques minutes à peine. Le sénateur est mort dans son lit la nuit dernière d'un infarctus.

– Non ! cria Peter dans l'appareil.

– Nous avons tous eu la même réaction. La date des funérailles sera annoncée...

– Non ! C'est un mensonge ! Il est mort à New York ! Il y a six heures !

Peter sentit des bras le ceinturer, le tirer en arrière tandis qu'une main lui arrachait le téléphone. D'une ruade, il se libéra, expédia son coude dans l'estomac de l'inspecteur qui s'efforçait de le maîtriser, agrippa par les cheveux la tête la plus proche et la secoua. L'image du visage grimaçant de douleur d'Anthony Morgan se fraya un chemin jusqu'à son cerveau.

Morgan. *Son ami.* Mais que lui faisait-il ?

Cessant de se débattre, Chancellor laissa les deux inspecteurs l'allonger sur le sol.

– Aucune inculpation ne sera retenue, fit Morgan en entrant dans la chambre, un verre dans chaque main. Ils se sont montrés très compréhensifs.

– Ce qui veut dire que je suis fou, grommela Chancellor, étendu sur le lit, une poche à glace sur le front.

– Mais non. Tu es fatigué. Tu as trop travaillé. Les médecins t'ont déconseillé de...

– Tony, je t'en prie, pas à moi ! J'ai dit la vérité !
– D'accord, je te crois. Tiens, prends ton verre.
– Non, tu ne me crois pas.
Chancellor prit le verre et le posa sur la table de chevet sans en boire une goutte.
– Assieds-toi, poursuivit-il. Je vais m'efforcer de clarifier certains points.
– Vas-y, fit l'éditeur en s'asseyant.
L'inquiétude que Peter décelait dans les yeux de son ami démentait son ton désinvolte.
– Je crois savoir ce qui s'est passé, déclara l'écrivain. Et comme le dit la note de Longworth, cela ne se reproduira plus.
– Quand as-tu réfléchi à la question ?
– Dans la rue, pendant ces quatre heures, sans m'en rendre compte. Les pièces du puzzle ont commencé à s'assembler.
– Les pièces du puzzle ! Tu parles vraiment comme un romancier.
– Longworth m'a fourni un second exemple afin de me faire croire à son histoire de dossiers disparus : celui d'un sénateur du Sud compromis dans le viol et le meurtre d'une jeune Noire. Mais du même coup, il a déclenché une mécanique qu'il ne parvenait plus à contrôler : le sénateur a été assassiné et Longworth n'a eu que le temps d'intervenir pour m'éviter le même sort.
– Si je comprends bien, il t'a sauvé la vie pour sauver le livre ?
– Exactement.
– Non ! protesta l'éditeur en se levant. Tu parles comme un gosse à ses copains devant un feu de camp ! D'accord, c'est ton métier, mais pour l'amour de Dieu, ne mélange pas le roman et la *réalité*.
– Alors tu ne me crois pas ? fit Chancellor, surpris et peiné.
– Tu veux que je te dise la vérité ?
– Il n'y a jamais eu place pour le mensonge entre nous.
– Je crois que tu es bien entré aux Cloîtres. Comment ? Je n'en sais rien. Probablement en escaladant un mur. Tu aimes te lever très tôt et les Cloîtres, à l'aube, ça doit être un lieu extraordinaire... Je pense que tu as dû entendre l'annonce de la mort de Rawlins et...
– Comment aurais-je pu ? Au téléphone, on m'a répondu qu'on venait juste de rendre la nouvelle publique !

– Excuse-moi mais c'est toi qui le dis. Moi, je n'ai rien entendu.

– Alors, ça!

– Peter, ne te vexe pas. Il y a un an, tu as failli mourir, tu as perdu un être qui était tout pour toi. Il y a six mois, je te croyais fini comme écrivain. Même après ta sortie de l'hôpital, tu restais des journées entières sans dire un seul mot. *Rien.* Tu t'es ensuite mis à boire et puis il y a trois semaines, tu es revenu de la Côte tout excité, plein d'énergie, prêt à te remettre au travail... Tu comprends?

– Je comprends quoi?

– Le cerveau ne peut pas passer subitement du point mort à Mach 2 sans y laisser des plumes. Toi-même, tu reconnais ne pas savoir ce que tu as fait pendant près de quatre heures.

Chancellor regardait Morgan fixement. En même temps qu'une sourde colère contre son éditeur, il éprouvait un certain soulagement : si Morgan l'avait cru, il l'aurait adjuré de renoncer au livre.

– D'accord, Tony, n'en parlons plus. Je reconnais que je ne suis pas complètement rétabli, côté méninges.

– Buvons à ta santé, proposa l'éditeur en souriant.

Munro St Claire regarda Varak entrer dans la bibliothèque de la maison de Georgetown. L'agent avait le bras droit en écharpe, un pansement autour du cou. Après avoir fermé la porte, il se dirigea vers le bureau où était assis le diplomate.

– Alors? demanda Bravo.

– Tout est réglé. J'ai ramené le corps à Arlington avec le Cessna, qui attendait à l'aéroport Westchester, puis j'ai pris contact avec un médecin dont nous utilisons les services au CNS. L'épouse n'a pas hésité : l'assurance-vie de Rawlins ne couvrait pas les risques d'assassinat. D'ailleurs, elle n'avait pas le choix : son dossier est un véritable livre porno, je lui en ai lu quelques chapitres.

– Et les autres?

– J'en ai tué un sur les trois. Après avoir couvert la fuite de Chancellor, j'ai cessé de tirer et ils sont partis en emmenant le cadavre de leur copain. Ils avaient eu Rawlins, c'était tout ce qu'ils voulaient. J'ai passé le secteur au peigne fin, ramassant les douilles, replaçant les mottes de gazon arrachées, effaçant toute trace de la fusillade.

Bravo ne dissimula pas sa colère :

– Vous avez outrepassé les ordres! gronda-t-il en se levant. Vous avez pris des initiatives que je n'aurais jamais approuvées, vous le saviez parfaitement. Votre action a coûté la vie à deux hommes et a bien failli entraîner la mort de Chancellor.

– Un tueur et un homme condamné, répondit calmement Varak. Rawlins n'en avait plus pour longtemps. Quant à Chancellor, j'ai risqué ma propre vie pour le sauver, réparant ainsi mon erreur de jugement.

– Erreur de jugement? Mais qui vous a autorisé à agir de la sorte?

– Vous. Vous et tous les autres.

– Nous vous avions implicitement fixé des limites à ne pas dépasser! Vous l'aviez parfaitement compris.

– J'ai surtout compris que le pays risque de devenir un État policier si nous ne retrouvons pas les dossiers. Ne l'oubliez pas.

– Et n'oubliez pas que nous ne sommes plus à Lidice, en 1942, que vous n'êtes plus un jeune garçon de treize ans errant parmi les cadavres, cherchant, pour les tuer, les auteurs du massacre. Nous ne vous avons pas fait venir ici, il y a trente ans, pour que vous vous transformiez en archange vengeur!

– On m'a fait venir aux États-Unis parce que mon père travaillait pour les Alliés! Ma famille a été massacrée parce qu'il travaillait pour vous!

Les yeux de Varak s'embuèrent quand il repensa à ce matin ensoleillé du 10 juin 1942, à la mort, partout présente, aux nuits passées ensuite caché dans les galeries, aux encoches qu'il taillait dans un poteau de mine pour chaque Allemand mort. L'enfant de treize ans était devenu un tueur chevronné lorsque les Britanniques le découvrirent.

– Nous vous avons tout donné, reprit Bravo en baissant la voix. Les meilleures écoles, toutes sortes d'avantages...

– Je ne l'oublie pas, répliqua Varak. Je n'oublie *rien*. Pendant dix-huit ans, j'ai payé le droit de garder mes souvenirs, je suis devenu le meilleur agent du CNS. Je continue à lutter contre le nazisme, quelle que soit la forme qu'il prenne, et si vous ne voyez pas dans ces dossiers des méthodes dignes du Troisième Reich, vous vous trompez lourdement.

Varak s'arrêta, le feu aux joues. Murno St Claire le regarda en silence et sentit sa propre colère décroître.

– Vous êtes très convaincant. Je vais convoquer une réunion d'Inver Brass pour examiner la situation.

– Non, attendez.

– Nous devons en tout cas nous réunir ce mois-ci pour désigner un nouveau Genèse. Je suis trop vieux pour tenir ce rôle, de même que Venise et Christopher. Restent Bannière et Paris...

– Je vous en prie. Ne convoquez pas cette réunion.

– Pourquoi ?

– Chancellor a commencé son livre. Je me suis introduit dans les bureaux de la maison chargée de taper son manuscrit. J'en ai lu la première partie.

– Et alors ?

– Votre plan se réalise au-delà de ce que vous espériez. Chancellor a imaginé des explications auxquelles je n'aurais pas pensé. Et il a placé Inver Brass au centre de son roman.

15

Les premiers froids avaient sonné le glas de l'automne. Comme prévu, les élections avaient vu la victoire du mensonge et de Madison Avenue sur des amateurs sans détermination. Personne n'y avait rien gagné, et surtout pas le pays.

Plongé dans son roman, Peter n'avait suivi que distraitement les événements politiques. Il avait peaufiné l'intrigue, donné de l'épaisseur à ses personnages. Morgan, qui avait lu les six premiers chapitres, affirmait que Peter n'avait jamais rien écrit de meilleur.

Il n'a jamais reparlé des Cloîtres, songea Peter en prenant un crayon dans la pinte d'étain. Il se comporte comme si rien n'était arrivé.

Plan du chapitre 7

Un après-midi pluvieux dans une suite d'un hôtel de Washington. Le sénateur regarde les gouttes de pluie s'écrasant sur la vitre en repensant à l'histoire, survenue trente ans plus tôt à l'université, qui l'oblige aujourd'hui à se retirer des élections présidentielles. Il ne se souvient plus exactement du jour ni des circonstances où il a donné son adhésion à une organisation qui se révéla par la suite inféodée au parti communiste. Erreur bénigne, compréhensible, risible même, mais suffisante pour le disqualifier dans la course à la présidence. La véritable erreur, songe-t-il, c'est de ne pas partager la philosopohie politique du directeur du FBI.

Arrivée de la journaliste réduite au silence par Hoover et à présent membre du Noyau. Le sénateur lui offre un verre. Elle répond qu'elle ne serait pas là si elle pouvait accepter : elle n'a pas bu une goutte d'alcool depuis qu'elle s'est fait désintoxiquer, cinq ans plus tôt. Hoover possède des photos prises lors d'une des saouleries de sa période alcoolique et s'en sert pour la faire chanter.

Le troisième membre du Noyau rejoint le sénateur et la journaliste. Il s'agit de l'ancien ministre décrit dans le premier chapitre. Hoover le manœuvre en menaçant de révéler qu'il est homosexuel.

Les nouvelles sont alarmantes. Le directeur du FBI a passé avec la Maison-Blanche un accord temporaire visant à discréditer tout candidat sérieux de l'opposition. En l'absence de faits compromettants, de simples rumeurs feront l'affaire. Réduite à présenter son candidat le plus faible, l'opposition n'aura aucune chance face à l'actuel président.

Cet accord implique que Hoover possède des informations tout aussi compromettantes sur la Maison-Blanche. Autrement dit, le directeur du FBI va bientôt gouverner le pays en exerçant des pressions sur les principaux centres de décision de la nation.

Il est allé trop loin, il faut l'éliminer, conclut l'ancien ministre. Au besoin, en le tuant. La proposition sidère le sénateur qui ne peut concevoir contre Hoover des méthodes enfreignant la légalité. Il sort de sa serviette le rapport de Meredith.

Décision est prise de prendre contact avec le messager, l'homme qui sert d'intermédiaire entre Hoover et les victimes du chantage. Tous les moyens seront utilisés pour le convaincre de coopérer. Avec son aide, le groupe s'emparera des dossiers. Et exécutera aussitôt Hoover, précise l'ancien ministre.

Le sénateur ne veut pas en entendre parler. Il quitte la pièce en annonçant qu'il va arranger une rencontre avec Meredith.

Relevant la tête de sa feuille de papier, Peter décida de s'accorder une pause. Machinalement, il parcourut les titres du journal que Mrs Alcott, la gouvernante, lui avait apporté une heure plus tôt. La conférence de Paris sur le Viêt-nam était dans l'impasse; sur le terrain, des hommes continuaient à mourir de part et d'autre. Soudain son attention fut attirée par un titre d'une colonne reléguée en bas de page :

LE GÉNÉRAL MACANDREW ASSASSINÉ
Son corps a été retrouvé sur la plage de Waikiki

Waikiki! A Hawaii! se dit le romancier.

Suivait une description macabre du cadavre : une balle dans la gorge, l'autre sous l'œil gauche. La mort, sans doute instantanée, remontait à une dizaine de jours. Apparemment, personne n'avait eu vent de la présence du général à Hawaii. On n'avait trouvé son nom ni sur les registres d'hôtel ni sur les listes des compagnies aériennes. Les autorités militaires de l'île avaient déclaré tout ignorer de cette affaire.

L'épouse du général, apprit Peter en continuant sa lecture, était morte cinq semaines plus tôt, « des suites d'une longue maladie qui l'avait tenue à l'écart de toute activité pendant des années ». L'article prenait ensuite un tour surprenant. Si son auteur s'était montré charitable à l'égard de Mrs MacAndrew, il lançait contre le général des insinuations dignes d'un personnage de Chancellor :

> Nous croyons savoir que la police d'Hawaii enquête sur certaines rumeurs selon lesquelles un ancien officier supérieur de l'armée américaine aurait été compromis avec des individus louches opérant à Honolulu. De nombreux militaires en retraite se sont installés à Hawaii avec leur famille, et il est impossible d'établir si ces rumeurs ont un rapport quelconque avec l'assassinat.

Alors pourquoi en faire état? s'indigna Peter. Le journaliste allait plus loin encore : après avoir rappelé la démission subite de MacAndrew, il s'interrogeait sur les frais occasionnés par la longue maladie de son épouse. Il ne restait plus au lecteur qu'à faire le rapprochement avec les rumeurs mentionnées plus haut.

Peter fut étonné d'apprendre que MacAndrew avait une fille.

Alison MacAndrew, fille du général, trente et un ans, illustratrice à l'agence publicitaire Welton Greene, a accueilli avec colère les spéculations faites autour de la mort de son père : « Après l'avoir contraint à quitter l'armée, on cherche maintenant à salir sa réputation. Les autorités de Hawaii, auxquelles j'ai téléphoné, ont conclu à un crime crapuleux. Le portefeuille, la montre, la chevalière et l'argent de mon père ont en effet été volés. »

Interrogée sur la présence « incognito » du général à Hawaii, Miss MacAndrew a répondu : « Cela n'a rien de mystérieux. Mon père et ma mère voyageaient habituellement sous un autre nom afin de profiter de leurs vacances sans être importunés par d'autres officiers vivant à Hawaii. »

Des vacances? Allons donc, se dit Chancellor. Le général s'était rendu à Hawaii pour y chercher un nommé Longworth, et Longworth l'avait tué. Quelle horreur! Un homme respectable avait trouvé la mort pour qu'un écrivain puisse écrire un livre!

Assailli par un sentiment de culpabilité, Peter laissa tomber le journal et essaya de chasser MacAndrew de son esprit. Un autre cauchemar envahit aussitôt son cerveau; l'image de la femme au chapeau conduisant la Mark IV apparut devant ses yeux.

Soudain, Chancellor se souvint qu'avant de prendre rendez-vous avec Walter Rawlins, il avait été sur le point de téléphoner à la police de Rockville. A ce flic nommé... Donnelly! Oui, c'était bien son nom, il s'en souvenait maintenant.

Il lui fallut une ou deux minutes pour obtenir le sergent Manero, de la police de Rockville, à qui il fit une description de l'accident et de l'agent Donnelly.

– A Rockville, vous êtes sûr? s'étonna le policier.

– Certain.

– Pouvez-vous me décrire la voiture de police?

– Je ne sais plus. Noire et blanche, peut-être, ou bleue et blanche. Quelle importance?

– Nous n'avons pas d'agent Donnelly à Rockville. Et nos voitures sont vert et blanc.

– Vert et blanc, si vous préférez! Il m'a dit s'appeler Donnelly! Il m'a reconduit à Washington!

– A Washington? Un instant, je vous prie.

Peter patienta.

– J'ai sous les yeux les rapports concernant la journée du 10, fit Manero. On ne signale aucun accident entre une Chevrolet et une Lincoln Continental.

– Une Mark IV couleur argent! s'énervait Chancellor. Donnelly m'a dit qu'on avait retrouvé la conductrice!

– Je vous le répète : il n'y a pas d'agent Donnelly à...

– Mais bon sang! Puisqu'il m'a raconté que vous aviez arrêté la femme! Une alcoolique mariée à un concessionnaire de Lincoln-Mercury à Pikesville!

– Ça suffit, trancha le sergent. Mes beaux-parents vivent à Pikesville et j'y vais assez souvent pour savoir qu'il n'y a aucun concessionnaire Lincoln-Mercury! Ce genre de plaisanterie pourrait vous coûter...

L'écrivain raccrocha. Impossible, se dit-il. Je n'ai quand même pas pu inventer toute cette histoire... L'agence de location! Il avait téléphoné du Hay-Adams au directeur de l'agence, qui lui avait assuré qu'il s'occuperait de tout. Peter décrocha le téléphone.

– Bien sûr, Mr. Chancellor, je me souviens parfaitement de notre conversation. J'ai trouvé votre dernier livre très...

– Avez-vous récupéré la voiture?

– Certainement. En parfait état, d'ailleurs. Vous m'aviez dit qu'elle avait peut-être subi quelques dommages mais ce n'était pas le cas.

– La personne qui l'a ramenée a dû signer un papier? demanda Peter en se contraignant au calme.

– Bien entendu.

– Qui était-ce?

– Ne quittez pas, je vais m'en informer.

La main de l'écrivain serrait le téléphone à le broyer.

– Mr. Chancellor?

– Oui?

– Il y a eu une erreur. Selon le garage, c'est votre signature que...

– Il n'y a pas eu d'erreur, coupa Peter.

– Je vous demande pardon?

– Merci beaucoup, fit Chancellor avant de raccrocher.

Tout devenait clair. Le visage macabre, la Continental argent, la Chevrolet ramenée au garage, la Mercedes devant chez lui, la note sur sa porte.

C'était Longworth, à chaque fois. Longworth dissimulé sous une perruque, derrière une couche de poudre et des lunettes; Longworth essayant de lui faire revivre l'horrible tragédie de la mort de Cathy. L'ancien agent du FBI voulait lui faire perdre la tête. Mais pourquoi?

Chancellor baissa la tête en se pressant les tempes. Ses yeux se posèrent sur le journal à terre.

Il décida de rencontrer Alison MacAndrew.

16

Il trouva son nom dans l'annuaire téléphonique de New York mais sa ligne avait été débranchée, ce qui signifiait qu'on lui avait affecté un nouveau numéro, non répertorié. A l'agence Welton Greene, une secrétaire lui répondit que Miss MacAndrew avait pris quelques jours de congé.

Peter résolut de ne pas attendre; il fourra dans une valise quelques vêtements, son manuscrit et prit la route de New York.

Elle ouvrit la porte, le dévisagea avec curiosité, et peut-être une pointe d'irritation. Grande, élancée, elle ressemblait davantage à sa mère qu'au général, dont elle semblait néanmoins avoir hérité la réserve. Elle portait un pantalon beige, une blouse jaune ouverte au cou, tenue en harmonie avec la coiffure décontractée de ses cheveux châtain clair. Sous ses grands yeux marron, le chagrin avait tracé des cernes sombres.

– Mr. Chancellor? demanda-t-elle sans tendre la main.

– Oui. Merci d'avoir accepté de me recevoir.

– Vous vous êtes montré très persuasif à l'interphone. Entrez, je vous prie.

Peter pénétra dans le petit appartement de la Cinquante-quatrième Rue. Moderne, fonctionnelle, la salle de séjour mariait les formes angulaires, les arêtes vives du chrome et du verre. C'était une pièce de décorateur, froide et sans âme, que la jeune femme avait néanmoins réussi à rendre confortable. Alison MacAndrew s'installa sur le divan en invitant de la main son visiteur à s'asseoir en face d'elle, sur le fauteuil.

– Je vous proposerais bien un verre, commença-t-elle, mais je crains de ne pouvoir vous retenir très longtemps.

– Je comprends.

– Mon père aimait beaucoup vos livres. Il a lu *Riposte!* dont il trouvait l'intrigue terrifiante et peut-être vraie.

– Il ne m'en a rien dit quand je l'ai rencontré.

– Il n'aimait pas faire de compliments.

– En fait, nous avons eu un sujet de conversation plus important.

– C'est ce que vous m'avez dit à l'interphone, observa Alison MacAndrew. Un homme vous aurait révélé que mon père a été contraint de démissionner de l'armée. C'est absurde. Non pas qu'il n'eût aucun ennemi, mais nul n'aurait pu le forcer à prendre cette décision.

– Et votre mère?

– Quoi, ma mère?

– Elle était malade.

– Elle était malade, répéta Alison.

– L'armée voulait que votre père l'envoie dans un hôpital mais il s'y était refusé.

– Il préférait la garder près de lui, même si elle aurait pu recevoir de meilleurs soins ailleurs. Dieu sait qu'il avait choisi la solution la plus difficile pour lui, mais il l'aimait, c'était l'essentiel.

Chancellor observait attentivement la jeune femme. Sa froideur, son assurance devaient recouvrir une vulnérabilité qu'elle cachait de son mieux. Il ne put résister à la tentation d'essayer de percer cette cuirasse.

– A la façon dont vous dites cela, on croirait que vous ne l'aimiez pas, vous.

Un éclair de colère traversa les grands yeux marron.

– Ma mère est... tombée malade lorsque j'avais six ans. Je ne l'ai jamais vraiment connue. Je n'ai jamais connu la femme que mon père a épousée et dont il gardait un souvenir si vif. Cette explication vous suffit?

– Je vous prie de m'excuser. Je me suis comporté comme un imbécile.

– Pourquoi, d'après vous, aurait-on voulu se débarrasser de mon père?

– Je viens de vous le dire, s'étonna Peter. A cause de votre mère.

– Comment ça?

– Parce qu'il a refusé de s'en séparer.

– Vous vous trompez complètement. Si j'ai nombre de reproches à adresser à l'armée, je n'ai jamais eu à me plaindre de son attitude à l'égard de ma mère. Tous les collègues de mon père, ses supérieurs, ses subalternes n'ont cessé de faire preuve de la plus grande compréhension. Vous avez l'air surpris?

– Je le suis, avoua Peter en se souvenant de la fin de sa visite chez le général. Alors pourquoi votre père a-t-il démissionné, d'après vous?

– Il disait qu'il était fini, qu'il abandonnait la partie, qu'il s'en foutait. En d'autres termes, mon père avait perdu le goût de se battre, et cela l'accablait de tristesse.

Chancellor resta un moment silencieux avant de demander :

– Vous a-t-il dit textuellement qu'il abandonnait la partie?

– Oui. Il en avait assez. Mener la lutte de l'intérieur du Pentagone ne lui laissait aucun répit. Il fallait constamment combattre ceux qui ne cessaient de réclamer du matériel, encore du matériel! En un sens, il les comprenait, disait-il. Les hommes placés aujourd'hui à la tête de l'armée avaient servi comme jeunes officiers dans une guerre réellement importante où le matériel avait fait la décision.

– Qu'entendez-vous par réellement importante?

– Perdre cette guerre aurait signifié la fin du pays. Il n'en allait pas de même au Viêt-nam. Pendant cinq ans, mon père s'est opposé à notre politique en Asie du Sud-Est, il l'a combattue par tous les moyens dont il disposait. Il s'est mis lui-même, délibérément, en position de paria.

Peter ouvrit la bouche, sidéré. Le paria dont parlait Alison MacAndrew, c'était exactement le général qu'il décrivait dans le prologue de son roman.

– Mon père ne s'intéressait pas à la politique, poursuivit Alison. C'est d'un point de vue purement militaire qu'il s'opposait à une guerre que nous ne pouvions gagner. Nous ne pouvions remporter la victoire parce que ceux que nous soutenions, trop corrompus, ne s'engageaient pas véritablement dans le combat. Cette guerre perdue d'avance était un énorme gâchis.

Abasourdi, Chancellor écoutait la jeune femme prononcer des mots qu'il avait écrits quelques semaines plus tôt.

– Je ne savais pas que le général dénonçait la corruption régnant à Saigon, marmonna-t-il.

– La corruption, les mensonges, les statistiques truquées sur nos pertes et celles de l'ennemi. Il avait recueilli des centaines de documents accablants... Pourquoi prenez-vous cet air atterré? Qu'est-ce qu'il y a?

– Rien. Continuez.

– Il n'y a rien à ajouter. On l'empêchait de participer à des conférences auxquelles il aurait dû assister, on ignorait ses interventions aux réunions de l'État-Major. Plus il luttait, plus on le mettait à l'écart, et, finalement, il a renoncé à se battre en vain.

– Cela ne ressemble pas à l'homme que j'ai rencontré, objecta Peter.

– Je sais. Moi non plus, je n'arrivais pas à y croire, je ne le reconnaissais plus. Nous avons eu des discussions plus que vives sur sa décision.

– A mon tour de vous dire que vous vous trompez complètement. Votre père n'a jamais voulu démissionner; il n'est pas allé à Hawaii pour prendre des vacances mais pour y chercher l'homme qui l'avait contraint à quitter l'armée.

– Quoi?

– Cet homme le faisait chanter. Laissez-moi vous raconter toute l'histoire.

– Je crois que nous allons le boire, ce verre, fit Alison MacAndrew.

Le récit de l'écrivain ne convainquit pas la fille du général.

– C'est absurde, déclara-t-elle. Si l'on possédait sur lui un moyen de pression, pourquoi ne l'aurait-on pas utilisé des années plus tôt?

– Je l'ignore. Peut-être a-t-on voulu l'empêcher de publier son dossier sur la corruption régnant à Saigon.

– Il ne l'aurait jamais rendu public, affirma Alison.

Peter ne comprit pas mais il n'insista pas et posa une autre question :

– Alors pourquoi est-il allé à Hawaii?

– Il m'avait dit qu'il voulait voyager, se changer les idées. Depuis la mort de mère, rien ne l'en empêchait plus.

Ce n'était pas une réponse, ils le savaient tous deux. Et ils continuèrent à discuter longuement de ce point et de nombreux autres. Puis Alison informa Peter qu'un appareil militaire transporterait le cercueil en Virginie, et que les funérailles auraient lieu le surlendemain à Arlington. Elle lui confia qu'elle avait peur d'affronter cette épreuve.

– Personne ne vous accompagne? demanda Chancellor.

– Non.

– Laissez-moi venir avec vous.

– Il n'y a aucune raison...

– Je crois que si, répondit fermement Peter.

Ils se tenaient côte à côte sur la piste de béton, près de deux officiers au garde-à-vous. Lorsque le cercueil descendit des soutes, Alison se raidit. Son visage perdit toute couleur; ses lèvres se mirent à trembler, puis ses mains; des larmes coulèrent de ses yeux qui fixaient sans sourciller la boîte vernie.

Peter passa son bras autour des épaules de la jeune femme que des sanglots qu'elle n'arrivait plus à contenir agitaient. Elle se retourna, s'accrocha à lui et enfouit sa tête contre son épaule.

– Je suis désolée, je suis désolée, murmurait-elle. Je m'étais promis de ne pas pleurer.

– Ne vous retenez pas, fit doucement Peter en la serrant contre lui.

17

Chancellor sortit de sa serviette son manuscrit et quelques crayons. La veille, il avait décidé d'abandonner son livre, mais Alison l'avait fait revenir sur sa décision. Elle avait balayé ses scrupules, son sentiment de culpabilité, en affirmant que la mort de son père constituait une raison supplémentaire d'écrire le roman projeté.

Il regarda la jeune femme dont le séparait l'allée de l'avion militaire transportant le corps du général MacAndrew. Quelle fille imprévisible, songea-t-il. Lorsqu'il lui avait annoncé, dans le taxi les emmenant à l'aéroport, qu'il avait réservé des chambres au Hay-Adams, elle avait répondu :

– Mais c'est idiot. La maison de Rockville est bien assez grande.

Peter se pencha vers le bloc de feuilles jaunes, écrivit :

Plan du chapitre 8

Alex quitte son bureau du FBI plus tôt que de coutume. Se sachant suivi, il essaie de se perdre dans la foule, traverse des grands magasins, pénètre dans un immeuble par une entrée, ressort par une autre, monte à la dernière seconde dans un bus qui le dépose non loin de l'appartement de l'assistant du ministre de la Justice, avec qui il a rendez-vous.

Il sonne. Pas de réponse. Le concierge lui remet une lettre : l'assistant a changé d'avis, il ne veut plus le voir, il ne veut plus entendre parler de lui. Si

Meredith s'obstine, l'assistant l'accusera de paranoïa, de délire de persécution.

Alexander a compris : Hoover fait chanter l'assistant, comme tant d'autres. En ressortant de l'immeuble, Meredith découvre deux hommes, installés à l'avant d'une voiture, qui l'observent sans se dissimuler. Il prend un taxi, récupère son propre véhicule et essaie de semer la voiture qui le suit.

Course poursuite dans les faubourgs de la ville puis sur les routes de campagne. La vitesse, le paysage qui défile à toute allure, les pneus qui hurlent, tout contribue à accroître la frayeur de Meredith, dont les nerfs commencent à craquer. Il se sent seul, perdu dans un labyrinthe dont il n'arrive pas à sortir.

Il s'engage à trop vive allure dans un virage, perd la tête, écrase la pédale de frein; la voiture quitte la route, fracasse une barrière et s'immobilise dans un champ.

Commotionné, le front ouvert, Meredith descend de voiture. Il se dirige en criant vers le véhicule du FBI arrêté au bord de la route. Ses deux poursuivants descendent à leur tour de voiture, le maîtrisent, feignent de vérifier s'il ne porte pas d'arme. « Ne nous énerve pas, Meredith, menace le chauffeur. Nous n'aimons pas beaucoup les traîtres. »

Alex s'effondre. Le Bureau connaît son secret. Jeune lieutenant d'à peine vingt ans lors de la guerre de Corée, il fut fait prisonnier et endoctriné par l'ennemi. Comme lui, des centaines de soldats américains craquèrent sous les pressions psychologiques et les tortures physiques. A la fin de la guerre, l'armée se montra compréhensive envers ces hommes victimes d'un lavage de cerveau.

Meredith sait que le FBI n'hésitera pas à se servir de cette vieille histoire, au besoin contre sa femme et ses enfants. Il s'écarte des deux agents, se met à courir sur la route sans savoir où il va.

Sentant un regard posé sur lui, Peter releva la tête.

– Vous travaillez? lui demanda Alison.

– J'ai terminé.

– Je pensais... commença-t-elle. Si mon père avait un terrible secret, comme vous le croyez, la maison de Rockville nous le livrera peut-être. Il conservait tout : agendas, photographies, notes sur son travail. Nous devrions jeter un œil dans tout ça.

– Je pourrais vous laisser examiner seule les documents et ensuite, vous...

– J'apprécie votre délicatesse, répondit Alison en souriant, mais vous ne serez pas de trop.

– Alors j'ai une idée. Nous allons directement à Rockville, nous achetons de quoi manger et je prépare le repas : steaks, pommes de terre et scotch. Ça vous va ?

– A merveille.

Le pâle soleil hivernal avait disparu derrière les collines ; les ombres s'allongeaient sur la route conduisant à la demeure du général. Chancellor crispa les mains sur le volant en passant devant l'endroit où, trois mois auparavant, il avait cru mourir.

Plus vite ! La douleur lui taraudait la tête, descendait vers la nuque. Il appuya sur l'accélérateur sans se soucier du virage. Plus vite !

Les pneus hurlèrent dans le tournant, mais l'écrivain garda le contrôle du véhicule et ralentit à la sortie du virage.

– Qu'est-ce qu'il y a ? demanda Alison.

– Rien, mentit Chancellor. Je ne faisais pas attention à la... Non, ce n'est pas vrai. Je me souvenais de la première fois où je suis passé par ici, après avoir quitté votre père et votre mère.

– Moi aussi je pensais à ma dernière visite chez mes parents. C'était l'an dernier. Je devais passer une semaine avec eux mais je suis partie au bout de deux jours après une dispute avec mon père. J'ai prononcé des mots que je regretterai toute ma vie.

– Il vous avait annoncé qu'il allait démissionner ?

– Qu'il *avait* démissionné. J'étais bouleversée et furieuse qu'il ait pris une décision aussi grave sans m'en parler. Je lui ai dit des choses horribles.

Peter ne fit aucune remarque, et tous deux gardèrent le silence pendant le reste du trajet.

Lorsque Alison ouvrit la porte de la maison, ils sentirent tous deux au même moment une odeur pénétrante, musquée, plutôt agréable. La jeune femme ferma les yeux en frissonnant.

– Le parfum de ma mère, expliqua-t-elle. Curieux qu'il imprègne encore la maison après un mois.

– Vous n'étiez pas revenue ici depuis l'été dernier. Même pour les funérailles de votre mère?

– Non. Mon père m'a prévenue quand tout a été fini. Il a enterré seul la femme qu'il aimait, sans famille, sans ami, sans prêtre même.

Alison entra dans le vestibule obscur, alluma la lumière.

– Venez, dit-elle. Allons déposer les sacs dans la cuisine.

Ils traversèrent la salle de séjour, poussèrent une porte battante et se retrouvèrent dans une pièce dont les meubles vieillots contrastaient avec un réfrigérateur moderne. C'était une cuisine 1930 dont le style désuet rappelait à Peter le bureau du général. Comme si elle avait pu lire dans les pensées de l'écrivain, Alison expliqua :

– Partout où c'était possible, il avait reconstitué le cadre dans lequel ma mère avait passé son enfance.

– Quelle extraordinaire histoire d'amour!

– Quel extraordinaire sacrifice! vous voulez dire.

– Vous en vouliez à votre mère, n'est-ce pas?

Alison ne se déroba pas à la question.

– Oui, répondit-elle. Mon père était un homme exceptionnel, qui n'a jamais pu se réaliser complètement.

– Vous m'aviez dit que ses collègues s'étaient montrés très compréhensifs.

– Bien sûr. Il n'était pas le seul à avoir une épouse au cerveau détraqué. C'est plutôt courant, chez les anciens de West Point. Mais lui, il avait quelque chose à dire, et lorsque ses collègues ne voulaient pas l'entendre, ils le dégringolaient par leur gentillesse même : « Ce pauvre Mac! Pas étonnant qu'il n'ait pas les idées claires, avec la vie qu'il mène. »

– Vous étiez sa fille, pas sa femme.

– J'*étais* sa femme! A cette différence près que je ne couchais pas avec lui! Et je me demandais parfois si... Excusez-moi.

Appuyée au bord de la table, elle tremblait des pieds à la tête.

– Excusez-moi, répéta-t-elle. Je ne vous connais pas assez pour ce genre de confidences.

– Croyez-vous être la seule fille au monde à avoir éprouvé ce sentiment? demanda doucement Peter.

– Il fait froid, ici, dit-elle en se ressaisissant. La chaudière a dû s'arrêter.

Elle se redressa, essuya ses larmes du dos de la main et ajouta :

– Vous vous y connaissez, en chaudières?

– Gaz ou mazout?

– Je ne sais pas.

– Je verrai bien. C'est la cave? s'enquit Peter en montrant une porte du doigt.

– Oui.

Chancellor descendit l'étroit escalier. La chaudière se trouvait au centre d'une pièce au plafond bas, humide et glacée, comme si on avait laissé ouverte la porte donnant sur l'extérieur.

Pourtant cette porte était verrouillée. Peter s'approcha de la citerne située le long du mur gauche, consulta le cadran de la jauge : la cuve était à demi pleine. Pour quelle raison le chauffage s'était-il arrêté? se demandait l'écrivain. MacAndrew n'était pas homme à abandonner sa maison sans chauffage en hiver. La jauge était-elle détraquée? Non : quelques coups du plat de la main sur la cuve métallique suffirent à le vérifier. Alors?

La veilleuse! Elle était éteinte. Comment cela avait-il pu se produire? Encrassement des tuyaux? Impossible. Une étiquette collée sur la chaudière indiquait que la dernière vérification ne remontait qu'à six semaines. Un courant d'air très puissant?

Peter lut les instructions expliquant la marche à suivre pour allumer l'appareil. *Appuyer sur le bouton rouge pendant une minute. Approcher l'allumette de...*

Soudain il entendit un claquement sec, suivi aussitôt d'une série de petits coups. Le bruit s'arrêta, reprit. Chancellor se retourna, s'approcha de l'escalier, leva la tête : une fenêtre ouverte donnant sur l'extérieur battait contre le mur. Voilà la clef du mystère, se dit Chancellor. Rassuré, il se dirigea vers la fenêtre, mais la peur l'envahit de nouveau lorsqu'il sentit des éclats de verre crisser sous ses pieds. On avait brisé la vitre! Quelqu'un avait pénétré par effraction dans la maison!

Ce fut alors qu'il entendit les cris. Il courut vers l'escalier, grimpa les marches quatre à quatre. La jeune femme n'était plus dans la cuisine.

– Alison! appela Peter en se ruant vers la salle à manger.

Les hurlements d'animal terrifié firent place à un long gémissement entrecoupé de sanglots.

– Alison ! Alison !

Peter traversa l'enfilade de pièces en courant, renversa une chaise, heurta une table, ouvrit la porte du bureau de MacAndrew et découvrit Alison, à genoux sur le plancher, tenant dans les mains un vieux peignoir taché de sang. Une odeur de musc puissante, irrespirable, montait des flacons de parfum brisés jonchant le sol. Sur le mur, en lettres rouge sang, s'étalait l'inscription : *Mac le surineur, le boucher de Chasông.*

18

Le bureau du général avait été fouillé par des professionnels qui n'avaient négligé aucune éventuelle cachette : sous-main de cuir lacéré, reliures des livres découpées au rasoir, fauteuils éventrés. Les lettres peintes sur le mur étaient sèches, mais les taches de sang maculant le peignoir se révélaient encore humides au toucher.

Peter ramena Alison à la cuisine, lui prépara un grand whisky sans eau et redescendit à la cave. Il mit la chaudière en marche, calfeutra la fenêtre avec des chiffons puis remonta dans la salle de séjour, alluma un feu de bois dans la cheminée et s'installa avec la jeune femme sur le divan devant le foyer.

– Pourquoi Chasông? lui demanda-t-il.

– Je ne sais pas. Je crois que c'est le nom d'un village coréen mais je n'en suis pas sûre.

– Votre père a commandé des unités de combat en Corée, n'est-ce pas? Peut-être s'agit-il simplement de la vengeance de quelqu'un qui a perdu un fils ou un frère. Cela est déjà arrivé.

– Mais pourquoi s'en prendre à mon père? Il y avait des centaines d'autres officiers comme lui. En outre, ses hommes l'estimaient parce qu'il montait au combat avec eux, au lieu de rester à l'arrière. Personne n'a jamais mis en cause sa façon de commander.

– Quelqu'un vient de le faire, observa Peter. Quelqu'un de très malade.

– Qu'a-t-il pu se passer? murmura Alison.

– Un événement dans lequel votre mère a joué un rôle, en tout cas.

– Impossible.

– Ce peignoir, répondit Peter. Elle le portait quand je suis venu ici pour la première fois.

– Je suppose que c'est une allusion cruelle à l'impuissance de mon père, qui n'était un secret pour personne.

– Où se trouvait votre mère pendant la guerre de Corée ?

– A Tokyo, et moi aussi.

– En 50, 51 ?

– Oui, je crois. J'étais jeune.

– Vous aviez six ou sept ans ?

– Oui.

– C'est à cette époque que votre mère est tombée malade ?

– Oui.

– Votre père m'a dit qu'elle avait eu un accident. Vous souvenez-vous de ce qui lui est arrivé ?

– Je *sais* ce qui lui est arrivé : elle a été noyée. Enfin, on a réussi à la ranimer mais son cerveau, trop longtemps privé d'oxygène, avait subi des dommages irréparables.

– Que s'était-il passé ?

– Elle avait été surprise par la marée, alors qu'elle se baignait à Tunabashi.

Chancellor se leva pour aller tisonner le feu.

– Si je préparais à manger ? proposa-t-il. Ensuite, nous pourrions...

– Je n'y retournerai pas ! cria-t-elle.

Elle garda un moment les yeux fixés sur les flammes puis tourna la tête vers Peter et dit :

– Excusez-moi. Vous êtes bien le dernier au monde à qui je devrais m'en prendre.

– Il n'y a personne d'autre dans la maison, répondit-il. Si cela vous soulage...

Alison se leva, s'approcha de lui et posa les mains sur ses épaules. Elle promena un doigt sur sa joue, sur ses lèvres, pressa son corps contre le sien et l'embrassa. Peter la sentait trembler contre lui. Il ne comprenait que trop bien ce qu'elle éprouvait ; il savait que face à une solitude nouvelle et effrayante, elle avait désespérément besoin de mots et de gestes d'amour.

– Je ne veux pas monter, murmura-t-elle, accrochée à lui.

– Nous resterons ici.

Peter commençait à déboutonner la blouse de la jeune femme mais elle s'écarta de lui, déchira le vêtement d'un coup sec puis fit subit le même sort à la chemise de l'écrivain.

Jamais, depuis la mort de Cathy, Peter n'avait éprouvé une émotion, un désir aussi intenses. Il entraîna Alison vers le divan, dégrafa son soutien-gorge, libérant des seins doux et pleins, aux mamelons durcis. Elle l'attira vers elle et tandis que la bouche de l'homme parcourait sa peau, elle défit la boucle de sa ceinture.

Alison sombra dans un profond sommeil, dont Peter n'essaya pas de la tirer. Il plaça un oreiller sous sa tête, recouvrit son corps nu d'une couverture puis s'étendit lui-même sur le tapis, devant les flammes mourantes du feu de bois.

Le bruit d'une bûche calcinée dans les cendres le réveilla en sursaut. Il se demanda un bref instant où il se trouvait puis se souvint. Les premières lueurs de l'aube éclairaient le divan où Alison continuait à dormir.

Il se leva, enfila son pantalon, alla à la cuisine, mit de l'eau à chauffer puis retourna dans la salle de séjour, finit de s'habiller et sortit de la maison. Dehors, il faisait froid et humide. L'hiver du Maryland hésitait entre la neige et le brouillard givrant.

Peter ouvrit la porte de la voiture, se pencha pour prendre les bagages posés sur la banquette. Le spectacle qu'il découvrit lui arracha un hoquet de surprise : l'arrière d'une carcasse animale coupée en deux saignait sur sa valise. Sur le cuir, un doigt avait tracé en lettres de sang le mot CHASONG.

Saisi de peur et de dégoût, Chancellor recula, claqua la portière et fit lentement le tour de la voiture. Il s'accroupit, ramassa sans trop savoir pourquoi un gros caillou dont le contact le rassura, puis le laissa retomber et essuya son front moite de sueur.

Qui cherchait à terrifier Alison MacAndrew? se demandait-il. Et pourquoi? Qu'avait-on à gagner à terroriser la fille après la mort du père? Décidant de cacher l'incident à Alison, Chancellor retourna à la voiture, jeta la carcasse sanguinolente dans les bois et porta les bagages dans la cuisine, où il les nettoya. Puis, mû par une impulsion qu'il s'expliquait mal, il sortit de sa valise quelques feuillets jaunes, les posa sur la table de cuisine démodée et se mit à écrire.

> Après avoir longtemps erré, Meredith rentre chez lui. Il raconte à sa femme qu'il a eu un accident mais elle ne le croit pas; elle lui crie qu'elle n'en peut plus. Alex comprend que son couple ne résistera plus longtemps à la stratégie de la peur utilisée par Hoover. Il accepte l'ultimatum de son épouse : démissionner du ministère, quitter Washington, ouvrir un cabinet d'avocat. Hoover a gagné.
>
> Minuit passé. Meredith est resté seul à boire dans la salle de séjour obscure. Conduit au bord de l'hystérie par la frayeur et l'ivresse, il sort et court au hasard des rues, cherchant désespérément ses bourreaux pour implorer leur pitié.
>
> Dégrisé par la longue course et l'air frais de la nuit, Alex retrouve le contrôle de lui-même. Il reconnaît, arrêtée le long du trottoir, la voiture du FBI qui l'a suivi dans l'après-midi. Elle est vide, les agents marchent eux aussi dans la nuit; Alex entend leurs pas derrière lui, devant lui, à droite, à gauche; ils martèlent le trottoir au rythme de son cœur, comme un tambour menaçant, assourdissant.
>
> Meredith se remet à courir, tourne le coin d'une rue qu'il connaît, tourne encore, se retrouve près de chez lui. Un véhicule est arrêté devant sa maison, dont il a laissé la porte ouverte. Prêt à se battre, Alex s'approche de la voiture mais son occupant n'a pas d'intentions hostiles : il est venu lui dire qu'un homme, un sénateur, désire le rencontrer.

– Peter, où es-tu?

La voix inquiète d'Alison ramena l'écrivain au monde de la réalité.

– Dans la cuisine, répondit-il en examinant le cuir encore humide de sa valise. J'arrive.

– Non, non, ne bouge pas.

Quelques secondes plus tard, enveloppée dans une couverture, Alison rejoignait Peter. Leurs yeux échangèrent un message sans équivoque.

– Tu viens d'entrer dans ma vie, fit la jeune femme à voix basse. Je me demande si tu vas y rester.

– Je me posais la même question, dit Peter gravement.

– Nous verrons bien, n'est-ce pas?

19

Varak entra sans frapper dans le bureau de Bravo.

– Il n'est pas seul, affirma-t-il. Ou s'il l'est, il a des exécutants à ses ordres. C'est la première action à laquelle ils se risquent ouvertement et Chancellor la croit dirigée contre la fille. En fait, c'est lui qui est visé, bien sûr.

– Ils veulent lui faire abandonner la partie, dit Bravo.

– Ou le lancer sur une fausse piste.

– Expliquez-vous.

– Je viens de projeter les films et d'écouter les bandes. Ils ont saccagé le bureau de MacAndrew dans l'espoir d'y trouver quelque chose... ou de faire croire qu'ils cherchaient quelque chose. Je penche pour la seconde hypothèse. La fausse piste, c'est le nom, *Chasông*. Ils veulent le persuader que la clef du mystère est là.

– Chasông? Oui, je me souviens. La bataille de Chasông. Elle avait provoqué la fureur de Truman.

– D'après les archives, ce fut notre plus cuisante défaite au nord du 38e parallèle. Une bataille engagée malgré les ordres d'en haut...

– Pour rien, interrompit St Claire. Pour quelques collines sans intérêt. Chasông fut la première victime d'une série de débâcles qui finirent par entraîner le rappel de MacArthur.

– Les archives ne présentent pas exactement la même version des faits.

– Bien évidemment. Revenons à MacAndrew.

– A l'époque, il commandait sur le terrain avec le grade de colonel.

– La date de Chasông correspond-elle à la période de son dossier militaire pour laquelle les documents font défaut ?

– Approximativement. Il le fallait d'ailleurs, pour que la fausse piste paraisse plausible. Le possesseur des dossiers de Hoover ne peut savoir ce que MacAndrew a dit précisément à Chancellor. Un homme affolé, craignant d'être percé à jour, étaye souvent ses mensonges par des faits chronologiquement authentiques.

– Lorsque la banque a été cambriolée, il y a dix jours, j'étais au cinéma ?

– Exactement.

– A ce niveau, cela devient d'une complexité rare.

– Le tournoi d'échecs a commencé. Je crois que vous devriez jeter un œil aux films, proposa Varak.

– Allons-y.

Les deux hommes quittèrent le bureau de Bravo, descendirent jusqu'à la minuscule salle de projection installée au sous-sol. Varak alluma le projecteur en précisant :

– Nous ne pouvions pas installer la caméra à l'intérieur de la maison, on risquait de la découvrir. Je vous signale qu'elle était déclenchée et arrêtée par un système électronique, comme vous allez le constater.

L'image de la maison du général MacAndrew apparut sur le mur.

– Il était trois heures de l'après-midi lorsque l'appareil, très sensible, s'est déclenché, précisa Varak. Quelqu'un est entré dans la maison, manifestement parderrière, hors du champ de la caméra.

Soudain, le film s'arrêta et St Claire leva vers Varak un regard interrogateur.

– Ils sont à l'intérieur maintenant. La caméra a cessé de filmer mais le magnétophone s'est mis en marche. Écoutez.

Bravo entendit des bruits de pas, le grincement d'une porte, à nouveau des bruits de pas.

– Deux hommes, dit Varak. Ou un homme et une femme très corpulente. Si l'on en juge aux décibels, ils pèsent l'un et l'autre plus de soixante-quinze kilos.

Après une série de bruits diffus et difficilement reconnaissables, il y eut une sorte de cri animal étrange qui se transforma en plainte.

– Un mouton, je crois. Ou peut-être un porc.

Le diplomate entendit ensuite le saccage du bureau : tiroirs ouverts, papiers froissés, livres jetés à terre, meubles renversés, puis des cris aigus, insupportables.

– Ils tuent l'animal, expliqua Varak laconiquement.

– Mon Dieu ! murmura St Claire.

Une voix d'homme dit alors « Allons-y » puis la bande s'arrêta.

– Le film montre encore le devant de la maison pendant une vingtaine de secondes, au moment où ils la quittent par-derrière, mais c'est sans intérêt, fit Varak. Il reprend trois heures plus tard lorsque arrivent Chancellor et la fille. Regardez.

Peter et Alison apparurent sur le mur, devant la maison.

– J'ai... J'ai coupé un morceau de la bande magnétique et avec votre permission, je le détruirai, reprit Varak. Il montre simplement que Chancellor et la fille ont établi des rapports plus intimes. Et temporaires, à mon avis.

– Je comprends et je vous remercie.

Lorsque Peter et Alison eurent disparu à l'intérieur de la maison, le film s'arrêta, cédant de nouveau la place à la bande magnétique.

Venez, allons déposer les sacs dans la cuisine. Bruits de pas, grincement d'une porte, silence prolongé puis de nouveau la fille : *Partout où c'était possible, il avait reconstitué le cadre dans lequel ma mère avait passé son enfance.* Puis Chancellor : *Quelle extraordinaire histoire d'amour !* La fille : *Quel extraordinaire sacrifice ! vous voulez dire.* Chancellor : *Vous en vouliez à votre mère, n'est-ce pas ?* La fille : *Oui. Mon père était un homme exceptionnel...*

Varak appuya sur un bouton.

– La mère, affirma-t-il. Voilà la clef, j'en mettrais ma tête à couper. Chasông ne sert qu'à brouiller les cartes. Écoutez attentivement la suite. Avec son flair d'écrivain, Chancellor s'intéresse instinctivement à la mère, mais la fille le dissuade de poursuivre dans cette voie. Non pas pour le tromper délibérément, d'ailleurs, car je crois qu'elle aussi ignore la vérité.

– J'écoute attentivement, Mr. Varak.

A la fin de la bande, Bravo resta un moment silencieux, ses doigts d'aristocrate croisés sous le menton.

– Ce léger grattement que nous avons entendu, fit-il enfin. Était-ce Chancellor en train d'écrire?

– Je le suppose.

– Remarquable! Au milieu de toute cette histoire, il pense à son roman!

– Ce n'est guère surprenant, objecta Varak. Nous faisons tout afin que ce qu'il invente se transforme pour lui en réalité.

– Pauvre furet! Tourmenté à la fois par les chasseurs et le gibier! A propos de gibier, pensez-vous toujours que l'homme que nous cherchons fait partie d'Inver Brass? Personnellement, je trouve votre hypothèse invraisemblable.

– Laissez-moi d'abord vous poser une question. Lorsque, sur ma demande, vous avez réuni le groupe avant-hier soir, avez-vous informé les membres que Chancellor avait rencontré la fille?

– Vous m'en aviez prié.

– Mais vous n'étiez pas d'accord?

– J'ai néanmoins accédé à votre requête, ne serait-ce que pour vous prouver que vous avez tort, répondit Bravo avec une pointe d'agacement. Alors, dites-moi : êtes-vous toujours persuadé que c'est un membre d'Inver Brass qui a mis la main sur les dossiers de Hoover?

– Je le saurai dans un jour ou deux.

– Ce n'est pas une réponse.

– C'est la meilleure que je puisse vous fournir. Franchement, je crois avoir raison. Tout l'indique.

– Parce que je leur ai parlé de Chancellor et de la fille? Du général MacAndrew?

– Plus exactement, du trou de huit mois dans ses états de service.

– Cela ne prouve absolument rien! rétorqua St Claire. Celui qui possède les dossiers de Hoover connaît ce fait.

– Précisément. La fausse piste, l'épisode de Chasông s'est déroulé pendant ces huit mois. Nous ignorons ce qui s'est passé – erreur de commandement, refus de prendre une décision – mais nous pouvons supposer que l'événement n'eut pas une gravité telle qu'il pût contraindre par la suite MacAndrew à démissionner. Si cela avait été le cas, les ennemis que le général comptait au Pentagone l'auraient utilisé bien des années plus tôt.

– Un incident condamnable mais certainement pas de nature à briser la carrière du général, approuva St Claire. Autrement dit, Chasông fait partie du dossier sans en constituer l'essentiel.

– Il *sert* à masquer l'essentiel, renchérit Varak : un événement beaucoup plus grave, lié ou non à Chasông, et qu'il nous faut découvrir parce qu'il peut nous mener au détenteur des dossiers.

– Dans ce cas, il faudrait admettre que la diversion Chasông a été mise sur pied en vingt-quatre heures, entre la réunion d'Inver Brass et l'arrivée de Chancellor à la maison de MacAndrew, objecta Bravo. Car avant cette réunion, Inver Brass n'avait entendu parler ni de Chancellor ni de MacAndrew.

– Inver Brass en tant que groupe, certes, mais pas le possesseur des dossiers qui, lui, connaissait l'existence de Chancellor depuis que l'écrivain avait pris contact avec deux de ses victimes : MacAndrew et Rawlins.

– Admettons, concéda St Claire en quittant son fauteuil. Apprenant la rencontre de Chancellor et de la fille, leur départ pour Rockville, le détenteur des dossiers aurait donc échafaudé toute cette histoire pour lancer l'écrivain sur une fausse piste?

– Exactement, répondit Varak. Sinon, pourquoi aurait-il utilisé l'histoire Chasông?

– Cela n'implique pas pour autant qu'il fasse partie d'Inver Brass.

– Si. Car personne d'autre ne savait que Chancellor avait rencontré la fille du général MacAndrew, je peux vous l'assurer. A part nous, personne ne le surveille ni n'écoute ses conversations téléphoniques. Pourtant, douze heures après la réunion d'Inver Brass, deux individus pénètrent dans la maison de Rockville et montent une mise en scène destinée à abuser Chancellor. Je prétends que ces douze heures ont suffi au maître chanteur pour étudier le dossier de MacAndrew et en extraire la matière à une habile diversion.

– Vous avez des arguments convaincants, reconnut tristement St Claire.

– Je le regrette autant que vous, croyez-le bien.

– Un membre d'Inver Brass! L'un des hommes les plus respectés du pays. Jamais je n'aurais envisagé cette possibilité.

– Chancellor l'a fait. Comme vous l'avez dit vous-même, il ne s'embarrasse ni d'idées préconçues ni de faits réels. A propos, dans son roman, Inver Brass porte le nom du « Noyau ».

– La réalité et la fiction, murmura Bravo pensivement. C'est extraordinaire.

– C'est ce que nous espérions, en tout cas.

– Oui, bien sûr. Vous en saurez davantage dans un jour ou deux, m'avez-vous dit?

– A condition que vous réunissiez de nouveau le groupe après les funérailles de MacAndrew. Je vous demande de révéler deux autres noms aux membres d'Inver Brass.

– Lesquels?

– D'abord une journaliste nommée Phyllis Maxwell. Elle...

– Je la connais. Que vient-elle faire dans notre histoire?

– Je ne sais pas trop, mais Chancellor l'a rencontrée et il a imaginé pour son roman un personnage féminin qui lui ressemble de façon frappante.

– Je vois. Et l'autre?

Varak hésita avant de répondre :

– Paul Bromley, l'auditeur à la Cour des comptes.

– Non! répliqua aussitôt St Claire. Il n'en est pas question. Bromley a ma parole! Et d'abord, son nom ne commence pas par une lettre comprise entre M et Z, que je sache!

– Bromley, nom de code Vipère, laissa tomber Varak. Aussi bien au Pentagone qu'au Bureau.

– Il n'a déjà que trop souffert, protesta Bravo.

– Depuis le mois d'août, il a quasiment disparu, personne n'a eu de ses nouvelles. C'est l'homme oublié, le nom idéal à jeter en pâture à Inver Brass.

– Vous m'en demandez trop.

– D'après ce que je sais de Bromley, il serait le premier à accepter.

Munro St Claire poussa un profond soupir en songeant à la tragédie qu'avait vécue l'homme qui avait osé s'attaquer seul au Pentagone : sa fille, toxicomane, accusée de meurtre, internée pendant plusieurs années puis libérée, rendue à une vie normale; et soudain l'odieux chantage le menaçant d'un retour du cauchemar. Avait-il le droit d'utiliser Bromley comme appât? Varak répondait oui à la question. Et en dépit de son cynisme, il avait raison.

– Retournez à votre travail, grogna Bravo. Je convoque la réunion d'Inver Brass pour ce soir.

Le vent de décembre emportait au loin les roulements assourdis des tambours drapés de noir. Une garde rendait les honneurs au général dont le cercueil reposait à présent au fond d'une tombe, dans le cimetière d'Arlington.

Chancellor se tenait à un mètre derrière Alison qui était assise sur une chaise noire d'aspect banal. Autour du tombeau, derrière les cordons de velours, des officiers supérieurs du Pentagone attendaient de venir serrer la main de la fille du général. Une douzaine d'entre eux s'étaient déjà inclinés devant elle en lui murmurant leurs condoléances.

L'écrivain observait avec intérêt ces gradés dont l'un connaissait peut-être le secret de Chasông. Un major au teint basané, de la même génération que MacAndrew, avait particulièrement retenu son attention. A la fin de l'éloge funèbre, la bouche de l'officier avait esquissé une moue méprisable, une lueur de haine s'était allumée dans ses yeux. Et lorsque son tour arriva de serrer la main d'Alison, il quitta tout simplement les lieux.

Peter le vit s'éloigner entre les rangées de stèles, s'arrêter, se retourner lentement et regarder une dernière fois l'endroit où allait reposer le général. L'écrivain eut l'impression que le major s'assurait que l'objet de sa haine était, littéralement, mort et enterré.

– As-tu remarqué ce major d'origine italienne ou espagnole qui a été le seul à ne pas te présenter ses condoléances? demanda Peter à Alison dans la limousine qui les ramenait à Washington.

– Oui, je l'ai vu.

– Il avait une attitude plutôt étrange, tu ne trouves pas?

– Cela ne m'a guère surprise. Il a l'habitude d'arborer son ressentiment comme une décoration.

– Qui est-ce?

– Il s'appelle Pablo Ramirez. C'est l'un des premiers Portoricains à avoir fait West Point.

– Ton père le connaissait?

– Oui. Ils ont servi ensemble.

– En Corée?

– Tu veux dire à Chasông?
– Oui.
– Je ne sais pas. Ils ont fait ensemble la campagne d'Afrique du Nord, pendant la Seconde Guerre mondiale, puis la Corée et enfin le Viêt-nam.
– Pourquoi en voulait-il à ton père?
– Je ne sais pas trop. Peut-être en voulait-il à tous ceux de sa génération qui étaient devenus colonels ou généraux alors qu'il était resté major.
– Ce ressentiment se justifie-t-il? Ses origines portoricaines ont-elles retardé son avancement?
– Oui, en partie, du moins je le suppose. Ses collègues aimaient répéter cette plaisanterie : « N'emmenez pas Ramirez à un cocktail, on le prendrait pour le serveur. » Tu vois le genre.
– Je comprends qu'il soit aigri.
– D'un autre côté, on lui a offert de nombreuses occasions de promotion – plus qu'aux autres, en tout cas – précisément à cause de ses origines, mais il n'a pas su les mettre à profit.
– Quelle opinion ton père avait-il de lui?
– Il le jugeait superficiel, emporté et trop émotif; il ne lui faisait pas confiance et il avait même rejeté à deux reprises des propositions d'avancement le concernant.
– Pourquoi ne lui faisait-il pas confiance?
– Je ne sais pas. Ce n'est pas important, Peter, fit Alison en prenant la main de Chancellor. N'y pensons plus. C'est terminé, fini.
– Pas pour nous deux.
– Je l'espère, dit la jeune femme en souriant. Nous allons passer une journée entière à mener la grande vie dans un hôtel de luxe. Quelle bonne idée tu as eue, finalement. Demain, j'irai voir l'avocat mais ne te crois pas obligé de rester. Dans deux ou trois jours, je serai de retour à New York.

La façon dont Alison occultait si soudainement, si complètement les événements de la veille sidéra l'écrivain.

– Mais la maison, le bureau de ton père... commença-t-il.
– Il est mort. Oublions tout cela!
– Nous en reparlerons plus tard, proposa Peter.
– D'accord.

Chancellor comprit que les funérailles avaient symboliquement libéré Alison. Le nœud gordien était tranché, elle allait pouvoir échapper au passé et il lui demandait de retourner dans un monde d'angoisse!

Il le fallait, pourtant, car rien n'était terminé, fini, comme elle prétendait le croire. Peter le savait, tout comme il savait que Ramirez était important.

20

Comme à l'accoutumée, les limousines, arrivèrent à la maison de Georgetown à des heures différentes, par des chemins différents. Une fois de plus, les chauffeurs silencieux déposèrent devant l'escalier des passagers dont ils ne connaissaient ni la voix ni le visage. Inver Brass se réunissait.

Depuis des semaines déjà, les anciens – Bravo, Venise, Christopher – avaient tacitement décidé que le choix d'un nouveau Genèse se ferait entre Paris et Bannière, les cadets du groupe. Particulièrement brillants dans leurs domaines propres, l'un et l'autre pouvaient prétendre à ce titre.

Bannière avait rejoint Inver Brass six ans plus tôt. Après avoir été le plus jeune président qu'ait jamais eu une grande université de l'Est, il avait pris la direction de la Fondation internationale Roxton. De son vrai nom Frederick Wells, il était considéré comme l'un des plus grands experts en questions financières internationales. En dépit de l'impact mondial qu'avait chacune de ses décisions, Wells n'avait jamais oublié que l'homme avait avant tout besoin de dignité, de respect, de liberté de pensée et d'expression. Il avait foi en l'être humain, malgré ses défauts, et ceux qui cherchaient à l'opprimer, à le dominer, à le modeler s'attiraient ses foudres.

John Edgar Hoover en avait, sans le savoir, fait l'expérience.

Paris, la dernière recrue, n'était membre d'Inver Brass que depuis quatre ans à peine. Comme l'indiquait son vrai nom – Carlos Montelan – il avait des ancêtres castillans mais avait planté fermement ses racines en Amérique, où sa famille avait émigré pour échapper aux Phalangistes. Titulaire de la chaire de politique internationale à Harvard, il passait pour l'analyste géopolitique le plus clairvoyant que le pays ait connu depuis le début du siècle. Pendant des années, les présidents qui s'étaient succédé à la Maison-Blanche lui avaient en vain proposé le Département d'État. Montelan se considérait comme un chercheur, non comme un politicien, et il n'ignorait pas les dangers que court un théoricien lorsqu'il s'aventure dans le domaine pragmatique des négociations internationales.

Pourtant, Montelan n'avait cessé d'interroger les hommes et leurs motivations, personnelles ou plus nobles, et lorsque la cause ou le partisan se révélait sans mérite, voire dangereusement destructeur, il n'hésitait pas à passer à l'action.

Comme il n'avait pas hésité à le faire dans le cas de John Edgar Hoover.

Bravo avait remis à plus tard le choix de l'un ou l'autre candidat, malgré l'insistance de Christopher, ou plutôt de Jacob Dreyfus. Banquier, dernier des patriarches juifs, Dreyfus égalait les Baruch et les Lehman. Agé de quatre-vingts ans, il savait ses jours comptés et voulait donner rapidement un nouveau chef au groupe qu'il avait contribué à fonder.

Munro St Claire était lui aussi membre fondateur d'Inver Brass, tout comme Daniel Sutherland – Venise –, le géant noir qui, grâce à des facultés intellectuelles hors du commun, s'était hissé des plantations de coton de l'Alabama aux plus hautes sphères judiciaires du pays. Pourtant ni Bravo ni Venise ne résumaient mieux que Christopher tout ce que signifiait Inver Brass.

« Inver Brass est né du chaos, avait coutume de rappeler Dreyfus, dans une nation déchirée, au bord du gouffre. La Bourse s'était effondrée, les usines avaient fermé leurs portes; dans les fermes abandonnées, les machines rouillaient. Des explosions de violence, inévitables, éclataient çà et là dans le pays. »

Inver Brass se constitua donc à la fin de 1929 pour pallier l'incurie des dirigeants de Washington, incapables d'agir. Le premier Genèse fut un Écossais, un banquier qui avait liquidé toutes ses actions boursières sur les conseils de Baruch et de Dreyfus. Ce fut lui qui donna au groupe le nom d'un minuscule lac des Highlands ne figurant sur aucune carte. Car Inver Brass devait rester secret, agir à l'écart de la bureaucratie gouvernementale pour opérer rapidement, efficacement et sans entraves.

D'énormes sommes d'argent furent transférées dans de nombreuses régions ravagées par la violence née de la misère. Inver Brass éteignit les brasiers, empêcha le feu de se propager.

Mais des erreurs furent commises, certaines réparables, d'autres non, comme en Allemagne. L'injection de capitaux visant à sortir ce pays du marasme économique avait eu des conséquences inattendues, désastreuses. Et cette erreur monstrueuse, un étudiant nommé Peter Chancellor avait tenté de l'exhumer trente-cinq ans plus tard, en la prenant pour ce qu'elle n'avait jamais été : une conspiration politique.

La politique, Inver Brass ne s'y était plongé que plus tard, précisément pour essayer de réparer l'erreur commise. Le groupe avait la sagesse et les moyens nécessaires ; il pouvait agir et réagir rapidement, sans rendre de comptes à d'autres qu'à ses membres.

Munro St Claire et Daniel Sutherland avaient acquiescé sans enthousiasme au plaidoyer de Dreyfus en faveur d'une prompte élection d'un nouveau Genèse. Pour des raisons différentes, ni Bravo ni Venise ne tenaient à précipiter les choses : le juge parce qu'il doutait qu'Inver Brass pût survivre aux anciens et estimait que cela valait peut-être mieux ; le diplomate parce qu'il ne cessait de penser que l'un des deux candidats pouvait être le traître dont parlait Varak.

– Notre réunion de ce soir sera brève, annonça St Claire. Elle a pour but de vous fournir des informations sur l'évolution de la situation ainsi que de vous permettre de formuler d'éventuelles remarques.

Tout en parlant, Bravo songeait à l'objectif véritable de la rencontre : observer la réaction de chacun des membres à l'annonce des derniers événements, et surtout leur communiquer les noms de Maxwell et Bromley.

– J'espère que ces remarques pourront aussi concerner les décisions prises antérieurement ? demanda Paris.

– Comme vous voudrez.

– Bien, reprit Paris. Depuis notre dernière réunion, j'ai lu deux romans de Peter Chancellor et je me demande pourquoi votre choix s'est porté sur lui. Ses qualités d'écrivain me semblent...

– La valeur littéraire de son œuvre ne nous intéresse pas.

– Au risque de paraître mépriser le roman populaire, je réitère ma question. Pourquoi avoir choisi cet auteur?

– Parce que nous le connaissons, répondit Christopher.

– Nous le connaissons même très bien, renchérit Bravo. Il y a six ans, nous avons enquêté sur un étudiant nommé Chancellor qui avait pris pour sujet de thèse l'effondrement de la République de Weimar, la montée du nazisme en Allemagne, et qui faisait plus que subodorer l'existence et le rôle d'Inver Brass. Il fallait l'arrêter.

– Cette thèse est devenue le roman *Reichstag!*, précisa Bannière à l'intention de Paris.

– Je vois, fit Paris. Vous avez répondu à ma question.

St Claire se lança alors dans un compte rendu détaillé des derniers événements qui, malheureusement, ne provoqua chez aucun de ses auditeurs la réaction espérée par Varak. Lorsqu'il eut terminé, Paris prit la parole.

– Les bouchers de Chasông... commença-t-il.

St Claire sursauta. A aucun moment, il n'avait utilisé cette expression. Comment Montelan la connaissait-il?

– Bouchers? fit Venise en déplaçant son énorme carcasse sur sa chaise.

– C'est ainsi qu'on a surnommé les officiers commandant nos troupes à la bataille de Chasông, tous les historiens reprennent cette expression. Ce fut effectivement une boucherie, au cours de laquelle nombre de soldats mutinés furent exécutés par leurs propres officiers. Si MacAndrew y a été mêlé, cela pourrait expliquer sa démission.

Bravo accueillit avec soulagement une explication qui dissipait ses doutes.

– Y a-t-il un rapport avec la mort de MacAndrew à Hawaii? demanda Christopher.

– Non, répondit lentement Bravo. MacAndrew a été abattu par Longworth.

– Vous voulez dire par Varak? corrigea Wells.

– Non. Par le vrai Longworth.

– Mais pourquoi, bon Dieu? tonna Sutherland.

– Nous ne pouvions prévoir une telle issue, encore moins l'empêcher. Informé par Chancellor qu'un certain Longworth vivant à Hawaii avait eu accès aux dossiers, MacAndrew s'est lancé à sa recherche après la mort de sa femme. Et il l'a trouvé.

– Le général supposait donc que seul Longworth connaissait l'histoire de Chasông, conclut pensivement Frederick Wells ; qu'elle se trouvait dans les dossiers de Hoover et nulle part ailleurs.

– Ce qui ne nous avance pas d'un pouce, fit observer Christopher, sarcastique.

– Si, rétorqua Bannière en regardant Bravo. Cela confirme que Chasông n'est qu'une diversion, comme vous l'avez suggéré.

– Pourquoi ? demanda Venise.

Wells se tourna vers le juge.

– Parce que ceux qui l'ont exhumée n'avaient aucune raison de le faire, répondit-il.

– Je partage votre opinion, fit St Claire en songeant qu'il fallait passer à la seconde partie du piège de Varak puisque la première n'avait rien donné. Comme je vous l'ai dit à la dernière réunion, le roman de Chancellor avance rapidement. La lecture du manuscrit, sur lequel Varak a mis la main, fait apparaître deux éléments nouveaux, ou plutôt deux nouveaux protagonistes dont le rôle reste pour l'instant un mystère. Il s'agit en premier lieu de la journaliste Phyllis Maxwell, dont Chancellor s'est visiblement inspiré pour un de ses personnages ; deuxièmement, d'un auditeur à la Cour des comptes nommé Paul Bromley, dont on trouve trace dans les notes de l'écrivain. L'un de vous possède-t-il des informations particulières sur ces deux personnes ?

Nul ne répondit mais Bravo ne s'en souciait pas outre mesure puisqu'il avait atteint son objectif : tendre la seconde partie du piège. Qui y tomberait ? Bannière ou Paris ? Frederick Wells ou Carlos Montelan ? Après un dernier échange de questions et de réponses, Bravo s'apprêtait à lever la séance lorsque Wells l'interrompit :

– Varak attend dehors ?

– Oui, bien sûr, répondit St Claire. il a pris toutes les dispositions pour votre départ, comme d'habitude.

– J'aimerais lui poser une question, mais au préalable j'ai quelques remarques à vous soumettre. Il y avait des micros dans la maison de Rockville ; malheureusement, les cambrioleurs n'ont pas parlé ; il y avait une caméra mais ils sont restés hors du champ. On dirait qu'ils connaissaient le dispositif de surveillance mis en place.

– Et quelle est votre question ? fit sèchement Montelan. Je n'aime guère vos insinuations.

– Autre détail curieux, le vol des dossiers a eu lieu au moment propice, comme si les voleurs avaient prévu la mort de Hoover. En outre, des mois de recherches intensives ne donnent aucun résultat; le meilleur spécialiste du pays en ce domaine se déclare bredouille; quelques semaines plus tard, il place une nasse dont les poissons s'échappent sans difficulté.

– Oseriez-vous prétendre... commença Montelan.

– Je remarque simplement que notre spécialiste, si renommé pour son efficacité, en a totalement manqué hier.

– Assez! explosa Christopher. Savez-vous seulement qui est Varak? Ce qu'il a vécu? Ce qui l'anime?

– La haine, répondit Bannière à voix basse. Et cela m'effraie.

Dans la pièce soudain silencieuse, chacun ruminait tout ce qu'impliquait la réponse de Bannière. Oui, Varak poursuivait peut-être des objectifs étrangers aux leurs, sa haine des Nazis avait pu le pousser à voler les dossiers afin d'assouvir sa vengeance sur leurs disciples d'aujourd'hui.

Bravo se leva, alla à un secrétaire, ouvrit un tiroir, en sortit un pistolet de calibre 38, retourna s'asseoir, dissimula l'arme sous la table et appuya sur un bouton.

Varak entra, alla se placer derrière le fauteuil vide de Genèse.

– Mr. Varak, fit St Claire, nous avons une question à vous poser. Allez-y, Bannière.

– Mr. Varak, en parlant à Chancellor des dossiers disparus, vous espériez provoquer une réaction en chaîne obligeant le maître chanteur à intervenir et donc à se découvrir. Lorsque l'occasion s'est présentée, vous avez tendu un piège qui devait donner les résultats espérés. Pourtant, malgré son importance, vous ne l'avez pas préparé, me semble-t-il, avec la méticulosité dont vous faites preuve d'ordinaire. Je me demande pourquoi. Si vous aviez par exemple disposé deux, trois, six caméras au lieu d'une seule autour de la maison, nous aurions peut-être récolté des indices permettant de remonter jusqu'aux dossiers. Pourquoi ne pas l'avoir fait, Mr. Varak?

Le visage de l'agent s'empourpra. De colère ou de peur? Munro St Claire se le demandait en serrant sous la table la crosse de son arme.

– Votre question est légitime, dit Varak lorsqu'il eut

retrouvé son calme. Je vais y répondre aussi précisément que possible. Comme vous le savez, j'opère presque toujours seul, par mesure de sécurité, mais dans les cas d'absolue nécessité je m'assure des collaborateurs. Par exemple le chauffeur de taxi qui a emmené Chancellor et la fille à l'aéroport et enregistré leur conversation. Lorsqu'il m'a téléphoné à Washington pour me faire entendre la bande, il me restait très peu de temps pour me procurer le matériel, aller à Rockville et l'installer. Dans un délai aussi court, je considère même comme une performance remarquable d'avoir réussi à disposer plusieurs micros et une caméra à infrarouges. Voilà ma réponse.

Sous la table, Munro St Claire éloigna son index de la détente du 38. Lui qui avait passé sa vie à apprendre à discerner le vrai du faux, il était prêt à jurer qu'il venait d'entendre la vérité.

« Dieu veuille que je ne me trompe pas », songea-t-il néanmoins.

21

L'habitude réveilla Peter à quatre heures trente du matin, le poussa hors du lit, lui fit ouvrir sa serviette posée sur une chaise de la chambre d'hôtel et en sortir un bloc-notes recouvert de cuir.

– Qu'est-ce qu'il y a ? Le feu ? grogna Alison en se dressant du lit.

– Excuse-moi. Je ne voulais pas te réveiller.

– Que se passe-t-il ?

– Rien du tout. C'est le moment de la journée où je travaille le mieux. Rendors-toi, je vais m'installer dans le salon.

Alison secoua la tête tandis que Peter passait dans l'autre pièce de la suite qu'ils occupaient au Hay-Adams. Trois heures plus tard, il avait terminé le chapitre huit de son roman sans même se référer une seule fois à son plan. Les mots exprimant les émotions d'Alexander Meredith avaient jailli spontanément sous la plume de l'écrivain qui avait connu les mêmes frayeurs de bête traquée, qui avait entendu lui aussi des bruits de pas d'inconnus invisibles.

Il rejoignait Alison, qui ne dormait plus, et ils se mirent à faire l'amour. A chaque caresse en succédait une autre, plus excitante, qui sur un rythme irréversible portait leur désir vers une intensité que ni l'un ni l'autre ne laissait retomber.

Ils se réveillèrent enlacés à dix heures et demie, prirent le petit déjeuner et commencèrent à songer au programme de la journée. Les projets de « grande vie » promise par Chancellor furent cependant contrariés par un coup de téléphone de l'avocat d'Alison lui demandant de passer à son cabinet à quatorze heures.

Lorsque la jeune femme quitta l'hôtel, deux heures plus tard, Peter retourna à son bloc-notes.

Plan du chapitre 9

Ce chapitre est centré sur la rencontre d'Alex Meredith et du sénateur. Elle aura lieu dans une chambre d'hôtel, au terme d'une longue chasse à l'homme pendant laquelle Alex devra semer ses poursuivants. Au cours de l'entretien avec le sénateur, Meredith prend conscience qu'il n'est pas seul à lutter contre Hoover, qu'un groupe d'hommes influents poursuit le même objectif. Alex fait ainsi un premier pas vers la reconquête de son équilibre mental.

Le sénateur lui révèle l'identité de deux autres membres du groupe – l'ancien ministre et la journaliste – et lui apprend l'existence d'un plan dans lequel il va jouer un rôle.

Chancellor aborda ensuite le moment où le sénateur explique la conversion du messager de Hoover. Il cessa d'écrire, se relut :

« Alan Long a pris conscience de ses erreurs. Lui aussi pourrait devenir victime des méthodes qu'il a employées au service de Hoover : un fait isolé, un autre déformé suffisent à construire une vérité pour peu qu'on y appose l'imprimatur FBI. Long va quitter le Bureau en prétextant une maladie grave (le directeur recevra un rapport médical dans ce sens), mais en fait il se mettra à travailler pour nous. Si sa conversion ne le lave pas de tout péché, sa peur nous garantit sa loyauté. »

Satisfait, l'écrivain songea qu'il pourrait reprendre ce passage dans le roman sans en changer un mot. Bonne journée, se dit-il en regardant sa montre. Quatre heures et demie. Bientôt Alison serait de retour, il l'emmènerait dans un petit restaurant où ils dîneraient en amoureux puis ils rentreraient à l'hôtel et feraient l'amour.

Le téléphone sonna. Peter alla décrocher en souriant à l'idée d'entendre la voix d'Alison.

Ce n'était pas Alison.

– Qu'avez-vous fait, au nom du ciel? Qui vous a donné le droit de me mettre dans votre livre? criait Phyllis Maxwell à l'autre bout du fil.

Chancellor laissa une note dans la chambre à l'attention d'Alison, un message à la réception au cas où elle ne remarquerait pas la note.

Phyllis Maxwell. C'était insensé! En réponse aux accusations invraisemblables de la journaliste, Peter avait dû donner rapidement des explications. Oui, il avait créé un personnage qui lui ressemblait vaguement. Non! Il n'avait pas cherché à la détruire. Bon Dieu, non! Il travaillait seul, et les sources qu'il utilisait n'avaient aucun rapport avec elle!

Ni avec... Paula Mingus.

Chancellor n'était pas parvenu à calmer la journaliste qui avait alterné les gémissements presque inaudibles et les cris hystériques. Lorsqu'il lui avait proposé de venir au Hay-Adams, elle avait rétorqué qu'elle avait encore la nausée en repensant à la soirée qu'ils y avaient passée. Ailleurs, alors? Oui, mais elle choisirait elle-même l'endroit, elle n'avait pas confiance en lui, et elle ne voulait pas qu'on les voie ensemble. Dans une maison appartenant à des amis partis en vacances, presque au coin de la 35e Rue et de Wisconsin, après Dumbarton Oaks. Le numéro? Elle ne se souvenait plus, mais il la reconnaîtrait à son porche blanc, aux carreaux de couleur de sa porte vitrée.

Avant de raccrocher, Phyllis Maxwell avait craché d'une voix méprisante :

– Vous travaillez avec eux depuis le début, ne niez pas! Et vous devez être fier de vous!

Dans le taxi qui l'emmenait vers la 35e Rue, Chancellor se demandait comment on avait pu prendre connaissance de son manuscrit. La maison qui tapait son texte? A exclure. Il l'avait choisie pour sa réputation de discrétion. Morgan? Toujours absorbé par quinze projets en même temps, l'éditeur aurait très bien pu l'oublier sur un bureau quelconque.

– Arrêtez-vous, fit-il au chauffeur en avisant une cabine téléphonique. J'ai un appel urgent à donner, ce ne sera pas long.

– Prenez votre temps, patron. Le compteur tourne.

Chancellor referma la porte de verre de la cabine, composa le numéro de Morgan.

– Tony? Ici Peter. J'ai une question à te poser.

– Où diable es-tu? J'ai essayé de...

– A Washington. Je n'ai pas le temps de t'expliquer. Écoute-moi bien. Quelqu'un a lu mon manuscrit et commis une terrible erreur.

– Impossible, répondit Morgan. Et en quoi consisterait cette terrible erreur?

– A dire à quelqu'un qu'elle – qu'il – est dans le livre.

– Il ou elle?

– Quelle importance? On se sert de mon manuscrit pour terrifier quelqu'un!

– Et ton personnage ressemble vraiment à cette personne terrorisée?

– Si l'on veut, mais là n'est pas la question. Tony, as-tu fait lire mon manuscrit à quelqu'un d'autre?

– Bien sûr que non. Je ne tiens pas à ce qu'on sache que tes textes sont impubliables avant que je ne les charcute un bon coup.

La vieille plaisanterie ne fit pas rire Chancellor, qui enchaîna aussitôt :

– Où as-tu mis ton exemplaire?

– Dans le tiroir de ma table de nuit et cela va faire six mois – un record! – que je n'ai pas été cambriolé.

– Quand l'as-tu vu pour la dernière fois? insista l'écrivain.

L'éditeur réfléchit avant de répondre, sérieusement cette fois :

– Hier soir. Et je ferme le tiroir à clef.

– En as-tu fait faire une photocopie pour Joshua?

– Non. Il en recevra un exemplaire quand j'aurai fini de travailler sur le texte. Et ton exemplaire, personne n'aurait pu le lire?

– Non, je le range toujours dans ma valise...

Peter s'interrompit. La valise! La nuit à Rockville, la carcasse sanguinolente dans la voiture!

– Bon, ce n'est pas grave, Tony, reprit-il. Je te rappelle demain ou après-demain.

– Que fais-tu à Washington?

– Je ne sais pas trop.

Et Chancellor raccrocha sans laisser à Morgan le temps de lui poser une autre question.

– C'est ici, fit Peter au chauffeur en montrant du doigt la maison au porche blanc. Merci, gardez la monnaie.

– Je me trompe peut-être, commença le chauffeur sur un ton hésitant, et c'est pas mes oignons... mais je crois qu'on vous a suivi...

– Quoi? Quelle voiture? demanda nerveusement Chancellor en se retournant.

– Elle a tourné à gauche, maintenant.

– Vous êtes sûr qu'elle nous suivait?

– Comme je disais, je me trompe peut-être, mais les phares, dans la nuit, ils sont tous différents...

Peter garda un instant le silence puis demanda :

– Vous pouvez m'attendre? Je paierai.

– Non, c'est pas possible, faut que je rentre. Je suis déjà salement en retard et la bourgeoise va râler.

Chancellor descendit de la voiture, claqua la portière et se dirigea vers la maison au porche blanc dont seul le vestibule était éclairé. Il s'avança, gravit lentement le petit escalier menant à la porte vitrée et entendit la serrure claquer au moment où il posait le pied sur la dernière marche du perron. La porte s'ouvrit devant lui mais personne n'apparut dans l'encadrement.

– Phyllis?

– Entrez vite, murmura la journaliste.

Elle se tenait à gauche de la porte, le dos appuyé au papier mural jauni. La lumière du vestibule soulignait plus cruellement que les chandelles du bar du Hay-Adams les rides de son visage. Dans ses yeux, qui avaient perdu leur habituelle lueur de curiosité amusée, on ne lisait plus que de la frayeur.

– N'ayez pas peur, la rassura Peter. Vous n'avez aucune raison d'avoir peur de moi, Phyllis.

– Je connais les salauds de votre espèce, rétorqua la journaliste méprisante. Ils vous écrasent en vous cajolant.

– C'est totalement absurde. Allons dans une pièce où nous pourrons parler, allumer la lumière...

– Pas de lumière!

– D'accord pas de lumière, mais nous pouvons peut-être nous asseoir?

Phyllis Maxwell se détacha brusquement du mur et entra dans une salle de séjour obscure séparée du vestibule par une arcade. La faible ampoule de l'entrée éclairait un sofa, des fauteuils rembourrés. Dans un bruissement d'étoffe, la journaliste s'assit en face du sofa, où l'écrivain se laissa tomber.

– Au cours de la soirée que nous avons passée ensemble, je vous ai posé beaucoup de questions sur Hoover, commença Peter. Vous m'avez répondu avec une véhémence, une indignation que je n'avais jamais trouvées dans vos articles.

– Où voulez-vous en venir?

– Lorsque j'ai commencé à écrire, quelques jours plus tard, j'avais encore en mémoire votre colère, celle d'une femme belle, intelligente, au sommet de sa carrière...

– Cajoleries!

– Tout naturellement, j'ai imaginé un personnage inspiré de cette femme et lui ressemblant par certains aspects. Vous m'en avez donné l'idée, mais vous n'êtes pas ce personnage. Ce n'est qu'une création.

– Avez-vous également créé un général qu'on a enterré hier à Arlington?

Interloqué, Chancellor affronta les yeux sans vie posés sur lui.

– Non, répondit-il. Qui vous a parlé de lui?

– Une horrible voix qui murmure au téléphone. Comme si vous ne le saviez pas!

– Non, je n'en sais absolument rien, fit Peter en élevant la voix. Cette histoire commence à aller trop loin. Des murmures au téléphone! Des inscriptions sur les murs! Des maisons cambriolées! Des animaux coupés en morceaux! Ça suffit!

Il se leva, s'approcha d'une lampe posée sur une table, l'alluma.

– Fini de se cacher! Finies les pièces obscures! On essaie de nous rendre fous : vous, Alison et moi, mais j'ai compris. Je ne vais pas me laisser...

Une vitre de la fenêtre vola en éclats, une balle se logea dans une moulure des boiseries; presque aussitôt, l'autre vitre se brisa, un morceau de plâtre arraché au mur tomba sur le sol.

Peter eut le réflexe d'envoyer une gifle dans la lampe, qui bascula de la table, roula sur son abat-jour. L'ampoule, intacte, continuait à éclairer la pièce.

– Couchez-vous! cria Phyllis.

En se jetant au sol, Chancellor prit conscience qu'il n'avait pas entendu de coups de feu et des images terrifiantes lui revinrent en mémoire. Les Cloîtres! Le « pop » qui avait précédé la mort du sénateur, le trou rouge dans la chair livide!

Remue-toi, nom de Dieu ! se dit-il alors qu'une balle brisait le verre recouvrant une photographie. Bouge, bon sang, réagis, éteins cette foutue lampe ! Un projectile, n'importe quoi. Le tisonnier, près de la cheminée !

Allongée à côté de Chancellor, la journaliste gémissait. Peter rampa jusqu'à la lampe, brandit le tisonnier et l'abattit comme s'il écrasait un animal venimeux. Puis il retourna vers l'entrée, lança vers le plafond la tige de fer qui fracassa en tournoyant l'ampoule du vestibule.

Dans l'obscurité complète, il rampa en direction de Phyllis, la chercha à tâtons.

– Où est le téléphone ? murmura-t-il.

La journaliste tremblait, incapable de répondre.

– Le téléphone ! répéta Chancellor.

– Pas... ici, balbutia la femme morte de frayeur.

– Quoi ?

Une balle s'écrasa au-dessus de leur tête. Soudain, aux tirs silencieux succéda une fusillade retentissante ; des cris retentirent, suivis d'un hurlement de pneus, d'un claquement de portière. Une voix furieuse aboya un ordre.

– ... la cuisine, bredouilla Phyllis. Le téléphone.

– La cuisine ? Où ça ?

Elle fit un geste vers la droite.

– Ne bougez pas, ordonna Peter.

Comme un insecte pris de panique, il fila à quatre pattes dans la direction indiquée, traversa un couloir, sentit sous ses mains la fraîcheur d'un carrelage. La cuisine, se dit-il. Il avança la main à l'aveuglette, sentit un mur, le suivit, finit par y trouver un fil tirebouchonné qu'il remonta jusqu'au téléphone, décrocha, porta l'appareil à son oreille...

La ligne était coupée.

Chancellor retourna en rampant dans la salle de séjour où Phyllis, prostrée, s'appuyait au sofa. Une brique fracassa les carreaux de couleur de la porte d'entrée, rebondit sur le plancher du vestibule. Une brique ! La cheminée ! Oui, il en était sûr, il avait vu près des chenets une de ces pierres poreuses fixées au bout d'une tige de cuivre qu'on plonge dans un pot de kérosène et qu'on place ensuite sous les bûches, pour allumer le feu.

Il enleva le couvercle métallique du pot, le secoua. Il restait du kérosène à l'intérieur !

Peter sentait qu'il tenait la solution mais ne parvenait pas à la voir clairement. Et soudain, des mots qu'il avait écrits surgirent dans son esprit :

Dobric déchira sa chemise, la trempa dans le bidon d'essence. Bientôt les meules de foin en flammes détourneraient les soldats de leur chasse à l'homme...

La solution, il l'avait inventée quelques années plus tôt dans *Sarajevo!*, dans un épisode suivant l'assassinat de l'archiduc François-Ferdinand.

L'écrivain défit sa veste, sa chemise puis il tira la nappe de la table de la salle de séjour, l'étala sur le sol, y plaça sa chemise et l'arrosa de kérosène. Les balles qui continuaient à siffler et à s'écraser autour de lui le rendaient malade de peur. Il vida le reste du kérosène sur un coussin du divan, posa le pot vide sur la nappe et la chemise, enveloppa le métal de tissu en prenant soin de laisser pendre une manche puis sortit de sa poche une boîte d'allumettes. Il était prêt.

Poussant le coussin devant lui, tirant le pot derrière, il rampa jusqu'à la fenêtre, se dressa lentement en restant à couvert. Il mit le feu au pot, le balança au bout de la manche et le lâcha par la fenêtre. Le brûlot accrocha une arête de verre brisé mais continua sa course en tournoyant au-dessus de la pelouse.

Peter entendit des pas, des cris incompréhensibles, puis le bruit d'une cavalcade : ses ennemis jouaient aux pompiers. Il craqua une autre allumette, saisit le coussin, y mit le feu et courut le jeter par l'autre fenêtre. Le second brûlot atterrit exactement où il l'espérait : devant le porche blanc, dont le bois prendrait rapidement feu au contact des flammes.

Il y eut d'autres cris, lancés en une langue qu'il ne connaissait pas, puis le rugissement d'un moteur de voiture, qui s'éloigna rapidement.

Peter courut auprès de Phyllis l'aider à se relever, la serra dans ses bras en murmurant :

– C'est fini, c'est fini. Tout va bien. Il faut sortir d'ici par-derrière. La maison va brûler comme... comme une meule de foin.

– Mon Dieu ! Oh, mon Dieu ! gémit-elle en enfouissant son visage contre l'épaule nue de Peter.

– Venez, nous attendrons la police dehors. Quelqu'un l'a sûrement déjà prévenue en voyant les flammes.

La journaliste leva vers Chancellor des yeux affolés, implorants.

– Non, pas la police. Pas la police!

– Pour l'amour de Dieu! On a essayé de nous *tuer*! Il faut avertir la police!

Elle se détacha de lui, parut se rendre à ses raisons.

– Mon sac, dit-elle. Pouvez-vous aller me le chercher? Je l'ai laissé dans l'entrée. Sous l'escalier ou dans le placard.

Chancellor regarda dans le vestibule que la fumée commençait à envahir.

– J'y vais, répondit-il en enfilant sa veste. Sortez par la cuisine, je vous rejoindrai.

Dans l'entrée, la fumée s'épaississait. Peter chercha en vain le sac sur les marches, dans le placard, et dut se résoudre à s'éloigner de la porte d'entrée, qui commençait à brûler.

Il traversa en courant la salle de séjour, le couloir, la cuisine, se retrouva dehors. Au loin, une sirène mugissait.

– Phyllis? appela-t-il.

Pas de réponse. Il longea la maison, se retrouva dans la rue éclairée par le porche embrasé.

– Phyllis?

Toujours rien. En retournant vers l'arrière de la maison, il comprit qu'il n'y avait jamais eu de sac dans l'entrée, ni sur les marches, ni dans le placard. Phyllis Maxwell lui avait faussé compagnie.

La sirène se rapprochait. Sans trop savoir pourquoi, Peter décida de ne pas attendre la police maintenant qu'il était seul. « Je la préviendrai plus tard », se promit-il en s'éloignant en courant dans la nuit.

22

En marchant vers le centre de Washington, Chancellor songeait qu'il aurait dû rester près de la maison en flammes et raconter son histoire incroyable à la police. Simultanément, une autre partie de lui-même lui disait qu'il avait eu raison de s'enfuir, qu'en l'absence de Phyllis, on lui aurait posé des questions dont il ne connaissait pas encore les réponses.

Un taxi, enfin! Le petit rectangle jaune parut à Peter comme un phare dans la tempête. Il arrêta la voiture d'un geste, s'approcha de la portière, l'ouvrit et se laissa tomber sur la banquette en fermant les yeux.

– Hôtel Hay-Adams, fit-il au chauffeur qui l'observait avec méfiance.

– Mon Dieu! s'exclama Alison lorsque Peter ouvrit la porte de la chambre. Que t'est-il arrivé?

– Il y a un flacon de pilules dans ma valise. Va vite me le chercher, s'il te plaît. J'ai horriblement mal à la tête.

– Peter, mon chéri! Je vais appeler un médecin.

– Non! Fais ce que je te dis. Donne-moi simplement les pilules. Dépêche-toi.

Il se sentit chanceler, s'accrocha à elle, gagna le lit en s'appuyant sur son épaule, puis s'allongea en montrant du doigt la valise.

Lorsqu'il se réveilla, il découvrit au-dessus de lui le beau visage d'Alison, ses yeux brillant de larmes.

– Tout va bien, dit-il en lui caressant la joue.

Elle prit la main, la porta à ses lèvres.

– Elle s'appelait Cathy, n'est-ce pas?
– J'ai parlé en dormant?
– Et elle est morte?
– Oui.
– Pauvre chéri.
– Je te demande pardon.
– De quoi? Tu m'as fait au contraire un cadeau merveilleux : après avoir dit son nom, c'est moi que tu as appelée.

Chancellor raconta à Alison ce qui s'était passé dans la maison au porche blanc en minimisant les dangers qu'il avait courus. Fille d'officier, Alison avait l'habitude de ce genre de mensonges, mais elle le laissa continuer sans l'interrompre en se contentant de le regarder d'un air incrédule.

A la fin de son récit, Peter alla à la fenêtre et balaya d'un regard machinal la 16e Rue, décorée pour les fêtes. Noël, bientôt, constata-t-il avec étonnement. Un instant détournées de leurs préoccupations premières, ses pensées y revinrent aussitôt : pour mettre fin au cauchemar, il devait aller au FBI mais, d'abord, il fallait retrouver Phyllis Maxwell et la contraindre à l'accompagner.

– Je dois lui parler, lui faire comprendre que je ne peux pas y aller seul, expliqua-t-il à Alison.

La jeune femme chercha le numéro de Phyllis Maxwell dans l'annuaire mais ne l'y trouva pas. Au journal, la standardiste refusa de le révéler malgré l'insistance de Peter. Alison essaya alors un attaché de presse du Pentagone qu'elle avait connu par son père et obtint l'adresse de l'immeuble où habitait la journaliste.

– Asseyez-vous dans le hall, je suis à vous dans un instant, assura à Peter le portier de l'immeuble de Phyllis Maxwell.

Le romancier alla s'asseoir dans un fauteuil de plastique vert en songeant que l'homme n'avait pas hésité un seul instant, comme s'il s'était attendu à le voir. Par la porte vitrée, il le voyait se balancer sur ses talons devant l'entrée, ses mains gantées croisées derrière son dos. Curieux, se dit Chancellor.

Au bout de cinq minutes, le portier ne faisait toujours pas mine de retourner dans le hall. Avait-il oublié la présence de Peter? L'écrivain s'approcha de la cabine où se trouvait la standardiste, frappa du doigt contre la vitre.

– Oui? fit l'employée en ouvrant le guichet.

– Voulez-vous me mettre en communication avec Phyllis Maxwell? C'est urgent.

La standardiste eut une réaction aussi curieuse que celle du portier.

– Je ne crois pas qu'elle soit chez elle, répondit-elle sur un ton hésitant.

– Le meilleur moyen de le savoir, c'est de l'appeler, vous ne pensez pas?

– Avez-vous demandé au portier?

– Mais qu'est-ce que ça veut dire! s'énerva Peter.

Et au même moment, il trouva la réponse : les deux employés avaient reçu des instructions. Il traversa le hall, sortit, se planta devant le portier et lui dit d'un ton furieux :

– Assez tourné autour du pot. Vous avez un message pour moi, allez-y.

– C'est délicat.

– Comment ça?

– Miss Maxwell vous a décrit, elle m'a dit que vous vous appelez Chancellor...

– Et alors?

– Si vous étiez venu plus tôt, j'aurais dû vous dire de repasser à onze heures.

– Il est presque onze heures. Qu'est-ce qui se passe maintenant?

– Si vous attendiez encore quelques petites minutes?

– Pas question. Vous préférez parler à la police?

– Bon, bon. Après tout, quelques minutes de plus ou de moins...

Le portier sortit de la poche intérieure de sa veste une enveloppe qu'il tendit à Chancellor. L'écrivain l'ouvrit en retournant dans le hall, se mit à lire la lettre qu'elle contenait.

> Mon cher Peter,
>
> Désolée de vous avoir faussé compagnie mais je savais que vous réussiriez à me retrouver. Vous m'avez sauvée de la mort – et dans une certaine mesure de la folie – aussi vous dois-je des explications.
>
> Lorsque vous lirez cette lettre, je serai à bord

d'un avion. N'essayez pas de savoir lequel, vous perdriez votre temps. Depuis des années, je gardais un faux passeport en pensant qu'il me servirait peut-être un jour, et ce jour est venu.

Cet après-midi, après avoir reçu l'horrible coup de téléphone m'apprenant que j'étais devenue un personnage de votre roman, j'ai averti mon journal que je prenais un long congé pour raisons de santé. Cette décision n'a rien de soudain, j'y songeais depuis longtemps et les événements d'aujourd'hui n'ont fait que la précipiter.

Mes « fautes » n'ont jamais mis en danger la vie de quiconque, mais elles m'empêchent désormais de faire mon travail, d'écrire les vérités que je découvre. Je ne peux plus continuer.

Merci, et pardon du fond du cœur de vous avoir cru complice d'un chantage auquel vous êtes étranger. Si j'ai envie de vous crier « Pour l'amour de Dieu, abandonnez votre roman », j'espère en même temps que vous ne m'écouterez pas.

Adieu, jeune homme, vous n'entendrez plus parler de moi, mais vous garderez à jamais mon amitié et ma gratitude.

Phyllis.

Peter relisait la lettre lorsque la standardiste l'appela en passant la tête par le guichet.

– Mr. Chancellor? une communication pour vous.

Phyllis? se demanda Chancellor en traversant le hall. Peut-être a-t-elle changé d'avis...

C'était Alison.

– Peter, c'est terrible, un homme a téléphoné d'Indianapolis, de l'aéroport, juste avant de prendre l'avion pour Washington. Il était fou de colère, hors de lui!

– Qui est-ce?

– Un nommé Bromley. Il dit qu'il va te tuer.

Carroll Quinlan O'Brien prit le registre d'entrée que lui apportait le gardien et le remercia. Les portes donnant sur Pennsylvania Avenue étaient désormais fermées et les noms de tous ceux qui les avaient franchies pour entrer ou sortir de l'immeuble du FBI seraient envoyés au service central.

Tout avait commencé quatre mois plus tôt, précisément à cause du registre d'entrée, se rappela O'Brien, à cause de trois noms qui avaient attiré son attention sous la date du 1er mai, la veille de la mort de Hoover et de la disparition des dossiers.

Alors O'Brien avait commencé à poser des questions, discrètement, du moins le croyait-il, jusqu'au jour où une voix lui avait murmuré des menaces au téléphone : s'il n'arrêtait pas son enquête, chacun saurait que le héros évadé d'un camp viêt-cong avait délibérément sacrifié la vie de huit soldats américains en échange de sa liberté.

C'était faux, bien sûr, ou plutôt ce n'était qu'une partie de la vérité. Avant son évasion, le major O'Brien avait inlassablement porté secours à ses camarades blessés et malades; il avait volé aux gardes des vivres, des médicaments, pour les donner aux autres prisonniers; il avait remplacé les plus affaiblis chargés de corvée et, en définitive, s'il s'était évadé, c'était autant pour ses camarades que pour lui.

En quatre mois O'Brien avait été mis sur la touche : on l'avait déchargé de sa participation à plusieurs commissions du Bureau, il ne recevait plus les rapports secrets concernant les relations nouvellement établies avec la CIA et le CNS, et il ne cessait d'être de service de nuit.

L'agent se posait des questions sur son avenir et surtout sur l'identité de celui qui s'acharnait contre lui au sein du Bureau. Quel qu'il fût, son ennemi possédait des informations sur les trois inconnus qui s'étaient introduits dans l'immeuble la veille de la mort du directeur et sur les centaines de dossiers que Hoover avait accumulés.

La sonnerie du téléphone ramena Quinn O'Brien aux réalités du service de nuit.

– Ici l'entrée de la 10e Rue. Nous avons un type qui insiste pour voir un responsable, n'importe qui, et refuse d'attendre demain.

– C'est un ivrogne? Un cinglé? demanda O'Brien.

– Je ne crois pas. D'ailleurs, vous le connaissez peut-être : c'est un romancier nommé Peter Chancellor qui a écrit *Riposte!* entre autres!

– J'ai entendu parler de lui. Qu'est-ce qu'il veut?

– Il refuse de me le dire mais, d'après lui, c'est une question urgente.

– Qu'en pensez-vous?

– Je pense qu'il va rester ici jusqu'à demain matin si personne n'accepte de le recevoir.

– Bon, d'accord. Fouillez-le pour voir s'il est armé et envoyez-le-moi sous bonne escorte.

23

Le garde fit entrer Chancellor dans la pièce puis referma la porte et reprit le chemin de l'entrée. Un homme trapu dont les cheveux bruns avaient des reflets roux se leva de derrière son bureau et tendit la main à l'écrivain.

– Agent O'Brien, annonça-t-il. Inutile de vous dire, Mr. Chancellor, que je fais une entorse au règlement en vous recevant à cette heure-ci. Êtes-vous certain que vous ne feriez pas mieux de vous adresser à la police?

– Non. Cette histoire concerne le FBI.

– Ne peut-elle attendre jusqu'à demain matin?

– Impossible, affirma le romancier.

– Alors asseyez-vous, l'invita O'Brien avec un geste en direction des fauteuils placés devant le bureau.

– Je préfère rester debout pour l'instant, répondit Peter. En toute franchise, je me sens assez nerveux.

– Comme vous voudrez, bougonna l'agent en s'asseyant. Enlevez au moins votre manteau si nous en avons pour un moment.

– Pour le reste de la nuit, peut-être.

– N'y comptez pas trop.

– Vous mettrez un terme à ma visite quand vous le jugerez bon. Laissez-moi d'abord vous raconter mon histoire. Lorsque j'aurai terminé, vous pourrez me conduire à un haut responsable de votre choix, à qui je la répéterai. Mais avant de commencer, je vous demanderais de donner un coup de téléphone.

– C'est hors de question. Racontez votre histoire si vous voulez, mais n'y mettez pas de condition préalable.

– J'ai d'excellentes raisons de le faire, croyez-moi.

– Elles ne m'intéressent pas. Revenez demain matin.

– Je ne peux pas, ne serait-ce que parce qu'un homme arrive cette nuit d'Indianapolis pour me tuer.

– Allez trouver la police.

– C'est tout ce que vous savez dire? « Allez trouver la police » ou « revenez demain matin »?

– Monsieur Chancellor, vous avez écrit un roman intitulé *Riposte!* dans lequel vous montrez la CIA en train d'opérer sur le territoire national, n'est-ce pas?

– Oui mais...

– N'auriez-vous pas l'intention d'écrire à présent un livre sur le FBI?

– Je ne nie pas qu'à l'origine je voulais seulement écrire un roman, reconnut Peter en agrippant le dossier du fauteuil. Mais les choses ont dégénéré; deux personnes ont été tuées, moi-même j'ai failli mourir.

– Je vous le répète : allez voir la police.

– C'est justement à la police que je veux que vous téléphoniez.

– Et pourquoi?

– Pour que vous me croyiez. Seul le FBI peut mettre fin à...

Peter hésita. Il ne fallait surtout pas que cet homme soupçonneux le prît pour un fou.

– A quoi? interrogea O'Brien.

– Aux meurtres, d'abord, puis au chantage, à la terreur.

– Qui exerce la terreur?

– Quelqu'un possédant des informations qui pourraient compromettre à jamais le FBI.

– De quelle nature sont ces informations?

– Elles reposent sur l'hypothèse de l'assassinat de Hoover.

– Je vois, fit l'agent en se raidissant. Et ce coup de téléphone à la police?

– Il concerne une vieille maison de la 35e Rue, près de Wisconsin. Elle était en flammes quand je l'ai quittée, il y a quelques heures. C'est moi qui ai mis le feu. La police découvrira des douilles sur la pelouse, des balles dans les boiseries, les murs et le mobilier; elle constatera également que les fils du téléphone ont été coupés.

– Qu'est-ce que vous racontez? s'exclama O'Brien, les yeux fixés sur Chancellor.

– Il y a eu une fusillade.

– Dans un quartier résidentiel?

– Ils avaient des silencieux. Personne ne pouvait les entendre. C'est pourquoi j'ai pensé à mettre le feu : pour alerter les voisins.

– Et ensuite vous êtes parti?

– Je me suis enfui.

– Pourquoi?

– C'était une erreur, je le regrette maintenant, mais j'avais peur, j'étais affolé. La journaliste qui était avec moi avait disparu sans attendre.

– L'avez-vous retrouvée?

Peter hésita puis, à contrecœur, il sortit de sa poche la lettre de Phyllis et la tendit à O'Brien. L'agent la lut, leva vers Chancellor des yeux où la peur avait remplacé l'incrédulité, puis décrocha le téléphone et composa un numéro.

– FBI, urgence, code sept-cinq-passereau. Il y a eu un incendie dans la 35e Rue, près de Wisconsin. Vous avez encore quelqu'un sur les lieux?... Pourrais-je parler à l'inspecteur chargé de l'affaire? Merci.

Lorsque O'Brien fit passer le téléphone de sa main droite à sa main gauche, Peter remarqua sur la bakélite des traces humides de sueur.

– Ici le FBI, inspecteur, reprit l'agent. Je voudrais vous poser quelques questions. Savez-vous comment le feu s'est déclaré et y a-t-il des traces de fusillade?

O'Brien écouta les réponses. Du revers de la main, il essuya la sueur qui perlait à son front.

– Merci, inspecteur... Non, nous ne savons rien et l'affaire ne nous concerne probablement pas... Merci encore.

L'agent raccrocha, leva vers Peter des yeux où se lisait une profonde agitation.

– On a mis le feu à la maison, fit-il. La police a retrouvé des lambeaux de tissu imprégnés de kérosène, ainsi que des douilles de balles sur la pelouse.

– Pourquoi avez-vous dit à l'inspecteur que vous ne saviez rien? demanda Chancellor en s'asseyant.

– Je veux d'abord entendre votre version de l'affaire : vous m'avez assuré qu'elle concerne le FBI et est liée à la mort de Hoover. J'aurai toujours le temps de rappeler la police.

Les explications d'O'Brien donnèrent satisfaction à

l'écrivain. Il semblait logique que l'agent voulût avant tout protéger le Bureau, éviter un scandale possible. *Les héritiers ne laisseront jamais ternir la réputation du monarque défunt*, avait dit Phyllis Maxwell.

– Pour en revenir au début de l'histoire, commença Chancellor, il y a quatre ou cinq mois, à Malibu, j'ai rencontré un nommé Longworth...

– Longworth ! s'écria O'Brien en écarquillant les yeux.

– Je vois que vous le connaissez.

– Continuez, murmura l'agent.

– Longworth avait une histoire à raconter et il voulait que j'en fasse un roman. Il prétendait qu'on avait assassiné Hoover, que ses dossiers secrets avaient disparu et que...

– Qui êtes-vous ? explosa O'Brien en se dressant derrière son bureau. Longworth, Hoover, les dossiers ! Qui vous envoie ?

– Mais...

– Qu'est-ce que vous voulez de moi ? Qu'est-ce que vous voulez encore ?

– Je ne comprends rien à ce que vous dites. C'est la première fois que je vous vois.

– Allez-y ! Parlez-moi de Salter et de Krepps ! Ils étaient là, eux aussi !

– De qui ?

– Des deux types qui ont accompagné Longworth, l'agent retiré à Hawaii !

– A Maui, précisa Peter. Je ne connais pas les deux autres. Ils travaillent pour lui ?

O'Brien se laissa lentement retomber sur son fauteuil.

– Que voulez-vous dire ? demanda-t-il d'une voix à peine audible.

– Je vous demande simplement s'ils travaillent avec lui. Longworth avait été prétendument affecté au Département d'État, mais il ne s'agissait que d'une couverture. Ce qui me surprend, c'est que vous connaissiez Longworth.

– Vous ne mentez pas, murmura l'agent.

– Comment ?

– Vous surgissez de nulle part, en pleine nuit, et vous ne faites pas partie du cirque !

– Qu'est-ce que vous dites ?

– Sinon, vous ne m'auriez jamais révélé l'affectation bidon au Département d'État.

O'Brien parlait comme un homme en transe, conscient de son état mais incapable de se ressaisir. Il ferma les yeux, appuya les mains à plat sur son bureau, secoua la tête à plusieurs reprises et sembla enfin recouvrer le contrôle de lui-même. Il alla prendre sur une étagère un magnétophone, revint à son bureau, ouvrit un tiroir et en sortit une cassette.

– La bande est vierge, précisa-t-il. Elle n'a jamais servi. Vous avez ma parole que d'autres que moi l'écouteront. Parlez lentement, ne donnez pas de noms qui pourraient permettre de vous identifier. Si vous avez un doute, demandez-moi. Nous allons commencer.

Il appuya sur deux boutons du magnétophone et annonça dans le micro :

– Bande enregistrée par l'agent C. Quinlan O'Brien, le 18 décembre à vingt-trois heures. L'homme que vous allez entendre a été conduit à mon bureau par un garde. J'ai fait enlever son nom du registre d'entrée et j'ai informé le préposé de me transmettre toute demande d'explication.

O'Brien s'interrompit, pour griffonner quelques mots sur son bloc-notes.

– Considérant les informations enregistrées sur cette bande comme ultrasecrètes, j'ai pris des mesures de sécurité que je sais être tout à fait irrégulières et dont j'assume l'entière responsabilité.

Il arrêta l'appareil, se tourna vers Peter.

– Prêt ? Commencez par votre rencontre avec Longworth, à Malibu.

Lentement, l'écrivain raconta son histoire à l'agent, qu'il avait curieusement l'impression de bien connaître. O'Brien travaillait pour le FBI, il avait une femme, des enfants, comme... *Alexander Meredith*.

Comme le personnage de son roman, l'homme avait peur, et lorsque Chancellor parla de l'horrible chuchotement que lui avait décrit Phyllis Maxwell, O'Brien eut un mouvement de recul sur son fauteuil et ferma les yeux. Peter s'interrompit. La bande continuait à tourner dans le bureau silencieux.

– Continuez, dit enfin l'agent en ouvrant les yeux.

– J'ai presque terminé. Vous avez lu la lettre qu'elle m'a laissée.

– Racontez ce qui s'est passé dans la maison : la fusillade, l'incendie...

Chancellor s'exécuta puis se tut. Il avait tout dit, ou presque tout, puisqu'il n'avait pas parlé d'Alison.

– Bien, conclut O'Brien en arrêtant la bande. Maintenant, dites-moi le reste.

– Comment cela?

– Je vous ai demandé de me faire confiance. Il y a des lacunes dans votre récit. Vous êtes en train d'écrire en Pennsylvanie et brusquement, vous vous rendez à Washington. Pourquoi? Vous avez quitté la maison en flammes il y a cinq heures, mais vous êtes arrivé ici il y a deux heures seulement. Qu'avez-vous fait dans l'intervalle? Il faut boucher les trous, Chancellor.

– Non. Cela ne fait pas partie de notre accord.

– Quel accord? cria O'Brien en se levant. Notre protection contre vos renseignements? Mais, espèce d'idiot, comment voulez-vous que je vous protège si j'ignore qui il faut protéger? De surcroît, ne vous faites pas d'illusions : une heure me suffirait pour reconstituer tout votre emploi du temps depuis que vous avez quitté la Pennsylvanie.

– Je ne veux pas qu'elle soit mêlée à cette histoire, elle n'a déjà que trop souffert.

– Elle aussi a reçu un coup de téléphone?

– Non, mais vous, vous en avez reçu un, n'est-ce pas?

– C'est moi qui pose les questions, répliqua l'agent en s'asseyant. Parlez-moi d'elle.

L'écrivain narra la triste histoire du général Bruce MacAndrew, de sa femme et de sa fille. Il décrivit la maison de Rockville, le bureau saccagé, les mots peints sur le mur.

– Han Chow, murmura O'Brien en fermant les yeux.

– Que dites-vous?

– Le Viêt-nam remplace la Corée, mais la méthode reste la même : chantage s'appuyant sur des documents militaires qui ne sont jamais parvenus au Pentagone ou qui y ont été dérobés.

– Faites-vous allusion aux dossiers de Hoover? demanda Chancellor, incrédule.

Quinn le regarda sans répondre.

– Mais... Ils ont été détruits, murmura l'écrivain d'un ton hésitant... Détruits! Qu'essayez-vous de me faire croire? Il ne s'agit que d'un livre! Ce n'est pas vrai! Non! Pas les dossiers.

O'Brien eut un geste apaisant de la main, comme pour rassurer un enfant terrorisé.

– Allons, calmez-vous. Je n'ai pas parlé des dossiers de Hoover. Ils ont été détruits, nous en avons la certitude.

Moi aussi j'ai laissé libre cours à mon imagination une fraction de seconde, mais deux incidents isolés concernant des documents militaires ne prouvent rien.

– Que s'est-il passé à Han Chow?

– Aucun rapport.

– Ce n'est pas ce que vous disiez il y a une minute.

– Il y a une minute, je n'avais pas les idées claires, mais je comprends mieux maintenant. Vous avez raison. Quelqu'un se sert de vous, de moi, et probablement d'une dizaine d'autres pour démolir le Bureau. Quelqu'un qui connaît nos structures, nos habitudes de travail. L'un d'entre nous, peut-être, ce ne serait pas la première fois.

Chancellor scruta le visage d'O'Brien, dont les propos avaient un accent de sincérité assez convaincant.

– Excusez-moi, fit-il. Je me suis conduit comme un gosse effrayé.

– On a le droit d'avoir peur quand on a échappé de justesse à une tentative de meurtre. A ce propos, je vais charger des hommes de vous protéger vingt-quatre heures sur vingt-quatre.

– Choisissez les meilleurs, suggéra Peter avec un pâle sourire.

– En tout cas, je ne les prendrai pas ici.

– Pourquoi?

– Je ne sais pas à qui je peux faire confiance.

– Savez-vous au moins de qui vous devez vous méfier?

– Il y a une bande d'extrémistes que nous appelons le groupe Hoover, sans d'ailleurs les connaître tous. A la mort du directeur, ils espéraient prendre les commandes de la maison et leur échec les a rendus furieux. Certains d'entre eux sont aussi paranoïaques que l'était Hoover.

De nouveau, les propos de l'agent apportèrent à l'écrivain confirmation de ce qu'il avait imaginé : les événements survenus depuis sa rencontre avec Longworth résultaient d'une violente guerre intestine pour le pouvoir au sein du FBI.

– Comment allez-vous assurer ma protection et celle de la fille? demanda Peter.

– Vous avez mentionné le juge Sutherland, tout à l'heure. Il y a deux ans, il a joué le rôle de médiateur entre le Bureau et les autres services de renseignements – CIA, CNS – avec lesquels Hoover avait coupé les ponts.

– Et?

– Sutherland a un homme de confiance, un nommé Varak, à qui j'ai eu l'occasion de rendre service.

Après le départ de Chancellor, O'Brien se renversa en arrière dans son fauteuil et respira profondément. Il n'aurait jamais cru qu'il réussirait à jouer la comédie jusqu'au bout devant l'écrivain. Peut-être l'idée qu'il fallait à tout prix lui cacher la terrible vérité l'avait-elle aidé.

Oui, Chancellor devait continuer à ignorer que les dossiers de Hoover n'avaient pas été détruits. Combien d'autres déjà partageaient son secret? Il se le demandait. Combien d'autres avaient entendu le murmure abject au téléphone? Un général et un sénateur assassinés, une journaliste en fuite. Qui encore?

O'Brien décrocha le téléphone, composa le numéro du Conseil national de sécurité mais personne ne put lui dire où se trouvait Stefan Varak, son ami. Comme il n'en fallait pas moins assurer à l'écrivain une protection temporaire, Quinn décida de s'adresser à deux agents de la CIA qui lui devaient une faveur.

24

La relève de la garde eut lieu dans le hall du Hay-Adams. Avant de s'éloigner, l'agent du FBI adressa à son collègue de la CIA un bref coup d'œil signalant qu'il pouvait prendre livraison du colis – Chancellor, en l'occurrence.

Dans l'ascenseur, Peter essaya d'engager la conversation avec l'inconnu qui assurait sa protection.

– Je m'appelle Chancellor, dit-il stupidement.

– Je le sais, répondit l'homme. Pas très tendre pour nous, votre bouquin.

Comme prise de contact, ce n'était guère amical.

– Je n'ai pas visé personnellement les agents de la CIA. En fait, j'ai d'excellents amis à l'Agence, se défendit Peter.

– On parie?

Ce n'était pas amical du tout. Aussi Peter décida-t-il de changer prestement de sujet de conversation.

– Un nommé Bromley va bientôt arriver d'Indianapolis par avion.

– Nous le savons. Soixante-cinq ans, mauvaise santé, possesseur d'une arme qu'il a dû remettre aux flics à l'aéroport d'Indie. Comme il a un permis, il devrait la récupérer au terminal mais elle aura été égarée.

– Il pourra s'en procurer une autre.

– C'est peu probable. O'Brien le fera suivre.

Lorsque la porte de l'ascenseur s'ouvrit, l'agent de la CIA retint Peter par le bras et sortit le premier, la main dans la poche droite de son manteau. Il inspecta le couloir, à droite, à gauche, puis se retourna et adressa un signe de tête à l'écrivain.

Devant la porte de la suite, l'homme sortit de sa poche un petit automatique, déboutonna son pardessus et fit disparaître son arme dans une poche de sa veste. Chancellor frappa à la porte.

Alison ouvrit, s'avança vers Peter pour l'embrasser et se figea en découvrant l'inconnu.

– Alison, je te présente... Excusez-moi, je ne connais pas votre nom.

– Ce soir, je n'en ai pas, déclara l'agent. Bonsoir, Miss MacAndrew.

– Bonsoir, répondit la jeune femme interloquée. Entrez donc.

– Non, merci. Si vous avez besoin de moi, je serai dans le couloir, fit l'homme à l'adresse de Chancellor. Mon collègue me relève à huit heures demain matin, je vous réveillerai pour que vous puissiez voir qui il est.

– Je serai levé.

– Très bien. Bonne nuit.

– Attendez, dit Peter. Si Bromley se montre et si vous êtes sûr qu'il n'a pas d'arme, je pourrais peut-être lui parler. Je ne le connais pas, je ne sais même pas pourquoi il m'en veut.

– Comme vous voudrez, acquiesça l'agent avant de fermer la porte.

– Tu as été si long ! protesta Alison en enlaçant Peter. J'ai failli devenir folle ! Tu leur as tout raconté ?

– Oui. Tout. Même l'histoire de ton père, je n'ai pas pu faire autrement.

Alison eut un hochement de tête approbateur en entraînant Peter vers le salon.

– Comment te sens-tu ? lui demanda-t-elle.

– Soulagé. Si nous buvions un verre ?

– Assieds-toi, je m'en occupe.

Chancellor se laissa tomber dans un fauteuil tandis que la jeune femme se dirigeait vers le bar.

– Je voulais te demander, commença-t-elle. Tu fais toujours remplir le bar de ta chambre d'hôtel quand...

Le téléphone interrompit Alison. Peter alla décrocher en songeant qu'à plus de trois heures du matin, il ne pouvait s'agir que d'O'Brien.

– Vous croyez m'avoir éliminé mais je suis encore là, fit une voix grinçante de vieillard.

– Bromley?

– Ordure, bête répugnante, siffla la voix éraillée par l'âge.

– Bromley, que vous ai-je fait? Je ne vous ai jamais vu!

– Vous avez ruiné la vie d'une femme et de ses enfants.

– On vous a menti, Bromley, écoutez-moi!

– C'est vous le menteur! Vous avez retrouvé les minutes du procès, les rapports des psychiatres, vous n'avez même pas pris la peine de changer son nom, celui de la ville où elle habite! Ils m'ont lu votre saleté de manuscrit!

– Attendez! Je n'ai rien écrit de tel...

– Menteur! J'ai vérifié auprès de l'imprimerie Bedford, dont ils m'avaient donné le numéro. Le typographe m'a lu votre chef-d'œuvre!

– Bedford travaille bien pour mon éditeur, mais il ne peut pas avoir mon manuscrit. Mon roman est loin d'être achevé!

– Vous mentez encore! Il va sortir en avril prochain.

– Impossible.

– Il ne vous a pas suffi de briser mon existence, il a fallu que vous vous en preniez à elle. Je vais vous tuer, Chancellor. Je n'ai plus rien à perdre, ma vie est fichue.

– Écoutez-moi! D'autres que vous ont été victimes d'un chantage...

Bromley n'écoutait pas, il avait raccroché. Sans perdre un instant, Peter composa le numéro d'O'Brien.

– Chancellor à l'appareil. Bromley vient de me téléphoner. Il est furieux, il croit que mon livre va être publié en avril et qu'il contient des informations compromettantes le concernant.

– Est-ce vrai? voulut savoir O'Brien.

– Bien sûr que non. Je n'ai jamais entendu parler de lui.

– Vous me surprenez. C'est cet auditeur à la Cour des comptes qui est parti en guerre contre les gaspillages de l'administration, en particulier le ministère de la Défense.

– Oui, je me souviens maintenant. Après avoir mené seul la bataille devant le Sénat, il s'est fait mettre sur la touche par les grands patriotes, qui l'ont accusé d'avoir des opinions tirant sur le rose.

– C'est exact. Ici, on lui a donné le nom de code de « Vipère ».

– Cela ne m'étonne pas. Que lui est-il arrivé ensuite?

– Nous n'en savons rien. Au moment où il devait rendre public le dossier accablant qu'il avait constitué, il a donné sa démission et a disparu.

– Ou plutôt nous le savons parfaitement : une voix lui a murmuré au téléphone qu'il ferait mieux de ne plus jouer les trouble-fête. Et cette voix vient de lui chuchoter un tas de mensonges saupoudrés d'un nombre suffisant de vérités pour les rendre crédibles.

– Ne vous inquiétez pas, vous ne craignez rien. J'ai un homme qui le surveille à l'hôtel où il est descendu. Allez vous coucher maintenant.

Peter raccrocha. C'est vrai qu'il aurait volontiers dormi, mais il restait tant de problèmes à résoudre. Il s'approcha d'Alison, posa ses mains sur ses épaules et l'entraîna vers la chambre d'un air las.

Des coups frappés à la porte tirèrent Chancellor de son sommeil. A côté de lui, Alison se retourna en grognant et enfouit sa tête dans l'oreiller. Il se leva, enfila son pantalon et passa dans le salon.

– Qui est là?

– Il est huit heures, répondit la voix de son ange gardien.

En ouvrant la porte, l'écrivain découvrit avec stupéfaction, aux côtés de l'homme de la veille, l'agent de la CIA qui lui avait spontanément fourni la matière de son roman *Riposte!*

– Voici la relève, annonça le premier agent. Vous n'avez pas besoin de savoir son nom.

– D'accord, répondit Peter en bâillant. Pas de nom, pas de poignée de main, je ne voudrais pas vous contaminer.

– Votre maladie s'attrape à distance, rétorqua le nouveau venu sur un ton aussi agressif que son collègue.

– Salut, reprit le premier en s'éloignant.

Chancellor referma la porte, attendit d'entendre l'ascenseur démarrer, puis la rouvrit. L'agent de la CIA se glissa aussitôt dans le salon.

– Bon sang, j'ai failli avoir une crise cardiaque quand on m'a téléphoné hier soir, avoua-t-il.

– Et moi j'ai bien cru tomber à la renverse en vous voyant dans le couloir!

– Désolé, je ne pouvais pas prendre le risque de vous prévenir.

– Comment avez-vous été chargé de me protéger?

– Par O'Brien. C'est un de nos contacts au Bureau.

Après que Hoover eut coupé les ponts, lui et quelques autres ont continué à nous fournir les renseignements dont nous avions besoin. C'est la raison pour laquelle il s'est adressé à nous : nous ne pouvions pas lui refuser ce service.

– Vous aviez une dette envers lui.

– Plus que vous ne le supposez. O'Brien et ses amis ont risqué leur carrière et même davantage pour nous. Si Hoover les avait découverts, il les aurait expédiés en prison pour une vingtaine d'années.

– Il en avait le pouvoir, n'est-ce pas?

– Et il ne s'en privait pas. Encore aujourd'hui, de pauvres types oubliés de tous dépérissent dans des cellules du Mississippi, la Sibérie personnelle du directeur du FBI.

– Hoover est mort.

– Mais quelqu'un cherche peut-être à le remplacer. N'est-ce pas la raison pour laquelle O'Brien a fait appel à nous?

Chancellor songea que cette hypothèse en valait une autre. Ce groupe Hoover dont O'Brien lui avait parlé possédait peut-être les dossiers et essayait de reprendre le contrôle du Bureau. En ce cas, il lui faudrait au préalable éliminer O'Brien et ses amis.

– Vous avez peut-être raison, reconnut Peter.

– A l'époque, j'ai d'abord cru que vous procéderiez à une répartition plus équitable des culpabilités et puis j'ai pensé que vous vous réserviez pour un autre livre. C'est ça, n'est-ce pas? Vous écrivez un roman sur le FBI.

– Où avez-vous entendu cela?

– Je ne l'ai pas entendu, je l'ai lu dans le journal de ce matin. Dans la chronique de Phyllis Maxwell.

Finalement, elle l'avait fait.

25

L'article, inhabituel par son contenu et sa brièveté, se trouvait en première page, dans un cadre noir attirant l'attention du lecteur. Chancellor imaginait Phyllis Maxwell à l'aéroport, hésitant puis se résolvant finalement à appeler son journal pour dicter cette espèce de testament journalistique.

> *Washington, le 19 décembre.* Nous tenons de source sûre que le FBI devra prochainement répondre de chantage, dissimulation de preuves et surveillance illégale de citoyens, en violation flagrante de leurs droits constitutionnels. Ces accusations seront portées dans le prochain roman de Peter Chancellor, auteur de *Riposte!* et de *Sarajevo!* Œuvre de fiction, ce livre ne s'en appuie pas moins sur des faits réels. Dans un souci de discrétion qui l'honore, Chancellor a changé noms et circonstances afin qu'on ne puisse reconnaître les victimes réelles, qu'il a retrouvées, et dont il a observé le désarroi. Il fallait écrire ce livre. Dans cette ville splendide surchargée de symboles et de souvenirs rappelant la lutte extraordinaire d'un peuple pour la liberté, des hommes et des femmes ont peur. Ils ont peur pour eux-mêmes et pour ceux qu'ils aiment parce qu'une pieuvre géante étend ses tentacules dans tout le pays. La tête de ce monstre se trouve à l'intérieur du FBI.
>
> Faisant moi-même l'objet d'un chantage qui ne me permet plus d'exercer honnêtement mon métier,

j'ai décidé de cesser d'écrire jusqu'au jour où je pourrais de nouveau donner à mes lecteurs ce qu'ils sont en droit d'attendre de moi.

Un dernier mot. Trop d'hommes politiques compétents et généreux ont dû abandonner leurs responsabilités gouvernementales sous la pression du FBI. Il faut mettre un terme à ces méthodes intolérables, nettoyer nos écuries d'Augias, et le roman de Mr. Chancellor y contribuera peut-être.

La sonnerie du téléphone arracha Chancellor à la contemplation du rectangle noir encadrant la dernière bombe lancée par Phyllis Maxwell.

– Vous avez lu le journal? fit la voix d'O'Brien, sans préambule.

– Oui. Je me demandais pourquoi vous tardiez à m'appeler.

– Je vous téléphone d'une cabine, je n'ai pas voulu prendre le risque de vous appeler de chez moi. Vous vous attendiez à ce qu'elle fasse ça?

– Pas du tout, mais je la comprends. Elle a voulu participer à la bataille avec les seuls moyens restant à sa disposition.

– Elle n'a fait que compliquer les choses inutilement. Maintenant, elle va avoir tout le monde à ses trousses : les uns pour obtenir un témoignage, les autres pour la liquider.

– Elle doit être sûre qu'on ne peut pas retrouver sa trace.

– Je l'espère pour elle. Enfin, c'est son problème. Nous avons bien assez des nôtres.

– Votre compassion est touchante. Avez-vous contacté votre ami, euh... Varak?

– J'ai lancé un appel en code signalant une affaire urgente de transfuge. Il répondra, c'est sa spécialité.

– Et d'ici là, que faisons-nous?

– Rien. Restez où vous êtes. Nous vous changerons de planque plus tard.

– Je vais vous dire ce que je vais faire, répliqua Chancellor, furieux. Je vais m'installer chez moi, en Pennsylvanie et...

– Non, pas question. Ni là-bas, ni dans votre appartement de New York. Je tiens à vous garder en vie.

– Alors nous attendons? bougonna Peter, calmé par la réponse d'O'Brien.

– Quelqu'un sait-il où vous vous trouvez?

– J'ai dit que j'étais à Washington, sans préciser, mais c'est presque toujours au Hay-Adams que je descends.

– Vous n'êtes plus au Hay-Adams, corrigea Quinn. Le directeur a averti la réception de votre départ la nuit dernière.

La facilité avec laquelle l'agent l'avait fait « disparaître » mit Peter mal à l'aise.

– Vous vous appelez Charles Peters, poursuivit O'Brien. Ce n'est pas très original mais cela fera l'affaire.

– J'ai signé la note du petit déjeuner de mon vrai nom, avoua Peter.

– Nom de Dieu, je n'y avais pas pensé!

– Vous n'êtes pas parfait, cela me rassure.

– C'est le genre d'erreur que Varak n'aurait pas commise. Enfin, je vais m'en occuper. De votre côté, prévenez ceux qui savent où vous êtes que vous partez en vacances avec Miss MacAndrew. Quelques jours en Virginie : vous prenez la route de Fredericksburgh pour descendre vers le Shenandoah. Vous vous souviendrez?

– Oui, mais pourquoi ces précisions?

– Parce que les hôtels sont rares dans cette région et donc faciles à surveiller. Je veux voir qui va chercher à vous retrouver.

– Mais vous perdez l'esprit! Vous vous imaginez que Tony Morgan ou Joshua Harris trempent dans cette affaire?

– Je n'imagine rien du tout. J'ai passé la nuit à réfléchir et j'ai remarqué que la plupart du temps, vous les aviez informés de vos intentions ou de vos déplacements.

– Vous n'avez pas le droit! Ce sont mes amis!

– Ils n'ont peut-être pas le choix, répondit O'Brien calmement. Je connais mieux que vous les méthodes permettant de manipuler les gens. Je n'affirme rien, je vous demande simplement de ne faire confiance à personne... pas même à moi. J'ignore jusqu'à quel point je peux résister aux pressions.

Quinn raccrocha brusquement, comme s'il avait craint de parler plus longtemps de lui-même et des doutes qui l'assaillaient. Il y a un certain courage à reconnaître sa peur et ses limites, songea l'écrivain.

Peter s'assit devant le plateau du petit déjeuner et commença à manger machinalement en repensant à ce que venait de lui dire O'Brien. *Ne faire confiance à per-*

sonne. La phrase sonnait mal, elle évoquait le mélodrame, elle « faisait roman ».

Chancellor chercha des yeux le bloc-notes recouvert de cuir. Il avait conscience d'un impérieux besoin d'écrire, de coucher sur le papier l'expérience qu'il venait de vivre. Auparavant, il n'avait fait qu'imaginer ce que devait ressentir un homme pourchassé, pris au piège, terrorisé, perdu, qui lutte de toutes ses forces pour échapper à la mort. A présent, il savait.

Plan du chapitre 10

Meredith fait désormais partie du Noyau. Sa tâche consistera à réunir des preuves irréfutables de l'existence, au sein du FBI, d'un groupe d'hommes se livrant à des activités illégales. Alan Long, l'ancien homme de main de Hoover, persuade Alex de tendre un piège aux fanatiques du Bureau en leur faisant croire qu'il capitule, qu'il ne peut plus supporter le harcèlement dont il fait l'objet.

Le piège fonctionne : à l'aide d'un magnétophone miniature dissimulé sous sa pochette, Meredith enregistre une conversation où il est question d' « éliminer » un informateur du FBI qui menace de révéler le rôle joué par le Bureau dans l'assassinat de cinq radicaux noirs. L'informateur est condamné à mort; il sera exécuté dans le métro, à l'heure de pointe.

Alex quitte le Bureau en emportant assez de preuves pour mettre fin à la carrière de Hoover mais on se méfie de lui : en sortant du parking, il s'aperçoit qu'une voiture le suit. Meredith décide d'essayer de la semer et de se rendre à une adresse de MacLean (Virginie) que Long lui a donnée en cas d'urgence.

Course poursuite à travers Washington. A un feu rouge, la voiture du FBI se range le long de celle d'Alex, un des occupants en descend, se dirige vers lui. Meredith grille le feu et traverse le croisement en évitant de justesse d'autres véhicules. Il prend un peu d'avance, s'arrête devant un bâtiment administratif, abandonne sa voiture, se précipite à l'intérieur de l'immeuble où un garde en uniforme surveille le hall. Alex lui montre sa carte du FBI, s'approche de la rangée d'ascenseurs, appuie sur les boutons d'appel tout en cherchant une autre issue. Il découvre une double porte de verre menant à une galerie découverte reliant le bâtiment à l'immeuble voisin. Il sort en courant, s'immobilise lorsqu'un de ses poursuivants jaillit de derrière un pilier, un revolver à la main. L'homme tend le bras vers la pochette d'Alex en disant : « Vous n'êtes pas très fortiche à ce truc, Meredith. » « Assassins! hurle Alex. Bande d'assassins! » Ses cris surprennent l'agent du FBI qui baisse son arme. Meredith se jette sur lui et, dans l'empoignade qui suit, le revolver tire deux balles. La première blesse Alex à l'épaule, la seconde tue son adversaire.

La main sur sa blessure, Meredith traverse la galerie en titubant, pénètre dans l'immeuble au moment où son autre poursuivant franchit la double porte de verre. Alex ressort dans la rue, arrête un taxi, s'effondre sur le siège arrière et donne au chauffeur l'adresse à MacLean.

Parvenu à destination, il descend du taxi, remonte, à demi inconscient, l'allée conduisant à la porte, appuie sur la sonnette. L'ancien ministre vient lui ouvrir. « Je suis blessé. La bande, sous ma pochette », a le temps de dire Alex avant de s'évanouir.

Il se réveille étendu sur un divan, la poitrine et l'épaule bandées. De la pièce voisine lui parvient le bruit étouffé d'une conversation. Il se lève, s'approche silencieusement de la porte, l'entrouvre d'un centimètre. Le ministre, la journaliste et Alan Long sont assis autour d'une table sur laquelle se trouve le magnétophone miniature.

– Vous connaissiez l'existence de ces... pelotons d'exécution? demande le ministre à Alan Long.

– Certaines rumeurs en faisaient état, répond Long, prudent, mais je n'y ai jamais été mêlé.

– Vous n'essayeriez pas de sauver votre peau, par hasard?

– Ma peau? Elle ne vaut déjà plus un clou.

– Que savez-vous de ces pelotons d'exécution? interroge la journaliste.

– Rien de précis. Il n'existe aucune preuve. Hoover a compartimenté le Bureau de manière que personne ne sache exactement ce que font les collègues.

– Mais que disaient ces rumeurs? insiste le ministre.

– Qu'on adoptait des solutions « définitives » lorsqu'un projet avait totalement échoué.

– Définitive, répète la femme en fixant Long. Oh, mon Dieu!

– S'il nous fallait une justification supplémentaire, la voici, dit l'ancien ministre. Hoover sera exécuté dans deux semaines, ses dossiers subtilisés.

– Non! crie Alex en poussant la porte avec une telle force qu'elle heurte le mur. Vous n'avez pas le droit! Poursuivez-le en justice, traînez-le devant les tribunaux, devant le pays tout entier, vous avez assez de preuves pour cela!

– Aucun tribunal, aucun juge, aucun parlementaire ne peuvent l'atteindre en respectant les procédures légales. Même le Président s'y casserait les dents, répond le ministre.

– C'est faux! Il y a des lois! rétorque Meredith.

– Il y a les dossiers, murmure la journaliste. Les plus hardis seraient bientôt réduits au silence.

Alex les regarde tour à tour et dit :

– Vous ne valez pas mieux que lui.

Prenant conscience d'une présence, Chancellor posa son stylo et se retourna. Vêtue d'un peignoir bleu, Alison se tenait sur le seuil de sa porte et le regardait en souriant.

– Comme tu étais loin, fit-elle.

– A MacLean, en Virginie, dit Peter en s'approchant d'elle. Tu es adorable et je t'aime. Allons nous coucher.

– Je viens juste de me lever, protesta-t-elle. Laisse-moi prendre une tasse de café pour me réveiller.

– Pourquoi veux-tu te réveiller?

– Pour profiter de toi.

– Le café est froid, je vais en commander.

– Ce n'est pas la peine.

– De toute manière, je veux demander qu'on mette quelque chose à la poste pour moi.

– Quoi donc?

– Mon travail de ces deux derniers jours. Je dois l'expédier à la dactylographie.

– Maintenant?

– Je devrais le relire, le photocopier et l'envoyer par porteur, mais je préfère m'en débarrasser tout de suite. Je dois avoir de grandes enveloppes bulle dans ma serviette.

Chancellor décrocha le téléphone.

– Allô, la réception? Ici Mr. Peters, chambre 551. Le garçon vous apportera dans quelques minutes du courrier à poster immédiatement... merci.

Ils étaient étendus sur le lit, nus, enlacés, et sentaient déjà renaître leur désir lorsque le téléphone sonna.

– Mr. Peter? fit la standardiste. Je n'ai pas dit que vous étiez ici, je vous assure, je sais que vous n'y tenez pas, mais...

– Qu'y a-t-il? coupa Peter, le cœur battant.

– Ce monsieur insiste pour vous parler et il a l'air très malade.

– Qui est-ce?

– Il dit qu'il s'appelle Longworth. Alan Longworth.

Chancellor ferma les yeux sous le coup de la douleur qui venait de lui transpercer les tempes.

26

– Foutez-moi la paix, Longworth! J'ai tout dit au Bureau!

– Imbécile. Vous ne vous rendez pas compte de ce que vous avez fait, fit l'agent d'une voix tranquille mais à l'accent plus prononcé que d'ordinaire.

– Je m'en rends parfaitement compte, repartit Peter. Vous et vos amis voulez faire du FBI votre propriété personnelle, mais nous vous en empêcherons.

– Vous vous trompez complètement. C'est nous qui cherchons à nettoyer le Bureau.

Une quinte de toux déchirante interrompit Longworth.

– Je ne peux par parler au téléphone, reprit-il. Il faut que je vous voie.

– Pour quoi faire? Lancer une bande de tueurs à mes trousses comme vous l'avez fait dans la 35e Rue?

– J'ai au contraire essayé de les arrêter.

– Je ne vous crois pas.

– Écoutez-moi, fit l'agent entre deux quintes de toux. Les tueurs avaient des silencieux, mais vous avez dû entendre quelques coups de feu. Vous vous souvenez?

– Bien sûr, je ne suis pas près de l'oublier. Où voulez-vous en venir?

– C'est moi qui les ai tirés!

– Vous?

– Oui, moi. Je vous suivais, et lorsqu'ils ont attaqué, j'ai fait ce que j'ai pu mais...

– Pourquoi me suiviez-vous? Vous attendiez que quelqu'un prenne contact avec moi?

– Oui, avoua Longworth.

– Qui?
– Pas au téléphone.
– Je vous servais d'appât! C'est ça, n'est-ce pas?
– Nous vous protégions en même temps.
– J'ai failli être tué à deux reprises, sous votre protection!
– Nous ne pensions pas qu'ils prendraient de tels risques. La situation a évolué dans un sens contraire à nos prévisions.
– Vous vous êtes laissé surprendre?
– Oui. Écoutez, je me sens de plus en plus faible. Venez me rejoindre. Pour votre propre sécurité et celle de la fille.
– Il y a un agent de la CIA dans le couloir. Il va rester ici et je vais prévenir la police, commença Chancellor.
– Si vous le faites, ils vous descendront. Vous d'abord et la fille ensuite.

Longworth parlait avec l'accent de sincérité d'un homme qui agonise.

– Où êtes-vous? lui demanda Peter. Qu'est-il arrivé?
– Je me suis échappé. Écoutez attentivement, je vais vous donner un numéro de téléphone. Avez-vous de quoi écrire?
– Oui, allez-y.

L'agent énonça lentement le numéro puis ajouta :

– Prenez des pièces de monnaie, trouvez une cabine publique et appelez ce numéro dans une demi-heure. Quelqu'un y fera allusion à un passage de l'un de vos livres qui vous permettra de trouver par déduction l'endroit où je suis.
– J'ai écrit trois romans!
– C'est un court paragraphe, mais je suis sûr que vous vous en souviendrez. Attendez-vous à être suivi. Emmenez avec vous l'agent de la CIA, il saura comment semer vos poursuivants.
– Pas question, répliqua Peter. Il reste ici pour protéger la fille de MacAndrew. Faites-moi confiance, je me débrouillerai.

Sans attendre les protestations de Longworth, Chancellor raccrocha.

– Qui reste avec moi? lui demanda Alison.
– L'agent de la CIA. Je vais sortir.
– Pourquoi?
– Il le faut.

– Ce n'est pas une réponse. Tu m'avais dit que c'était fini!

– Je me trompais.

Peter commença à s'habiller.

– Où vas-tu? fit Alison d'une voix aiguë.

– Longworth est blessé, répondit l'écrivain en boutonnant sa chemise. Gravement, je crois.

– Pourquoi te soucies-tu d'un homme qui t'a fait tant de mal?

– Tu ne comprends pas. Maintenant qu'il est sans défense, je peux le contraindre à m'accompagner.

– Où?

– Voir O'Brien. Longworth est la clef de toute cette histoire : je le livre à Quinn, et je le laisse démêler l'écheveau.

– Mais pourquoi te charger de l'amener à O'Brien? insista Alison en prenant Peter par les épaules. Pourquoi ne pas le laisser trouver Longworth tout seul?

– Longworth se méfie, il ne se laisserait pas prendre.

– Emmène l'agent avec toi, au moins.

– Non, dit Peter.

Il finit de s'habiller, arracha quelques feuilles à son bloc et les fourra dans la poche de sa veste.

– Alors, appelle la police, revint à la charge Alison.

– Je ne peux pas plus appeler la police que je ne peux prévenir O'Brien si je veux mettre la main sur Longworth. Je n'ai pas d'autre solution que de le trouver seul et de le livrer ensuite à Quinn.

Chancellor prit la jeune femme dans ses bras, l'attira vers lui.

– Tout ira bien, tu peux me croire, assura-t-il.

Il l'embrassa, se détacha d'elle et sortit de la chambre sans se retourner. Dans le couloir, l'agent de la CIA leva vers lui un regard étonné.

– Je dois sortir, expliqua Peter.

– Pas question.

– Alors je retourne dans la chambre, j'appelle la CIA et je leur raconte comment j'ai obtenu mes tuyaux pour écrire *Riposte!* A vous de choisir.

– Espèce de fumier!

– Je le ferais, soyez-en sûr, déclara Chancellor calmement. Écoutez, les types qui surveillent l'hôtel vont essayer de me suivre quand je vais sortir. Expliquez-moi comment faire pour leur glisser entre les doigts. Expliquez-le-moi bien car s'ils me pincent, vous êtes foutu vous aussi.

Pour toute réponse, l'agent se contenta d'appuyer sur le bouton d'appel de l'ascenseur. La porte à glissière s'ouvrit, la cabine était vide. L'homme y pénétra, appuya sur le bouton d'arrêt, décrocha le téléphone, attendit un instant puis se présenta comme un inspecteur des services de sécurité ayant besoin d'un coup de main. Pourrait-on lui envoyer immédiatement un employé de l'entretien pour l'aider à remettre en place la plaque du boîtier de commande de la cabine?

L'agent raccrocha, se tourna vers Chancellor et lui demanda :

– Vous avez de l'argent sur vous?

– Un peu.

– Donnez-moi vingt dollars.

– Que voulez-vous faire? dit Peter en lui tendant la somme.

– Vous aider à filer d'ici.

Moins d'une minute plus tard un homme vêtu d'une combinaison et coiffé d'une casquette de toile sortait de l'autre ascenseur. L'agent lui montra sa carte de la CIA, lui demanda d'entrer avec lui dans la cabine et se lança dans des explications que Chancellor n'entendit pas. L'agent tendit à l'employé les vingts dollars puis rejoignit Peter.

– Il croit que c'est un exercice d'entraînement, lui murmura-t-il.

L'écrivain s'avança vers la cabine de l'ascenseur où l'employé était en train de quitter sa combinaison. Sous ses bleus de travail, l'homme portait un maillot de corps douteux et des shorts blancs à pois rouges.

– Je peux pas vous donner la ceinture à outils, s'excusa-t-il. C'est à moi, vous comprenez.

– Je comprends, fit Peter en coiffant la casquette.

Lorsque l'écrivain eut enfilé la combinaison, il descendit avec l'employé jusqu'au sous-sol où se trouvaient les vestiaires du personnel. L'homme parla à voix basse à deux de ses collègues qui s'apprêtaient à quitter l'hôtel, leur journée de travail terminée.

– Allons-y m'sieur, lança joyeusement l'un d'eux au terme du conciliabule. C'est comme si vous aviez la carte syndicale!

Encadré par les deux employés, Peter remonta une

allée étroite, encombrée de poubelles, conduisant du sous-sol au trottoir. Dans la rue, un homme vêtu d'un imperméable montait la garde devant l'entrée de l'hôtel. Lorsque Chancellor et son escorte passèrent près de lui, il s'écria :

– Hé, vous! Attendez!

L'écrivain s'immobilisa. L'homme à l'imperméable le prit par l'épaule, le contraignit à se retourner, lui enleva sa casquette. Aussitôt Peter se rua sur lui, le poussa de toutes ses forces dans l'allée en pente.

– Vous rigolez pas, à l'entraînement, murmura l'un des employés d'un ton inquiet.

– C'est pas de l'entraînement, dit l'autre en se reculant.

Chancellor courait sur le trottoir, se faufilant entre les passants. Au coin de la rue, arrêté par un feu rouge, il tourna à droite, continua à courir puis traversa la chaussée en évitant de justesse l'aile d'une voiture. Il se dirigea vers la foule massée devant une vitrine de Noël, se retourna avant de se glisser entre les badauds : de l'autre côté de la rue, l'homme à l'imperméable le regardait en parlant dans une boîte noire munie d'une antenne.

Peter fendit la foule, s'arrêta, indécis, devant une bijouterie dont la vitrine s'étoila soudain autour d'un petit trou circulaire. Une balle! se dit l'écrivain, pris de panique, tandis qu'une sonnette d'alarme lui vrillait les tympans. Derrière lui, la foule se mit à hurler. Il se précipita vers le coin de la rue et entendit une voix crier :

– Police! Arrêtez-vous!

N'en tenant aucun compte, Chancellor continua de se frayer un chemin entre les passants puis, parvenu au croisement, se mit à courir au bord de la chaussée, le long des véhicules immobilisés par un embouteillage. Il remonta la file jusqu'à un taxi libre, dont il ouvrit la portière.

– Terminé, je rentre, lui lança le chauffeur.

– Mais votre lumière est allumée!

– J'avais oublié. Maintenant, elle est éteinte.

L'homme avait accompagné sa réponse d'une moue dégoûtée qui incita Peter à examiner ses vêtements : la combinaison bleue, déchirée, ne devait guère inspirer confiance. Sans même réfléchir, Chancellor commença au beau milieu de la rue un strip-tease qu'un ivrogne planté sur le trottoir rythma en scandant : « A poil, à poil! »

La circulation reprit, le taxi s'éloigna, et Peter jeta la combinaison dont il s'était dépêtré en direction de l'ivrogne. Consultant sa montre, il s'aperçut que vingt-huit minutes s'étaient écoulées depuis sa conversation avec Longworth. Il parcourut la rue des yeux, découvrit une cabine téléphonique à une centaine de mètres plus bas.

Derrière le panneau de verre, une adolescente en jeans et chemise de flanelle rouge parlait dans l'appareil avec volubilité. Vingt-neuf minutes, constata Peter en regardant de nouveau sa montre. Il frappa contre la vitre, reçut en réponse un regard hostile de la jeune fille.

Poussant la porte de la cabine, Chancellor déclara avec autorité :

– Police! J'ai besoin du téléphone!

C'était la seule explication qui lui fût venue à l'esprit mais elle s'avéra suffisante puisque la fille raccrocha presque aussitôt et sortit de la cabine. Peter y entra, décrocha, glissa une pièce dans l'appareil et composa le premier numéro de sa liste.

– Histoire et Technologie, laboratoires, annonça une voix grave.

L'écrivain se présenta, fut prié de patienter un instant puis entendit une voix de femme réciter avec un léger accent : « Dites-moi ce qui peut inciter un homme à rompre avec son passé, à rejeter toutes les valeurs qu'il reconnaissait jusqu'alors et à prendre le risque de devenir un paria aux yeux de ses pairs? »

Peter reconnut un passage de *Riposte!* un paragraphe parmi des milliers d'autres mais qui, à son sens, donnait la clef de tout le roman.

– La conscience que les dirigeants du pays ont cessé de s'intéresser à l'administration de la justice, répondit-il un peu gêné de se citer.

– Merci, monsieur Chancellor. Si vous analysez votre réponse, vous trouverez la réponse cherchée.

– Mais comment voulez-vous que je trouve! Il faut que je voie Longworth! Dites-moi où il est!

– Je ne connais aucun Longworth, je n'ai fait que vous lire un texte que m'a transmis un vieil ami, répondit la femme avant de raccrocher.

Quelle histoire de fous! se dit Peter en frappant rageusement du poing le taxiphone. Un extrait de *Riposte!* Et un numéro de téléphone correspondant au secteur de... vite, l'annuaire!

L'immeuble abritant Histoire et Technologie faisait partie du Smithsonian Institution, dans la 12e Rue!

C'était un premier pas, mais le Smithsonian était immense...

Analysez votre réponse.

... ont cessé de s'intéresser à l'administration de la justice...

Administration! Le bâtiment administratif du Smithsonian! L'un des endroits les plus connus de Washington! C'était là que Longworth l'attendait!

Chancellor se retourna, ouvrit la porte de la cabine et se figea en découvrant devant lui l'homme à l'imperméable. Les illuminations de Noël faisaient briller le revolver muni d'un silencieux qu'il braquait sur l'estomac de l'écrivain.

27

Sans même réfléchir, Chancellor se mit à hurler de toutes ses forces en déviant l'arme du bras gauche. Il y eut deux « pop » assourdis, et, à quelques mètres de la cabine, une femme s'effondra sur le trottoir en criant. L'homme qui l'accompagnait porta la main à son visage, d'où le sang commençait à couler.

Le tueur à l'imperméable appuya une troisième fois sur la détente, mais Peter avait saisi à pleine main le canon de l'arme. Sans lâcher prise malgré la brûlure, il expédia un coup de genou dans le bas-ventre de l'homme et le poussa vers la chaussée. Une voiture lancée à vive allure l'accrocha de son aile, le renvoyant sur le trottoir.

Serrant dans sa main brûlée le revolver, Chancellor regarda le tueur se relever et sortir un couteau de son imperméable. L'écrivain prit le revolver par la crosse, le braqua vers son adversaire, qui s'approchait lentement. Il voulut presser la détente : impossible ! Il ne pouvait se résoudre à faire feu.

L'homme brandit le couteau vers la gorge de Peter, mais ce dernier esquiva et profita de l'ouverture pour expédier son pied droit dans la poitrine offerte. Le tueur tomba à genoux et Chancellor lui assena un coup de crosse sur le crâne.

Des sirènes commençaient à mugir au loin lorsque Peter se rua vers une rue latérale étroite et obscure. Il courut à perdre haleine puis se cacha dans l'ombre d'un porche quand il eut l'impression que ses poumons allaient éclater. En se retournant, il aperçut au bout de la rue deux silhouettes allant d'un passant à l'autre, les arrêtant : les tueurs n'avaient pas perdu sa piste.

Ne pouvant continuer à courir sans se faire repérer, Chancellor passa d'un porche à l'autre en rasant les murs, se dissimula derrière les fleurs de fer forgé soutenant la rampe d'un escalier de pierre. Au bout de la rue, l'un de ses poursuivants parlait dans un talkie-walkie tandis que l'autre interrogeait un promeneur.

Une voiture s'engagea dans le tournant, klaxonna pour réclamer le passage. Les deux hommes s'écartèrent pour laisser la voie libre au véhicule qui allait dissimuler Peter à leurs yeux pendant deux ou trois secondes.

Saisissant l'occasion, Chancellor jaillit de derrière l'escalier et dévala la petite rue. S'il allait assez vite, calculait-il, il retarderait le moment où la voiture le doublerait et tournerait le coin de la rue avant de se trouver de nouveau à découvert. Derrière lui, le bruit du moteur se rapprochait mais déjà le bout de la rue était là, il avait réussi !

Il se jeta dans la rue adjacente, s'arrêta, risqua un regard en arrière : ses poursuivants descendaient lentement de la rue en inspectant prudemment chaque porche. Peter se demanda les raisons de toutes ces précautions puis se souvint qu'il était armé : il avait emporté le revolver de l'homme à l'imperméable et les tueurs lancés à ses trousses ignoraient qu'il se refusait à l'utiliser.

Chancellor se remit à marcher en direction d'un croisement où un policier réglait la circulation. Un instant, il envisagea d'aller se placer sous sa protection mais changea d'avis en songeant qu'il perdrait du temps à répondre aux questions de la police et manquerait son rendez-vous avec Longworth. Il passa devant le policier, s'approcha d'un taxi arrêté au croisement et en ouvrit la portière.

– J'ai déjà un client ! protesta le chauffeur en montrant du doigt un vieillard à l'air affable assis sur la banquette arrière.

– Excusez-moi, monsieur, fit précipitamment Peter au passager. C'est un cas d'urgence, ma femme est très malade...

– Montez donc, invita aimablement le vieil homme sans l'ombre d'une hésitation. Je vais à Dupont Circle. Est-ce que cela vous rapproche ?

– Oui, oui, je vous remercie de votre gentillesse.

Chancellor grimpa dans le taxi, claqua la portière et la

voiture démarra... juste sous les yeux des deux tueurs qui venaient d'arriver au croisement. Par la lunette arrière, Peter vit l'un d'eux porter le talkie-walkie à sa bouche tandis que le taxi s'éloignait.

A Dupont Circle, l'aimable vieillard descendit et Peter ordonna au chauffeur de prendre Connecticut Avenue en direction du centre de Washington. La circulation, déjà peu fluide, allait encore se ralentir, ce qui constituait pour l'écrivain un avantage et un inconvénient. S'il pouvait voir venir de loin ses poursuivants, la lenteur de sa fuite leur donnait une chance supplémentaire de le rattraper.

Le taxi s'arrêta au coin de la 17e Rue. Chancellor allait demander au chauffeur de prendre Constitution Avenue, en direction du Smithsonian Institution, lorsqu'une voiture grise se porta à sa hauteur. Le passager assis à côté du chauffeur baissa sa vitre et braqua vers Peter une torche électrique.

– C'est lui, on le tient! jubila-t-il.

L'homme à la torche descendit de voiture, franchit l'espace séparant les deux véhicules et posa la main sur la poignée de la portière arrière du taxi. Le feu passa au vert et Chancellor hurla au chauffeur :

– Prenez la 17e! Vite!

La voiture bondit en avant tandis que des coups de klaxon furieux protestaient déjà contre la présence d'un piéton au milieu de la chaussée. Au niveau de Corcoran Gallery, un nouveau feu rouge bloqua le taxi et Peter tendit au chauffeur deux billets de dix dollars en disant :

– Rendez-moi service. Je vais aller à Corcoran Gallery mais vous m'attendrez devant la porte, moteur en marche. Si dans dix minutes je ne suis pas de retour, vous pourrez partir, je vous ai déjà payé la course.

– Je croyais que votre femme était malade? remarqua le chauffeur. Et qui est ce type qui a essayé d'ouvrir la portière?

– Je vous en prie, aidez-moi.

– Après tout, c'est votre fric. Je vous donne dix minutes, pas plus.

– Dix minutes, c'est entendu, acquiesça Peter en descendant de voiture.

En haut de la volée de marches, les portes de verre étaient fermées. Chancellor les poussa, entra dans le bâtiment et se dirigea vers le gardien en uniforme installé derrière un bureau.

– Votre invitation, s'il vous plaît monsieur?
– Pour l'exposition? demanda Peter.
– Oui, monsieur.
– Voilà... c'est vraiment bête, marmonna l'écrivain en sortant son portefeuille. Je dois couvrir l'expo pour le *New York Times* mais je viens d'avoir un accident et je n'arrive pas à remettre la main sur...

Tout en parlant, Chancellor fouillait son portefeuille à la recherche de la carte de presse temporaire que le rédacteur en chef de *Time Magazine* lui avait fait établir l'année dernière pour une série d'articles. L'avait-il conservée? Ouf! Oui. Elle était entre ses cartes de crédit. Peter la montra au gardien en prenant soin d'en cacher la date d'expiration avec son pouce.

– Bon, ça ira, concéda le cerbère. Signez le registre.
– Où se trouve l'exposition? s'enquit le faux journaliste en griffonnant son nom.
– Au second étage. Prenez un des ascenseurs de droite.

Chancellor traversa le hall, appuya sur un bouton et se retourna pour observer le garde : l'homme l'avait déjà oublié. Parfait, il allait pouvoir traverser le rez-de-chaussée pour ressortir de l'autre côté de l'immeuble.

Il allait s'éloigner de l'ascenseur quand la silhouette d'un de ses poursuivants se profila derrière les portes de verre. Peter n'eut d'autre choix que de s'engouffrer dans la cabine vide et d'appuyer au hasard sur un bouton.

Lorsque la porte de l'ascenseur se rouvrit, l'écrivain découvrit une vaste salle brillamment éclairée où se pressait une foule nombreuse et élégante. Il s'avança entre les invités, fit mine d'admirer lui aussi tableaux et sculptures mais veilla surtout à tourner le dos à plusieurs journalistes de sa connaissance.

Peter arrêta un garçon, prit une coupe de champagne, la vida et la maintint devant son visage en guise de masque.

– Mais c'est Peter Chancellor! s'écria une grande blonde aux allures de Walkyrie. Quand votre dernier roman sort-il?
– Je n'écris pas en ce moment.
– Et que faites-vous à Washington? insista Brunehilde.

Chancellor jeta un coup d'œil aux tableaux accrochés devant lui.

– Je m'intéresse à la peinture flamande.
– L'auteur de *Riposte!* marmonna la blonde en grif-

fonnant une note sur son programme, est un expert en peinture flamande?

– Je n'ai pas dit cela, protesta distraitement Peter les yeux fixés sur la porte de l'ascenseur qui s'ouvrait lentement.

L'homme qui le pourchassait sortit de la cabine, s'avança parmi la foule des invités.

– Y a-t-il un escalier ici? demanda Chancellor à la blonde en se retournant.

– Un quoi? s'étonna Brunehilde.

– Un escalier. Une sortie!

L'écrivain fit pivoter l'imposante Walkyrie pour la placer entre lui et son poursuivant.

– Ne seriez-vous pas Paul Chancellor? fit une voix féminine haut perchée appartenant à une journaliste que Peter connaissait vaguement.

– Presque. Vous savez où se trouve la sortie? Il faut que je descende en vitesse.

– Prenez donc l'ascenseur. Tenez, il est là, justement, répondit la journaliste en indiquant la cabine vide.

Le geste attira l'attention du poursuivant de Peter, qui repéra son gibier et se mit à fendre la foule. Au bout de la salle, derrière le buffet, un garçon portant un plateau disparut par une porte battante. Chancellor posa son verre, prit les deux femmes par le bras et les entraîna de l'autre côté de la table chargée d'amuse-gueule.

L'homme lancé à ses trousses se précipita vers eux. Au moment où il allait les rejoindre, Peter pivota et poussa les deux journalistes dans sa direction. Le stylo de la Walkyrie se planta dans la lèvre inférieure du tueur, qui se mit à crier. Chancellor empoigna la lourde table et la renversa, faisant tomber verres, assiettes, argenterie et saladiers de punch.

Des cris s'élevèrent de la foule tandis que Chancellor poussait la porte battante. Il découvrit sur le mur de gauche une flèche rouge surmontée du mot sortie, se rua dans la direction indiquée, et lança derrière lui, vers la porte battante, un chariot lourdement chargé de victuailles.

La cage d'escalier était déserte. Peter descendit les marches quatre à quatre, franchit le palier en tournant à toute vitesse autour de la rampe, continua à dévaler l'escalier et s'écorcha le genou gauche en atterrissant au premier étage. En dessous de lui, l'homme de Connecticut

Avenue montait la garde devant la porte de derrière du hall. Machinalement, l'écrivain porta la main à sa pochette pour vérifier si le magnétophone miniature s'y trouvait toujours...

Mais quel magnétophone? Que lui arrivait-il? Il perdait le sens de la réalité.

– Que me voulez-vous? Pourquoi me suivez-vous? cria-t-il d'une voix démente.

– Nous voulons simplement vous parler, vous expliquer...

– Non!

Peter se jeta du palier comme l'eût fait un personnage de roman, sûr de s'en tirer sans encombre. Une balle siffla à ses oreilles mais qu'avait-elle de réel? Il s'en moquait...

Soudain ses mains sentirent de la peau, se refermèrent sur des cheveux; son corps heurta une masse molle et ses muscles se contractèrent pour frapper une tête contre les dalles de béton...

Le sang qui coulait du crâne de l'homme mort lui parut brusquement bien réel. Peter se releva, resta un instant immobile, incapable de bouger, puis entra dans le hall, le traversa en courant.

Le gardien se tenait près de l'entrée principale, une main posée sur l'étui de son revolver, l'autre tenant un talkie-walkie.

– Des ennuis, on dirait? fit-il lorsque Peter s'approcha de lui.

– Oui. Deux ivrognes d'humeur batailleuse.

– Vous avez vu vos collègues du FBI? Ils vous cherchaient.

– Quoi?

– Ben oui. Les deux types qui sont entrés après vous. Ils m'ont montré leur carte: eux aussi bossent pour le Bureau.

Chancellor se précipita au-dehors. Le FBI! A nouveau, le roman faisait irruption dans la réalité! Il devenait fou!

– Il vous restait encore une minute, patron.

Le chauffeur de taxi l'avait attendu. Chancellor courut vers la voiture, y grimpa.

– Redescendez vers Ellipse Road! Vite, pour l'amour de Dieu! Prenez la direction de Smithsonian Park, je vous indiquerai où arrêter.

– C'est toujours votre fric, observa placidement le chauffeur.

Au moment où le taxi s'éloignait, l'homme à la lèvre transpercée faisait irruption sur le trottoir, un talkie-walkie à la main. La chasse va se poursuivre, se dit l'écrivain en songeant qu'il allait alerter d'autres complices.

La voiture contournait à présent l'Ellipse. Au sud, le monument Washington dressait sa colonne d'albâtre inondée d'un flot de lumière.

– Ralentissez, ordonna Peter. Rapprochez-vous du gazon. Je vais descendre en marche. Je ne veux pas que...

L'écrivain ne trouvait pas les mots.

– Vous ne voulez pas qu'on vous voie sauter de mon taxi, c'est ça? suggéra le chauffeur.

– Oui.

– Des ennuis?

– Oui.

– Avec les flics?

– Mon Dieu, non! C'est... personnel.

– Ça va. Vous avez été régulier avec moi, je suis régulier avec vous. A cinquante mètres devant, au milieu de la courbe, vous sauterez, et moi je continuerai en fonçant comme un dingue. Personne ne vous verra. Compris?

– Oui, j'ai compris. Merci.

– Allez-y!

Chancellor ouvrit la portière du taxi, qui roulait presque au pas et sauta sur le gazon. Aussitôt le chauffeur reprit de la vitesse en lançant avec son klaxon un signal de détresse. Les autres véhicules s'écartèrent pour laisser passer le taxi dans lequel quelqu'un avait sûrement de graves ennuis.

Tapi dans l'herbe, Peter remarqua qu'une seule voiture ne ralentit pas comme toutes les autres mais se lança au contraire à la poursuite du taxi. Il attendit quelques instants puis se releva et se mit à courir sur le gazon. Il traversa la pelouse, retrouva sous ses pieds le contact plus familier du macadam, continua son chemin en direction des bâtiments sombres derrière lesquels, il le savait, il trouverait le Smithsonian Institution.

L'épuisement le fit trébucher et il s'affala sur le trottoir. En se relevant, il entendit des pas courant derrière lui : ses poursuivants l'avaient retrouvé! La peur lui donna la force de continuer sa course en direction du Smithsonian, qui se dressa soudain devant lui.

Hors d'haleine, Peter traversa une pelouse interminable, sauta par-dessus de grosses chaînes basses bordant les allées et s'arrêta, exténué, devant l'immense bâtiment de l'administration.

Où pouvait être Longworth? Chancellor commençait à désespérer de trouver l'agent lorsque deux éclairs trouèrent brièvement l'obscurité en haut de l'escalier conduisant à la porte d'entrée. Il se dirigea vers l'immeuble, gravit les premières marches de pierre.

– Chancellor! Couchez-vous!

Peter se jeta au sol. Deux flammes orangées déchirèrent la nuit, un corps s'effondra derrière lui.

– Amenez-le ici!

L'écrivain tira le cadavre vers l'ombre où se cachait Alan Longworth. Le dos appuyé au mur, l'agent tenait dans sa main droite l'arme qui venait de sauver la vie de Peter. Sa main gauche, rouge de sang, pressait son ventre.

– Je n'ai pas le temps de vous remercier comme il conviendrait, s'excusa Peter. Vous venez avec moi, tout de suite.

– Je ne vais nulle part, Chancellor, répliqua Longworth. Je peux tenir en vie encore quelques minutes si je reste immobile.

– Je vais chercher de l'aide, une ambulance!

– C'est trop tard, vous pouvez me croire. J'ai juste le temps de vous expliquer... Vous devez savoir.

– Je sais déjà : un groupe de fanatiques s'efforce de mettre la main sur le FBI, et vous en faites partie.

– C'est faux. Nous essayons au contraire de les en empêcher. J'ai échoué, à vous de reprendre le flambeau. Personne n'est mieux placé que vous pour réussir.

– Pourquoi?

– Les dossiers disparus, les dossiers personnels de Hoover...

– Ils n'existent pas! explosa Chancellor avec colère. Cessez de mentir, Longworth. Vous avez commis une erreur : l'homme que vous venez d'abattre était de votre camp, il faisait partie du FBI!

L'agent baissa les yeux vers le cadavre gisant à ses pieds.

– Ainsi les « fous dangereux » veulent eux aussi les dossiers, murmura-t-il. Oui, il fallait s'y attendre. Tout le monde cherche à s'en emparer.

Chancellor n'écoutait pas, il ne songeait plus qu'au moyen d'amener Longworth à Quinn O'Brien.

– Si vous aimez la fille, poursuivit l'agonisant.

– Salaud! Laissez-la en dehors de cette histoire!

– Sa mère, son père... Ce sont eux. Il est arrivé quelque chose à la mère.

– Que savez-vous de sa mère? demanda Chancellor en s'approchant de Longworth.

– Pas grand-chose, mais vous pouvez découvrir la vérité. Faites-moi confiance. D'abord, je ne m'appelle pas Longworth.

Peter écarquilla les yeux d'étonnement. Quand cette histoire cesserait-elle de prendre des directions inattendues? Comment faire pour y démêler la réalité de la fiction? Surgissant du ciel noir, la lune éclaira le visage du mourant. Longworth n'avait plus ni cils ni sourcils, on l'avait battu, brûlé, torturé.

28

– Je m'appelle Stefan Varak, je travaille pour le Conseil national de sécurité mais j'opère également pour un groupe de...

– Varak? interrompit Peter. Mais vous êtes l'homme que O'Brien cherche à joindre!

– Quinn O'Brien?

– Oui. C'est à lui que j'ai raconté toute l'histoire.

– Vous avez eu de la chance de tomber sur lui, murmura Varak avec une grimace de douleur. C'est l'un des plus honnêtes du Bureau, vous pouvez avoir confiance en lui.

L'agent fut secoué par une quinte de toux.

– Si les fous dangereux se montrent au grand jour, reprit-il, O'Brien les éliminera.

– Qu'avez-vous à me dire? s'impatienta Peter. Que savez-vous de l'épouse de MacAndrew?

Varak pressa plus fortement contre son ventre ses doigts gluants de sang.

– Il faut d'abord que vous sachiez que nous nous sommes servis de vous, depuis le premier jour. Nous vous avons « programmé » en vous racontant un mélange savamment dosé de vérités et de mensonges. Nous voulions forcer l'ennemi à réagir, à sortir de son trou, comme un lapin délogé de sa tanière par un furet.

L'agent fut pris d'un spasme qui le contraignit à s'interrompre.

– Quelle part de vérité et quelle part de mensonge?

– Les dossiers ont disparu, ça, c'est vrai.

– Mais il n'y a pas eu assassinat?

– Non, haleta Varak. Les hommes qui ont combattu Hoover entendaient rester dans le domaine de la légalité.

– Que sont devenus les dossiers?

– Volatilisés. De la lettre M à la lettre Z. N'oubliez pas...

Un nouveau spasme secoua le corps du blessé.

– Pour reprendre votre expression, continua-t-il, celle que vous utilisez dans le chapitre quatre de votre roman...

– Vous avez lu mon manuscrit?

– Oui.

– Comment est-ce possible?

– Aucune importance... Plus de temps à perdre... Le groupe que vous appelez le Noyau... comprend en fait cinq membres... L'un d'eux a voulu s'approprier les dossiers, sans doute pour les mettre au service du bien, mais il est devenu pour cela un assassin, un tueur dirigeant une bande de tueurs.

– Que dites-vous?

– Cinq hommes, mais pas Bravo, non, impossible... L'un des quatre autres.

– Qui est Bravo?

– Noble tentation! Les dossiers au service du bien!

– Noble? Cela reste un sordide chantage!

– C'est bien là le tragique.

– Qui sont ces cinq hommes?

– Venise, vous le connaissez... Bravo aussi, mais lui, c'est impossible.

Varak tira de la poche de son gilet un morceau de papier taché de sang qu'il glissa dans la main de Peter.

– Un des quatre, murmura-t-il. J'avais pensé à Bannière ou Paris mais maintenant je ne sais plus. Voici leurs vrais noms. Venise, Christopher, Bannière, Paris. C'est l'un d'eux. Pas Bravo, non.

– Venise... Bravo... qui sont-ils?

– Des membres du groupe que vous appelez le Noyau. L'un d'eux sait.

– Il sait quoi?

– La signification de Chasông... La mère.

– MacAndrew? Son épouse?

– Pas lui, elle! Lui, ce n'était qu'un leurre.

– Un leurre? Soyez plus clair.

– Le massacre. Ce qui se cache derrière le massacre de Chasông.

Peter baissa les yeux vers le morceau de papier maculé de sang qu'il tenait à la main.

– L'un de ces noms? demanda-t-il à l'agonisant, sans bien connaître le sens de sa question.

– Oui.

– Pourquoi?

– Vous et la fille. *Vous!* Il fallait vous lancer sur une fausse piste, vous faire croire que vous aviez trouvé la réponse.

– Mais quelle réponse? s'énerva Chancellor.

– Chasông. Il faut chercher derrière Chasông...

Les yeux de Varak chaviraient.

– Pas Bravo, hoqueta-t-il.

– Qui est Bravo?

– Pas Bravo, non.

– Varak, qu'est-il arrivé? Pourquoi avez-vous la certitude qu'il faut chercher au-delà de Chasông?

– D'autres vous aideront...

– Que savez-vous de Chasông?

– Dans la 35e Rue, près de la maison, ils m'ont capturé. Ils m'ont collé du sparadrap sur les yeux, je n'ai pas pu les voir mais je les ai entendus... Ils parlaient une langue que je ne connais pas, qu'ils savaient que je ne comprendrais pas. Ils répétaient souvent Chasông, Chasông, comme des fanatiques... Trouvez ce qui se cache derrière la boucherie de Chasông et vous remonterez jusqu'aux dossiers.

La tête de l'agent tomba sur sa poitrine.

– Dites-m'en plus! fit Peter.

– Je n'en sais pas davantage, murmura Varak.

Chancellor approcha son oreille des lèvres de l'homme blond dont la voix était devenue presque inaudible.

– Ils m'ont emmené en voiture et nous avons traversé une ville, j'ai reconnu le bruit de la circulation. Ils me croyaient évanoui mais je me suis jeté par la portière, les yeux toujours bandés. Ils m'ont tiré dessus, sans toutefois oser s'arrêter...

Un troisième spasme interrompit l'agent.

– Il fallait que je vous voie. Au téléphone, c'était trop dangereux, reprit-il d'une voix haletante. J'avais raison de me méfier : ils ont appelé les deux numéros que je vous ai donnés. Si je vous avais dit au téléphone ce que je vous confie maintenant, ils vous auraient tué. Protégez la fille. Découvrez la véritable signification de Chasông.

Chancellor sentit la panique le gagner en prenant conscience que Varak allait mourir.

– D'autres peuvent m'aider, avez-vous dit, fit-il précipitamment. Qui?

– O'Brien, murmura Varak.

Un curieux sourire passa sur ses lèvres exsangues lorsqu'il ajouta :

– Le sénateur de votre manuscrit. Il aurait pu être... Allez le trouver, il n'a pas peur.

L'homme blond ferma les yeux et mourut.

Chancellor avait l'impression de s'enfoncer de plus en plus dans un monde de folie. Le sénateur de son roman... Il se leva, recula lentement. La terreur qui l'avait envahi l'empêchait de penser; il ne pouvait que courir, courir, sans savoir où il allait.

La lumière tremblait à la surface de l'eau comme des milliers de petites flammes de bougies agitées par le vent. Où se trouvait-il? Au bord de l'eau mais où? Combien de temps avait-il couru? Il n'en savait rien.

– Vous vous sentez bien, monsieur? fit une voix derrière lui.

En se retournant, Chancellor découvrit un policier braquant sur lui une torche électrique.

– Très bien, répondit-il.

– Que faites-vous ici? demanda l'homme en s'approchant, la main posée sur la crosse de son revolver.

– Je... Je ne sais pas. J'ai bu un peu trop et je suis allé me promener pour m'éclairer les idées. Où sommes-nous?

– Devant le bassin. Là-bas, c'est Ohio Drive, et de l'autre côté le Jefferson Memorial. Vous... vous n'auriez pas l'intention de faire une bêtise?

– Comme plonger dans l'eau? Non, rassurez-vous. Je suis très bien maintenant, il faut simplement que je donne un coup de téléphone. Savez-vous s'il y a une cabine dans le coin?

– A deux cents mètres, sur Ohio Drive. Vous feriez mieux de rentrer chez vous, de toute façon.

– Merci, fit l'écrivain en s'éloignant.

Avant d'entrer dans la cabine, il regarda sa montre. Neuf heures et demie : il avait perdu conscience de ce qu'il faisait pendant près de deux heures...

– Où étiez-vous passé? hurla Quinn O'Brien au téléphone. Je vous avais donné l'ordre de rester à l'hôtel.

– Les fous dangereux ont essayé de me tuer, expliqua calmement l'écrivain, en reprenant les termes de Varak.

– Les « fous dangereux »? Où avez-vous entendu cette expression?

– C'est pour vous le dire que je téléphone. Je sors de la Corcoran Gallery.

– La Corcoran...! C'était vous? Oh mon Dieu!
– Je suis devant...
– Taisez-vous! Ne dites plus un mot, laissez-moi réfléchir... Oui, voilà : vous vous souvenez des trois coups de téléphone que vous m'avez dit avoir donné à New York?
– Mais je...
– Plus un mot! Vous les avez donnés avant et après l'incendie de la maison de la 35ᵉ Rue, souvenez-vous.
– Je...
– Écoutez-moi! Je me réfère à l'un de ces appels, que vous avez donnés après l'incendie, je crois. Rendez-vous à la cabine d'où vous avez téléphoné à New York. Vous avez compris? Réfléchissez.

Chancellor réfléchit. Il n'avait téléphoné qu'*une seule fois* à New York, *avant* l'incendie, pour parler à Tony Morgan.
– J'ai compris.
– C'était bien après la 35ᵉ Rue, n'est-ce pas?
– Oui, acquiesça Peter, jouant le jeu d'O'Brien.
– Du côté de Wisconsin, je crois?

L'écrivain confirma la seconde fausse piste de l'homme du FBI.
– Bien. Allez-y immédiatement. J'appellerai toutes les dix minutes. Après avoir décroché, vous répéterez une phrase de notre conversation au Bureau dont je pourrai me souvenir. Compris?
– Compris.

Peter raccrocha, sortit de la cabine et se dirigea vers les lumières du pont enjambant le Potomac. En marchant, il s'efforçait de localiser avec précision la cabine à laquelle O'Brien avait fait allusion. Elle se trouvait près de l'université George Washington, il la voyait maintenant.

Il héla un taxi, se fit conduire devant la cabine, descendit et demanda au chauffeur de l'attendre. Puis il referma derrière lui la porte de verre, décrocha le combiné, le porta à son oreille et du doigt maintint discrètement la fourche du taxiphone baissée.

Il n'eut pas longtemps à attendre. A peine la sonnerie avait-elle retentit qu'il dégageait l'index retenant la fourche et déclarait :
– Nous en aurons pour le reste de la nuit peut-être.

C'était une des premières choses qu'il avait dites dans le bureau d'O'Brien.
– Ça va, répondit l'agent, je me souviens. Je me trouve

dans la 20e Rue, à deux kilomètres de vous, mais nous ne pouvons pas nous rencontrer, on me suit peut-être. Bon, racontez-moi ce qui est arrivé. Qui vous a parlé de « fous dangereux »?

– Vous trouvez que l'expression a quelque chose de particulier?

– Je vous en prie. Nous n'avons pas le temps de plaisanter, s'irrita O'Brien.

– Je ne plaisante pas, je prends des précautions. On m'a dit que je pouvais avoir confiance en vous mais je préfère vérifier. Qui sont ces « fous dangereux »?

Quinn poussa un soupir.

– Cinq ou six agents spéciaux qui travaillaient secrètement pour Hoover. Ils veulent un retour à l'ancien régime, je vous l'ai dit l'autre soir, mais je n'ai pas utilisé l'expression « fous dangereux ».

– Ils veulent les dossiers, n'est-ce pas?

O'Brien garda un instant le silence avant de reprendre :

– Alors, vous savez?

– Oui. Vous m'avez menti quand vous m'avez dit que les dossiers avaient été détruits. Celui qui les a dérobés pense que je vais bientôt le démasquer. Je constitue une menace pour lui, voilà la clef de toute l'histoire. Le piège a failli fonctionner mais l'homme qui tirait les ficelles de la marionnette Chancellor en est mort. Maintenant, vous allez me dire tout ce que vous savez, sans plus tergiverser!

– Les « fous dangereux » ont mis la main sur les dossiers, j'en suis convaincu. Ils s'en servaient, ils y avaient accès. Je n'ai pas pu le dire dans mon bureau, ils l'ont sûrement truffé de micros. A votre tour, à présent : dites-moi ce qui s'est passé.

– J'ai trouvé votre ami Varak.

– Quoi?

– Je le connaissais sous le nom de Longworth.

– Longworth? Le 1er mai... Le registre! C'est lui qui a les dossiers, cria O'Brien dans le téléphone.

– C'est absurde! répondit Chancellor. Il est mort en voulant les retrouver.

L'écrivain raconta à O'Brien sa rencontre avec l'agent agonisant, les révélations qu'il lui avait faites, mais il ne mentionna pas Chasông.

– Varak mort, murmura Quinn. Je n'arrive pas à y croire. Il était de ceux sur qui nous comptions et il n'en reste plus guère.

– L'agent de la CIA que vous avez affecté à ma protection, je le connaissais. Il m'a confié que vous avez coopéré avec lui, que vous avez des alliés chez eux et dans tout Washington.

– C'est vrai, mais j'aimerais aussi avoir dans mon camp un procureur et quelques députés.

– Nous aurons peut-être l'aide d'un sénateur dont Varak m'a parlé mais j'y reviendrai plus tard. Pour l'instant, je vous demande deux choses. D'abord, faites sortir Alison MacAndrew du Hay-Adams, emmenez-la dans un endroit où elle sera en sécurité.

– D'accord. Ensuite?

– Trouvez-moi l'adresse d'un certain major Pablo Ramirez affecté au Pentagone.

– Un instant...

Peter entendit un bruissement de feuilles à l'autre bout du fil. Soudain inquiet, il s'écria :

– O'Brien! Je croyais que vous me téléphoniez d'une cabine!

– C'est exact. Je consulte l'annuaire.

L'écrivain poussa un profond soupir.

– Ah, voilà, reprit Quinn. Ramirez Pedro, il vit à Bethesda, à l'adresse suivante...

Chancellor prit mentalement note.

– Ce sera tout? fit l'agent.

– Non. Je veux voir Alison cette nuit ou demain matin. Comment vais-je savoir où vous l'avez emmenée?

Après un silence, O'Brien demanda :

– Vous connaissez Quantico?

– La base navale?

– Il y a sur la baie un motel appelé « Les Pins ». C'est là que nous irons.

– Je vais louer une voiture, annonça Peter.

– Surtout pas. Les agences de location sont trop faciles à surveiller, même chose pour les taxis.

– Qu'est-ce que vous proposez? Que je fasse la route à pied!

– Il y a des trains pour Quantico toutes les heures. C'est ce qu'il y a de moins risqué.

– Bon, à tout à l'heure.

– Attendez. Vous me cachez de nouveau quelque chose concernant MacAndrew.

– Vous avez trop d'imagination.

– Ne soyez pas ridicule : Ramirez travaille au Pentagone, comme MacAndrew avant sa démission.

– Écoutez O'Brien, je vous demande de ne pas insister. S'il vous plaît.

– Vous ne m'avez pas dit l'essentiel : pourquoi Varak voulait-il vous voir?

– Pour me révéler qu'il s'était servi de moi.

– Il n'aurait pas perdu son temps à ça alors qu'il se savait foutu. Varak vous a confié quelque chose qu'il avait découvert.

Chancellor ne pouvait se résoudre à prononcer le nom de Chasông sans savoir s'il ne mettait pas ainsi Alison en danger.

– Laissez-moi jusqu'à demain matin, implora-t-il.

– Pourquoi?

– Parce que je l'aime.

Paul Bromley s'examina dans le miroir brisé de la chambre de l'hôtel minable où il était descendu et découvrit un visage de vieil homme malade, sale et mal rasé. Il prit sa veste sur le couvre-lit crasseux, l'enfila, et descendit dans le hall où l'agent du FBI chargé de le surveiller faisait semblant de lire le journal.

Ils croient m'avoir piégé, mais j'ai encore de la ressource, se dit Bromley en se dirigeant vers le téléphone mural. Au cours de sa bataille contre les huiles du Pentagone, il avait, pour les besoins de la cause, rendu service à un truand notoire en échange de renseignements. Le moment était venu de réclamer une faveur en retour.

– Allô? fit une voix nasillarde et désagréable.

– Ici Paul Bromley.

– Qui ça?

– A Detroit, il y a trois ans.

– Qu'est-ce que tu veux? demanda la voix après une courte pause.

– Tu me dois un service. A moins que tu ne préfères que je m'adresse à la police...

– Allez, crache.

– Envoie une voiture me chercher, je vais te dire où. Tant que tu y es, envoie-moi aussi un de tes gros-bras. Il y a un agent fédéral qui me surveille et je voudrais en être débarrassé temporairement. C'est tout à fait dans tes cordes...

Bromley attendait en face du Hay-Adams, il attendrait toute la nuit s'il le fallait. Chancellor finirait bien par se montrer et il le tuerait. Le pistolet qu'il serrait dans la poche de son manteau lui avait coûté cent dollars : le truand de Detroit avait accepté de l'aider, pas de lui faire la charité.

L'ancien auditeur à la Cour des comptes vit s'arrêter devant l'entrée de l'hôtel une voiture trop bon marché pour appartenir à un client du Hay-Adams. Intéressé, il se rapprocha, vit un homme roux en descendre et montrer rapidement une carte au portier.

Un agent du FBI ! Probablement venu chercher Chancellor. Parfait ! L'écrivain allait bientôt mourir !

Quelques instants plus tard, l'homme roux ressortait de l'hôtel en compagnie d'une jeune femme mais sans Chancellor. Dépité, Bromley s'approcha d'eux.

– Vous êtes sûr ? demandait la jeune femme, d'un ton inquiet.

– Il prendra le train cette nuit, lui répondit l'homme roux. Ou demain matin, ne vous en faites pas.

Le train, se dit Bromley. Relevant le col de son manteau, il se mit à marcher en direction de la gare d'Union Station.

29

Dans le taxi qui le conduisait chez Ramirez, Peter relut la feuille de papier tachée de sang couverte de l'écriture de Varak. Une fois de plus, les noms qui y étaient inscrits lui firent peur tant ils évoquaient des hommes brillants, respectables et extrêmement puissants.

Frederick Wells, nom de code : Bannière. Président d'université, dispensateur des millions de la Fondation Roxton, un des plus intelligents collaborateurs de Kennedy. Wells avait la réputation de ne jamais transiger sur ses principes, quitte à encourir les foudres de Washington.

Daniel Sutherland, Venise, le Noir le plus respecté du pays non seulement pour sa réussite mais pour la sagesse de ses verdicts.

Jacob Dreyfus, Christopher, fuyant la publicité, mais connu des journalistes financiers. La Banque fédérale prenait rarement de décision sans consulter cet homme dont on connaissait en outre dans le monde entier la générosité.

Carlos Montelan, Paris, le tuteur des hôtes de la Maison-Blanche, un géant de la politique internationale capable d'analyses d'une audace stupéfiante. Pilier du Département d'État, naturalisé américain, Montelan appartenait à une famille d'intellectuels castillans qui avait combattu aussi bien Franco qu'une Église résignée à tous les compromis. Il était l'ennemi juré de l'oppression sous toutes ses formes.

L'un de ces quatre hommes exceptionnels avait trahi les idéaux qu'il professait défendre. Se pouvait-il, comme l'avait suggéré Varak, que le coupable eût commis des actes odieux pour atteindre un objectif élevé? Non, impossible, la « noble tentation » évoquée par l'agent n'aurait pas abusé des hommes de cette envergure.

Alors ? Alors, l'un d'eux donnait peut-être de lui une image trompeuse et cette hypothèse était plus terrifiante encore.

La maison de briques de Ramirez se distinguait à peine de ses voisines dans cette banlieue résidentielle de Washington. Elle avait la même façade, les mêmes dimensions, le même jardinet. Chancellor avoua au chauffeur de taxi qu'il ignorait combien de temps durerait sa visite. En fait, il ne savait même pas si Ramirez se trouvait chez lui.

Il y était, et ce fut lui en personne qui ouvrit la porte.

– Major Ramirez ?

– Oui. Suis-je censé vous connaître ?

– Non. Nous nous sommes simplement croisés au cimetière d'Arlington, l'autre jour. Je m'appelle...

– Vous étiez avec sa fille, coupa le major. Vous êtes l'écrivain.

– Peter Chancellor. J'aimerais vous parler.

– De quoi ?

– De MacAndrew.

Ramirez prit le temps de scruter le visage de Peter puis déclara d'un ton calme, dépourvu de toute animosité :

– Je n'ai rien à vous dire sur le général. Il est mort, qu'il repose en paix.

– Vous sembliez animé de sentiments différents, à l'enterrement.

– Je le regrette.

– C'est tout ce que vous trouvez à dire ?

– Cela me paraît suffisant. Maintenant, si vous voulez bien m'excuser, j'ai du travail qui m'attend.

Ramirez recula d'un pas, la main sur la poignée de la porte.

– Chasông, se hâta de dire Chancellor. La tuerie de Chasông.

Le major se raidit.

– C'est de l'histoire ancienne. L'inspecteur général a procédé à une enquête approfondie sur ce que vous appelez la « tuerie ». Nos pertes ont été attribuées à une attaque d'artillerie massive et inattendue des forces communistes.

– Et peut-être aussi à l'excès de zèle de l'officier commandant... Mac le surineur, le boucher de Chasông.

Ramirez restait figé et silencieux sur le seuil de la porte.

– Vous feriez mieux d'entrer, Mr. Chancellor, fit-il enfin.

La même scène qui recommence, se dit Peter. Pour la seconde fois, il entrait chez un inconnu, officier supérieur, exigeait de lui un entretien en utilisant des informations qu'il n'était pas censé posséder. Même le bureau du major ressemblait à celui du général, avec ses photographies épinglées au mur rappelant les principaux jalons d'une carrière militaire.

Ramirez se méprit sur le coup d'œil que Chancellor jeta dans le bureau par la porte ouverte.

– Il n'y a personne d'autre dans la maison, affirma-t-il d'un ton aussi abrupt que celui de MacAndrew quelques mois plus tôt. Je suis célibataire.

– Je l'ignorais. Je sais très peu de choses à votre sujet, major, excepté que vous avez fait West Point à la même période que MacAndrew. Je sais aussi que vous avez servi dans les mêmes unités en Afrique du Nord et plus tard en Corée.

– Vos connaissances ne s'arrêtent certainement pas là. On vous a probablement brossé le portrait d'un éternel insatisfait, d'un aigri persuadé qu'on a contrarié sa carrière à cause de ses origines?

– On m'a raconté une plaisanterie que je n'ai guère appréciée.

– Celle de la soirée? Elle n'est pas mauvaise, pourtant : c'est moi qui l'ai trouvée.

– Quoi?

– Je travaille pour un département du Pentagone très spécialisé, extrêmement délicat, mais sans aucun rapport avec les renseignements proprement dits. Faute de mieux, nous l'appelons département des relations avec les minorités.

– J'ai peine à vous suivre, major.

– Je ne suis pas major, je suis général de brigade et je recevrai ma seconde étoile en juin prochain. Voyez-vous, il est plus facile à un major qu'à un général de se déplacer partout et d'établir le contact avec la troupe.

– Pourquoi toute cette mise en scène? s'étonna Peter.

– L'armée est aujourd'hui confrontée à un problème difficile, que personne ne reconnaît volontiers, mais qu'il est impossible d'ignorer. Les parias, les déclassés fournissent le gros des engagés. Quelles conséquences cela peut-il avoir, à votre avis?

– Une baisse de qualité dans les effectifs?

– C'est la première conséquence, reprit Ramirez : les My Lai, les soldats qui se livrent au trafic de stupéfiants comme s'il s'agissait de rations alimentaires. Ensuite, et ce n'est que logique, c'est l'encadrement qui se détériore. Vous commencez à comprendre?

Chancellor exprima son incrédulité en secouant lentement la tête.

– Je ne crois pas à ces histoires de junte terroriste noire.

– Nous non plus, repartit le faux major. En fait, les statistiques montrent que chez les Noirs les motivations de l'engagement sont en général plus avouables que chez les Blancs. Le problème est autre. Nous nous intéressons aux minorités parce qu'elles sont les plus durement touchées par les véritables causes de cet état de fait : *le chômage, la pauvreté, l'ignorance.*

– Et vous apportez la solution du problème?

– Un début de solution. Nous nous efforçons d'établir le contact avec ces éléments, de les instruire, de leur donner le respect d'eux-mêmes en leur confiant des responsabilités, de mettre fin à leur ressentiment. En un mot, nous essayons de faire ce dont les libéraux nous prétendent incapables.

– Tout cela est très réconfortant mais je ne vois pas le rapport avec MacAndrew, remarqua l'écrivain.

– Pourquoi avez-vous parlé de Chasông? contra le général.

– Parce que cette histoire est liée à la démission de MacAndrew.

– Hautement improbable.

– Lorsque je vous ai vu à Arlington, poursuivit Chancellor, ignorant la remarque, j'ai pensé qu'il y avait peut-être un rapport entre Chasông et votre attitude. Je ne me suis pas trompé puisque ce nom m'a aussitôt ouvert votre porte.

– Simple curiosité, répondit l'officier. Cette histoire avait provoqué maints remous, à l'époque.

Une fois encore, Peter choisit d'ignorer la réponse de Ramirez.

– Maintenant que vous m'avez parlé de ce département si délicat pour lequel vous travaillez, dites-moi donc pourquoi vous haïssiez MacAndrew?

– Très bien, fit Ramirez. MacAndrew était un raciste, un homme imbu de sa supériorité. Curieusement, cette façon de considérer ses subordonnés comme des êtres inférieurs ne faisait pas de lui un mauvais officier. Quoi qu'il en soit, il rayait systématiquement sur la liste d'avancement les noms des membres des minorités ethniques parce qu'il avait décidé une fois pour toutes qu'on y trouvait trop d'incapables.

L'explication de Ramirez avait un accent de vérité indéniable, mais Chancellor lui trouvait aussi un certain relent de mensonge.

– Vous le connaissiez donc très bien? demanda-t-il.

– Assez pour ne pas ignorer ses défauts.

– Et son épouse?

Le général se raidit à nouveau, comme lorsque Peter avait prononcé le nom de Chasông, mais il se reprit aussitôt.

– Triste histoire, soupira-t-il. Une femme sans caractère, qui avait trop de domestiques, trop de choses à faire et trop à boire. Elle a fini lamentablement.

– Je ne la savais pas alcoolique. A-t-elle failli se noyer, par accident?

– Elle les collectionnait, les « accidents », à ce que j'ai cru comprendre. En fait, je la connaissais très peu, vous savez.

Chancellor eut une nouvelle fois l'impression que le faux major lui mentait.

– C'est tout? interrogea-t-il.

– Oui. A votre tour, maintenant. Que vous a-t-on dit au sujet de Chasông?

– Que ce fut une boucherie inutile, qui fit des milliers de morts ou d'infirmes.

– Bien d'autres batailles ont rempli les cimetières et les hôpitaux. Je vous le répète, une enquête a eu lieu.

– Général, je ne pense pas que cette enquête ait été menée sérieusement et si jamais elle le fut, on s'est empressé d'enterrer ses conclusions. J'ignore encore beaucoup d'éléments de cette histoire mais je commence à en avoir une vision d'ensemble. Vous détestiez MacAndrew, vous vous pétrifiez en entendant le nom de Chasông, vous me faites un beau discours sur votre mission au sein de l'armée puis vous sursautez quand je fais allusion à l'épouse de MacAndrew et vous prétendez l'avoir très peu connue. C'est faux. Depuis que je suis dans cette maison, vous accumulez mensonges et dérobades. Je vais vous dire ce que je pense. Le massacre de Chasông est lié à la démission de MacAndrew, à son assassinat, au trou dans ses états de service et aux dossiers du FBI volatilisés. Sa femme joue aussi un rôle dans l'histoire. Jusqu'à quel point? Je l'ignore mais vous feriez mieux de parler avant que je ne découvre le reste moi-même, Ramirez. Je commence à me fatiguer de vos salades!

Le général réagit comme s'il avait reçu un coup en pleine poitrine.

– Le trou dans ses états de service, murmura-t-il, comment le savez-vous?

Puis il se mit à crier :

– Vous ne pouvez pas comprendre!

– Que s'est-il passé à Chasông?

– Ce que vous supposiez, répondit le faux major en fermant les yeux. Une tuerie déclenchée inutilement par des officiers empêtrés dans leurs erreurs... Il y a si longtemps. Oubliez cette histoire!

– Non, car je commence à comprendre. Chasông est probablement le plus gros scandale jamais étouffé par l'armée, et Hoover en avait la preuve dans ses dossiers. Pris de remords tardifs, MacAndrew allait parler, alors vous l'avez réduit au silence, vous et les autres!

– C'est faux, répondit Ramirez en ouvrant les yeux. Bon sang! Arrêtez de remuer le passé!

– Je préférais votre colère d'Arlington, général, elle faisait moins toc. Vous me cachez la vérité ou peut-être vous la cachez-vous à vous-même, je ne sais pas. Ce que je sais, c'est que je vais découvrir la signification de Chasông.

– Alors, que Dieu ait pitié de votre âme, murmura le général de brigade Pablo Ramirez.

Chancellor se hâtait de traverser le hall presque désert de la gare d'Union Station. Il était deux heures du matin, et quelques clochards venus s'abriter du froid somnolaient sur les longs bancs alignés sous le dôme métallique. L'un d'eux, un vieillard, se redressa au passage de l'écrivain et sembla le suivre des yeux.

Peter devait se presser s'il ne voulait pas manquer le train de Quantico, le dernier avant six heures du matin. Il avait hâte de revoir Alison, de lui parler, d'interroger ses souvenirs... et aussi de prendre un peu de repos. Il devait ménager ses forces s'il voulait mettre à exécution le plan qui germait dans son esprit et reposait sur une remarque de Ramirez concernant les batailles remplissant les cimetières et les hôpitaux.

Peter choisit une voiture déserte, s'effondra sur une banquette et ferma les yeux. Le train s'ébranla, prit de la vitesse et bientôt le rythme berceur des roues plongea l'écrivain dans un demi-sommeil. En entendant un bruit de pas dans le couloir, il songea avec déplaisir que la voix du contrôleur allait le tirer de sa torpeur dans quelques instants.

Les pas s'étaient arrêtés, mais le contrôleur ne lui réclamait pas son billet. Chancellor ouvrit les yeux, se redressa sur son siège juste au moment où retentissait le coup de feu.

Un vieil homme aux yeux hagards se tenait à un mètre de lui, un revolver à la main. Peter bondit de la banquette trouée par la balle qui l'avait frôlé et agrippa les doigts d'un blanc maladif serrés autour de l'arme, leur fit lâcher prise en cognant le poignet décharné contre la bordure métallique du siège.

Le revolver tomba dans le couloir et Chancellor s'en saisit aussitôt. Désarmé, le vieillard se mit à courir vers la porte du wagon, mais Peter le rattrapa sans peine et, d'une main, le contraignit à s'asseoir sur la dernière banquette.

– Bromley !

– Tueur d'enfant !

– Vous êtes complètement fou ! cria l'écrivain en immobilisant le vieil homme qui se débattait.

Cessant soudain de résister, Bromley se mit à sangloter.

– Comment a-t-il pu vous prévenir ? gémissait-il. Comment ?

– Qu'est-ce que vous racontez ?

– Lui seul savait. St Claire... Munro St Claire. Je croyais en sa droiture, en son sens de l'honneur.

Incapable de maîtriser sa propre émotion, Peter laissa retomber la main plaquant Bromley contre la banquette. *Munro St Claire !* Un nom surgi du passé et lié, probablement, à tout ce qui lui était arrivé depuis que le jury de Park Forest avait rejeté sa thèse.

A tout ? Oh, mon Dieu, gémit à son tour Peter intérieurement. *Venise, vous le connaissez... Bravo, aussi, mais lui, c'est impossible...*

L'esprit de Peter chancelait, la douleur lui martelait de nouveau les tempes. Incapable de réagir, il regarda le vieux Bromley se ruer vers la porte métallique située entre les deux voitures, l'ouvrir et se jeter du train.

Par-dessus le ronflement du vent s'engouffrant dans le wagon, Chancellor entendit un cri de terreur ou de défi, un cri de mort.

Bromley avait mis fin à son cauchemar, celui de Peter Chancellor se poursuivait.

30

Le taxi quitta la route de la baie pour prendre l'allée conduisant au motel-restaurant des Pins. Isolé des autres bâtiments de l'endroit, le motel de briques rouges surplombait la mer.

Peter régla le chauffeur, descendit de voiture et se dirigea vers l'entrée noyée de lumière. Il allait franchir les grandes portes de style colonial lorsqu'une voix l'interpella :

– Restez où vous êtes! Ne bougez pas les mains.

Chancellor s'immobilisa et se tourna vers la zone d'ombre située à gauche de l'entrée d'où étaient venus les ordres :

– Tournez-vous encore un peu, reprit l'homme caché dans l'obscurité. Doucement! Bon, d'accord, je ne vous avais pas reconnu.

– Qui êtes-vous?

– Un ennemi des « fous dangereux ». Entrez et demandez M. Morgan.

– Morgan? s'étonna Peter.

– M. Anthony Morgan. On vous conduira.

A la réception, un employé bâti en athlète l'accueillit sans sourire et appuya sur une sonnette qui fit apparaître un groom grand et musclé lui aussi.

– Conduisez monsieur à la chambre 7, lui ordonna l'homme de la réception.

Peter suivit le groom le long d'un couloir recouvert de moquette au bout duquel une fenêtre laissait voir, entre ses barreaux, les eaux de la baie. Parvenu devant la porte marquée du chiffre 7, le chasseur frappa quelques coups discrets.

– Oui? répondit une voix de l'autre côté de la porte.
– Aiguille un, fit le groom.
– Quatre.
– Onze.
– Treize.
– Dix.
– Terminé.

Un verrou claqua, la porte s'ouvrit. O'Brien invita Chancellor à le rejoindre dans le salon confortable et discrètement éclairé où il se trouvait.

– Où est-elle? demanda aussitôt Peter.

– Chut, lui intima l'agent du FBI en fermant la porte. Elle vient de s'assoupir. Elle ne pouvait s'endormir tant elle s'inquiétait pour vous.

– Où est-elle? répéta Chancellor.

– Dans la chambre. Ne vous tracassez pas. Les fenêtres donnant sur la mer sont grillagées, munies d'un système d'alarme électronique et de verre à l'épreuve des balles. Elle ne risque absolument rien. Laissez-la se reposer, nous en profiterons pour faire le point ensemble.

– Je veux la voir! exigea l'écrivain.

– Si vous y tenez. Allez-y, ne faites pas de bruit.

Peter entr'ouvrit la porte de la chambre et découvrit Alison étendue sur le lit, son beau visage éclairé par la lampe de chevet. Il referma la porte.

– Le petit déjeuner vous attend, proposa O'Brien en indiquant la kitchenette installée dans un recoin de la pièce.

Peter alla s'asseoir à la table sur laquelle Quinn posa deux tasses, qu'il remplit de café.

– Il a un genre un peu spécial votre motel, observa Chancellor en regardant les barreaux des fenêtres. A qui appartient-il? A la CIA?

– Non. Aux services de renseignements de la Marine.

– L'employé de la réception, le chasseur, le type dehors : drôle de personnel hôtelier!

– Nous ne sommes pas nombreux mais nous nous connaissons bien et nous nous aidons mutuellement, comme vous l'a dit Varak.

– Pourquoi avoir pris le nom de Morgan?

– Demain, vous partirez avec la fille, mais M. Morgan restera ici. Si votre piste conduit quelqu'un jusqu'au motel, il se débrouillera pour consulter le registre, remarquera le nom de Morgan et ira vous chercher dans la chambre 7. De cette façon, nous découvrirons qui est à vos trousses.

– Je croyais que vous connaissiez l'identité des « fous dangereux »? fit Peter en scrutant le visage d'O'Brien.

– De certains d'entre eux seulement.

– Pourquoi cet échange de chiffres, à la porte?

– Un vrai roman d'espionnage, n'est-ce pas? Il s'agit d'une progression : au nombre prononcé, j'ajoute un autre nombre, que mon contact associe à un troisième, etc.

– Et s'il ne l'avait pas associé?

– Je l'aurais abattu à travers la porte. Sans hésiter.

L'écrivain but une gorgée de café avant d'annoncer :

– Bromley m'avait suivi dans le train. Il a essayé de me descendre puis il s'est tué.

– Bromley? Impossible! affirma Quinn, péremptoire.

– Voici le revolver avec lequel il m'a tiré dessus, répliqua Peter en sortant l'arme de sa poche. La balle a été se loger dans une banquette de la troisième ou quatrième voiture du train de deux heures pour Quantico.

O'Brien se leva, alla décrocher le téléphone et dit en composant un numéro :

– L'agent chargé de sa surveillance était officiellement en mission, je vais vérifier... Sécurité? Surveillance, région de Washington, agent O'Brien... Oui, Chet, c'est moi... Merci... Ici O'Brien. Un agent spécial surveille un nommé Bromley à l'Olympic Hotel, appelez-le immédiatement, je vous prie...

O'Brien se tourna vers Chancellor.

– Êtes-vous retourné à l'hôtel? Avez-vous confié à quelqu'un que vous preniez le train?

– A personne.

– C'est à n'y rien – Oui, j'écoute... Vous n'arrivez pas à le joindre... Envoyez une équipe sur place immédiatement, il a peut-être des ennuis. Je vous rappellerai.

L'agent raccrocha et tourna vers Peter un visage perplexe.

– Que s'est-il passé, à votre avis? lui demanda Chancellor.

– Je n'en sais rien. Seule la fille et moi étions au courant...

– Insinueriez-vous, commença Peter, furieux.

– Je n'insinue rien, rétorqua Quinn. Elle ne m'a pas quitté un seul instant, elle n'a pas pu téléphoner.

– Et vos champions de la progression?

– Impossible. Ils ignoraient comment vous viendriez et en outre, je leur fais entièrement confiance.

O'Brien revint lentement vers la table, s'arrêta soudain et se frappa le front en s'écriant :

– Nom de Dieu, c'est peut-être moi ! Devant le Hay-Adams en sortant. Je lui ai dit, pour la rassurer, que vous nous rejoindriez par le train. Il aurait pu m'entendre, s'il était caché à proximité !

– Que racontez-vous ?

O'Brien s'assit avec une mine dégoûtée.

– Bromley savait où vous étiez. Il aurait pu guetter votre sortie et m'entendre par hasard. Je crois que je vous dois des excuses.

– Pour avoir renseigné celui qui a failli me tuer ? C'est un peu dur à excuser, s'indigna Peter.

– Je vous comprends. Avez-vous rencontré Ramirez ?

Manifestement, O'Brien ne tenait pas à s'attarder sur la tentative manquée de Bromley.

– Varak avait raison : Chasông est la clef de l'affaire, répondit Peter en sortant de sa poche le morceau de papier aux taches rouges.

– C'est ce que vous aviez refusé de me dire au téléphone, n'est-ce pas ? Ramirez était à Chasông ?

– J'en suis convaincu, affirma Chancellor en hochant la tête. Ils mentent tous, ils ont tous quelque chose à cacher et tremblent qu'on le découvre, même après vingt-deux ans. Chasông nous conduira à l'un de ces quatre hommes.

Peter tendit à Quinn le bout de papier.

– C'est parmi eux que se trouve le possesseur des dossiers, reprit-il.

– Bon Dieu, s'exclama l'agent du FBI. Vous savez qui sont ces types ?

– Bien sûr. Il y en a un cinquième, dont Varak n'a pas voulu me révéler l'identité. Un homme qu'il vénérait et en qui il avait toute confiance.

– Je me demande si nous saurons un jour son nom.

– Je le sais déjà, assura Peter. Bromley me l'a dévoilé sans même s'en rendre compte. C'est un homme dont j'ai fait la connaissance il y a des années et qui m'a aidé à résoudre un grave problème personnel. Je lui dois beaucoup et je préférerais taire son nom ou du moins lui parler avant de vous le communiquer.

O'Brien réfléchit puis répondit :

– A une condition : mettez son nom dans une enveloppe que vous confierez à un avocat quelconque en lui recommandant de me la transmettre passé un certain délai.

– Pourquoi ?

– Au cas où ce cinquième homme vous tuerait.

Chancellor n'hésita qu'une fraction de seconde avant d'accepter.

– Parlez-moi de ce Ramirez, enchaîna aussitôt Quinn. Répétez-moi ses moindres propos, ses réactions. Quelles relations entretenait-il avec MacAndrew ? Quel rôle joue-t-il dans l'affaire Chasông et tout d'abord, pourquoi avez-vous eu l'idée d'aller le trouver ?

– Une sorte d'intuition que j'ai eue au cimetière d'Arlington combinée aux révélations de Varak, expliqua l'écrivain.

Le récit de Chancellor dura une dizaine de minutes au terme desquelles O'Brien proposa :

– Laissons Ramirez de côté pour l'instant et revenons à Varak. Si j'ai bien compris, il soupçonnait l'un de ces quatre hommes parce que les tueurs possédaient des informations qu'eux seuls avaient pu leur fournir ?

– Et qu'ils parlaient une langue qu'il ne connaissait pas : pour savoir que Varak ne les comprendrait pas, les tueurs de la 35e Rue devaient le connaître, *lui*.

– A-t-il pu au moins situer cette langue ? Lui a-t-elle paru orientale ou autre chose ?

– Il ne me l'a pas dit. Il a simplement précisé que les tueurs répétaient souvent le mot Chasông, comme des fanatiques.

– Peut-être a-t-il voulu suggérer que Chasông est devenu une sorte de culte ?

– De culte ?

– Revenons à Ramirez. Il a confirmé le massacre, les erreurs commises par les officiers supérieurs ?

– Oui. Il a commencé par invoquer l'enquête de l'inspecteur général des armées puis il m'a tout simplement supplié d'oublier toute cette histoire.

– Très intéressant, fit O'Brien en reposant la cafetière sur le réchaud. Ce revirement, c'est vous qui avez dû le provoquer : que lui avez-vous dit exactement pour le faire changer d'attitude ?

– Je l'ai accusé de cacher la vérité.

– Mais quelle vérité ? Vous n'avez pas précisé, et pour

cause, puisque vous n'en saviez rien. Essayez de vous souvenir, Chancellor.

– J'ai mentionné la démission de MacAndrew, le trou dans son dossier. J'ai dit qu'on avait étouffé l'affaire Cha-sông...

– Quoi d'autre?

– Que les dossiers disparus racontaient toute l'histoire! reprit Peter sur un ton agacé. Que c'est pour cette raison qu'on a assassiné MacAndrew!

– C'est tout?

– Je fais de mon mieux!

– Excusez-moi. On cherche parfois longtemps une réponse qui crève les yeux.

Peter s'efforça de rassembler ses souvenirs. Machinalement, son regard fit le tour de la pièce et lorsqu'il se posa sur la porte de la chambre où dormait Alison, l'écrivain annonça d'une voix calme :

– J'ai trouvé : la femme de MacAndrew.

31

L'agent fédéral Carroll Quinlan O'Brien avait accepté de quitter le motel pour laisser à Chancellor et à la fille quelques moments d'intimité. En outre, il avait du travail : il fallait enquêter sur quatre hommes couverts d'honneurs et sur une lointaine rangée de collines transformée vingt ans plus tôt en abattoir.

Lorsque Peter entra dans la chambre, Alison se retourna dans le lit, ouvrit les yeux et s'exclama :

– C'est toi ! Oh, comme j'ai eu peur !

Il s'approcha, la prit dans ses bras et murmura :

– Tout va bien maintenant. C'est presque terminé.

Chancellor ne savait comment aborder le sujet de la mère d'Alison sans blesser la femme qu'il aimait. Il le fallait pourtant, et il se jeta à l'eau.

– Je dois te poser quelques questions.

– Des questions ?

– A propos de ta mère.

– Je t'ai déjà dit tout ce que je savais, répondit Alison sèchement. Elle est tombée malade quand j'étais encore très jeune.

– Mais tu as vécu auprès d'elle, insista Peter.

Alison se renversa sur l'oreiller, toujours tendue, comme si cette conversation lui faisait peur.

– Il y avait toujours quelqu'un pour s'occuper d'elle et j'ai appris très tôt à tenir mes distances. A dix ans, on m'a mise en pension. L'Allemagne, la Suisse, Londres : je changeais de lycée chaque fois que mon père changeait de poste. Comme tu vois, on ne peut pas appeler ça vivre auprès de sa mère.

– Parle-moi d'elle. Avant sa maladie.

– Comment le pourrais-je? Je n'étais qu'une enfant.

– Dis-moi tout ce dont tu te souviens! Ses parents, le milieu où elle a grandi, sa rencontre avec ton père.

Alison prit une cigarette du paquet posé sur la table de nuit.

– Est-ce vraiment nécessaire? demanda-t-elle.

Peter lui donna du feu sans cesser de la fixer.

– J'ai accepté tes conditions, hier soir, mais tu m'as promis d'accepter les miennes en retour, fit-il d'une voix douce.

La jeune femme soutint son regard un instant puis acquiesça de la tête.

– Elle est née à Tulsa, dans l'Oklahoma. Son père était évêque d'une Eglise baptiste très stricte et très riche. En fait, mes grands-parents étaient tous deux missionnaires et ma mère a passé elle aussi son enfance à voyager : l'Inde, la Birmanie, Ceylan.

– Où a-t-elle fait ses études?

– Dans les écoles de la mission : tous les enfants de Dieu sont les mêmes aux yeux du Christ. Ce qui était entièrement faux, bien sûr. Elle allait à l'école avec les gosses indigènes, mais pas question de manger ou de jouer avec eux.

– Je ne comprends plus. Ne m'as-tu pas dit que la cuisine 1930 de la maison de Rockville était censée lui rappeler son enfance?

– Les moments les plus heureux de son enfance, corrigea Alison. Lorsqu'elle rentrait avec mes grands-parents pour un bref séjour à Tulsa. Ma mère détestait l'Extrême-Orient et les voyages.

– Curieux qu'elle ait épousé un militaire.

– Pas vraiment. Le père évêque et le mari général se ressemblaient assez par leur force de caractère, leur esprit de décision.

– Quand a-t-elle connu ton père?

Alison réfléchit en tirant une bouffée de sa cigarette.

– Attends un peu. Dieu sait qu'il me l'a souvent racontée cette rencontre, mais toujours avec des variantes, pour l'enjoliver et la rendre plus romanesque, je suppose.

– Ou pour en cacher un aspect? fit Peter.

Elle détourna la tête puis le regarda de nouveau dans les yeux.

– Oui, probablement. Ils ont fait connaissance à Washington, pendant la Seconde Guerre mondiale. Papa revenait d'Afrique du Nord et il allait repartir, pour le Pacifique cette fois. Il a rencontré ma mère à une réception donnée par l'armée.

– Que pouvait bien y faire la fille d'un évêque baptiste?

– L'armée l'employait comme traductrice. Rien de bien compliqué : elle participait à l'élaboration de manuels contenant des phrases du genre : « Je suis un pilote américain tombé en parachute dans votre beau pays, je suis votre allié, etc. » Ma mère pouvait lire et écrire plusieurs langues extrême-orientales, notamment le chinois.

– Elle avait vécu en Chine?

– Elle avait passé quatre ans dans les provinces du golfe de Po Hai, où mon grand-père « officiait », si c'est le terme qu'on utilise pour un missionnaire.

Ce fut le tour de Peter de détourner les yeux pour cacher l'appréhension qui venait soudain de naître en lui. Après s'être ressaisi, il se tourna de nouveau vers Alison et lui demanda :

– Tu as connu tes grands-parents?

– Non. Je me souviens vaguement de la mère de papa mais...

– Et les parents de ta mère?

– Pas du tout, répondit-elle en écrasant sa cigarette dans le cendrier. Ils sont morts en évangélisant les peuplades indigènes.

– Où ça?

Alison n'avait pas lâché son mégot éteint, avec lequel elle grattait le fond du cendrier.

– En Chine, dit-elle doucement sans regarder Peter.

Tous deux restèrent un moment silencieux puis Chancellor reprit :

– Tu veux en parler maintenant?

– De quoi?

– De l'accident survenu à ta mère il y a vingt-deux ans, à Tokyo.

– Je ne m'en souviens pas, j'étais trop jeune.

– Tu m'as dit que tu avais cinq ou six ans, mais tu as un peu triché. En fait tu avais neuf ans. Dans l'article sur la mort de ton père, le journaliste mentionne ton âge et...

– *Je t'en prie!*

– Alison, je t'aime, mais tu dois me répondre. Il faut que nous trouvions la vérité. Il faut non seulement pour moi, mais pour nous deux.

– Quelle vérité?

– Les dossiers de Hoover ont été volés.

– Non! Ce n'est pas vrai! C'est du roman! Ton roman!

– C'est malheureusement vrai. On a dérobé les dossiers avant même qu'il meure et depuis on les utilise. Leur nouveau possesseur joue un rôle dans l'affaire Chasông, ta mère aussi y a été mêlée et ton père s'est efforcé de la cacher jusqu'à sa mort. Nous devons découvrir pourquoi : c'est le seul moyen de remonter jusqu'à l'homme qui s'est emparé des dossiers.

– Mais c'est aberrant! Comment une femme malade, dont l'état ne faisait qu'empirer aurait-elle pu avoir de l'importance pour quiconque?

– Bon sang! Cesse de te dérober! Tu as d'abord essayé de me mentir puis tu as pris la tangente, mais tu as fini par prononcer le mot clef : *la Chine*. Les provinces de Po Hai se trouvent en *Chine*, tes grands-parents maternels sont morts en *Chine*, et, à Chasông, c'est la *Chine* que nous combattions!

– Qu'est-ce que cela veut dire?

– Je n'en sais rien! 1950... Tokyo, la Corée, les nationalistes chassés de Chine se réfugient çà et là, ils circulent assez librement, je présume, et on en profite pour les « infiltrer ». L'épouse d'un officier supérieur affecté au haut commandement en Corée est la fille de missionnaires restés en Chine... Les agents ennemis infiltrés parmi les réfugiés nationalistes la contactent, la compromettent, mais soudain rien ne va plus... Que s'est-il passé, il y a vingt-deux ans?

– Tout a débuté quand nous nous sommes installés à Tokyo, répondit Alison...

Elle parlait lentement, comme si les mots lui venaient avec peine.

– ... C'est là qu'elle a commencé à se montrer bizarre.

– En quel sens, bizarre?

– Quand je lui parlais, elle me regardait fixement sans paraître m'entendre puis elle s'éloignait sans répondre, en chantonnant de vieilles chansons.

– Je l'ai entendue chanter « Vive le vent » à Rockville.

– Plus tard quand son état empira, elle se mit à chanter du matin au soir la même chanson pendant des mois.

– Était-elle alcoolique?
– Non, je ne crois pas. Du moins pas à cette époque-là.
– Tu te souviens bien d'elle, observa Peter.
– Moins que tu ne le crois mais plus que mon père ne le pensait.
– Continue, invita Chancellor d'une voix douce.
– Nous vivions seules toutes les deux, avec des domestiques japonais, sans jamais recevoir de visites, hormis quelques rares épouses d'officiers à qui je n'avais aucune envie de me confier.
– Personne pour t'aider?
– Personne. J'avais neuf ans, je ne savais pas quoi faire. C'est alors qu'elle a commencé à recevoir des coups de téléphone tard dans la soirée. Elle s'habillait, elle sortait, les yeux hagards, et je me demandais si elle rentrerait jamais. Un soir, mon père téléphona de Corée alors qu'elle était absente et je lui racontai tout. Quelques jours plus tard, il prit l'avion pour Tokyo.
– Comment réagit-il?
– Je ne me souviens plus. Je me sentais tellement soulagée de le revoir, tellement persuadée que tout allait s'arranger.
– Fut-ce le cas?
– Son état se stabilisa pendant un certain temps. Un médecin militaire s'occupa d'elle régulièrement, les coups de téléphone cessèrent, elle ne sortit plus le soir.
– Un certain temps, dis-tu?
Des larmes perlèrent aux yeux d'Alison.
– D'un seul coup, elle perdit complètement la raison. En rentrant de l'école, je la retrouvai seule dans la maison, elle avait chassé les domestiques, elle cassait tout ce qui lui tombait sous la main en poussant des hurlements. Elle me fixa d'un regard haineux, terrifiant...
La jeune femme porta une main à ses lèvres tremblantes puis poursuivit en murmurant :
– Elle s'approcha de moi, un couteau de cuisine à la main, elle me prit par la gorge, elle tenta de m'enfoncer son couteau dans le ventre. Elle voulait me tuer. Oh, mon Dieu! Elle voulait me *tuer!*
Alison roula sur le côté, le corps agité de convulsions, le visage livide. Peter l'enlaça, la berça doucement contre lui.
– Essaie de te souvenir. Que criait-elle lorsque tu es entrée dans la maison?

Elle le repoussa, se redressa et s'appuya contre la tête du lit, les yeux fermés, les joues ruisselantes de larmes.

– Je ne sais pas.

– Rappelle-toi!

– Je ne peux pas! Je ne comprenais pas!

Elle ouvrit les yeux, regarda Peter d'un air stupéfait.

– Elle parlait une langue étrangère, elle criait en chinois, fit Chancellor. Ta mère, qui avait passé quatre ans dans les provinces de Po Hai, te hurlait sa haine en chinois.

– Oui, murmura Alison.

Pourtant, la vraie question n'avait pas trouvé de réponse. Pourquoi une mère avait-elle tenté de poignarder sa fille? se demandait Chancellor. Schizophrénie infanticide, complexe de Médée? L'écrivain n'osait s'aventurer sur ce terrain, qu'il connaissait mal, et où il ne pensait d'ailleurs pas découvrir d'explication. La réponse était ailleurs. Une femme, victime d'un accès de démence, de rage aveuglante... *Aveuglante*? C'est la fin de l'après-midi, l'enfant rentre de l'école, elle franchit la porte...

– Quels vêtements portais-tu ce jour-là? Tu peux t'en souvenir?

– Comme tous les autres jours, un pantalon et une veste, l'uniforme de l'école.

– Tu avais les cheveux courts ou longs?

– A cette époque?

– Ce jour-là. Quand ta mère t'a vue entrer par la porte.

– Je portais une casquette sur des cheveux courts, comme tous les autres enfants.

– Elle ne t'a pas vue! s'exclama Peter. Elle ne t'a pas reconnue! Cela explique le verre brisé, le vieux peignoir et les mots peints sur le mur du bureau de ton père, le regard de Ramirez quand on parle de ta mère.

– Mais qu'est-ce que tu veux dire? Bien sûr qu'elle m'a vue!

– Non. Elle a vu un *uniforme*, c'est tout.

– Un uniforme? Ramirez! Tu as rencontré Ramirez?

– Je ne peux pas t'expliquer davantage parce que je ne comprends pas encore moi-même, mais je commence à avoir les idées plus claires. A l'époque, les officiers passaient quelques mois au front puis étaient affectés à tour de rôle au commandement installé à Tokyo. Bien, et d'après toi, ta mère sortait fréquemment la nuit...

– Mais tu la traites de putain! Tu insinues qu'elle se prostituait pour obtenir des informations?

– On a pu la contraindre à commettre des actes dont elle avait honte. D'un côté le mari, brillant officier commandant sur le front, de l'autre un père adoré, prisonnier en Chine. Que pouvait-elle faire?

Alison avait cessé de pleurer. De nouveau, elle ferma les yeux.

– Je ne veux plus me souvenir, implora-t-elle. Je ne veux pas en savoir davantage.

– Il le faut. Qu'est-il arrivé ensuite?

– J'ai couru hors de la maison. L'un de nos domestiques a appelé la police d'une maison voisine, où il m'avait emmenée. J'ai attendu, sous les yeux de cette famille de Japonais qui me regardaient comme une pestiférée, et puis un soldat de la PM m'a conduite chez l'épouse d'un colonel avec qui je suis restée quelques jours, jusqu'au retour de mon père.

– Et ta mère?

– Elle est rentrée à la maison une semaine plus tard, avec une infirmière. A partir de ce jour, il y eut toujours quelqu'un pour s'occuper d'elle.

– Comment était-elle?

– Prostrée.

– Sans espoir d'amélioration?

– Difficile à dire mais je crois que cette fois-là elle aurait encore pu se rétablir, partiellement du moins.

– Cette fois-là?

– La première fois qu'elle est revenue de l'hôpital. Avec l'infirmière.

– Parle-moi de la seconde.

Alison ouvrit les yeux, les referma aussitôt. Le souvenir de ce retour à la maison semblait la tourmenter autant que l'image violente de sa mère se jetant sur elle.

– Il avait été décidé que je retournerais aux États-Unis chez mes grands-parents paternels. Ma mère était calme, repliée sur elle-même. Des infirmières se relayaient toutes les huit heures pour ne jamais la laisser seule. Mon père, réclamé en Corée, repartit pour le front en pensant que tout irait bien. D'autres épouses d'officiers vinrent nous rendre visite, nous emmenèrent en pique-nique, faire des emplettes, etc. Chacun faisait preuve de gentillesse, trop même. Les malades mentaux sont comme les alcooliques, ils peuvent se comporter normalement, sourire, mentir pour rassurer leurs proches, et puis soudain, au moment où l'on s'y attend le moins, c'est la crise. Je crois que c'est ce qui est arrivé.

– Tu le crois? Tu ne le sais pas avec certitude?

– Non. On m'a dit que le reflux l'avait entraînée, qu'elle était restée trop longtemps sous l'eau, qu'on la croyait morte. C'est une explication dont une enfant pouvait se contenter. Ce dimanche-là, j'étais enrhumée et je n'avais pas pu accompagner les amies qui emmenaient ma mère à la plage. Vers le milieu de l'après-midi, les coups de téléphone commencèrent à se succéder. Les épouses d'officiers qui avaient emmené ma mère à la plage demandaient si elle était rentrée, en déguisant leur voix pour ne pas m'inquiéter. Deux militaires, nerveux et agités, passèrent chez nous sous un prétexte quelconque. Eux aussi voulaient me cacher que ma mère avait disparu, mais je savais qu'il lui était arrivé quelque chose.

Alison se remit à pleurer.

– Continue, fit Peter en lui prenant les mains.

– Ce fut affreux. Tard dans la nuit, je fus réveillée par des cris, des bruits de moteur, des sirènes. Je me levai, quittai ma chambre et m'avançai sur le palier. En bas, la maison grouillait d'Américains, civils et militaires, qui téléphonaient, entraient et sortaient. Deux soldats amenèrent ma mère sur une civière. Elle avait le corps recouvert d'un drap taché de sang. Dans son visage blême, ses yeux grands ouverts, fixes, semblaient sans vie. Deux filets de sang partaient des commissures de ses lèvres, coulaient le long de son menton, sur son cou. Lorsque la civière passa sous une lampe, elle se mit soudain à crier en secouant la tête de gauche à droite, en tordant son corps dans les sangles qui l'emprisonnaient. Je me précipitai vers elle mais un major – un Noir, très beau, je ne l'oublierai jamais – m'arrêta, me retint et me dit que tout irait bien. Les soldats posèrent la civière sur le sol, défirent les sangles en tenant ma mère par les jambes et les épaules. Un médecin lui fit une piqûre et elle se calma. Le major me porta dans ma chambre, me coucha et resta longtemps près de moi à essayer de me rassurer. Il me dit que ma mère avait eu un accident mais qu'elle allait se rétablir. Je savais qu'il mentait. On m'emmena à la base militaire où je restai jusqu'au retour de mon père. Pour l'avant-dernière fois avant notre rapatriement, il revint de Corée et me reprit aux amis qui me gardaient.

Chancellor attira Alison vers lui.

– Ta mère n'a pas été surprise par la marée, affirma-t-il. C'était un mensonge que tu as feint d'accepter mais auquel tu n'as jamais cru. Pourquoi as-tu fait semblant d'y croire pendant toutes ces années?

– C'était plus facile, je suppose, murmura Alison.

– Parce qu'elle avait essayé de te tuer? Parce qu'elle avait hurlé en chinois et que tu voulais oublier cette scène à tout jamais?

– Oui, répondit la jeune femme, les lèvres agitées par un tremblement.

– Mais maintenant, tu dois regarder la vérité en face : ta mère travaillait pour les Chinois, ce fut elle la responsable de la tuerie de Chasông. Et Hoover en avait la preuve dans ses dossiers.

– Oh, mon Dieu...

– On l'y contraignait. Peut-être même ne sut-elle jamais exactement ce qu'elle faisait. Lorsque je m'étais rendu à Rockville, il y a quelques mois, ta mère s'était mise à hurler en me voyant. Ton père me cria de m'approcher de la lampe, afin qu'elle pût voir mon visage, et effectivement, elle cessa de crier lorsqu'elle vit mes traits en pleine lumière, quand elle découvrit que je n'étais pas... un Oriental. Ta mère n'a pas eu d'accident, elle a été enlevée et torturée par ceux qui la forçaient à travailler pour eux, probablement parce qu'elle avait fini par trouver le courage de leur dire non. Elle n'avait aucune prédisposition congénitale à la démence, tu comprends? On *l'a rendue folle.*

Peter resta auprès d'Alison jusqu'à ce qu'elle s'endormît enfin, épuisée de fatigue. Il était plus de cinq heures et le jour n'allait plus tarder à se lever. Chancellor aurait voulu prendre lui aussi quelque repos mais, auparavant, il devait vérifier son hypothèse auprès du seul homme qui pouvait lui en donner confirmation : Ramirez.

En cherchant dans ses poches le bout de papier sur lequel il avait noté le numéro du faux major, l'écrivain sortit de la chambre et s'approcha du téléphone. Nul doute qu'un des hommes d'O'Brien écouterait la conversation mais cela n'avait plus d'importance.

– Oui, qu'est-ce que c'est? répondit une voix ensommeillée ou pâteuse.

– Ramirez?

– Qui parle?

– Chancellor. J'ai trouvé la réponse et vous allez me la confirmer. Si vous hésitez, si vous mentez, je me rends dès demain matin chez mon éditeur, il saura quoi faire.

– Je vous avais dit de ne pas vous en mêler! bafouilla l'officier, manifestement ivre.

– La femme de MacAndrew a causé le massacre de Chasông, n'est-ce pas, Ramirez? Elle fournissait des informations aux Chinois.

– Non! Vous ne comprenez pas...

– Je veux la vérité!

Après un instant de silence, le général bredouilla :

– Ils sont morts tous les deux...

– La vérité, Ramirez!

– Ils la tenaient par la drogue, elle ne pouvait pas rester plus de deux jours sans piqûre. Quand nous l'avons découvert, nous l'avons aidée de notre mieux mais... mais sur le front, la situation se dégradait... Nous avons eu raison d'agir de la sorte et d'ailleurs tout le monde était du même avis!

– Pourquoi cherchez-vous à vous justifier? Que cachez-vous encore?

– Tout le monde était d'accord, murmura Ramirez.

Soudain, Chancellor comprit.

– Vous ne l'avez pas aidée, vous l'avez volontairement laissée sous la dépendance de la drogue! Vous vous êtes servi d'elle pour « intoxiquer » l'ennemi.

– Les choses tournaient mal. Sur le Yalou...

– Attendez! MacAndrew était-il au courant? A-t-il permis qu'on utilise ainsi son épouse?

– Il n'en a jamais rien su.

Peter fut saisi d'une envie de vomir.

– Et malgré le calvaire qu'elle a enduré, des centaines de soldats américains sont morts à Chasông! Et MacAndrew en a toujours tenu sa femme pour responsable! On l'a droguée, torturée, battue et presque tuée sans que vous interveniez... Bande de salauds!

– Lui aussi, c'était un salaud! cria Ramirez dans le téléphone. Un *boucher*!

32

Un salaud... un boucher. Les mots hurlés par l'officier soûl retentissaient encore aux oreilles de Chancellor. Assis à côté d'Alison sur la banquette arrière d'une voiture banalisée des services gouvernementaux, il essayait de comprendre.

Pourquoi un *salaud*? MacAndrew avait été une victime lui aussi, tout comme son épouse. Ramirez avait-il voulu faire allusion aux erreurs de commandement qui avaient coûté la vie à des centaines, peut-être à des milliers de soldats américains? En ce cas, l'injure n'était guère appropriée. Quant à *boucher*, cela ne cadrait pas non plus avec l'homme que Peter avait rencontré et qui lui avait exprimé sa haine de la guerre.

L'écrivain avait percé à jour le secret de Chasông, mais où cette découverte le menait-elle? Comment la rattacher aux quatre noms fournis par Varak, au possesseur des dossiers de Hoover? Après tout, Varak avait pu se tromper et l'aiguiller sur une piste se terminant en cul-de-sac.

Parvenue à une intersection, la voiture ralentit, s'engagea dans l'allée d'une station-service et s'arrêta près d'un véhicule garé devant une pompe. Le chauffeur fit un signe de tête à O'Brien, assis à l'avant à côté de lui, descendit de voiture et se dirigea vers l'autre véhicule.

– Ils nous accompagnent jusqu'à Saint-Michael, annonça O'Brien en se glissant au volant. Nous vous installerons dans une maison sûre, que personne ne connaît... On m'a remis une copie de votre conversation avec Ramirez, mais j'aimerais que vous me racontiez le reste.

– Je n'ai même pas encore eu le temps de tout expliquer à Alison, répondit Chancellor en se tournant vers la jeune femme. Les Chinois avaient rendu ta mère toxicomane. Pour se procurer de la drogue et sauver la vie de ses parents prisonniers en Chine, elle leur fournissait diverses informations qu'elle glanait au cours de ses sorties nocturnes avec des officiers américains : mouvements de troupes, effectifs, itinéraires de ravitaillement, etc.

– Quelle horreur! murmura Alison. Mon père était au courant? Il a dû éprouver un choc terrible en...

– Ton père ne savait que ce que l'armée voulait qu'il sût, c'est-à-dire la moitié de la vérité. Le reste, il l'a toujours ignoré.

– Le reste?

– Ta mère n'était pas seulement manipulée par les Chinois, l'armée aussi se servait d'elle pour « intoxiquer » l'ennemi.

Alison se raidit, sans quitter des yeux le visage de Peter.

– Mais comment?

– Les moyens ne manquent pas. Ils ont pu par exemple entretenir son accoutumance ou lui administrer des produits augmentant les souffrances du manque. C'était une façon de la renvoyer aux Chinois, avec de fausses informations.

La fille du général MacAndrew respirait bruyamment.

– Fais-les payer, dit-elle à Peter d'une voix tremblante de colère.

– Où tout cela nous mène-t-il? interrompit O'Brien.

– A l'un des quatre hommes, d'après Varak.

Voyant l'agent sursauter, Chancellor ajouta aussitôt :

– Je lui ai parlé des quatre hommes mais sans lui révéler leurs noms.

– Pourquoi? interrogea Alison.

– Pour votre sécurité, Miss MacAndrew, répondit O'Brien. J'ai commencé à travailler sur ces noms mais je ne sais pas trop ce que je cherche.

– Quelque chose ayant un rapport avec la Chine, assura Peter. N'importe quoi.

– Quand allez-vous rencontrer ce cinquième homme dont vous m'avez parlé?

– Avant la fin de la journée.

– Vous m'avez promis de confier son nom à un avocat, rappela l'agent.

– Pas besoin d'avocat, Morgan fera l'affaire. Arrêtez-vous à la prochaine cabine téléphonique.

– Vous n'avez pas l'habitude de ce genre de prise de contact, protesta O'Brien en plissant le front. Je ne tiens pas à ce que vous couriez des risques inutiles.

– J'ai inventé plus de rencontres secrètes que vous ne l'imaginez, répliqua Chancellor. Contentez-vous de me prêter une voiture banalisée pour quelques heures et de respecter votre promesse de ne pas chercher à me suivre.

– Dieu nous protège des romanciers, soupira O'Brien.

– Où es-tu, nom d'un chien? criait Tony Morgan. Le directeur de l'hôtel m'a dit que tu étais parti en balade, dans la vallée du Shenandoah et ton médecin m'a téléphoné pour me demander si tu rentrais bientôt à New York! Pourrais-tu m'expliquer...

– Pas le temps, coupa Chancellor. Le directeur de l'hôtel était un agent du FBI, quant à mon médecin, il s'agit probablement de quelqu'un qui me cherche.

– Qu'est-ce que tu fabriques?

– J'essaie de découvrir qui a volé les dossiers de Hoover.

– Encore! Nous avons déjà discuté de ces bobards, tu ne vas pas recommencer. Arrête de te prendre pour un personnage de tes romans!

– Les dossiers ont bel et bien disparu, c'est le point de départ de toute cette histoire. Écoute, je rentrerai bientôt à New York, je te le promets, mais je te demande encore un service : fixe pour moi un rendez-vous avec quelqu'un qui se trouve à Washington et qui est probablement très difficile à joindre. Dis que tu t'appelles Varak. Stefan Varak.

– Et je suppose, fit l'éditeur sarcastique, que je dois téléphoner d'une cabine publique?

– Exactement.

– Voyons, Peter...

– L'homme à qui je te demande de téléphoner s'appelle Munro St Claire.

Le nom produisit l'effet escompté par Chancellor. Après un instant de silence, Morgan reprit :

– Tu ne plaisantes pas.

Ce n'était pas une question.

– Quand tu l'auras au bout du fil, dis-lui que tu l'appelles en mon nom, que Varak est mort et que je veux le voir. Maintenant, prends un stylo et écris... Tu es prêt ?

– Vas-y.

– St Claire utilise le nom Bravo...

Peter attendait dans la voiture banalisée arrêtée au bord d'une route menant à la baie de Chesapeake et disparaissant soudain pour faire place à des marais dont le vent de décembre agitait les roseaux. Le ciel était couvert, l'air froid et humide.

Il avait laissé Alison et O'Brien à une dizaine de kilomètres au nord, dans la maison « sûre » de Saint-Michael. L'agent du FBI lui avait accordé trois heures, c'est-à-dire jusqu'à dix-sept heures, avant de téléphoner à Morgan pour lui demander l'identité de Bravo.

Une limousine noire émergea du tournant et s'approcha lentement de l'endroit où se trouvait Peter. Il descendit de voiture, se dirigea vers le véhicule qui venait de s'immobiliser.

– Mr. Peter Chancellor ? lui demanda le chauffeur par la vitre baissée.

– Oui, répondit le romancier, inquiet de ne découvrir personne sur la banquette arrière. Où est Mr. St Claire ?

– Si monsieur veut bien monter, je vais le conduire à Son Excellence.

– Ce n'était pas prévu !

– Son Excellence m'a chargé de vous dire qu'il a modifié vos plans par souci de votre sécurité. Il m'a prié de vous rappeler une conversation que vous avez eue il y a quatre ans et dont vous avez tiré le plus grand profit.

Chancellor hocha la tête puis monta dans la limousine.

L'imposante bâtisse victorienne dressait ses quatre étages face aux eaux de la baie. Une longue jetée s'élançant vers la mer partait du milieu de la pelouse située devant la maison.

Le chauffeur gravit les marches du perron, ouvrit la porte et invita Chancellor à entrer.

– Prenez à droite, traversez le couloir, Son Excellence vous attend dans le salon.

L'écrivain suivit les instructions du chauffeur et se retrouva dans une pièce haute de plafond au bout de laquelle un homme, le dos tourné, contemplait la baie.

– Soyez le bienvenu, fit Munro St Claire en se retournant. Cette maison appartenait à un nommé Genèse, un homme qui fut l'ami de Bravo.

– J'ai entendu parler de Bannière, de Paris, de Venise, de Christopher, et naturellement de Bravo, mais pas de Genèse.

St Claire ne parvint pas tout à fait à masquer sa surprise.

– Je n'arrive pas à croire que Varak ait pu vous dévoiler mon identité.

– Il s'y est refusé. C'est un certain Bromley qui me l'a révélée, sans le vouloir, d'ailleurs. Varak est mort sous mes yeux mais avant de mourir, il m'a tout raconté.

– Tout?

– Tout, de Malibu à Washington : comment il a éveillé mon intérêt, comment je devais faire sortir le gibier de sa tanière.

– Asseyez-vous donc.

– Je préfère rester debout.

– A votre guise. Allons-nous tourner autour du bureau, comme deux gladiateurs dans l'arène?

– Peut-être.

– Dans ce cas, vous avez perdu d'avance. Mon chauffeur nous observe du dehors.

Tournant la tête vers la fenêtre, Peter découvrit le chauffeur, immobile derrière la vitre, un revolver à la main.

– Vous croyez que je suis venu vous tuer?

– Je ne crois rien. Je sais seulement qu'il faut absolument retrouver les dossiers et que je donnerais volontiers ma vie dans ce but.

– L'homme qui a dérobé les dossiers de M à Z murmure des menaces au téléphone. Il s'appelle Bannière, Paris, Venise, Christopher... ou même Bravo. Il a téléphoné à Phyllis Maxwell, à Paul Bromley et à MacAndrew. Torturé par sa conscience, le général allait faire éclater un scandale vieux de vingt-deux ans lorsqu'on le contraignit à démissionner. Combien d'autres victimes le maître chanteur a-t-il faites? Nul ne le sait, mais si on ne le met pas hors d'état de nuire, il dirigera bientôt le pays en se servant des dossiers.

– Vous savez des choses qui pourraient vous coûter la vie, remarqua St Claire.

– J'ai failli la perdre à plusieurs reprises par votre faute mais cela ne m'a pas arrêté pour autant. Je veux mettre fin à ce cauchemar.

– Je le souhaite autant que vous.

– Alors, agissez.

– Mais comment?

– Rendez publique l'existence de votre groupe, annoncez la disparition des dossiers.

– Vous perdez la tête!

– Pourquoi?

– Cette question présente une complexité que vous ne soupçonnez pas, expliqua St Claire en s'asseyant dans un fauteuil. Vous dites que Bromley vous a révélé mon identité?

– Avant de se tuer, il a prononcé votre vrai nom et tout est devenu clair. A Park Forest, vous m'avez rendu un immense service mais, depuis, vous m'avez fait payer ma dette au centuple! Révélez aux journaux les noms des membres de votre groupe! Avertissez le pays que les dossiers secrets de Hoover ont disparu!

– *Je vous en prie!* plaida St Claire avec un geste de la main. Essayez de comprendre. Nous nous sommes constitués en groupe lors de circonstances exceptionnelles...

– Afin d'éliminer un dément, enchaîna Chancellor.

– Ou du moins le tenter. Pour ce faire, nous avons outrepassé les limites de la légalité dans certains domaines; nous avons détourné la machine gouvernementale à des fins que nous estimions justifiées. Le pays, toutes les valeurs pour lesquelles nous luttons risquaient l'anéantissement. Notre unique objectif fut l'équité, notre seule protection l'anonymat.

– L'un d'entre vous a changé les règles du jeu! rétorqua Peter.

– Alors, il faut le confondre, mais les autres n'ont pas à payer pour lui!

– Nous ne nous comprenons pas, Mr. St Claire. Je ne

vous dois plus rien. Vous m'avez manipulé comme une marionnette au point que j'ai failli en perdre la raison, vous vous êtes servi de moi. Dans quel but? Pour que le Pentagone, le FBI, la Maison-Blanche, le ministère de la Justice, le Congrès et *vous* puissiez continuer à mentir? A prétendre que des dossiers volés ont été détruits? Je ne vous demande rien, j'exige! Si vous n'alertez pas l'opinion, c'est moi qui le ferai!

Les longs doigts décharnés du diplomate tremblaient sur le bras du fauteuil.

– Parlez-moi de la fin de Varak, fit-il d'une voix faible. C'était mon ami.

L'écrivain raconta l'agonie de l'agent sans mentionner Chasông. Alison était trop intimement mêlée à cette histoire pour qu'il en parlât à un homme en qui il ne savait pas s'il pouvait avoir confiance.

– Il est mort convaincu de votre innocence, conclut Peter.

– Et vous, qu'en pensez-vous?

– Vous pouvez m'en convaincre par une déclaration à la presse.

– Je vois, fit Bravo en regardant par la fenêtre les eaux de la baie. Que vous a encore dit Varak?

– Que vous aviez éveillé mon intérêt en me racontant une histoire à la fois vraie et fausse.

– A savoir?

– Vraie la disparition des dossiers, faux l'assassinat de Hoover. Je n'y ai jamais cru, d'ailleurs mais c'était une excellente idée de livre... Assez bavardé. Allez-vous faire cette déclaration aux journaux ou préférez-vous que je m'en charge?

– Ne me menacez pas! répliqua St Claire, soudain glacial. La situation... La situation où vous vous trouvez ne vous en donne pas les moyens. Il coula un regard vers la fenêtre.

Le revolver à la main, le chauffeur observait attentivement les deux hommes.

Peter sentit la panique le gagner.

– Il y a quelqu'un à New York qui sait que je suis venu vous voir. S'il m'arrive quelque chose, il révélera votre nom. C'est l'homme à qui vous avez parlé au téléphone.

– Je l'ai écouté, corrigea Bravo, mais je n'ai accepté aucune condition. En ce moment même, je suis en conférence avec le sous-secrétaire d'État, qui jurera que je ne l'ai pas quitté de l'après-midi. Je n'ai d'ailleurs nul besoin d'alibi : nous pourrions vous tuer quand nous voulons : ce soir, demain, le mois prochain, mais nous ne le souhaitons pas, nous ne l'avons jamais souhaité. Il y a quatre ans, je vous ai dirigé vers le monde de la fiction : retournez-y, laissez à d'autres celui de la réalité.

Peter était stupéfait. Après avoir montré sa surprise, sa frayeur, St Claire avait retrouvé toute son assurance et dictait même ses conditions. A quoi était dû ce renversement des rôles? Inquiet, l'écrivain tourna la tête vers le chauffeur.

– Vous n'avez rien à craindre, le rassura Bravo. Cet homme n'est là que pour assurer ma protection. J'ignorais quelles étaient vos intentions.

– Vous l'ignorez toujours. Qui vous dit que je ne vais pas aller trouver un journaliste en sortant d'ici?

– Parce que ce serait une erreur qui pourrait entraîner une série de morts violentes, vous le savez aussi bien que moi.

– Non! C'est au contraire en crevant l'abcès qu'on mettra fin aux mensonges et aux meurtres. Je vais rendre toute l'affaire publique!

– Si vous le faites, Alison MacAndrew ne vivra pas jusqu'à demain.

Peter se raidit puis fit un pas en direction de Bravo. L'un des petits carreaux de la fenêtre vola en éclats et le chauffeur passa le canon de son arme par la vitre brisée.

– Rentrez chez vous, Mr. Chancellor, dit le diplomate. Retournez à vos occupations d'écrivain.

Après le départ de Chancellor, Munro St Claire ouvrit la porte-fenêtre et sortit sur la galerie. Le ciel s'obscurcissait, annonçant une averse imminente.

Remarquable, songeait l'ambassadeur. Même dans la mort, Varak continuait à orchestrer les événements. Il avait compris que Chancellor devait prendre sa place et jouer les agents provocateurs. Il lui avait révélé les vrais noms de Bannière, Paris, Venise et Christopher afin de le lancer sur leur piste.

L'écrivain s'était plaint d'avoir été manipulé, mais il ne se doutait pas que la manipulation se poursuivait. Il suffisait maintenant d'attendre que Chancellor découvrît qui détenait les dossiers. Il y aurait bien sûr un dénouement tragique, c'était inévitable, tout comme l'assassinat de John Edgar Hoover. Deux hommes allaient mourir : le membre d'Inver Brass qui avait trahi et le romancier Peter Chancellor.

En vrai professionnel, Varak avait songé à tout. Après la mort de Chancellor et du traître, il serait à jamais impossible de découvrir la vérité et Inver Brass disparaîtrait comme s'il n'avait jamais existé.

33

– Vous vous refusez toujours à me révéler son identité? demanda O'Brien à Peter par-dessus la table de la cuisine.

Devant chacun des deux hommes était posé un verre à moitié plein de whisky.

– Oui. Varak avait raison, ce n'est pas lui.

– Comment pouvez-vous l'affirmer?

– Parce qu'il ne m'aurait jamais laissé en vie dans le cas contraire.

– Je n'insiste pas mais vous êtes complètement cinglé, soupira l'agent en secouant la tête.

Chancellor sourit.

– Qu'avez-vous déniché sur nos quatre candidats ayant un rapport quelconque avec la Chine?

– Des choses intéressantes et d'autres moins. La première concerne Jacob Dreyfus, Christopher. J'ai découvert qu'il s'est occupé du soutien financier de plusieurs multinationales opérant depuis Taiwan.

– Ouvertement?

– C'est ce qu'il semble. Pourquoi voulez-vous du mystère?

– Dreyfus n'aurait pas agi aussi ouvertement. Qui d'autre?

– Frederick Wells, Bannière. C'est un sinophile, un passionné d'histoire orientale, et il possède l'une des plus belles collections d'objets d'art chinois au monde.

– Quel rapport?

– Je ne sais pas, je cherche, répondit O'Brien.

Chancellor fronça les sourcils. En fait, l'hypothèse Wells lui paraissait en un sens plus plausible que celle du banquier. De l'amour de la culture chinoise à la défense fanatique de la Chine, il y avait un pas que Bannière avait pu franchir. Tout était possible, il ne fallait rien négliger.

– Ensuite?

– C'est encore plus tiré par les cheveux. Sutherland a donné tort au gouvernement dans un procès l'opposant à trois journalistes new-yorkais à qui le Département d'État avait refusé un visa pour la Chine populaire. Sutherland a estimé que ce refus était contraire au Premier Amendement puisque de son côté Pékin avait accepté de recevoir les journalistes.

– Cela me paraît logique.

– Ça l'était. Il n'y eut pas appel.

– Et sur Montelan? demanda Peter.

– Paris a toujours dénoncé Chang Kai-Chek comme un seigneur de la guerre corrompu et réclamé l'admission de la Chine communiste à l'ONU.

– Il n'est pas le seul.

– C'est pourquoi je range Venise et Paris dans les hypothèses moins intéressantes, expliqua O'Brien. Pour impopulaires qu'elles aient été, leurs positions n'en étaient pas moins partagées par de nombreux autres. A mon avis, nous devrions concentrer nos efforts sur Dreyfus et Wells.

– Nous pouvons commencer par eux, concéda Peter, mais j'ai l'intention de les passer au crible tous les quatre, de les affronter l'un après l'autre.

– Cela ne vous ferait rien de répéter? demanda O'Brien en se renversant sur sa chaise.

L'auteur de *Riposte!* se leva, alla jusqu'au bar et se servit un second whisky.

– De combien d'hommes disposez-vous?

– Pouvez-vous répéter ce que vous venez de dire? insista O'Brien.

– Aidez-moi au lieu de me mettre des bâtons dans les roues! Je suis le lien entre ces quatre hommes. Tous savent que j'ai été manipulé, mais un seul se sentira vraiment menacé quand je lui poserai des questions.

– Et alors?

– Alors il tentera de me tuer.

– J'y avais songé, figurez-vous. Et vous croyez que je vais prendre cette responsabilité?

– Vous ne pouvez pas m'en empêcher.

– Je ne peux pas vous en empêcher? J'ai le choix entre une dizaine d'inculpations pour vous faire arrêter et mettre au secret.

– Et ensuite? C'est vous qui iriez leur poser des questions?

– Pourquoi pas?

– A cause de Han Chow. Vous aussi vous avez fait l'objet d'un chantage.

– Que savez-vous de Han Chow?

– Rien, Quinn. Et je ne veux rien savoir. Le soir où je suis allé vous voir au Bureau, lorsque je vous ai parlé de Longworth, lorsque je vous ai raconté l'histoire de Phyllis Maxwell, lorsque j'ai mentionné Chasông... Vous aviez peur, vous me regardiez comme vous le faites maintenant en m'accusant de choses que je ne pouvais pas comprendre, et vous avez prononcé le nom de Han Chow. Vous ne me croirez peut-être pas, Quinn, mais je vous avais inventé avant de vous rencontrer.

– Qu'est-ce que c'est que cette blague? fit O'Brien d'une voix blanche.

Chancellor vida son verre avant de répondre :

– Il y a dans mon roman un personnage qui prend conscience de ses faiblesses et qui les surmonte. La différence entre un bon bouquin et un dessin animé, c'est que dans le premier cas il n'y a pas de héros au début de l'histoire. Un personnage ne devient un héros qu'au fil du roman, en surmontant sa peur par exemple. Han Chow était la faiblesse qu'il vous fallait surmonter, n'est-ce pas?

– Voulez-vous en connaître l'histoire?

– Non, sincèrement. Mais je voudrais savoir *pourquoi* on vous a fait chanter.

– La... la nuit de la mort de Hoover, commença l'agent d'une voix hésitante, trois hommes ont été autorisés à pénétrer dans son bureau. D'après le registre, il s'agissait de Longworth, Krepps et Salter.

– Varak! s'exclama Peter.

– Je ne crois pas. Varak est mort en essayant de récupérer les dossiers, m'avez-vous dit. Pourquoi aurait-il cherché à s'emparer de quelque chose qu'il avait déjà?

– Continuez.

– Il ne pouvait matériellement s'agir du vrai Longworth et les deux autres noms ne sont que des couvertures. Lorsque j'ai commencé à poser des questions, j'ai reçu un coup de téléphone...

– Une voix haut perchée? Un murmure?

– Oui, acquiesça O'Brien.

– Pourquoi vous étiez-vous intéressé au registre?

– Je me demandais ce qu'étaient devenus les dossiers secrets de Hoover. J'avais vérifié un peu partout : machines à broyer, chaudières, entrées et sorties de matériel, et j'étais parvenu à la conclusion qu'on ne les avait pas détruits, comme on le prétendait, mais qu'ils avaient disparu. Cette découverte me terrifia car je savais l'usage qu'on pouvait en faire.

– Décidément, vous me rappelez de plus en plus Alexander Meredith.

– Qui est-ce?

– Quelqu'un qui n'existe pas.

– Votre roman?

– Oui. Continuez.

– Personne n'ignorait que le directeur allait mourir, on avait même donné à sa mort le nom de code fort explicite de « terrain découvert ». Qui allait prendre la succession? J'ai commencé à fouiner et j'ai fini par découvrir que le 1er mai trois inconnus s'étaient introduits dans le bureau de Hoover.

– Qu'en avez-vous conclu?

O'Brien alluma une cigarette puis répondit :

– Que Hoover était mort plus tôt qu'on ne le prétendait. C'est ce que je pense toujours, d'ailleurs.

– Affirmation de taille, observa Peter.

– C'est logique. Il fallait du temps et l'habitude des opérations secrètes pour donner aux trois inconnus de fausses identités. Parke, l'agent affecté à l'entrée cette nuit-là, prétend avoir reçu le feu vert par la ligne à brouilleur reliant le bureau au domicile de Hoover. J'ai vérifié, on a bien utilisé cette ligne, mais Parke a parlé à quelqu'un d'autre, pas à Hoover.

– A qui, alors?

– A quelqu'un dont il n'aurait pas mis l'autorité en cause. Quelqu'un qui avait découvert la mort de Hoover et voulait s'emparer des dossiers avant qu'elle ne fût rendue publique.

– A qui pensez-vous?

– Il y a deux heures à peine, je croyais encore à la culpabilité de Tolson, le bras droit de Hoover, et des « fous dangereux », mais vous avez fait voler ma théorie en éclats.

– Moi?

– L'homme que vous avez failli tuer à la Corcoran Gallery a parlé, il a donné le nom de tous les autres « fous dangereux ». Nous leur avons proposé d'abandonner les poursuites en échange de leur démission et ils ont tous accepté : ils ne l'auraient jamais fait s'ils avaient eu les dossiers en leur possession.

– Ce qui nous ramène à nos quatre candidats, conclut Chancellor.

– Vous oubliez Bravo, corrigea O'Brien. Servez-vous de lui. S'il est bien l'homme que Varak vous a décrit, il ne refusera pas. Retournez le voir.

– Impossible, répondit l'écrivain en secouant lentement la tête. Il est vieux, fatigué, il ne peut plus nous aider. Nous devons nous débrouiller seuls.

– Alors étalons l'affaire au grand jour!

– À quoi bon? Nous serions écrasés sous les démentis. Je passerais pour un romancier en mal de publicité et vous auriez l'histoire de Han Chow sur les reins.

– Ils ne pourraient quand même pas nier la disparition des dossiers!

– J'ai bien peur que si. Rappelez-vous, il n'en manque que la moitié, le reste a été retrouvé.

– Par qui?

– Varak l'ignorait.

– Ou il ne voulait pas vous le dire, fit O'Brien en écrasant sa cigarette.

– Peter, Quinn! cria la voix d'Alison de la salle de séjour.

O'Brien fut plus prompt à réagir et se précipita le premier hors de la cuisine. Dans la salle de séjour plongée dans l'obscurité, la jeune femme se tenait près de la fenêtre, la main agrippant le rideau.

– Qu'y a-t-il? demanda Chancellor.

– Sur la route, répondit-elle d'une voix calme. J'ai vu quelqu'un surveillant la maison.

Quinn écarta les doubles rideaux et découvrit sur le mur deux rangées de disques blancs à peine visibles dans la pénombre.

– Les cellules photo-électriques n'ont pas été déclenchées, marmonna-t-il, étonné.

Peter commençait à comprendre ce que voulait dire l'agent en parlant d'une maison « sûre ».

– Cet endroit est du même type que le motel de Quantico, on dirait?

– C'est le même architecte qui l'a conçue, le même entrepreneur qui l'a construite. Tout est en acier, y compris les portes.

– La porte d'entrée est en bois, protesta Chancellor.
– Simple placage, expliqua O'Brien.
– C'était peut-être un voisin en promenade, suggéra Peter.
– Possible mais peu probable. Les maisons du coin sont bâties sur des terrains de 15 000 m^2 et les deux plus proches appartiennent au Département d'Etat, qui les réserve à son personnel diplomatique. Nous leur avons demandé de se tenir à distance.
– Tout simplement?
– Ils ont l'habitude. On y cache à l'occasion des agents transfuges le temps qu'ils livrent leurs renseignements.
– Le revoilà! s'écria Alison.
La silhouette d'un homme en manteau se profilait au loin sur la route, entre les deux murets de pierre de l'entrée.
– Il ne bouge pas, constata Chancellor.
– Il ne franchit pas l'entrée, précisa O'Brien. Je crois qu'il veut nous montrer qu'il connaît l'existence des dispositifs électroniques.
– Regardez, murmura Alison. Il avance, maintenant!
La silhouette fit un pas en avant, leva le bras droit puis l'abaissa lentement devant lui, comme pour couper un fil invisible. Aussitôt un bourdonnement résonna dans la salle de séjour : l'un des disques blancs avait viré au rouge.
L'homme recula, tourna à gauche et disparut dans l'obscurité.
– A quoi ça rime? grommela Quinn.
– Vous venez de nous l'expliquer, répondit l'écrivain. Il nous fait savoir qu'il n'ignore rien des gadgets de la maison.
Un deuxième disque s'alluma, suivi d'un troisième, d'un quatrième. En quelques secondes, les deux rangées de signaux lumineux passèrent au rouge en bourdonnant.
– Ils connaissent l'emplacement de toutes nos cellules, bredouilla O'Brien. Toutes, sans exception!
Il courut vers un placard, l'ouvrit et appuya sur un bouton de l'émetteur-radio installé contre le mur.
– Saint-Michael Un, répondez s'il vous plaît. Je répète : Saint-Michael Un! alerte!
L'agent n'obtint pas de réponse.
– Saint-Michael Un appelle, répondez! Alerte!
Toujours pas de réponse.

– Le téléphone! s'écria Peter.

– Inutile, fit O'Brien en s'éloignant de l'émetteur. Ils ont sûrement coupé les fils.

L'auteur de *Sarajevo!* vérifia : la ligne était coupée.

– Pourquoi n'arrivez-vous pas à établir le contact par radio? demanda Alison en s'efforçant de maîtriser sa voix.

– Ils ont brouillé la fréquence, expliqua Quinn. Ce qui veut dire qu'ils la connaissaient, nous en changeons chaque jour.

– Essayez sur une autre fréquence!

– Ils ont sûrement installé un scanner à proximité. Dès que j'aurai établi le contact sur une autre fréquence, ils la brouilleront aussi avant que j'aie pu envoyer un message.

– Essayez, nom de Dieu! cria Chancellor.

– Ne vous affolez pas, c'est exactement ce qu'ils veulent : nous faire peur.

– Et pourquoi n'aurais-je pas peur? rétorqua le romancier. Qu'est-ce que ça change? Personne ne devait nous retrouver dans votre maison « sûre », avec ses portes blindées et ses vitres de quatre centimètres d'épaisseur! Avec une masse et un chalumeau, ils vont l'ouvrir votre coffre-fort géant! Mais faites quelque chose!

– Je ne fais rien parce que c'est la seule chose à laquelle ils ne s'attendent pas, répondit calmement O'Brien. Dans deux ou trois minutes, je vais essayer de nouveau la radio sur la même fréquence. Alison, montez au premier, regardez par les fenêtres de devant et de derrière, appelez-moi si vous voyez quelque chose. Chancellor, allez vous poster dans la salle à manger et montez la garde vous aussi.

– Qu'allez-vous faire?

– Je n'ai pas le temps de vous expliquer.

Quinn retourna à la fenêtre et regarda au-dehors. Peter le rejoignit. La silhouette en manteau avait réapparu entre les murets et la grille d'entrée. Elle se tint immobile un instant puis leva les deux mains.

Le faisceau d'un projecteur de plusieurs milliers de bougies troua la nuit.

– Devant! cria Alison. Il y a...

– Nous l'avons vu! rugit O'Brien. Chancellor, allez surveiller l'arrière!

Peter courut vers la salle à manger. Au moment où il y entrait, une lumière aveuglante inonda la pièce.

– Ils en ont un aussi derrière! hurla-t-il en clignant des yeux.

– Et un autre par ici! cria O'Brien de l'alcôve située à l'extrémité de la salle de séjour. Allez dans la cuisine, côté nord!

Comme l'agent l'avait deviné, un quatrième projecteur était installé au nord. Chancellor s'appuya au mur de la cuisine en se protégeant les yeux de la main. Le cauchemar recommençait mais, cette fois, c'était à coup de lumière crue, aveuglante qu'on l'attaquait.

– Chancellor! appela la voix d'O'Brien. Allez chercher Alison, ne restez pas près des fenêtres!

Peter était incapable de penser mais non d'obéir. Il gagna l'escalier, agrippa la rampe et commença à monter. Derrière lui, la voix calme et précise d'O'Brien lançait un nouvel appel.

– Saint-Michael Un, Saint-Michael Un. Alerte annulée. Avons contacté Chesapeake sur émetteur de remplacement. Ils arrivent dans deux ou trois minutes. Je répète, alerte annulée.

– Mais qu'est-ce que vous faites? demanda Peter d'une voix stridente.

– Bon Dieu! Allez chercher la fille et planquez-vous au centre de la maison!

– Dans quel camp êtes-vous?

– Faites ce que je vous dis! C'est notre seule chance. Ils cherchent à nous attirer près des fenêtres!

Peter se décida à monter au premier étage.

– Alison!

– Ici! Dans la pièce de devant.

La jeune femme se tenait à la fenêtre et regardait au-dehors, hypnotisée par la lumière.

– Là-bas! Un homme qui court!

– Éloigne-toi! fit Peter en l'entraînant dans le couloir.

Il entendit un objet heurter la vitre ou le grillage de la fenêtre de la chambre et puis une explosion assourdissante, dont le souffle les précipita à terre. L'épaisse vitre avait volé en éclats, des morceaux de grillage s'étaient enfoncés dans les murs.

Toute la maison tremblait et Chancellor comprit soudain qu'il y avait eu deux ou trois explosions, si rapprochées qu'elles s'étaient confondues en une seule.

Ou plutôt *quatre* explosions, songea Peter : une pour chaque côté de la maison, pour chaque projecteur.

O'Brien avait eu raison. S'il était resté près de la fenêtre, les débris de verre l'auraient lacéré, ils auraient tranché ses veines, ses artères, entaillé sa chair, fracturé son crâne, comme dans l'accident qu'il avait eu quelques mois plus tôt en Pennsylvanie...

– Chancellor! Tout va bien? Répondez-moi!

Peter entendit des voitures s'éloigner. Il s'avança sur le palier, alluma la lumière et découvrit O'Brien agrippé à la rampe de l'escalier, le visage couvert de sang.

Chancellor conduisait. Sur la banquette arrière de la voiture, O'Brien s'appuyait contre l'épaule d'Alison. L'agent avait le visage et le cou lacérés, des fragments de verre enfoncés dans l'épaule et le bras droits, mais ses blessures, pour douloureuses qu'elles fussent, ne présentaient aucun danger.

– Nous ferions mieux de vous conduire chez vous, fit Peter. Votre femme et votre médecin vous soigneraient.

– Faites ce que je vous dis, répondit O'Brien. Ma femme me croit à Philadelphie et mon médecin poserait des questions.

– Peter a raison, intervint Alison.

– Il a tort, répliqua l'agent en grimaçant. Nous n'avons jamais été aussi près des dossiers. Ce n'est pas le moment d'arrêter.

– Expliquez-vous.

– La maison de Saint-Michael est réservée à des usages bien précis. Pour l'obtenir, j'ai utilisé le nom de Varak, connu comme spécialiste des transfuges. J'ai raconté au Département d'État qu'il s'agissait d'une opération conjointe de mon bureau et du CNS. Le nom de Varak leur a donné confiance et ils ont accepté.

– N'était-ce pas dangereux? Varak est mort, on a dû retrouver son corps.

– Il s'était fait brûler les empreintes digitales depuis des années et se faisait soigner les dents sous un faux nom. Son identification prendra plus d'une semaine.

– Bon, admettons, mais où voulez-vous en venir? Vous vous êtes servi du nom de Varak afin d'obtenir la maison et puis après? Cela ne nous rapproche pas des dossiers.

– Pour lancer l'attaque de cette nuit il fallait savoir deux choses. D'une part que Varak était mort, d'autre part comment j'avais obtenu la maison du Département d'État. L'un des quatre hommes que vous irez voir connaissait ces deux choses.

Peter se souvint des propos de Munro St Claire : « *En ce moment même, je suis en conférence avec le sous-secrétaire d'État...* »

– N'oublions pas Bravo, lança-t-il rageusement. Le cinquième homme.

34

O'Brien ne disposait plus de cachette « sûre ». Après la destruction de la maison de Saint-Michael, même ses collègues les plus compréhensifs refusaient de l'aider : la présence du corps de Varak à quelques mètres de la maison détruite avait consterné le petit monde des services de renseignements.

L'agent Carroll Quinlan O'Brien, qui avait disparu, était soupçonné de trahison. On avait découvert qu'il avait inventé une opération commune entre le FBI et le CNS afin de pouvoir utiliser la maison de Saint-Michael.

Lorsque l'agent téléphona à son épouse, il apprit que ses anciens amis surveillaient sa demeure, interrogeaient ses proches. Le gouvernement avait ouvert la chasse et le filet allait se resserrer rapidement.

Chancellor appela Tony Morgan à New York. L'éditeur avait peur. Des représentants du gouvernement avaient accusé Peter d'avoir gravement blessé un agent du FBI à la Corcoran Gallery et participé à la destruction d'une propriété de quatre millions de dollars appartenant au gouvernement.

– Ce sont des mensonges! s'indigna l'écrivain. Cet homme avait essayé de me tuer. D'ailleurs, il ne fait plus partie du FBI, il a été contraint de donner sa démission.

– Qui t'a raconté ça? Un nommé O'Brien?

– Oui!

– Il ment. C'est un carriériste aigri, un incapable. Le FBI cherchait à le mettre sur une voie de garage au moment où il t'a rencontré.

– Il m'a sauvé la vie!

– Il te l'a fait croire. Reviens à New York, Peter. Nous prendrons les meilleurs avocats et ils te tireront d'affaire. Les types du gouvernement se sont montrés compréhensifs; ils savent que tu as traversé une longue période de dépression après ton accident. Peut-être avons-nous sous-estimé les séquelles...

– Arrête tes conneries!

– J'essaie seulement de te trouver des explications, soupira Morgan, accablé.

– Tony, écoute-moi bien, je n'ai pas beaucoup de temps. Ils refusent de dire la vérité, de reconnaître que les dossiers de Hoover ont disparu!

– Sors de ton monde de fiction! explosa l'éditeur. Tu vas finir par y laisser la vie!

Chancellor comprit que c'était au tour de Morgan d'être manipulé.

– Tu as parlé des dossiers?

– Oui, murmura Tony.

– Ils prétendent qu'ils n'ont pas disparu?

– On les a détruits. Hoover lui-même avait laissé des instructions à cet effet.

Mensonges, songeait Peter, mensonges sur toute la ligne. *Les héritiers protègent la réputation du défunt roi.* Était-ce une phrase de Phyllis Maxwell ou un extrait de son manuscrit? Il ne savait plus. La réalité et la fiction s'imbriquaient trop intimement.

– On t'a menti, Tony, dit-il simplement avant de raccrocher.

Ils trouvèrent un motel presque désert au bord de la plage d'Ocean City. Un médecin soigna les blessures d'O'Brien sans paraître s'y intéresser particulièrement et se contenta d'une vague explication au sujet d'une porte de verre.

Un professionnel, deux amateurs, trois fugitifs. Tout dépendait d'eux seuls à présent. Il leur fallait résoudre l'énigme sans l'aide de personne s'ils voulaient arrêter la machine infernale qui n'avait fait que trop de victimes et menaçait de les broyer à leur tour.

Les trois fuyards passèrent un triste Noël dans ce que le directeur du motel appelait la Grande Suite exposée sud et dont les fenêtres donnaient sur la plage ainsi que sur un côté du bâtiment. L'entrée, située deux étages plus bas, était facile à surveiller. La « suite » se composait d'une kitchenette, d'une chambre et d'un salon au mobilier en plastique.

Ils attendirent, puisqu'il fallait attendre. Ils écoutaient toutes les informations, lisaient attentivement les journaux achetés au distributeur automatique du hall. Un article retint particulièrement leur attention :

> *Saint-Michael.* Une explosion causée par une chaudière à gaz défectueuse a presque totalement détruit une résidence secondaire de ce secteur huppé de la baie de Chesapeake. Les propriétaires, Mr. et Mrs Chancellor-O'Brien, actuellement en voyage à l'étranger...

– Qu'est-ce que ça veut dire? s'interrogea Peter.

– Ils veulent nous faire savoir qu'ils possèdent des preuves de notre passage dans la maison, répondit Quinn. Subtil, n'est-ce pas?

– Comment peuvent-ils le savoir?

– Grâce aux empreintes que nous avons laissées. Vous avez fait votre service militaire, ils ont donc les vôtres. Quant aux miennes, elles se trouvent dans je ne sais combien de dossiers.

– Alors ils ne savent pas qu'Alison était avec nous, conclut Chancellor, soulagé.

– Je crains que si, dit O'Brien. Ils ont pris soin de préciser Mr. et Mrs.

– Je m'en moque! fit Alison rageusement. Je préfère qu'ils le sachent. Je n'ai pas peur d'eux, j'ai des révélations à faire!

– Eux aussi, voilà l'ennui, répondit O'Brien. A mon avis, ils vont vous proposer un marché : pour des raisons de sécurité nationale, vous gardez le silence sur tout ce que vous avez vu et entendu, et eux, de leur côté, ne disent rien des activités de votre mère il y a vingt-deux ans ou des responsabilités de votre père.

– Mac le surineur? demanda Peter d'un ton froid. Le boucher de Chasông?

– Le traître de Chasông, plutôt, dont l'épouse toxicomane s'est prostituée au service de l'ennemi et a causé la mort de soldats américains.

– Ils n'oseraient pas! s'insurgea Alison.

– Ils risqueraient d'y laisser des plumes eux aussi, renchérit le romancier. En tout cas, le meilleur moyen de les contrer, c'est de retrouver les dossiers. Je propose que nous commencions par Jacob Dreyfus.

Il traversa la pièce, s'approcha de la fenêtre et contempla l'océan.

– Bravo m'a conseillé de retourner dans mon monde de fiction et de laisser celui de la réalité aux autres, reprit-il. Les autres! Ils ne la méritent pas.

Irrité, Jacob Dreyfus quitta la table où il prenait son petit déjeuner et se dirigea vers le téléphone. La Maison-Blanche, avait dit le maître d'hôtel. Ce crétin de président voulait sûrement lui souhaiter un joyeux Noël. Joyeux Noël! A lui, Jacob Dreyfus!

On racontait que le président buvait sec. Rien d'étonnant. Jamais le pays n'avait connu une telle gabegie, se disait le banquier. Il songea un instant à ne pas répondre, mais son respect pour la fonction, sinon pour l'homme, le décida à soulever le combiné.

– Bonjour, monsieur le Prési...

– Je ne suis pas le président, répondit une voix inconnue, je suis quelqu'un d'autre. Tout comme vous, Christopher.

Le sang se retira du visage de Jacob Dreyfus. Il avait peine à respirer, ses jambes flageolaient.

– Qui êtes-vous?

– Quelqu'un qui a travaillé pour vous, trop bien d'ailleurs. Je m'appelle Peter Chancellor et j'ai fait plus de découvertes que vous n'escomptiez. C'est la raison pour laquelle nous allons nous rencontrer. Aujourd'hui, en début d'après-midi.

– Je ne donne pas de rendez-vous le matin pour l'après-midi, répliqua le banquier.

Son ton ferme cachait sa stupéfaction et sa frayeur.

– Pour une fois, vous ferez exception, riposta Chancellor.

Le banquier sentit la nervosité de l'écrivain.

– Je ne reçois d'ordre de personne et je ne connais aucun Christopher. J'ai apprécié la plaisanterie...

– Cet après-midi. Et surtout n'en parlez pas aux autres.

– Quels autres?

– Bannière, Paris, Venise et Bravo.

La vieille carcasse de Dreyfus se mit à trembler.

– Que dites-vous?

– Vos amis ne vous comprendraient pas. Moi, je vous comprends, c'est le rôle d'un écrivain de *tout* comprendre, même les mobiles les plus tortueux.

– Mais qu'est-ce que...

– Ceux qui connaissent l'histoire de Chasông vous comprennent, reprit l'écrivain, mais les autres... ils vous tueraient pour ça.

– Chasông? Me tuer?

Une erreur catastrophique a été commise, songeait Dreyfus, affolé.

– Où pouvons-nous nous rencontrer?

– Sur une petite plage située au nord d'Ocean City, dans le Maryland. Prenez un taxi et venez seul. Avez-vous de quoi écrire? Je vais vous expliquer le chemin. Soyez là-bas à une heure trente.

Le front couvert de sueur, Peter se laissa aller contre la paroi de verre de la cabine téléphonique. Il avait réussi! Son idée de romancier, digne d'un de ses livres, avait marché! La réaction de chacun des membres du groupe à ses coups de téléphone lui livrerait le détenteur des dossiers. Si Christopher, ou un autre, était coupable, il chercherait à le tuer et en ce cas ne viendrait pas seul au rendez-vous.

– Et d'un, annonça-t-il en ouvrant la porte de la cabine.

– Comment a-t-il réagi? demanda Alison d'une voix anxieuse.

– Il viendra.

35

Frederick Wells fit taire les enfants qui se chamaillaient autour de la table du petit déjeuner et demanda à la bonne de répéter ce qu'elle venait de dire.

– La Maison-Blanche au téléphone, monsieur.

Il avait bien entendu. Il se leva, adressa une mimique étonnée à son épouse et se dirigea vers son bureau. Pourquoi diable le Président l'appelait-il le matin de Noël? Wells n'avait jamais caché qu'il le considérait comme une nullité, entourée d'incapables.

En entrant dans la pièce, il caressa machinalement des yeux la rangée de vases Ming et Yuan disposés dans une vitrine pour lui rappeler, lorsqu'il travaillait, que la beauté et l'harmonie existaient quand même dans ce monde de laideur. Il décrocha :

– Mr. Frederick Wells?

Soixante secondes plus tard, Wells était bien incapable d'apprécier les objets d'art chinois de son bureau. L'écrivain avait réussi! Inver Brass pouvait se protéger, se dissoudre, retourner au néant comme s'il n'avait jamais existé, mais *lui?* La révélation de l'existence de Bannière détruirait tout ce qui faisait la vie de Frederick Wells.

Il était encore temps de lutter. La rencontre aurait lieu sur une route de campagne, à l'ouest de Baltimore, et il en sortirait peut-être un arrangement évitant le pire à chacun.

Frederick Wells avait les yeux fixés sur un vase Ming mais il ne le voyait pas.

Assis sur un des bancs de l'église, Carlos Montelan observait avec une certaine hostilité le prêtre célébrer la messe de Noël. Lorsque les fidèles s'agenouillèrent, il resta assis, marquant ainsi les limites des concessions qu'il acceptait de faire à son épouse et à ses enfants. Boston n'était pas Madrid, mais le souvenir des vilenies de l'Église espagnole restait vivace dans sa mémoire.

Un bourdonnement incongru fit relever la tête des ouailles, qui jetèrent des regards courroucés vers la source du bruit. Montelan passa la main sous la veste, arrêta d'une pression du doigt le bourdonnement impie et sortit de la maison du Seigneur.

A la première cabine téléphonique, il appela son bureau et apprit que la Maison-Blanche cherchait à le joindre, qu'il ne devait pas rappeler, mais laisser un numéro où l'on pût le toucher. Bande *d'idiotas!* pensa-t-il. Avec leur manie de la conspiration! Néanmoins, il communiqua à son bureau le numéro de la cabine, raccrocha et attendit.

Quelques instants plus tard, le téléphone sonnait. Montelan décrocha, approcha le combiné de son visage. Les mots qu'il entendit lui firent l'effet d'un coup de poignard dans le ventre. L'écrivain avait découvert tout ce qu'il avait fait, tout ce qu'il avait couvert de son accord!

La décision avait été nécessaire pour sauver Inver Brass, il n'avait pas eu le choix. Chancellor devait essayer de comprendre! Bien sûr qu'il acceptait de le rencontrer. Sur un terrain de golf, à l'est d'Annapolis, au dixième trou? Oui, il trouverait. L'heure n'avait aucune importance, il y serait peu après minuit.

Montelan raccrocha d'une main tremblante. Un instant, il hésita à appeler Jacob Dreyfus puis renonça à cette idée en se souvenant des troubles cardiaques du vieux Christopher.

Daniel Sutherland buvait un verre de sherry en écoutant son fils Aaron tenir tête à ses deux sœurs et à leurs maris. Comme à l'accoutumée, Aaron captivait son auditoire mais son père aurait souhaité qu'il mît dans ses arguments moins de haine. Celui que les journalistes appelaient le « brûlot », le brillant avocat de la gauche noire, croyait détenir seule les réponses aux problèmes de ses frères de race.

La haine ne résout rien, songeait le juge, et il l'apprendra un jour. Le téléphone sonna et quelques instants plus tard, Abby, la femme d'Aaron, entra dans la pièce. Grande, majestueuse, la plus belle actrice noire du pays se tourna vers son beau-père, qui la regardait avec admiration et amour.

– Je vais essayer de faire l'annonce sans rire, d'accord? fit-elle.

– D'accord, ma chérie.

– La Maison-Blanche au téléphone.

– C'est vraiment étonnant, déclara Daniel Sutherland. Je vais prendre la communication dans la salle à manger.

Le juge gagna la pièce voisine en se demandant ce que pouvait lui vouloir un gouvernement que ses quatre derniers verdicts avaient notoirement mécontenté.

– Juge Sutherland, annonça-t-il au téléphone.

– Encore appelé Venise, répondit une voix qu'il reconnut pour celle de Peter Chancellor.

Ainsi l'écrivain avait réussi! Sutherland écouta attentivement ce que l'homme avait à lui dire; peu à peu sa stupéfaction se dissipa et il ébaucha un plan qui sauverait peut-être la situation. Une tentative désespérée, qui pouvait lui coûter la vie, mais qu'il fallait risquer.

– Demain matin à l'aube, Mr. Chancellor. Une crique à l'est de Deal Island, devant les chalutiers à l'amarrage... Je trouverai.

Le juge resta immobile près du téléphone, les yeux fixés vers le salon où son fils poursuivait son plaidoyer féroce. Sa belle-fille passa devant la porte, altière et féline. Elle avait magnifiquement tenu le rôle de Médée, se souvint Sutherland.

Voici mes enfants égorgés pour l'amour d'un dieu nommé Jason!

Pourquoi se rappelait-il ce défi qu'elle lançait au ciel à la fin du dernier acte?

La réponse lui vint presque aussitôt : parce que la phrase trottait dans son esprit depuis qu'il avait raccroché.

36

Le vent d'hiver soufflant en rafales courbait les oyats poussant sur les dunes. De temps à autre, les nuages qui fuyaient vers l'horizon découvraient un soleil éclatant mais sans chaleur. Il faisait froid sur la plage en ce début d'après-midi de Noël.

Chancellor baissa les yeux vers les traces que ses pas avaient laissées dans le sable, entre les limites assignées par O'Brien. Du carré de dix mètres de côté qu'il ne cessait d'arpenter, il avait vue sur les buissons flanquant le sentier conduisant à la route. C'est là que se trouvait l'agent, invisible pour quiconque hormis Peter.

La tactique à suivre était simple, avait affirmé Quinn. Il attendrait l'arrivée de Dreyfus, s'assurerait qu'il était venu seul et qu'il renvoyait le taxi. Dans le cas contraire, il alerterait l'écrivain par un signal convenu et tous deux courraient jusqu'à une plage voisine où Alison les attendait avec la voiture.

Précaution supplémentaire, Peter portait dans la poche de sa veste l'arme qu'il avait prise à Paul Bromley dans le train et qui avait failli le tuer.

Chancellor entendit un sifflement perçant, signal que le taxi approchait. Au bout d'un laps de temps qui lui parut interminable, il découvrit, s'avançant lentement sur le sentier, la frêle silhouette de Dreyfus. Le banquier semblait si las, si fragile. Le vent le faisait chanceler et le sable l'obligeait à tourner la tête.

Lorsque le vieillard tomba, le romancier s'élança dans sa direction puis se figea en se rappelant les recommandations d'O'Brien. Dreyfus se releva, parcourut péniblement le reste du chemin et annonça simplement, sans la moindre trace de rancune :

– Me voilà.

Peut-être avait-il compris les raisons pour lesquelles Peter n'avait pas fait un seul pas vers lui.

– J'ai des choses à vous dire, vous en avez aussi, reprit Dreyfus. Qui de nous deux va commencer?

– Avez-vous suivi mes instructions? demanda Peter, comme le lui avait recommandé O'Brien.

– Bien entendu. Nous avons des informations à échanger, pourquoi compliquer les choses? Vous êtes recherché, vous savez.

– Je n'ai rien commis de ce dont on m'accuse, mais nous ne sommes pas ici pour en discuter.

– Non, convint le vieillard. Nous devons discuter de certains événements qui nous concernent tous deux et parvenir à un accord.

– Quel accord? tonna le romancier. On s'est servi de moi, on m'a menti, on m'a tiré dessus. Quatre hommes sont morts, dont trois sous mes yeux, et Dieu sait combien d'autres ont perdu la raison en entendant un horrible murmure au téléphone! Vous le savez vous aussi!

Peter tourna la tête un instant vers l'océan puis revint à Dreyfus.

– J'ai tout mis par écrit, l'avertit-il. Si nous ne trouvons pas de terrain d'entente, le monde entier saura ce que vous êtes, Christopher.

– Ne me crachez pas ce nom à la figure comme une insulte. J'en suis fier.

– Peut-être l'avez-vous mérité avant de devenir un traître.

– Un traître? Que voulez-vous dire?

– Vous avez trahi Bannière, Paris, Venise, Bravo!

– Trahi? Vous ne savez pas ce que vous dites.

– C'est vous qui avez volé les dossiers secrets de Hoover!

Jacob Dreyfus semblait stupéfait.

– Dieu tout-puissant! Vous le croyez vraiment?

– Vous avez travaillé avec le Département d'État, accusa le romancier.

– A maintes occasions.

– Vous saviez que Varak était mort!

– Varak mort! Ce n'est pas possible!

– Ne jouez pas la comédie.

– Vous êtes malade, Chancellor. Malade et dangereux. Il faut détruire ce que vous avez écrit. Vous n'avez pas conscience de ce que vous avez fait. Quarante années au service du pays, des milliards dépensés pour le bien de la nation ! Essayez de comprendre !

Le banquier plongea sa main tremblante et décharnée dans la poche de son manteau.

– Ne faites pas cela !

– Je n'ai pas le choix.

La silhouette d'O'Brien apparut soudain au sommet de la dune où il se cachait. L'écrivain pointa vers le vieillard l'arme qu'il dissimulait dans la poche de sa veste mais il ne put se résoudre à tirer.

Un coup de feu claqua par-dessus les hurlements du vent. La tête de Dreyfus tressauta, sa gorge transpercée s'inonda de sang, son corps se raidit puis s'écroula sur le sable. Abaissant le revolver avec lequel il venait de tirer, O'Brien dévala la dune.

Christopher gisait sans vie sur la plage déserte battue par le vent. Ses doigts osseux serraient non pas une arme mais une feuille de papier. Chancellor s'agenouilla auprès du cadavre et, surmontant sa répulsion, desserra le poing du vieillard. Il se releva haletant, incapable de penser tant la douleur lui martelait les tempes. O'Brien, qui l'avait rejoint, lui prit des mains la feuille de papier et la déplia. C'était une photocopie d'une lettre manuscrite adressée à Paris que les deux hommes se mirent à lire ensemble.

> Il faut dissoudre IB, Venise et Bravo sont eux aussi parvenus à cette conclusion. Nous n'en avons pas discuté mais je l'ai lu dans leurs yeux. Nous sommes vieux, les souvenirs nous rongent, la fin peut venir pour l'un ou chacun d'entre nous avant que nous n'ayons pris les dispositions nécessaires. Pis encore, nos facultés s'émousseraient avec l'âge et nous deviendrions de vieux radoteurs incapables de tenir leur langue. Cela ne doit pas être et si notre raison se met à chanceler sous le poids des ans, prenez pour nous la décision que nous serons incapables de prendre. Je vous ai adressé par porteur, sous pli séparé, une tablette pour chacun d'entre nous. Le moment venu, vous les placerez entre nos vieilles lèvres et vous prierez pour nous. Si vous ne vous en sentez pas le courage, montrez cette lettre à Varak. Il comprendra et fera le nécessaire.

Je m'attends à des difficultés de la part de Bannière. La conscience qu'il a de ses extraordinaires capacités constitue sa seule faiblesse. Il sera tenté de maintenir IB, mais cela non plus ne doit pas être car nos jours sont révolus. S'il devait s'obstiner, là encore Varak ferait le nécessaire.

Christopher.

– Il ignorait la mort de Varak, murmura O'Brien. Ce n'était pas lui.

Chancellor s'avança vers l'eau, tomba à genoux dans les vagues mourantes et se mit à vomir.

Puis les deux hommes enfouirent le cadavre de Jacob Dreyfus dans le sable, derrière les dunes, sans échanger une parole.

O'Brien connaissait le lieu choisi pour le rendez-vous avec Frederick Wells – Bannière – puisque six mois plus tôt il avait utilisé ce champ pour y rencontrer un informateur. La route qui le bordait traversait un paysage désolé où ne se dressaient ni restaurants routiers ni stations-service.

Peter attendait dans le champ, à quelques dizaines de mètres du talus le long duquel Wells devait garer sa voiture. Il regardait les phares filer sur la route à travers la pluie qui détrempait la terre et le faisait frissonner. O'Brien s'était caché à mi-chemin du talus, l'arme à la main, prêt à intervenir et à tirer au besoin. Pour plus de sûreté, l'agent du FBI avait emporté une torche électrique avec laquelle il avertirait Chancellor d'un éventuel danger.

Une voiture ralentit, s'immobilisa au bord de la route. Un homme en descendit, gravit le remblai et s'agrippa à la barrière surplombant le champ.

C'était Wells. Un bref éclair de la torche d'O'Brien annonça à Peter qu'il était bien venu seul. Bannière enjamba la barrière, descendit le talus. Accroupi sur l'herbe mouillée, Chancellor le regarda s'approcher en braquant son arme sur lui.

– Sortez vos mains de vos poches ! ordonna-t-il. Avancez lentement, les bras écartés du corps.

Bannière obéit. Quand il ne fut plus qu'à quelques mètres, l'écrivain se releva et lança :

– Arrêtez-vous !

– Chancellor, écoutez-moi, attaqua aussitôt Frederick Wells. Vous vous êtes fourvoyé avec des ennemis du pays. Je fais appel à ce qu'il vous reste de bon sens et de patriotisme : confiez-moi leurs noms. J'en connais un, bien sûr, mais donnez-moi les autres.

Peter était interloqué de voir Bannière prendre ainsi l'initiative.

– De quoi parlez-vous ? grommela-t-il.

– Des dossiers ! Ils les ont et ils vous manipulent. Je ne sais pas ce qu'ils vous ont promis, ce qu'*il vous a* promis mais si c'est de vous protéger, vous serez plus en sécurité avec moi, vous et la fille.

– Je n'ai pas dit un mot des dossiers, au téléphone.

– Qu'est-ce que cela prouve ? Bon Dieu, essayez de comprendre qu'il faut les empêcher de détruire Inver Brass !

– Inver Brass ?

Peter revit la première ligne de la lettre de Christopher à Paris : *Il faut dissoudre IB*... IB... Inver Brass.

– Ne vous rendez pas complice de ses crimes, Chancellor ! Vous ne voyez donc pas qu'il continue à se servir de vous, à vous mentir pour vous dresser contre nous ?

– Mais qui ?

– L'homme qui a les dossiers ! Varak ! Il veut...

Wells continuait à parler mais Peter l'entendait à peine. Ainsi, ce n'était pas Bannière non plus.

– Dites à Varak qu'on ne peut pas relier les événements de mai à Inver Brass, poursuivait Wells. Il n'existe aucune preuve, aucune trace : il a trop bien fait son travail. Le tueur, c'est lui, pas Inver Brass, et je peux poser çà et là des questions gênantes sur son emploi du temps du 10 avril à la nuit du 1er mai. C'est lui qui sera inquiété, pas nous. Portez-lui donc ce message de ma part.

– Vous croyez que Varak vous a trahi ? demanda l'écrivain.

– J'en suis sûr ! Il a les dossiers. Vous devez passer de mon côté, le pays a besoin de moi !

– Allez-vous-en, murmura Peter d'une voix lasse.

– Pas avant d'avoir votre parole.

– Allez-vous-en !

– Vous ne comprenez pas, plaida Wells. Le pays a besoin de moi. Il faut que je prenne les rênes d'Inver Brass, les autres sont vieux, faibles, finis ! Moi seul puis poursuivre la lutte mais il me faut ces dossiers : mon nom y figure!

Chancellor leva le canon de son arme.

– Partez avant que je vous tue, grinça-t-il.

– C'est ce que vous cherchez, n'est-ce pas? cria Bannière d'une voix aiguë. Vous n'attendez qu'un prétexte pour me liquider. Varak m'accuse mais il ment! C'est lui le responsable! Moi, je lui ai seulement demandé d'intercéder auprès de Bravo, c'est tout. Il fallait vous empêcher de remonter jusqu'à Nuremberg, vous comprenez?

– Nuremberg, marmonna Peter.

Il sentait la pluie couler sur son visage et songeait qu'il pleuvait aussi la nuit où la Continental argent avait quitté la route...

– Moi je ne voulais pas vous tuer! criait Bannière. Ni vous ni la fille! C'est Varak qui a pris seul la décision!

Des images tournoyaient dans la tête de Chancellor. Varak. Longworth. Un chauffeur de poids-lourd qui le poussait vers le bas-côté de la route sans paraître se rendre compte de ce qu'il faisait. Varak, le professionnel, qui se servait d'un véhicule comme d'une arme...

La douleur qui lui vrillait les tempes devint intolérable. Il braqua le revolver sur la tête de Wells, appuya sur la détente...

Le cran de sûreté empêcha le percuteur de faire exploser la poudre. Sauvé par l'inexpérience de son ennemi, Frederick Wells s'enfuit vers la route en courant.

Situé à quelques kilomètres d'Annapolis, le terrain de golf de Chanticlaire n'accueillait que les membres d'un club très privé où l'on comptait bon nombre de hauts responsables de la CIA. Aussi avait-il à plusieurs reprises servi de lieu de rencontre entre émissaires de l'Agence et du FBI à l'époque où J. Edgar Hoover interdisait tout échange d'informations entre les deux organisations.

Ce n'était donc pas la première fois que Quinn O'Brien empruntait la route menant aux vertes collines de Chanticlaire. Assis à l'arrière de la voiture avec Alison, Peter se remettait lentement du choc causé par les révélations de Bannière.

– Il l'a tuée, répéta-t-il pour la troisième fois. Varak a tué Cathy. Mais quel homme était-ce donc?

Alison prit la main de Peter.

– Un spécialiste, répondit O'Brien. Pour lui, la vie, la

mort, cela ne voulait rien dire. Il ne s'agissait que de résoudre un problème.

– Pourriez-vous retrouver l'emploi du temps de Varak du 10 avril au 2 mai ? demanda le romancier.

– Pas pour l'instant, en tout cas.

– Hoover est mort le 2 mai, reprit Chancellor, ce qui pourrait signifier...

– Rien du tout, le coupa l'agent. Il est mort d'une crise cardiaque, cela a été établi.

– Par qui ?

– Par les rapports des médecins.

– Nous voilà revenus à notre point de départ, se lamenta l'auteur de *Riposte !*

– Non, répliqua O'Brien. Nous avons éliminé deux candidats (il consulta sa montre) et il est temps de passer au troisième.

La pluie avait cessé mais la pelouse du terrain de golf restait gorgée d'eau. Chancellor attendait dans l'ombre d'un arbre dont les branches l'abritaient de la clarté de la lumière. Peu après minuit, il entendit une voiture s'approcher puis s'arrêter.

Une minute plus tard, la silhouette de Carlos Montelan passait devant le pavillon du club. L'homme marchait d'un pas vif, comme s'il n'avait rien à redouter.

– Mr. Chancellor ? appela-t-il lorsqu'il fut parvenu à cinquante mètres du dixième trou.

Il s'immobilisa, glissa une main dans la poche de son pardessus. Peter releva le canon de son revolver mais l'abaissa aussitôt en constatant que Paris ne tenait à la main qu'une torche électrique.

Montelan alluma la lampe, en promena le faisceau autour de lui et découvrit Chancellor.

– Éteignez ça ! ordonna le romancier en s'accroupissant.

– Comme vous voudrez.

Suivant à la lettre les instructions d'O'Brien, Peter courut sans bruit quelques mètres plus loin sur la droite sans quitter Montelan des yeux. L'homme n'ayant eu aucun geste suspect, Chancellor s'avança à découvert en criant :

– Par ici.

Paris s'approcha. A la clarté de la lune, l'écrivain observa son visage basané, énergique, où ne se lisait aucune trace de frayeur.

– J'ai un revolver braqué sur vous, l'avertit Peter.

– Pour quelle raison?

– Vous avez le front de me le demander après ce que vous – après ce qu'Inver Brass m'a fait?

– J'ignore ce qu'on vous a fait.

– Vous mentez.

– Disons, si vous préférez, que j'en connais une partie. Je sais qu'on vous a délibérément communiqué des informations erronées afin de vous inciter à écrire un roman, dans l'espoir que votre projet inquiéterait certains individus impliqués dans une conspiration et les amènerait à se découvrir. En toute sincérité, cette idée m'a toujours paru peu avisée.

– C'est tout ce que vous savez?

– Je suppose que vous avez dû faire face à des situations déplaisantes mais nous avions reçu l'assurance qu'il ne vous serait fait aucun mal.

– De quels « individus » et de quelle « conspiration » parlez-vous?

Paris sembla hésiter un instant puis déclara :

– Autant vous l'apprendre : une partie des dossiers secrets de Hoover a disparu.

– Comment le savez-vous?

Montelan pesa à nouveau sa réponse.

– De toute façon, c'est bientôt fini, à quoi bon vous le cacher? Inver Brass a pu récupérer le reste.

– Par quel moyen?

– Je ne peux pas vous le dire.

– Vous ne pouvez pas ou vous ne voulez pas?

– Un peu des deux.

– Ne comptez pas vous en tirer aussi facilement!

– Connaissez-vous un certain Varak? demanda Paris sans s'émouvoir.

– Je le connais.

– Posez-lui la question. Il vous donnera peut-être la réponse.

Peter scruta le visage de Montelan : l'homme ne mentait pas, il ignorait la mort de Varak, et s'il restait des questions à résoudre, la plus importante avait reçu une réponse : le troisième candidat n'avait pas les dossiers.

– De quoi parliez-vous en disant « c'est bientôt fini »?

– D'Inver Brass. Ses jours sont comptés.

– Qu'est-ce qu'Inver Brass, exactement?

– Je croyais que vous le saviez, s'étonna Montelan.

– Vous vous trompiez.

Une troisième fois, Paris marqua un temps d'hésitation puis répondit :

– Un groupe d'hommes consacrant leur vie au pays. Des hommes éminents, aux qualités exceptionnelles.

– Vous en faites partie?

– On m'a fait l'honneur de m'y coopter.

– A-t-il été formé pour protéger les victimes de Hoover?

– Il a rempli de nombreuses tâches.

– Depuis combien de mois en faites-vous partie?

– De mois? J'en suis membre depuis quatre ans.

Peter ne comprenait plus. Si Inver Brass s'était constitué pour lutter contre les crimes qui avaient marqué la fin de la carrière de Hoover, il ne pouvait avoir plus de deux années. Pourtant, Paris parlait de quatre ans...

Et Jacob Dreyfus avait argué de « *quarante années au service du pays, de milliards dépensés pour le bien de la nation* »... « *Les souvenirs nous rongent* », avait-il aussi écrit dans sa lettre à Montelan.

Quels souvenirs?

– Mais qui êtes-vous? demanda le romancier, intrigué.

– Je n'en dirai pas davantage, Mr. Chancellor. Je suis venu ici non pour faire des révélations mais afin de vous convaincre de ne plus intervenir dans cette affaire. Tant que vous restez à l'arrière-plan, fouillant dans les ruines, il n'y a pas grand mal, mais si vous deviez passer sur le devant de la scène pour poser publiquement vos questions, vous provoqueriez un désastre.

– Vous avez peur, fit Chancellor, surpris. Vous jouez la comédie du sang-froid mais, en réalité, vous êtes mort de frousse.

– J'ai peur, je le reconnais. Pour vous et pour nous tous.

– Nous tous veut dire Inver Brass?

– Et bien d'autres. Un fossé sépare le pays de ses dirigeants, la corruption gangrène les plus hautes sphères gouvernementales; la Constitution est foulée aux pieds, notre mode de vie menacé. Je ne verse pas dans le mélodramatique, j'énonce des vérités. Peut-être suis-je plus sensible à cette évolution parce que je ne suis pas né en Amérique et que je l'ai déjà vécue ailleurs.

– Quelle est la solution?... S'il y en a une.

– Le strict respect de la légalité, l'application ferme et sans passion de la loi. Je dis bien sans passion, sans intervention de facteurs émotifs, d'esprit de vengeance. L'heure n'est pas aux révélations retentissantes mais à l'analyse, à la réflexion.

– Je vois, railla Peter, sarcastique. Ce n'est pas le moment de parler d'Inver Brass?

– Non, répondit Montelan.

– Et ce moment ne viendra peut-être jamais?

– Peut-être. Je vous l'ai dit : Inver Brass a fait son temps.

– C'est plus ou moins ce que Christopher – Jacob Dreyfus – vous écrit dans sa lettre, n'est-ce pas?

Paris sursauta comme s'il avait reçu une gifle.

– Ainsi vous l'avez rencontré?

– Oui, confirma Chancellor.

– Il a dû vous tenir le même langage que moi. Son dévouement pour le pays est sans limites. Il comprend.

– Moi je ne comprends aucun d'entre vous, répliqua l'écrivain.

– Parce qu'il vous manque certains éléments et ce n'est pas de moi que vous les obtiendrez. Je ne peux pas vous demander de disparaître. Si vous vous obstinez, vous serez tué, je le crains.

– On me l'a déjà dit. Une dernière question : que s'est-il passé à Chasông?

– Chasông? La bataille de Chasông? Un effroyable gâchis. Des milliers de morts pour une bande de terre désertique sans intérêt.

Découvrant qu'il tenait encore son arme à la main, Chancellor la fourra dans sa poche en disant :

– Retournez à Boston.

– Tiendrez-vous compte de ce que je vous ai dit?

– Oui, assura Peter en songeant déjà au quatrième candidat.

Les vagues ne cessaient de lécher les piliers spongieux soutenant les docks de la petite crique située à l'est de Deal Island. Les bateaux à quai faisaient grincer leurs amarres tandis que les mouettes poussaient leurs cris aigus dans le ciel blafard de l'aube.

Venise, dernier candidat, pensait Chancellor, assis sur la rambarde graisseuse d'un chalutier. Le dernier, si l'on exceptait Bravo. Sutherland ou St Claire? Le premier semblait bien improbable. Certes, le juge lui avait menti en affirmant que le groupe formé pour combattre Hoover s'était dissous et que les dossiers avaient été détruits, mais pourquoi aurait-il voulu ces dossiers, pourquoi aurait-il tué pour les avoir, pourquoi aurait-il bafoué les lois qu'il avait toujours défendues?

L'écrivain promena les yeux sur les silhouettes efflanquées des grues, les arrêta un instant sur le chaland à bord duquel se cachait O'Brien, puis essaya de distinguer, entre les coques de deux navires en cale sèche, la voiture où se trouvait Alison.

Chancellor s'accroupit soudain sous le plat-bord en entendant un bruit de moteur. Un véhicule s'engagea sur les quais, ralentit, s'arrêta; une portière s'ouvrit, se referma en claquant et la silhouette massive de Sutherland se dessina sous les arcades d'acier des grues.

Le géant noir s'avança d'un pas lourd jusqu'au bout du dock et s'immobilisa au bord de l'eau.

– Bonjour, monsieur le Juge, lança Peter en se relevant, la main serrée sur la crosse du revolver caché dans la poche de sa veste.

Le colosse tourna la tête, regarda Chancellor descendre l'étroite passerelle reliant le chalutier au quai.

– Ou dois-je vous appeler Venise? poursuivit le romancier. C'est le nom qu'Inver Brass vous a donné, n'est-ce pas?

– Je me le suis donné moi-même, repartit Sutherland.

– Quand cela? Il y a quarante ans?

Le juge maîtrisait imparfaitement la colère et l'étonnement que provoquaient en lui les pointes de l'écrivain.

– Ces remarques sur mon nom n'ont aucun intérêt.

– Détrompez-vous. Venise, c'est une allusion au Maure?

Sutherland acquiesça.

– Othello était un assassin, reprit Peter.

– Je n'en suis pas un.

– C'est ce que je cherche à savoir, rétorqua Chancellor. Vous m'avez menti.

– Pour votre bien. Vous n'auriez jamais dû être mêlé à cette histoire.

– Je commence à me lasser de cette remarque. Alors pourquoi m'y avez-vous précipité?

– Parce que toutes les autres solutions avaient échoué. Nous pensions ne rien avoir à perdre en faisant une dernière tentative avec vous. Le pays était au bord de la catastrophe.

– Les dossiers de Hoover?

Les grands yeux noirs du juge fixèrent ceux de l'écrivain.

– Alors, vous savez, marmonna-t-il. Il fallait les retrouver à tout prix pour les détruire et Bravo nous proposa une ultime tentative désespérée : vous.

– Pourquoi m'avoir fait croire qu'ils avaient été détruits?

– On m'avait demandé de vous donner confirmation de certains éléments de l'histoire qu'on vous avait racontée tout en vous cachant le reste. Nous vous aurions mis en danger en vous en révélant davantage.

– Vous m'avez expliqué que le groupe dont vous faisiez partie s'était constitué pour combattre Hoover et s'était sabordé après sa mort. Autre mensonge : Inver Brass existe depuis quarante ans.

– Vous vous laissez entraîner par votre imagination, fit le juge mal à l'aise.

– Non. J'ai parlé aux autres.

– Quoi? rugit Sutherland.

Les mains du juge tremblaient; il avait perdu sa pondération et son assurance de vieux sage.

– Qu'avez-vous fait? brailla-t-il.

– J'ai recueilli les dernières paroles d'un mourant, répondit Chancellor. Vous savez de qui je parle.

– Longworth, murmura le géant.

– Vous le saviez, balbutia l'écrivain, abasourdi par sa découverte.

Ainsi c'était Sutherland. Il ne pouvait connaître ce détail qu'en ayant fait suivre Varak et placé le standard du Hay-Adams sur table d'écoute.

– Vous me l'avez appris, répondit le juge d'une voix étrangement neutre. Après l'avoir retrouvé à Hawaii, vous l'avez ramené ici et vous l'avez brisé. Vous auriez pu déclencher une série d'événements qui auraient précipité les fanatiques dans la rue! Ils auraient hurlé au complot ou pis encore! Longworth a eu raison d'agir comme il l'a fait.

– Qu'est-ce que vous racontez? Longworth, c'était Varak, et vous le savez parfaitement. C'est lui qui m'a trouvé. Il m'a sauvé la vie et je l'ai regardé mourir.

Sutherland chancela; sa lourde carcasse vacilla comme s'il allait tomber.

– C'était donc Varak, gémit-il d'une voix brisée. Je ne

voulais pas y croire. Non, pas lui. Les blessures de son enfance n'ont jamais cicatrisé; il n'a pas su résister à la tentation, il a voulu toutes les armes. Toutes.

– Cela ne tient pas debout : Varak n'avait pas les dossiers.

– Il les a donnés à quelqu'un d'autre.

– Quoi? fit l'écrivain en s'avançant d'un pas.

– La haine avait dénaturé son sens de la justice. Il ne songeait plus qu'à se venger et les dossiers lui en offraient l'occasion.

– Vous mentez! Varak a donné sa vie pour les retrouver. Il m'a dit de chercher le traître parmi vous quatre!

– Si seulement il était venu me voir, soupira le juge. J'aurais pu le dissuader...

– Pourquoi vous? Vous n'étiez pas au-dessus de tout soupçon, vous ne l'êtes toujours pas!

– Jeune crétin prétentieux! explosa Sutherland. Vous me reprochez mes mensonges mais vous en avez avalé bien d'autres sans vous en douter!

– Que voulez-vous dire?

– Je connais le détenteur des dossiers! Depuis des semaines! C'est bien l'un des quatre membres d'Inver Brass mais ce n'est pas moi. Le démasquer n'a pas posé de problèmes, le plus dur sera de récupérer les dossiers : il faudra convaincre un homme devenu fou d'accepter qu'on l'aide et qu'on le soigne. Vous et Varak avez peut-être compromis cette dernière chance.

– Vous n'avez jamais dit...

– Je ne pouvais pas, interrompit le juge. Il y avait trop de risques : il dispose de tueurs, il peut faire chanter des milliers de gens haut placés.

Sutherland se rapprocha de Chancellor.

– Quelqu'un sait-il que vous êtes ici? demanda-t-il. Avez-vous vérifié qu'on ne vous suivait pas?

– Mon arrière-garde en a pris soin.

– Votre quoi?

– Je ne suis pas venu seul, expliqua le romancier.

– Il y en a d'autres avec vous?

– Ne vous inquiétez pas. Il est *avec nous*.

– O'Brien?

– Oui.

– Oh Seigneur!

Peter entendit soudain derrière lui un bruit d'éclaboussement : quelqu'un nageait dans les eaux de la crique, sous le dock. Il courut vers le bord de l'eau, entendit deux coups de feu et se jeta à plat ventre sur les planches. A peine avait-il remarqué que les coups de feu provenaient du bateau de Quinn que la fusillade devenait générale. Les balles sifflaient de toutes parts : de la surface de l'eau, des autres chalutiers.

Roulant sur le côté, Chancellor aperçut un éclair orange dans la pénombre du dock voisin. Sans même réfléchir, il pointa son arme dans la direction de la flamme et appuya sur la détente.

Il y eut un cri, suivi du bruit d'un corps tombant à l'eau. Entendant un grognement sur sa gauche, le romancier se retourna et découvrit un homme en tenue de plongée se hissant sur la jetée. Peter fit feu de nouveau, renvoyant le plongeur dans les eaux de la crique.

Alison! songea-t-il soudain. Il devait la rejoindre! Courbant le dos, il se mit à courir et trébucha sur le corps de Sutherland. Le juge avait le visage couvert de sang; de grandes taches rouges maculaient le devant de son manteau.

– Chancellor! cria O'Brien par-dessus la fusillade.

Pourquoi l'appelait-il? Pour le tuer peut-être? Quel jeu jouait O'Brien? Peter décida de ne pas lui répondre et se mit à ramper le long du corps de Sutherland en direction des grues. A quatre pattes, il zigzagua sur les planches crasseuses, entendit une balle s'enfoncer dans le bois à quelques centimètres de lui : il était repéré.

Se dressant à moitié, il se précipita vers les grands squelettes d'acier, courut à perdre haleine et se jeta à couvert.

– Chancellor! Chancellor! continuait à appeler O'Brien. L'écrivain n'allait pas se montrer à celui qui l'avait attiré dans le piège!

La fusillade redoubla. Une explosion éventra la poupe d'un chalutier à quai d'où des flammes commencèrent à s'élever. Après une seconde déflagration, un autre navire se mit à brûler. Des hommes sautaient par-dessus bord en criant. Un troisième bateau explosa, un long hurlement s'éleva :

– Chasooong!

Ce cri lancé avant la mort ressemblait à un défi, pensait Peter. Des voix s'interpellèrent en une langue qu'il n'avait jamais entendue, probablement celle dont Varak lui avait parlé. Deux plongeurs se hissèrent sur la jetée où gisait Daniel Sutherland. Peter les regarda s'approcher du cadavre mais des coups de feu tirés du dock voisin l'obligèrent à baisser la tête.

Lorsqu'il la releva, une silhouette courait le long des bateaux sans paraître se soucier des balles. Elle disparut un instant derrière une grue puis se remit à courir vers les bois bordant la crique.

C'était O'Brien ! Interloqué, Chancellor vit l'agent disparaître derrière les premiers arbres.

Lorsque la fusillade cessa, Chancellor entendit un bruit de canot à moteur de derrière les docks. Il rampa hors de sa cachette, se redressa et courut jusqu'à la voiture auprès de laquelle il découvrit Alison, allongée sur le sol, tremblante, les yeux égarés. Il se jeta à côté d'elle, la prit dans ses bras.

– Je croyais que tu ne reviendrais pas, sanglota-t-elle en s'accrochant à lui.

– Vite, fit Peter en l'aidant à se lever.

Il ouvrit la portière de la voiture, poussa Alison à l'intérieur en songeant qu'il fallait fuir immédiatement en mettant à profit la panique causée par les explosions. Il se glissa au volant, tourna la clef de contact : le moteur toussa mais refusa de démarrer. Des cris retentirent au bout du quai. Alison prit le revolver que Peter avait posé sur le siège, en ouvrit le barillet avec une habileté surprenante et annonça :

– Plus que deux. Tu en as d'autres ?

– Des balles ? Non.

L'écrivain tourna de nouveau la clef de contact en appuyant sur l'accélérateur. Un homme en scaphandre apparut devant les chalutiers et se mit à courir vers eux.

– Protège tes yeux ! cria Alison.

La balle fit voler en éclats la vitre de la portière droite au moment où le moteur se décidait enfin à partir. Peter enclencha la première, écrasa l'accélérateur et la voiture bondit en avant. D'un coup de volant, il la fit déraper sur la droite dans un nuage de poussière puis redressa et fonça vers la sortie.

Des coups de feu retentirent, la vitre arrière s'étoila. Chancellor fit signe à la jeune femme de se coucher sur le plancher mais elle se retourna et tira les deux dernières balles du revolver. Derrière eux, la fusillade se tut un instant et lorsqu'elle reprit, ils étaient hors de portée.

A présent les fugitifs n'étaient plus que deux. Ils avaient fait confiance à Quinn O'Brien, qui les avait trahis. A qui pouvaient-ils demander de l'aide désormais?

A personne. Leurs amis et relations étaient surveillés, leur téléphone placé sur table d'écoute. Ils ne pouvaient plus compter que sur eux-mêmes, mais ce n'était pas la peur qui crispait les doigts de Peter sur le volant. C'était la colère.

37

Peter songeait en conduisant que la mort se chargeait de le rapprocher de la solution en éliminant un à un les suspects. Elle avait rayé de sa liste Dreyfus, puis Sutherland, et Inver Brass ne comptait plus que trois survivants : Bannière, Paris et Bravo; Frederick Wells, Carlos Montelan et Munro St Claire.

Vous avez avalé bien d'autres mensonges sans vous en douter, lui avait lancé le juge à la figure. Chasông n'était pas un mensonge, c'était la clef de toute l'affaire. L'un des trois derniers membres d'Inver Brass était lié d'une façon ou d'une autre aux événements survenus vingt-deux ans plus tôt. C'était lui qu'il fallait confondre pour retrouver les dossiers.

Chasông a rempli les hôpitaux et les cimetières, avait dit Ramirez. L'écrivain se demandait si les rescapés de la boucherie pourraient lui apprendre quelque chose. Il en doutait mais il ne lui restait guère d'autre chance à tenter.

Peter se tourna vers la fille du général MacAndrew en songeant qu'il n'aurait jamais réussi à s'en tirer sans son aide. Au cours de sa carrière, son père avait accordé de nombreuses faveurs à divers collègues et Alison avait jugé le moment venu de le leur rappeler. Évitant de s'adresser aux officiers proches du Pentagone et des milieux gouvernementaux, elle avait téléphoné à de vieux amis de son père qu'elle n'avait pas revus depuis des années et leur avait demandé de lui rendre service, sans poser de question, en souvenir du général MacAndrew.

Ainsi, un colonel de l'armée de l'air leur avait confié sa

voiture à Laurel, si bien qu'ils avaient pu abandonner celle d'O'Brien dans les bois bordant la rivière Nanticoke.

Ainsi, un capitaine d'artillerie de Fort Benning leur avait réservé une chambre à son nom dans une auberge d'Arundel Village.

Un commandant du troisième secteur naval qui avait participé au débarquement à Omaha Beach leur avait apporté trois mille dollars dans leur chambre et avait accepté en échange, sans poser de question, un mot de Chancellor demandant à Joshua Harris de rembourser l'argent emprunté.

Il ne leur restait plus qu'à obtenir une dernière chose : la liste des morts et des blessés à la bataille de Chasông ou plus exactement les noms et adresses des survivants, pour la plupart infirmes à vie. Le problème s'annonçait plus ardu : leurs ennemis devaient surveiller étroitement tout ce qui concernait Chasông de près ou de loin.

Il était presque huit heures du soir. Le commandant venait de les quitter, après avoir posé une liasse de billets sur la table de nuit. Allongé sur le lit, Peter regardait Alison étudier une liste de noms dont elle avait déjà rayé une bonne partie, pour une raison ou pour une autre.

– Tu laisses toujours traîner ton argent n'importe où? lui demanda-t-elle.

– Tu es toujours aussi habile avec un revolver?

– Mon père m'emmenait souvent aux exercices de tir quand j'étais jeune. Mon Dieu, qu'il aurait voulu que je sois un garçon!

– Mon Dieu qu'il avait tort! Qu'allons-nous faire pour retrouver les rescapés de Chasông? Tu peux encore puiser dans ta réserve d'amis reconnaissants?

– Peut-être. Je connais un médecin qui exerce à Walter Reed, il s'appelle Phil Brown. Il était infirmier en Corée quand mon père l'a remarqué pour son dévouement et son courage. Après la guerre, il l'a aidé à prendre un second départ en lui faisant faire des études de médecine aux frais de l'armée. Sans mon père, il ne serait jamais devenu médecin.

– Cela remonte à loin, objecta Peter.

– Nous avons continué à le voir de temps à autre. En tout cas, je ne vois aucune autre solution.

– Tu peux le convaincre de venir ici? Je ne tiens pas à lui parler au téléphone.

– Je peux essayer, répondit Alison.

Moins d'une heure plus tard, le major Phil Brown, mince et alerte en dépit de ses quarante-trois ans, serrait dans ses bras la fille du général MacAndrew.

– Phil! Ça me fait plaisir de te revoir.

– Désolé pour l'enterrement de Mac mais j'ai pensé que tu comprendrais mon absence, fit le médecin. Je n'aurais pas supporté d'entendre cette bande d'hypocrites chanter ses louanges alors qu'ils ne pensaient qu'à lui arracher ses étoiles.

– Tu n'as rien perdu de ton franc-parler, Charlie Brown.

Le médecin embrassa Alison sur le front.

– Cela faisait des années qu'on ne m'avait pas donné ce nom. Tu adores toujours les « peanuts »? Le dimanche, je me rappelle...

– Phil, interrompit la jeune femme, je te présente Peter Chancellor.

Brown tendit la main à l'écrivain en déclarant :

– J'aime beaucoup vos livres, Peter. Puis-je vous appeler Peter?

– A condition que je vous appelle Charlie.

– Pas à l'hôpital, par pitié. On me prendrait pour un intellectuel et c'est mal vu... Bon, de quoi s'agit-il? A entendre Alison, on aurait dit qu'elle venait d'échapper à une descente de la brigade des stupéfiants.

– C'est bien plus grave. Je lui raconte, Peter?

Chancellor examina le visage franc et énergique du major, ses yeux à la fois rieurs et inquiets.

– Tu peux tout lui dire, décida-t-il.

Ils lui racontèrent toute l'histoire en se relayant et leur récit coulait comme d'une digue rompue : enfin, ils avaient trouvé quelqu'un à qui faire confiance. Lorsque Alison dut évoquer les scènes violentes de son enfance, le flot se ralentit pourtant et se tarit soudain.

– Continue, ordonna Brown en s'agenouillant à côté d'elle. Je veux tout entendre.

Quand elle eut terminé, il se releva, adressa un signe de tête à Peter et alla se servir un verre. L'écrivain s'approcha d'Alison, la prit dans ses bras.

– Les salauds, gronda le major en regardant le fond de son verre. Ils ont dû lui donner des hallucinogènes tout en l'intoxiquant avec un dérivé de morphine ou de cocaïne. Cela expliquerait ses anomalies visuelles. Bande de salopards!

– La nature de la drogue utilisée n'a pas grande importance, observa la jeune femme.

– Peut-être que si, objecta le médecin. Des expériences ont été faites à l'époque sur ces substances; dans le plus grand secret naturellement, mais on a bien dû en noter les résultats quelque part. Cela pourrait nous aider.

– Je préférerais rencontrer des survivants de Chasông, déclara Chancellor. Des officiers si possible.

– Vous pensez qu'ils vous livreront la solution?

– Je le crois. Chasông est devenu une sorte de culte : j'ai entendu un homme hurler ce nom avant de mourir, comme s'il offrait sa vie en sacrifice.

– Sur l'autel de la vengeance? suggéra Brown.

– Exactement. L'ennui, c'est que cette piétaille, prête à mourir pour Chasông, ne connaît pas l'histoire de la mère d'Alison puisque seuls quelques officiers étaient au courant. Il nous manque un morceau du puzzle : le lien entre les exécutants et ceux qui connaissent les dessous du massacre de Chasông.

– Vous l'avez trouvé en Ramirez, avança le major.

– Il y a autre chose et Ramirez ne doit pas être l'arbre cachant la forêt. Varak avait senti qu'on cherchait à m'attirer sur une fausse piste en laissant volontairement traîner des indices.

– Une fausse piste?

– « Mac le surineur » n'avait rien à voir avec la manipulation de son épouse. Le peignoir déchiré dans le bureau de Rockville, le verre cassé, le parfum : tout convergeait vers l'hypothèse d'une femme brisée par des agents ennemis, et, bien entendu, j'ai mordu à l'hameçon, mais maintenant je sais qu'il y a autre chose.

– Comment pouvez-vous en avoir la certitude?

– Parce que j'ai moi-même inventé ce genre d'histoire dans mes romans.

– Dans vos romans? Allons, Peter! Nous parlons de faits réels.

– Je vous répondrais bien si je ne craignais que vous me placiez sous observation, répondit l'écrivain en souriant. Procurez-moi donc la liste des survivants de Chasông.

Le docteur Philip Brown, major de l'armée américaine, relut avec satisfaction le mémorandum qu'il venait de rédiger pour justifier une demande d'accès aux milliers de dossiers médicaux des invalides de guerre.

Brown prétendait avoir remarqué chez certains infirmes âgés une détérioration des tissus internes que le vieillissement ne pouvait expliquer à lui seul. Ces hommes ayant tous servi en Corée dans la province de Chagang, on pouvait supposer qu'ils y avaient attrapé un virus, en apparence inoffensif mais moléculairement actif.

Les premiers travaux, soulignait le major, avaient dégagé l'hypothèse d'un antigène microscopique, l'*hynobius*, dont les insectes de la province auraient été le vecteur, mais bien entendu, il fallait approfondir les recherches.

Brown se dirigea vers les archives, son mémorandum à la main. Il ignorait totalement s'il existait un antigène ressemblant à l'*hynobius*, fruit de son imagination, mais il doutait que le préposé aux microfilms pût découvrir la supercherie. Il expliqua au sergent archiviste ce qu'il désirait sans prononcer le nom de Chasông et le laissa orienter seul les recherches.

Trois heures plus tard, le docteur Brown regardait apparaître sur l'écran le dernier dossier microfilmé sans avoir rencontré une seule fois le nom de Chasông : pour les archives de l'hôpital Walter Reed, Chasông n'existait pas, il ne s'y était rien passé.

Le major rapporta les microfilms au sergent et décida, dans l'impasse où il se trouvait, de prendre des risques.

– J'ai déniché des choses intéressantes, annonça-t-il, mais je voudrais approfondir. Un certain nombre de dossiers se réfèrent à une province ou un district nommé Chasông. Avez-vous ce nom dans vos index ?

– Chasông ? Oui, je l'ai vu récemment, répondit l'archiviste sans hésiter. J'essaie de me rappeler où...

– Cela m'aiderait beaucoup, sergent. Cet *hynobius* est un vicieux, vous savez. Si vous pouviez vous souvenir...

Quittant sa chaise, le sergent s'approcha du comptoir.

– Il me semble l'avoir vu sur le registre de prêt, dans la colonne de droite. Comme c'est assez inhabituel, cela se remarque.

– Qu'est-ce qui est inhabituel ?

– De sortir les microfilms. En général, on les consulte sur place, comme vous l'avez fait.

– Quand était-ce ?

– Il doit y avoir un jour ou deux. Attendez, je vais vérifier.

Le sergent extirpa un registre à couverture métallique de dessous le comptoir.

– Voyons... oui, voilà : hier après-midi. Douze séries, toutes de référence Chasông.

– Qui les a empruntées?

– Le général Ramirez. Il s'agit de matériel ultrasecret et il faut avoir ce grade pour le sortir.

Brown engagea sa voiture dans l'allée conduisant à l'énorme centre d'archives de McLean, Virginie. Partant d'une guérite située sur la gauche, une barrière interdisait l'accès du centre à « toute personne non munie d'une autorisation », comme l'annonçait l'inévitable pancarte.

Il n'avait fallu au major que quelques minutes pour convaincre le sergent des archives de Walter Reed de lui communiquer, sinon les microfilms, du moins leurs cotes : fallait-il laisser mourir de valeureux anciens combattants parce qu'un général Ramirez avait retiré de la circulation les moyens de dépister l'affreux *hynobius*?

Muni des cotes, Brown avait rempli une demande de consultation des doubles conservés à McLean et obtenu sans difficultés l'aval des services compétents de Walter Reed. Le major savait qu'il prenait des risques en agissant à découvert mais il avait désormais un compte personnel à régler avec le général Ramirez. MacAndrew avait permis à un petit paysan nommé Phil Brown de devenir médecin et le docteur Brown avait enfin l'occasion de s'acquitter de sa dette.

Après une série de formalités, le major s'installa devant un appareil compliqué, sorte de scopitone moderne, et commença l'examen des documents concernant Chasông. Ce qu'il lut le stupéfia.

En premier lieu, sur les centaines de soldats engagés dans la bataille, trente-sept seulement avaient survécu. En second lieu, contrairement aux pratiques adoptées pour des raisons psychologiques évidentes, les rescapés invalides avaient été séparés les uns des autres, *isolés* dans trente et un hôpitaux différents éparpillés à travers tout le pays. Six anciens de Chasông seulement avaient été regroupés dans un même centre, mais il s'agissait d'un asile psychiatrique n'accueillant que des malades dangereux, pour la plupart coupables d'homicide.

Brown sentait confusément qu'un autre élément des dossiers aurait dû lui sauter aux yeux mais il ne parvenait pas à se concentrer. Il décida de quitter l'atmosphère étouffante de McLean et de rapporter sans attendre les fruits de son enquête à Chancellor.

Le centre psychiatrique ressemblait davantage à une prison qu'à un asile et, en y pénétrant, Peter eut l'impression de franchir les portes d'une version aseptisée d'un camp de concentration.

– N'oubliez pas, lui murmura Brown. Vous vous appelez Conley, vous êtes spécialiste en hématologie et vous me laissez parler.

Ils parcoururent un long couloir où s'alignaient de chaque côté des portes de métal peintes en blanc. Par les judas grillagés, ils aperçurent au passage les pensionnaires de l'asile, les uns allongés sur le sol nu, souvent dans leurs propres excréments, les autres tournant en rond comme des animaux en cage, s'arrêtant pour coller à l'épaisse vitre du judas un visage déformé par une grimace, d'autres encore parfaitement immobiles, silencieux, perdus dans leur monde intérieur.

– On ne s'y habitue jamais, déclara le psychiatre qui les accompagnait.

Peter mit un moment à comprendre qu'on lui parlait et répondit par un vague grognement.

– Nous aimerions parler aux survivants de Chasông, sollicita le major.

– On m'avait dit que vous vouliez procéder à des prises de sang, s'étonna le psychiatre.

– C'est exact, mais nous voudrions aussi leur parler.

– Deux d'entre eux en sont incapables, les trois autres ne prononcent quasiment jamais un mot.

– Cela fait cinq. Et le sixième?

– Je doute que vous y parveniez. Il est atteint de folie meurtrière et n'importe quoi peut déclencher une nouvelle crise : un de vos gestes, la lumière d'une ampoule.

Chancellor perdit courage à l'idée qu'il avait déployé tant d'efforts pour aboutir à une nouvelle impasse.

– Où sont-ils? demanda Brown sur un ton manquant de conviction. Autant en finir rapidement.

– Nous les avons regroupés dans l'une des salles de l'aile sud. Si vous voulez bien me suivre.

Le psychiatre les conduisit vers un autre couloir, plus large, enfilade de cellules munies de fenêtres permettant d'observer les malades. Parvenu devant la dernière de la rangée, il s'arrêta.

Derrière la vitre épaisse, Peter découvrit six hommes vêtus d'espèce de pyjamas sans boutons. Deux d'entre eux étaient assis sur un banc, les yeux fixant le mur; trois autres rampaient sur le sol avec des mouvements lents, pénibles, comme des insectes géants. Le dernier grimaçait et se tordait les épaules dans la camisole de force qui l'emprisonnait.

Tous étaient Noirs.

– La lettre N, murmura Brown.

– Quoi? demanda Chancellor d'une voix étranglée.

– Je l'avais remarqué sans en prendre conscience, parce que je cherchais ailleurs. Les noms, tous les noms des soldats ayant combattu à Chasông étaient suivis de la lettre N. Ils appartenaient tous à la minorité noire.

– Un génocide, balbutia Peter, envahi par le dégoût et la peur.

38

Dans la voiture qui filait sur l'autoroute, Brown et Chancellor demeurèrent longtemps silencieux, comme frappés de stupeur.

– Je veux la peau de cette ordure, dit enfin le major, sans qu'il eût besoin de préciser qu'il parlait du général Pablo Ramirez.

– Je n'y comprends plus rien, grommela Peter comme s'il n'avait pas entendu le médecin. Sutherland, le seul Noir d'Inver Brass, aurait pu constituer le lien que nous cherchons mais il est mort.

Le silence retomba dans la voiture et de nouveau ce fut Brown qui se résolut à le rompre :

– Nous allons téléphoner à Ramirez ou plutôt je vais lui téléphoner : en reconnaissant votre voix, il disparaîtrait dans la nature et se ferait affecter à l'autre bout du monde.

Ils s'arrêtèrent devant un de ces restaurants à l'architecture coloniale qui jalonnent les routes de campagne de la Virginie. Appuyé contre la porte ouverte de la cabine, Chancellor regarda le major composer le numéro du Pentagone. Après quelques minutes, la voix irritée de Ramirez retentit au téléphone :

– Major Brown? Qu'y a-t-il de si urgent que vous ne puissiez régler avec mon secrétaire?

– Général Ramirez? Car vous êtes bien général si j'en crois le préposé aux archives de Walter Reed?

Après un silence, Ramirez demanda, d'une voix à peine audible :

– De quoi s'agit-il?

– D'une question médicale. Je travaille actuellement sur une maladie virale que certains combattants ont probablement contractée en Corée. Les recherches ont déjà permis de déterminer les zones de combat où nos soldats auraient été contaminés : à Chasông, notamment, et nous avons besoin, pour poursuivre nos travaux, des documents que vous avez empruntés.

– Ces documents sont secrets, ils relèvent de la Sécurité nationale, répondit précipitamment le général.

– Pas pour un médecin. J'ai obtenu l'autorisation de consulter les doubles du centre de McLean...

Brown laissa sa phrase en suspens, comme s'il ne savait comment poursuivre.

– Où voulez-vous en venir?

– J'ai fait une... une découverte proprement ahurissante : les centaines de soldats morts à Chasông étaient tous des Noirs. Sur trente-sept survivants...

– Qui d'autre est au courant? coupa Ramirez.

– Personne encore. Je vous ai appelé parce que j'ai vu votre nom sur...

– N'en soufflez mot à quiconque. C'est un ordre. Il est dix-sept heures trente, soyez chez moi à dix-neuf heures.

Ramirez communiqua son adresse au major Brown puis raccrocha.

– Allons manger, proposa le médecin en sortant de la cabine. Nous avons largement le temps.

Ils avalèrent machinalement leur repas, sans presque parler.

– J'ai changé d'avis : il vaut mieux que je vous accompagne, dit Brown en engageant la Triumph dans la rue bordée d'arbres où habitait Ramirez.

– Non, refusa Peter. Laissez-moi au prochain croisement. Je redescendrai à pied jusque chez lui.

– Avez-vous songé qu'il pourrait tenter de vous tuer?

– Je lui dirai que vous m'attendez quelque part et que vous ferez éclater le scandale s'il m'arrive malheur.

La Triumph s'arrêta au coin de la rue.

– Tenez, prenez ça, fit Brown en sortant de sa trousse médicale un petit automatique. Nous y avons droit parce que nous trimbalons de la morphine.

Lorsque Chancellor apparut dans l'allée conduisant à la porte d'entrée de la maison, Ramirez, qui se tentait à la fenêtre, eut un sursaut d'étonnement, laissa retomber le rideau et disparut.

La porte s'ouvrit aussitôt lorsque Peter appuya sur la sonnette.

– Bonsoir, général. Le major Brown vous prie de l'excuser : la lecture des dossiers l'a tellement bouleversé qu'il ne se sent plus la force de vous rencontrer. Il m'attend à l'angle de la rue.

– Je m'en doutais, répliqua Ramirez avec un sourire. Voyez-vous, nous n'avons pas la mémoire aussi courte que le pense ce cher docteur Brown. Tout le monde se souvient encore de l'infirmier sorti du rang et devenu major grâce à l'aide du général MacAndrew, dont il a d'ailleurs failli épouser la fille par la suite.

Le général regarda par-dessus l'épaule de Chancellor, leva la main et l'abaissa à deux reprises d'un geste vif. Peter entendit derrière lui un bruit de moteur. Se retournant, il vit un véhicule de la police militaire démarrer, prendre de la vitesse et s'arrêter au coin de la rue dans un hurlement de pneus. Deux soldats en descendirent, coururent vers une silhouette qui tentait de s'enfuir mais qu'ils rattrapèrent sans mal.

– Maintenant plus personne ne vous attend, ricana Ramirez.

Peter allait plonger la main dans la poche contenant le petit automatique mais il arrêta son geste en découvrant un calibre 45 braqué sur sa poitrine.

– Vous n'avez pas le droit de toucher à Brown, protesta-t-il.

– Mais si. Comme tous les officiers portant atteinte à la Sécurité nationale, le major sera enfermé au secret. Entrez donc, Mr. Chancellor.

39

Le général avait conduit Chancellor dans son bureau sous la menace du 45 mais en entendant la dernière phrase de l'écrivain, il baissa lentement le canon de son arme.

– Et où est cette lettre? interrogea-t-il.

Peter venait d'inventer au pied levé une lettre donnant tous les détails sur la tuerie de Chasông et son caractère raciste.

– Je l'ai expédiée à New York. Si je ne me rends pas là-bas avant demain midi, on l'ouvrira et on en enverra des copies aux principaux journaux, au comité sénatorial sur la défense nationale et au ministère des Armées. Mon éditeur est homme de conscience : l'histoire de Chasông l'indignera à un tel point qu'il ne sera que trop heureux de faire éclater le scandale.

– Nous échangerons votre vie contre son silence, avança le général sans grande conviction.

– Je ne crois pas qu'il accepterait. Il sait qu'il y a parfois des impératifs justifiant de prendre de grands risques.

– Il y a d'autres impératifs qui comptent bien plus que vous ou moi! s'écria Ramirez.

– Vous avez dû passer de longues années à vous en convaincre.

– Un accident, une erreur de commandement, une coïncidence ne doivent pas permettre d'accuser l'armée d'un crime qui n'existe que dans votre imagination.

– Je vois, fit Peter en regardant ostensiblement le 45.

Ramirez hésita puis posa l'arme sur une table, à portée de la main, et Chancellor approuva d'un signe de tête.

– Je vois, répéta le romancier. Voilà donc la version officielle du massacre : par une coïncidence malencontreuse, il se trouve que les six cents soldats tués à Chasông étaient tous de race noire.
– Pourquoi pas?
– Parce qu'à l'époque, la ségrégation ne présidait déjà plus à la formation des bataillons.
– De qui tenez-vous cela? rétorqua le général avec une moue méprisante.
– Truman en avait donné l'ordre en 48 : la ségrégation disparut dans les trois armes.
– L'armée n'alla pas plus vite en ce domaine que le reste du pays, répondit Ramirez.
– Que voulez-vous dire? Que votre lenteur délibérée s'est retournée contre vous? Que votre résistance aux ordres du Président a débouché sur le massacre de centaines de soldats noirs?
– Nous avons résisté à une politique impraticable! s'écria le faux major en s'éloignant de la table où était posé le 45. Ne voyez-vous pas que notre attitude serait aujourd'hui mal comprise, déformée?
– C'est probable, reconnut Chancellor.
Le ton compréhensif de l'écrivain alluma une lueur d'espoir dans l'œil du général, qui se détendit un peu. Peter décida d'en profiter.
– Laissons les soldats morts de côté pour l'instant, proposa-t-il. Que vient faire MacAndrew dans cette histoire?
– Vous connaissez déjà la réponse. Je vous en ai trop dit au téléphone.
De toute évidence, Ramirez mentait, ou plutôt il choisissait, entre deux vérités, de révéler la moins horrible pour couvrir l'autre. Peter se demandait ce qu'il cherchait à cacher en avouant que l'armée américaine avait utilisé la femme de MacAndrew dans une opération d'intoxication. Décidant de jouer le jeu, il lança :
– L'épouse de MacAndrew?
– Oui, soupira Ramirez avec une mine de coupable repentant. Nous avons fait ce qui, à l'époque, nous semblait justifié pour sauver des vies américaines.
– Elle transmettait à l'ennemi de fausses informations?
– Exactement. Les Chinois opéraient au Japon à une grande échelle, avec l'aide de fanatiques japonais. Pour beaucoup, le combat opposait finalement *tous* les Orientaux aux Blancs.

– Je n'ai jamais entendu cette version de la guerre du Pacifique.

– MacArthur a toujours fait en sorte de gommer cet aspect des hostilités.

– Quel genre de renseignements transmettait-elle?

– Le lot habituel : mouvements de troupes, routes de ravitaillement, choix tactiques.

– A-t-elle livré à l'ennemi des informations sur Chasông?

Ramirez baissa les yeux, hésita puis acquiesça avec une mauvaise grâce visiblement affectée.

– Mais pour une fois les renseignements étaient exacts, accusa Peter. Ils ont provoqué un massacre!

– Personne ne s'explique ce qui s'est passé. Pour réussir une opération d'intoxication, il faut livrer à l'ennemi des informations partiellement vraies ou subtilement déformées. Dans le cas de Chasông, il a dû y avoir une confusion incompréhensible entre les renseignements habilement truqués et la véritable tactique adoptée par le commandement américain. A l'origine de la tuerie de Chasông, il y a probablement une erreur stupide de nos services de contre-espionnage. Voilà, vous connaissez la vérité à présent.

– Vraiment?

– Vous avez ma parole d'officier.

– Je crains que cela ne me suffise pas.

– N'abusez pas de ma patience, Chancellor. Je vous ai tout révélé afin de vous faire comprendre que la tragédie de Chasông doit rester secrète. Nous ne pouvons pas laisser ternir le souvenir...

Le souvenir... Peter n'écoutait plus. Il songeait aux souvenirs d'Alison, à son récit du drame : quelque chose clochait quelque part... Ses grands-parents prisonniers en Chine? Non, c'était un détail se plaçant après la nuit de la fausse noyade, un détail concernant son père... MacAndrew était revenu à Tokyo pour l'avant-dernière fois, avait-elle dit... *L'avant-dernière fois!* Entre l'effondrement final de sa femme et son retour aux États-Unis, le général était retourné en Corée. La bataille de Chasông avait eu lieu dans l'intervalle, *après* l'hospitalisation de la mère d'Alison.

– Que vous arrive-t-il? s'enquit Ramirez.

– La femme de MacAndrew n'a pas pu transmettre des renseignements, vrais ou faux, sur la tactique américaine adoptée à Chasông : elle était internée depuis des semaines au moment du massacre. Maintenant, espèce de salaud, dites-moi la vérité, sinon mon éditeur n'attendra pas demain pour envoyer la lettre!

– Non! cria Ramirez, la bouche tordue par une grimace. Vous n'avez pas le droit, je ne vous laisserai pas faire!

Le général se retourna pour saisir le 45 mais Peter se jeta sur lui, le catapultant contre le mur. Ramirez réussit néanmoins à prendre l'arme par le canon et en frappa l'écrivain à la tempe. Aveuglé par la douleur, Chancellor chercha à tâtons à s'emparer du pistolet; sa main droite se referma sur la crosse tandis que son genou s'enfonçait dans l'estomac du général.

Ramirez lui martelait le foie mais il tenait bon, serrant le 45 de toutes ses forces. Son doigt effleura la détente, s'écarta aussitôt : un coup de feu aurait alerté les voisins et probablement la police. Agrippant de la main gauche le col de la veste de l'officier, Chancellor le contraignit à baisser la tête et releva brusquement le genou. Ramirez lâcha l'arme et s'écroula, inconscient.

L'écrivain s'agenouilla à côté du général, attendit de retrouver son souffle puis ramassa le pistolet. Il se releva, chercha des yeux de quoi ranimer son adversaire, découvrit sur la table une carafe d'eau dont il versa le contenu sur le visage de l'homme évanoui.

Lorsque l'officier reprit ses esprits, Chancellor lui lança un mouchoir en papier avec lequel il essuya l'eau et le sang qui coulaient sur ses joues.

– Asseyez-vous, ordonna Peter en pointant le 45 vers un fauteuil.

Ramirez s'affala sur le siège en gémissant.

– Salope, murmura-t-il. Putain.

– Voilà du nouveau, souligna le romancier. Il y a quelques jours vous la décriviez comme une femme instable, faible de caractère.

– C'était une putain.

– Elle l'était devenue grâce à vous.

– Elle se prostituait pour obtenir des renseignements.

– Les Chinois détenaient son père et sa mère.

– Deux de mes frères ont émigré à Cuba : vous croyez que les castristes n'ont pas essayé de me faire chanter? J'ai refusé, et mes frères croupissent toujours en prison.

– On vous a appris à être fort, cela fait partie de votre métier.

– C'était l'épouse d'un officier américain! Notre armée était aussi la sienne!

– Au lieu de l'aider, vous vous êtes servis d'elle; vous l'avez bourrée de drogue avant de l'envoyer à un combat perdu d'avance. Salauds!

– Des intérêts supérieurs...

– Ne me servez pas ces bobards de militaire! Qui vous a donné le droit d'agir ainsi?

– Personne! s'exclama Ramirez. C'est moi qui ai eu l'idée de l'opération, c'est moi qui l'ai montée.

Il pâlit soudain en prenant conscience de ce qu'il venait d'avouer.

– Il y avait beaucoup d'opérations de ce genre, s'empressa-t-il d'ajouter. D'autres officiers y participaient, bien entendu...

– Non, vous mentez! Celle-là, vous vous la gardiez pour vous seul. Quelle splendide occasion de vous venger d'un homme qui vous jugeait à votre juste valeur : émotif, superficiel, indigne de confiance. MacAndrew avait contrarié votre avancement à deux reprises et vous avez assouvi votre vengeance à travers son épouse.

– Je l'ai obtenu, mon grade de général. Il n'a pas réussi à m'en empêcher!

– Bien sûr : vous le teniez par sa femme! Et maintenant que vous avez vos étoiles, vous n'avez même pas le courage de les porter. Vous vous êtes inventé de bonnes raisons de ne pas arborer des galons dont vous avez honte, dont vous avez peur!

Ramirez se leva, les joues en feu, mais Chancellor le renvoya dans son fauteuil d'une bourrade.

– Sale menteur! brailla l'officier d'une voix aiguë. C'était une putain!

– Vous n'aimez pas beaucoup qu'on vous dise ce que vous êtes, n'est-ce pas? Vous...

L'auteur de *Riposte!* s'interrompit, soudain frappé par une contradiction flagrante : *Une putain?*

– Attendez. Vous ne teniez pas MacAndrew par sa femme, c'est impossible : il vous aurait tué. Il n'a jamais su que les services américains avaient manipulé son épouse, personne n'a eu le courage ou la bêtise de le lui révéler.

– Il savait que c'était une putain. Il le savait!

Chancellor revit par la pensée un homme berçant tendrement dans ses bras une femme vêtue d'un vieux peignoir, assise sur un sol jonché de débris de verre.

– Je ne vous crois pas, rétorqua-t-il.

– Il s'est bien rendu compte qu'elle avait une mentalité de putain!

Ramirez répétait le mot trop souvent pour qu'il ne cachât pas la vérité, songeait Chancellor.

– Qu'appelez-vous une mentalité de putain, général?

L'officier lança au romancier un regard méfiant.

– Elle traînait autour du Ginza, elle levait des clients dans les bars des quartiers mal famés.

– Où l'on vendait de la drogue?

– Je n'en sais rien. En tout cas, on y faisait le tapin.

– Pourquoi aurait-elle fait le tapin?

– Pour l'argent, bien sûr. Et parce qu'elle aimait ça.

– Elle n'avait pas besoin d'argent et je doute qu'elle prît plaisir à se prostituer. Non, elle cherchait à se procurer de la drogue sans passer par les Chinois, ce qui fichait par terre votre sale combine et vous mettait en danger : à sa première arrestation au cours d'une rafle, on aurait découvert que l'épouse d'un général se prostituait et les questions auraient commencé à pleuvoir. Vous risquiez gros, vous et les autres dégueulasses s'occupant de ce genre d' « opération ». Vous avez dû chercher à vous mettre à couvert...

Soudain, Chancellor comprit :

– Vous avez manigancé son « accident ».

– C'est faux! cria Ramirez. Nous ne sommes pas intervenus, on l'a retrouvée dans une ruelle du Ginza!

Les mots prononcés par Alison résonnaient de nouveau aux oreilles de Peter : *Je me précipitai vers elle mais un major, un Noir, très beau, je ne l'oublierai jamais, m'arrêta, me retint et me dit que tout irait bien. Des soldats posèrent la civière sur le sol...*

Un officier noir! Il avait dû se trouver au bas de l'escalier, près de la lampe. C'était *lui* qui avait provoqué les hurlements de la mère d'Alison.

Une autre scène défila devant les yeux de Peter : le général MacAndrew lui criait de s'avancer à la lumière, de placer son visage sous la lampe, pour montrer qu'il n'était pas... noir.

La femme de MacAndrew n'avait pas été torturée par des agents chinois, elle avait été violée dans le quartier mal famé du Ginza où on lui avait donné rendez-vous. On l'avait attirée dans une ruelle et on avait abusé d'elle.

– Oh mon Dieu, gémit Peter au bord de la nausée. C'est ce que vous lui avez dit, c'est ce que vous n'avez cessé de lui dire : que sa femme avait été violée par des Noirs alors qu'elle attendait un contact.

– C'est la vérité !

– Dans ce genre de quartier, ç'aurait pu être n'importe qui, absolument n'importe qui ! Mais c'étaient des Noirs et vous avez sauté sur l'occasion !

Chancellor maîtrisait à grand-peine son envie de tuer ou mutiler l'être abject qu'il avait devant lui.

– Tout devient clair, reprit-il. Le trou de quelques mois dans le dossier de MacAndrew concernait son retour en Corée. Après l'internement de sa femme, vous vous êtes arrangé pour qu'il soit renvoyé au front, non dans un bataillon mais *à la tête de troupes noires.* Puis vous avez renseigné les Chinois, d'une façon ou d'une autre, sur les plans tactiques de MacAndrew avant la bataille de Chasông. La conclusion s'imposait : un officier dont l'épouse a été violée par des Noirs conduit délibérément ses troupes au massacre pour se venger, quitte à périr lui-même au combat. Vous avez envoyé à la mort des centaines d'hommes afin qu'on ne découvre jamais vos horribles manipulations d'êtres humains ! Du même coup, vous teniez MacAndrew sous votre coupe par ces deux mots clés : viol et génocide. Il ne voulait pas qu'on parle du premier, il ne comprenait pas le second, mais il savait qu'il existait un rapport entre les deux et il en avait peur.

– C'est faux, protesta Ramirez en secouant la tête convulsivement.

– C'est la vérité. Celle que vous fuyez depuis vingt-deux ans.

– Vous n'avez aucune preuve.

Chancellor saisit le général par la chemise, le tira vers lui et plaça le museau du 45 à quelques centimètres de ses yeux.

– Vous me dégoûtez, cracha-t-il. Il ne faudrait pas grand-chose pour que j'appuie sur la détente, alors vous allez m'obéir si vous voulez rester en vie. Décrochez le téléphone, ordonnez à ceux qui détiennent le major Brown prisonnier de le relâcher immédiatement.

– Non !

Peter frappa le visage de Ramirez du canon de son arme. La peau éclata, le sang se mit à couler mais le romancier ne ressentit aucune émotion.

– Appelez-les, fit-il d'une voix calme.

Ramirez s'approcha lentement du bureau, essuya le sang coulant sur la joue, décrocha le téléphone et composa un numéro.

– Ici le général Ramirez. J'ai fait arrêter le major Brown devant chez moi à dix-huit heures. Libérez-le.

Chancellor appuya le canon du 45 sur la tempe de l'officier, qui écoutait la réponse de son correspondant.

– Relâchez-le immédiatement, reprit le général. C'est un ordre. Et reconduisez-le à sa voiture.

Ramirez raccrocha, se tourna vers Peter et annonça :

– Il ne tardera pas à venir, le dépôt de la PM ne se trouve qu'à une dizaine de minutes d'ici.

– En l'attendant, vous allez me dire ce que vous savez des dossiers de Hoover.

– Je ne sais rien.

– Vous avez fait disparaître des états de service de MacAndrew tout ce qui concernait Chasông et vous savez parfaitement où ces documents ont atterri.

– Je l'ignorais au début. J'ai simplement utilisé la procédure normale, à savoir envoyer aux archives des services de renseignements les informations compromettantes concernant les candidats à l'État-Major général. De là, ils ont été transférés aux SEP, probablement par mesure de prudence.

– Aux SEP?

– Les Services d'études psychiatriques, qui s'occupent en fait des déserteurs, des traîtres, des affaires d'espionnage et des officiers susceptibles de faire l'objet d'un chantage. Jusqu'à ces derniers temps, certains responsables du FBI avaient accès à leurs archives.

– Alors vous saviez que les documents concernant MacAndrew avaient fini dans les dossiers de Hoover?

– Nous l'avons appris par la suite.

– Comment?

– Un nommé Longworth, ancien agent du Bureau retiré à Hawaii, est retourné à Washington prévenir Hoover qu'on voulait l'assassiner pour s'emparer de ses dossiers. Le directeur perdit la tête; il se mit à chercher dans ses dossiers un indice pouvant le mettre sur la piste de ceux qui voulaient le tuer. Quand il est tombé sur l'affaire Chasông, il nous a téléphoné et nous lui avons juré que nous n'étions pas mêlés à cette histoire. Nous lui avons même offert notre protection mais, en fait, il n'avait cherché qu'à nous avertir qu'il savait qu'on voulait sa mort. Et puis, il a été assassiné, bien sûr.

Le 45 glissa de la main de Chancellor, tomba sur le plancher avec un bruit sourd dont Peter ne prit même pas conscience. Il n'entendit que l'écho des derniers mots du général :

Et puis il a été assassiné, bien sûr... Et puis il a été assassiné, bien sûr...

Prononcés comme s'ils n'avaient rien d'effarant, comme s'il s'agissait d'un fait établi, connu de tout le monde.

– Qu'avez-vous dit ?

– Rien que vous ne sachiez, répondit Ramirez en lorgnant du coin de l'œil l'arme à ses pieds.

– Hoover est mort d'une crise cardiaque, d'une maladie cardio-vasculaire, les médecins l'ont affirmé !

– A quoi jouez-vous ? Il n'y a pas eu d'autopsie, vous le savez aussi bien que moi.

– Je ne sais rien du tout. Pourquoi n'y en aurait-il pas eu ?

– Ordre du 1600.

– De qui ?

– La Maison-Blanche.

– Pourquoi ?

– Parce qu'ils l'ont tué, je suppose, ou en tout cas parce qu'ils savaient qu'on l'avait assassiné.

– Pourquoi l'a-t-on tué ? A cause des dossiers ?

– En partie, mais des papiers, cela peut toujours se brûler. En fait, on l'a liquidé à cause de ses unités d'expédition : il avait été trop loin.

– Ses quoi ?

– Bon Dieu, Chancellor, vous le faites exprès ?

– Ses quoi ? répéta Peter en agrippant Ramirez par la chemise.

– Ses équipes de tueurs. Hoover employait des spécialistes capables de créer des situations dans lesquelles les indésirables se faisaient tuer : soit en provoquant des manifestations violentes entraînant l'intervention de la police locale ou de la garde nationale ; soit en utilisant les services de psychopathes qui se chargeaient du sale boulot et qu'on jetait ensuite en pâture à l'opinion. Personne ne sait exactement combien d'assassinats de ce genre on peut attribuer à Hoover.

Le romancier lâcha Raminez. Le sang lui battait aux tempes, des taches brillantes défilaient devant ses yeux; des phrases qu'il avait forgées tournaient dans sa tête :

– Vous connaissiez l'existence de ces... pelotons d'exécution? demande le ministre à Alan Long.

– Certaines rumeurs en faisaient état, répond Long, prudent, mais je n'y ai jamais été mêlé.

C'était vrai. Tout était vrai. Il n'y avait jamais eu place pour la fiction, la réalité régnait sans partage depuis le début. J. Edgar Hoover n'était pas décédé de mort naturelle, on l'avait assassiné.

Et soudain, Chancellor comprit qui avait décidé cet assassinat : ce n'était pas la Maison-Blanche, c'était un groupe d'hommes irréprochables qui tenaient en secret le gouvernail du pays.

– S'il nous fallait une justification supplémentaire, la voici, dit l'ancien ministre, Hoover sera exécuté dans deux semaines, ses dossiers subtilisés...

Inver Brass avait ordonné l'exécution de Hoover.

Tout se passa si vite que Peter n'eut pas le temps de réagir. L'épaule de Ramirez s'enfonça dans ses côtes, le précipita contre le mur. Avant qu'il pût recouvrer l'équilibre, son adversaire s'était emparé du pistolet. Jouant le tout pour le tout, Chancellor se jeta sur le général.

Trop tard. Le coup de feu emplit la pièce d'un bruit assourdissant; du sang, des lambeaux de chair maculèrent le mur, une fumée âcre monta du canon de l'arme.

Le général Pablo Raminez venait de se faire sauter la cervelle.

40

Les voisins, alertés par le coup de feu, vont appeler la police, se dit Peter. Il courut à la cuisine, sortit par la porte de derrière et se plaqua contre le mur. Une haie le séparait du fond du jardin de la maison voisine. Il l'enjamba, dévala une allée et se retrouva dans une rue parallèle à celle de Ramirez.

Il se força à descendre lentement le trottoir, tourna à droite et se dirigea nonchalamment vers la Triumph garée au croisement. Au loin une sirène mugissait. Peter se glissa à l'intérieur de la voiture, s'aplatit sur le siège puis releva prudemment la tête en entendant un bruit de moteur : un véhicule de la PM venait de s'arrêter à quelques mètres de la Triumph. Brown en descendit, récupéra ses clefs auprès d'un des soldats et se dirigea vers sa voiture.

– Déjà là? s'étonna-t-il en découvrant Peter.

– Il faut filer! Ramirez est mort.

S'abstenant de tout commentaire, le major s'installa au volant et démarra.

– Que s'est-il passé? demanda-t-il au bout d'un moment. Vous l'avez tué?

– Non, j'ai bien failli mais je ne l'ai pas fait. Il s'est suicidé. C'était lui le responsable du massacre de Chasông, il l'avait provoqué uniquement pour qu'on ne découvre jamais ce qu'ils avaient fait à la mère d'Alison.

– Les salauds!

– Un premier scandale aurait entraîné la découverte de dizaines d'autres opérations semblables ainsi que des expériences secrètes sur les hallucinogènes.

– Il a avoué.
– J'ai dû lui arracher ses aveux mais il y a plus sidérant encore. Il m'a dit... Je n'ose pas le répéter, cela paraît tellement délirant.
– Au sujet des dossiers?
– Au sujet de Hoover... On l'a assassiné.
– Mais Varak prétendait le contraire.
– Il mentait pour protéger...
Peter s'interrompit. Varak, le spécialiste, l'homme aux dix visages... C'était lui qui s'était présenté au FBI sous le nom de Longworth la nuit du 1er mai... Parce qu'il savait que Hoover était mort... parce que c'était lui l'assassin!
Varak n'avait retrouvé que la moitié des dossiers, il s'était lancé à la recherche du reste et en avait perdu la vie. Jusqu'au dernier moment, il avait protégé Bravo, il avait couvert l'extraordinaire diplomate que le monde connaissait sous le nom de Munro St Claire.
C'est Varak le tueur, pas Inver Brass, Varak avait dit Frederick Wells... C'est lui qui a les dossiers!
Ce qui voulait dire qu'ils étaient entre les mains de Bravo. Varak lui-même avait été manipulé par l'homme qui avait mis son argent et sa puissance au service des fanatiques du culte de Chasông pour mieux les utiliser à sa guise. Munro St Claire s'était servi de tout le monde, à commencer par Peter Chancellor.
– Retournons à Arundel, dit l'écrivain au major. Je vous raconterai en chemin ce que j'ai découvert. Vous resterez auprès d'Alison et vous me laisserez votre voiture. Vous attendrez une heure après mon départ puis vous appellerez Munro St Claire et vous lui direz que je l'attends à la maison de Genèse, sur la baie. Qu'il vienne seul s'il veut être sûr de me trouver : je surveillerai son arrivée.

41

Étendu dans l'herbe humide et froide, Chancellor songeait à celui qui l'avait trahi et qu'il avait cru son ami. Le vent soufflant de la baie gémissait dans les arbres bordant la pelouse de la demeure victorienne.

Des phares apparurent sur la route, à quelques centaines de mètres. Était-ce une illusion due à sa nervosité? Peter avait l'impression que la voiture zigzaguait et ralentissait, comme si son chauffeur hésitait sur le chemin à suivre.

Lorsqu'elle franchit enfin la grille d'entrée, l'écrivain eut le souffle coupé : Munro St Claire était venu au rendez-vous avec la Continental Mark IV, confirmation, si besoin était, de sa culpabilité.

Le monstre d'argent remonta l'allée, s'arrêta devant les marches de pierre du perron. Peter reporta aussitôt son regard sur la grille et scruta longuement l'obscurité pour voir si un autre véhicule ne suivait pas la Mark IV. Ne remarquant rien de suspect, il revint à la Continental et à Munro St Claire, qui venait d'en descendre. Appuyé à la balustrade du porche, le diplomate attendait en contemplant la baie.

Peter se mit debout et s'approcha de l'homme qui lui tournait le dos en braquant sur lui le petit automatique de Phil Brown. Lorsqu'il ne fut plus qu'à quelques mètres de Bravo, il alluma la torche qu'il tenait à la main gauche en ordonnant :

– Levez le bras droit! Avec votre main gauche, sortez les clefs de voiture de votre poche, et lancez-les-moi.

L'ancien ambassadeur se retourna, l'air désemparé par cette entrée en matière abrupte.

– Je les ai laissées dans la voiture, bégaya-t-il.

– Je ne vous crois pas, rétorqua Peter. Les clefs, vite!

– Vérifiez donc, proposa St Claire.

Les clefs se trouvaient bien au tableau de bord de la Mark IV. Chancellor revint à Bravo, le fouilla soigneusement : il n'avait pas d'arme. Cette découverte l'intrigua presque autant que les clefs laissées dans la voiture : le chef d'Inver Brass aurait dû savoir qu'un moyen de s'enfuir constitue un atout précieux qu'on n'abandonne pas à l'ennemi.

– Désolé pour mon retard, s'excusa le diplomate. Cela fait des années que je ne conduis plus moi-même et j'ai perdu du temps en route.

– Vous êtes venu, c'est l'essentiel. Le chef d'Inver Brass me fait un grand honneur.

– Alors, cela aussi vous l'avez découvert.

– Et bien d'autres choses : des millions dilapidés, des hommes qui, dans l'ombre, gouvernent le pays depuis quarante ans.

– Vous exagérez. Il serait plus exact de dire que nous avons aidé notre pays dans les périodes de crise.

– Et qui décidait s'il y avait crise? Vous?

– Une crise ne se décide pas, elle se constate, et nous avons toujours agi pour le bien de tous, sans rechercher notre intérêt.

– On n'a pas besoin de se cacher pour faire la charité, répliqua Chancellor.

– Il ne s'agit pas de faire la charité mais de s'attaquer aux racines du mal, à ses causes profondes.

– Et bien entendu, on ne peut s'en remettre pour cela aux élus que le pays s'est donnés?

– Vous simplifiez abusivement notre point de vue, Mr. Chancellor, et vous le savez.

– Je préfère un système imparfait aux rouages apparents qu'une mécanique invisible et incontrôlable.

– Arguties! Pendant que vous vous perdez dans les arcanes du droit, des milliers de minuscules foyers de mécontentement s'allument çà et là dans le pays et se propagent inexorablement. S'ils se rejoignent, nous assisterons à une explosion de violence dépassant tout ce que vous pouvez imaginer. C'est alors que les libertés disparaîtront, au nom du rétablissement de l'ordre. Depuis des années, nous empêchons ces foyers de s'étendre et vous voudriez nous arrêter?

Le diplomate faisait preuve d'une logique convaincante à laquelle Chancellor s'efforçait de ne pas se rendre. Il se répétait que tant de bonté et d'abnégation cachait un esprit tortueux, ne reculant pas devant le meurtre : Bravo était un monstre, il avait du sang sur les mains.

– Votre humanitarisme ne vous a pas empêché de commettre un crime, riposta Peter. Vous avez assassiné Hoover, Inver Brass a ordonné son exécution!

St Claire se raidit et étouffa un gémissement. Le diplomate plein d'assurance se transforma soudain en un vieillard accablé.

– Qui vous a!...

– Aucune importance pour l'instant. Vous avez condamné un homme sans procès, monsieur l'Ambassadeur, sans qu'il soit légalement jugé par un tribunal. La voilà cette violence que vous fustigiez il y a quelques secondes!

– Nous avions de bonnes raisons de le faire.

– Parce que c'était un tueur? Parce qu'il utilisait des « unités d'expédition »?

– Précisément!

– Il aurait suffi de le dénoncer.

– Impossible.

– Pourquoi? A cause des dossiers?

– Oui! A cause des dossiers! cria Bravo.

Alex les regarde tour à tour et dit:

– Vous ne valez pas mieux que lui.

– Vous ne valez pas mieux que lui, affirma calmement Chancellor.

– Nous l'avons cru, pourtant, murmura St Claire. Comment ai-je pu me tromper aussi complètement sur le compte de Varak?

– Ça ne prend pas, rétorqua Peter. Varak a donné sa vie pour vous, et c'est *vous* qui l'avez trompé.

– C'est faux!

– C'est vrai! Varak a pénétré dans les bureaux du FBI la nuit de l'assassinat de Hoover, il a pris les dossiers, il vous les a remis!

– De A à L, oui, je ne l'ai jamais nié. Et nous les avons détruits, mais les dossiers de M à Z avaient disparu.

– Non. Varak a cru qu'ils avaient disparu parce que vous vouliez le lui faire croire.

– Vous êtes complètement fou, s'exclama le diplomate.

– Il y avait deux autres hommes avec lui cette nuit-là. L'un d'eux – ou les deux ensemble – a fait passer la moitié du classeur dans l'autre.

St Claire secoua la tête.

– Vous vous trompez. Votre théorie est ingénieuse, plausible même, mais elle n'a rien à voir avec la vérité.

– Ces deux hommes ont disparu eux aussi. Leurs noms n'étaient que des « couvertures », des identités interchangeables.

– Nous ne pouvions pas nous permettre de laisser des indices derrière nous. La découverte de l'assassinat du directeur du FBI aurait provoqué un chaos dont auraient profité les fanatiques qui veulent diriger le pays au mépris de tous les principes constitutionnels. Il faut me croire !

– Vous m'avez tellement menti que je ne vous croirai plus jamais.

– Même si je vous révèle pourquoi nous avons exécuté Hoover ? Même si je remets entre vos mains ma vie et ce qui lui a donné un sens ?

– Essayez toujours, répondit froidement l'écrivain. Pourquoi avez-vous assassiné Hoover ?

– A cause des crimes qu'il avait commis mais surtout parce qu'une bande d'individus sans scrupules s'étaient introduits dans son entourage. Ils le flattaient, prétendaient lui obéir aveuglément mais ne songeait en fait qu'à s'emparer des dossiers pour devenir les maîtres du Bureau et du pays. Il fallait éliminer Hoover avant qu'il ne contracte une alliance avec eux.

Bravo s'interrompit, l'air épuisé.

– Ensuite ? réclama Peter. La seconde partie de votre proposition ?

L'ancien ambassadeur prit sa respiration avant de répondre :

– Deux hommes seulement connaissaient tous les détails de la liquidation de Hoover : celui qui en a conçu le plan et moi-même. Le premier est mort sous vos yeux, il ne reste plus que moi. En vous révélant ce plan, je ne mets pas seulement ma vie entre vos mains, je vous confie l'œuvre de toute une existence.

– Parlez, fit Chancellor.

L'écrivain ne mit pas un instant en doute la sincérité

d'un récit qui lui livrait véritablement Bravo pieds et poings liés. Certes, le diplomate ne révélait aucun nom, mais les détails qu'il donnait auraient permis de retrouver tous les protagonistes de l'opération : l'ancienne actrice victime du maccarthysme; les deux spécialistes des communications, l'agent double de Berlin, le chirurgien exilé à Paris. Varak avait remarquablement préparé et exécuté l'assassinat.

– Vous me croyez, maintenant? murmura St Claire d'une voix lasse.

– Jusqu'ici je vous crois. Une dernière question : que vient faire Chasông dans cette histoire?

– Je n'en sais rien. D'après Varak, c'était une fausse piste, mais elle pouvait nous livrer l'identité du membre d'Inver Brass qui nous a trahis.

– Expliquez-vous.

– La fausse piste consistait à faire porter à MacAndrew la responsabilité du massacre de Chasông, mais Varak était convaincu qu'il y avait autre chose, que l'épouse du général jouait un rôle dans l'affaire.

– Connaissez-vous la composition des bataillons engagés à Chasông?

– La composition?

– Au point de vue racial, précisa le romancier en observant attentivement le visage de St Claire.

– Non. Je ne savais d'ailleurs pas qu'on parlait de la composition raciale d'un bataillon.

– Si je vous disais que les documents concernant les morts de Chasông sont ultrasecrets; que sur trente-sept survivants, six ont perdu la raison, les trente et un autres étant isolés dans trente et un hôpitaux différents, que répondriez-vous?

– Que la paranoïa règne au Pentagone comme elle régnait au FBI du temps de Hoover.

– Le mot de paranoïa ne convient pas. Ce n'est pas MacAndrew qui a causé le massacre : Chasông est une machination des services secrets de l'armée et tous les soldats qui y sont tombés avaient la peau noire.

St Claire se figea contre la balustrade. Pendant quelques secondes, on n'entendit que les vagues battant les rochers et le vent soufflant en rafales.

– Mais pourquoi, au nom du Ciel? demanda enfin le diplomate.

Dans les pensées de Chancellor, la surprise le disputait

au soulagement : le vieillard ne mentait pas, son étonnement était sincère.

– Pour couvrir une opération d'« intox » impliquant la femme de MacAndrew, répondit l'écrivain en fourrant l'automatique dans sa poche; pour empêcher le général de poser des questions sur une affaire qui aurait entraîné la découverte des agissements de certains officiers. Les services secrets de l'armée utilisaient des hallucinogènes et des stupéfiants pour manipuler certaines personnes. Le scandale aurait brisé la carrière de ceux qui auraient eu la chance d'échapper à la colère de MacAndrew.

– Et c'est pour cela qu'ils ont sacrifié... Oh mon Dieu!

– Voilà la signification de Chasông. Le reste ne visait qu'à me lancer sur une fausse piste.

Une expression torturée se peignit sur le visage de Munro St Claire.

– Avez-vous conscience de ce que cela implique? balbutia-t-il en s'avançant vers Chancellor. Inver Brass ne comptait qu'un seul...

– Il est mort.

Bravo chancela, se rattrapa à la balustrade du porche.

– Sutherland est mort, reprit Peter, Jacob Dreyfus aussi et vous n'avez pas les dossiers. Il ne reste que deux possibilités : Wells et Montelan.

– Dreyfus et Sutherland morts, murmura l'ambassadeur atterré, ils sont morts.

– Excellence...

Munro St Claire sortit de son hébétude en entendant le romancier l'appeler par son ancien titre officiel.

– Oui, fit-il en se redressant.

– J'ai besoin de votre aide pour agir.

– Elle vous est acquise, naturellement. Vous avez raison, il faut agir, le temps des remords viendra plus tard.

– Que pouvons-nous faire?

– Extirper le cancer, même au risque de tuer le patient. D'ailleurs, il est déjà mort : Inver Brass a cessé d'exister. Entrons, je vais donner quelques coups de téléphone à Washington pour assurer votre protection.

St Claire se dirigea vers la porte en sortant une clef de sa poche.

– Faites vite, dit-il à Peter. La clef neutralise le signal d'alarme pendant dix secondes seulement, après quoi il se rebranche automatiquement.

Les deux hommes se glissèrent promptement à l'intérieur de la maison. Bravo alluma la lumière, invita l'écrivain à le suivre dans le salon, décrocha le téléphone mais reposa aussitôt le combiné sur son socle.

– La meilleure protection, c'est d'immobiliser l'assaillant, déclara-t-il. Wells ou Montelan, ou même les deux.

– J'incline pour Wells, fit Chancellor.

– Qu'a-t-il dit qui éveille vos soupçons?

– Que le pays a besoin de lui.

– C'est vrai. Sa vanité ne diminue en rien ses qualités exceptionnelles.

– Il prétend que son nom figure dans les dossiers disparus.

– C'est encore vrai. Wells est le nom de sa mère, qu'il a commencé à porter après le divorce de ses parents, mais à sa naissance, il s'appelait Reisler. Ce nom évoque-t-il quelque chose pour vous?

– Bien sûr. Frederick Reisler, un des dirigeants du Bund germano-américain : je m'en suis inspiré pour un personnage de *Reichstag!*

– Ce fut un génie de la finance, qui arrosa généreusement Hitler de millions. Si Wells a mis sa vie au service du pays, c'est pour racheter les fautes de son père.

– Et s'il lui ressemblait un peu trop au contraire?

– J'en doute. Bannière est terrifié à l'idée qu'on pourrait parler de ses origines : pourquoi aurait-il peur s'il avait les dossiers. Dites-moi plutôt comment a réagi *l'hidalgo*.

– Qui?

– Montelan, Paris, l'aristocrate castillan descendant d'une famille dépouillée par les phalangistes. Carlos vit dans la haine du fascisme.

La haine..., songeait Peter. Les origines latines... Y avait-il d'autres points communs entre Montelan et Ramirez?

– Je n'ai pas le temps de vous expliquer mais j'ai une idée, annonça-t-il à Bravo. Pouvez-vous joindre Montelan par téléphone?

– Bien sûr. Chaque membre d'Inver Brass peut être contacté en quelques minutes.

Munro St Claire décrocha l'appareil, le porta à son oreille et pâlit.

– La ligne est coupée, murmura-t-il. C'est impossible, elle fonctionnait encore il y a à peine...

Une sonnerie stridente retentit dans la maison et Chancellor se retourna vers la porte en sortant de sa poche l'automatique du major Brown. Un carreau d'une des fenêtres du salon vola en éclats; le bras transpercé par une douleur fulgurante, le romancier laissa tomber son arme.

La porte d'entrée s'ouvrit avec un craquement puis alla heurter le mur. Deux Noirs vêtus de costumes sombres traversèrent le vestibule, pénétrèrent dans le salon et braquèrent leurs pistolets sur St Claire et Chancellor. Une silhouette massive apparut dans le hall d'entrée, s'avançant lentement vers la lumière du salon...

Le juge Daniel Sutherland s'arrêta devant Peter, ouvrit sa grosse main noire au creux de laquelle se trouvait une capsule, l'écrasa entre le pouce et l'index, faisant jaillir un liquide rouge et épais, semblable à du sang.

– Le théâtre, Mr. Chancellor. L'art de l'illusion.

42

D'autres Noirs envahirent la pièce avec la sûreté de mouvement de professionnels. Ils entraînèrent Peter à l'écart, nouèrent un mouchoir autour de sa blessure. L'un d'eux fut envoyé à la grille d'entrée pour donner à la police des explications plausibles sur le déclenchement de la sonnette d'alarme.

Daniel Sutherland fit un signe de tête, se retourna et sortit du salon. L'homme ceinturant Bravo le lâcha, s'éloigna de lui. Aussitôt des coups de feu retentirent, projetant Munro St Claire contre le mur, le corps criblé de balles.

– Oh mon Dieu, gémit Chancellor horrifié.

Le juge réapparut dans la pièce et contempla le cadavre de Bravo gisant au sol.

– Vous n'auriez jamais compris, soupira-t-il à l'adresse du mort. Ni vous ni les autres. Il ne faut pas détruire les dossiers, il faut les mettre au service du bien, les utiliser pour combattre les injustices.

Le colosse leva les yeux vers Peter.

– Nous avons donné à Jacob des funérailles plus décentes que les vôtres, reprit-il. Sa mort sera rendue publique en temps voulu... comme celle des autres.

– Vous les avez tous tués, murmura l'écrivain.

– Oui, confirma Sutherland. Paris la nuit dernière et Bannière il y a deux jours.

– Vous ne tarderez pas à être pris.

– Mrs Montelan croit son mari en mission à l'étranger pour le Département d'Etat. Les hommes dont nous disposons dans ce département se chargeront d'établir les documents nécessaires pour étayer cette version et l'on imputera la disparition de Montelan à un commando terroriste. C'est assez fréquent de nos jours. Quant à Wells, il a eu un accident mortel sur une route de campagne rendue glissante par la pluie. Vous nous avez été d'une grande aide en l'occurrence, Mr. Chancellor.

Sutherland parlait de meurtre et de violence avec détachement comme il aurait évoqué des phénomènes naturels.

– Ce sont vos amis du Département d'Etat qui ont découvert que nous nous cachions dans la maison de Saint-Michaël? demanda Peter. Encore qu'avec O'Brien, vous n'aviez nullement besoin d'eux.

– Je ne comprends pas ce que vous voulez dire. O'Brien n'a jamais fait partie de nos « alliés », et je le regrette, d'ailleurs. C'est un homme courageux, plein de ressources. Il l'a prouvé aux docks : après avoir tiré dans les réservoirs des chalutiers pour les faire exploser, il s'est montré à découvert pour nous entraîner loin de votre voiture. C'est rare, de nos jours, une telle abnégation conjuguée à...

Chancellor n'écoutait plus; il n'entendait que sa propre voix répétant au fond de lui-même : O'Brien n'a pas trahi, pas trahi, pas trahi...

Les cinq Noirs escortant Sutherland braquèrent leur arme sur l'écrivain, qui sursauta.

– Qu'avez-vous dit? demanda Peter au juge.

– Que nous nous trouvons dans l'obligation de vous tuer.

– Pourquoi avez-vous attendu si longtemps?

– Nous avons essayé, tout au début, et puis j'ai reconsidéré la question. Vous aviez commencé à écrire votre manuscrit, certaines personnes l'avaient lu. Combien au juste, nous l'ignorions, et il valait mieux vous faire passer pour fou que vous liquider. Fort heureusement, nous disposions d'éléments favorables : votre accident presque fatal, la perte d'une femme que vous aimiez, l'obsession du complot que chacun de vos romans illustre, et ainsi de suite. Enfin, dernière preuve de votre fragilité mentale...

– Dernière preuve? interrompit Chancellor.

– Vous avez raconté que j'étais mort. Vous voyez bien : vous êtes fou.

– Comme les héritiers de Hoover? Les « fous dangereux »? Ils ont travaillé pour vous, n'est-ce pas?

– Trois d'entre eux l'ont fait, sans d'ailleurs soupçonner que notre association ne durerait guère. Nous poursuivions le même objectif : les dossiers, mais ils ignoraient que nous en avions récupéré la moitié, celle qui n'avait pas été détruite. Les fanatiques attiraient l'attention, c'était bien commode. On pouvait leur imputer la disparition des dossiers ainsi que votre élimination, le cas échéant. C'est qu'ils vous avaient pris au sérieux, vous, l'inoffensif fouineur!

– Vous n'avoueriez pas tout cela si vous n'aviez l'intention de me tuer, observa Chancellor calmement, comme un médecin émettant un diagnostic.

– J'y suis contraint et je n'y prends aucun plaisir, croyez-moi. J'ai néanmoins une proposition à vous faire.

– Laquelle?

– Il n'y a aucune raison pour que Miss MacAndrew subisse le même sort que vous. Après tout, elle n'a vu cette histoire que par les yeux d'un écrivain malade mental qui s'est donné la mort lorsqu'il a pris conscience de sa folie. Cas typique de dépression du créateur ne résistant pas à l'irruption de la réalité dans son monde...

– Que dois-je faire en échange?

– Où est O'Brien?

– Quoi?

– Où est O'Brien? Lui avez-vous téléphoné de chez Ramirez? Il ne peut s'adresser ni au FBI ni à la police, nous en serions avertis aussitôt. Où se cache-t-il?

Peter scruta le visage du juge. La fiction, décida-t-il. Quand la réalité n'offre aucun espoir, c'est vers elle qu'il faut se tourner.

– Quelles garanties aurai-je que vous ne la tuerez pas?

– Aucune, si ce n'est ma parole.

– Votre parole? rétorqua l'écrivain. Mais c'est vous qui êtes fou. Quelle valeur puis-je accorder aux promesses d'un homme qui a trahi ses amis?

– Je n'ai pas trahi Inver Brass. Notre groupe s'est constitué afin d'aider le pays dans les moments critiques, de prêter assistance à tous les citoyens des États-Unis. Malheureusement, j'ai fini par comprendre que certains habitants de ce pays n'avaient pas rang de citoyen à part entière. C'est la nation qui m'a trahi, moi et des millions d'autres Noirs!

Peter réfléchissait. O'Brien n'avait pu se réfugier qu'au seul endroit où on ne les avait pas suivis : au motel d'Ocean City, où il attendait probablement un message d'Alison ou de lui-même.

La fiction, se dit-il. C'est tout ce qu'il te reste. Le romancier se souvint d'un procédé employé pour un personnage de *Riposte!* : un message, logique en apparence, et dont l'absurdité n'était perceptible que par celui qui le recevait. Ainsi prévenu, le destinataire cherchait derrière les mots la véritable signification échappant aux oreilles indiscrètes.

– O'Brien contre la fille de MacAndrew, murmura Peter.

– Notre marché ne concerne pas le major Brown, précisa Sutherland.

– Quel major Brown?

– Voyons, Mr. Chancellor! Un employé du centre de McLean nous a avertis de sa visite quelques minutes après qu'il eut consulté les dossiers de Chasông.

– Vous allez le tuer?

– Cela dépend. Peut-être suffira-t-il de l'affecter dans un hôpital situé à des milliers de kilomètres d'ici. Nous ne versons pas le sang inutilement.

– Vous savez où il se trouve?

– Mais à Arundel, avec la fille de MacAndrew. Un de nos hommes surveille l'hôtel.

– Je veux qu'on la conduise à Washington, dans un endroit d'où elle pourra me parler au téléphone.

– Vous dictez vos conditions, Mr. Chancellor?

– Vous voulez O' Brien?

– Je vous donne ma parole qu'il ne sera fait aucun mal à la fille.

– Je préfère avoir quelques garanties supplémentaires.

– Et quelles garanties m'offrez-vous, à moi, répliqua le juge. Comment allez-vous livrer O'Brien?

– J'ai un numéro auquel je peux lui téléphoner : un motel dont j'ignore le nom et la situation géographique exacte.

Chancellor consulta sa montre.

– Il y restera encore une vingtaine de minutes, reprit-il, après quoi, c'est lui qui est censé m'appeler.

– Quel est le numéro?

– Il ne vous servirait à rien. Le motel se trouve à plus de cinquante kilomètres d'ici et je suis censé utiliser un code.

L'écrivain se rappela la cabine téléphonique d'une station-service de Salisbury où Alison et O'Brien l'avaient attendu pendant qu'il appelait Morgan à New York. L'agent s'en souviendrait lui aussi.

– Il est deux heures et quart, remarqua Sutherland. Où pourriez-vous le rencontrer aussi tard ?

– A une station-service située à la sortie de Salisbury. Je dois fixer le lieu de rendez-vous et décrire la voiture que je conduirai. Il faudra vous cacher : il ne se montrera que s'il me croit seul.

– Aucun problème. Maintenant, les mots exacts du code.

– *Le sénateur a réclamé une ultime discussion sur le budget de la défense.* Cela ne veut rien dire : c'est une phrase tirée d'un article de journal.

– Nous prendrons la voiture de St Claire, décida Venise. Vous la conduirez sur les derniers kilomètres et deux de mes hommes nous accompagneront, cachés à l'arrière. Je suis persuadé que vous vous montrerez coopératif.

– Où se trouve le téléphone le plus proche ? demanda Peter.

– En face de vous, sur la table. La ligne est rétablie ou devrait l'être dans quelques instants.

Se tournant vers le Noir situé à sa gauche, le juge prononça quelques mots dans la langue étrange que Chancellor avait entendue sur les docks. L'homme hocha la tête et sortit au pas de course.

– Il s'en occupe : nous n'avons pas coupé les fils, nous avons simplement branché la ligne sur un circuit intermédiaire.

Le géant noir s'interrompit puis reprit :

– Nous parlons entre nous l'ashanti, la langue de la Côte-de-l'Or aux XVIIe et XVIIIe siècles. Elle est terriblement difficile à apprendre, mais elle nous permet de communiquer sans être compris des indiscrets.

Comme pour apporter la démonstration de ce qu'il venait d'avancer, Sutherland lança une autre phrase en ashanti. Deux de ses hommes rengainèrent leur arme, soulevèrent le cadavre de Bravo et l'emmenèrent hors du salon.

Le téléphone sonna une seule fois.

– C'est arrangé, conclut le juge, vous pouvez appeler O'Brien. Un de mes hommes écoutera votre conversation : au premier mot suspect il coupera la communication et je donnerai l'ordre d'exécuter la fille.

Chancellor dut enjamber une flaque de sang pour s'approcher de la table. Il décrocha, composa le numéro du motel d'Ocean City et demanda la Grande Suite Sud. Les sonneries se succédèrent sans que personne ne réponde. Il n'est pas là, songeait déjà Peter, affolé, lorsqu'il entendit un déclic puis la voix de O'Brien :

– Oui?

– Quinn?

– Peter! Où étiez-vous passé? J'ai...

– Nous n'avons pas de temps à perdre, coupa l'écrivain sur un ton furieux destiné à intriguer l'agent. Vous avez voulu un code, comme dans les romans, vous allez être servi : « Le sénateur a réclamé une ultime discussion sur le budget de la défense. » C'était bien ça?

– Qu'est-ce que...?

– Je veux vous voir le plus tôt possible, interrompit Chancellor avec une rudesse qui ne lui ressemblait guère. Il est deux heures trente. D'après votre système, c'est à la station-service de Salisbury que nous devons nous rencontrer. Je conduirai une Continental Mark IV couleur argent. Et surtout, venez seul!

Il y eu un bref silence puis l'agent répondit, sur un mode aussi grinçant que l'écrivain :

– J'y serai dans une heure. Et apprenez pour votre gouverne qu'avoir un code n'est pas aussi stupide que vous le pensez. Si vous ne l'aviez pas utilisé, j'aurais pu croire qu'on vous forçait à me téléphoner.

Quinn raccrocha. Chancellor aurait pleuré de soulagement : O'Brien avait compris, sa dernière phrase ne laissait aucun doute à ce sujet.

– A votre tour maintenant, dit l'écrivain en se tournant vers le juge. Appelez Arundel.

Sutherland et Chancellor étaient assis à l'arrière de la Continental, derrière deux des hommes de Venise. Le juge avait tenu parole : Alison se trouvait à Washington, elle s'installerait au Hay-Adams bien avant qu'ils n'arrivent à Salisbury. Après la capture de O'Brien, Peter aurait quelques minutes pour lui dire adieu au téléphone avant de mourir, cela aussi faisait partie du marché conclu avec Sutherland.

Se tournant vers la grosse tête noire que les réverbères de la route sortaient brièvement de l'ombre à intervalles réguliers, Peter demanda :

– Comment avez-vous mis la main sur les dossiers?

– Sur la moitié M-Z, corrigea le juge. Inver Brass a détruit le reste.

– Je vais mourir : que risquez-vous à satisfaire ma curiosité ?

– Rien, en effet. Ce ne fut pas très difficile. Le vrai Longworth – celui dont Varak usurpa le nom – avait accepté de travailler contre Hoover, comme je vous l'ai confié dans mon bureau il y a quelques mois. En échange, il obtint de finir tranquillement ses jours à Hawaii, hors de portée d'éventuels tueurs. Son ancien patron le croyait mort d'une maladie incurable, il avait même prononcé son éloge funèbre lors d'une cérémonie organisée pour les besoins de la cause.

Une fois de plus, la fiction se révèle réalité, se dit l'écrivain en songeant au plan de son roman.

Une supercherie médicale est alors mise sur pied... On prévient Hoover que son agent est atteint d'un cancer du duodénum...

– Hoover n'a jamais douté de la mort de Longworth?

– Pourquoi l'aurait-il fait? répondit Sutherland. Le rapport du chirurgien ne laissait place à aucun doute.

La réalité, la fiction...

– J'ai ressuscité Longworth pour un jour, poursuivit le juge. Je l'ai envoyé tout avouer à son ancien patron, qui devint fou de rage et de terreur. Je n'eus aucun mal à persuader un Longworth tiraillé par les remords d'aller prévenir Hoover qu'on cherchait à l'assassiner pour s'emparer de ses dossiers. Comme prévu, le directeur du FBI s'affola. Il multiplia les coups de téléphone aux huiles de Washington, à Ramirez notamment, sans récolter le moindre indice sur l'identité de ses mystérieux ennemis. En désespoir de cause, il décida de confier ses dossiers au seul homme en qui il avait gardé confiance : son ami Clyde Tolson. Le déménagement commença mais il prit plus de temps que prévu et la moitié des dossiers seulement fut cachée chez Tolson, dans sa cave pour être précis, où nous avions accès. Plutôt que de courir des risques en attendant le reste des dossiers, nous décidâmes de nous contenter de la partie M-Z. Cela nous suffirait amplement.

– Pour quoi faire?

– Pour tracer les grandes orientations du gouvernement grâce à ce formidable moyen de pression.

– Qu'est-il arrivé à Longworth ?

– Vous l'avez tué, Mr. Chancellor. C'est MacAndrew qui a appuyé sur la détente mais c'est vous qui avez lancé le général à ses trousses.

– Et vos hommes ont ensuite liquidé MacAndrew, ajouta Peter.

– Nous n'avions pas le choix, il en savait trop. En outre, il était condamné à mourir en expiation de Chasông, même s'il ne portait pas la responsabilité du massacre. C'est le symbole que nous avons tué, pour venger des centaines de soldats noirs envoyés à la mort par leurs propres officiers.

Une expression haineuse se peignit sur le visage du juge.

– Ce fut un génocide, un crime d'autant plus horrible qu'il n'avait qu'un seul but : empêcher un homme de découvrir une vérité qui aurait entraîné une cascade de révélations sur les « expériences » auxquelles se livraient des êtres prétendument civilisés.

– Cela n'explique pas les menaces murmurées au téléphone, les meurtres, objecta Chancellor. Phyllis Maxwell, Bromley, Rawlins ou même O'Brien n'avaient rien à voir avec Chasông. Pourquoi vous êtes-vous attaqués à eux ?

– Pour des raisons diverses, effectivement sans rapport avec Chasông, répondit vivement Venise. Phyllis Marwell avait découvert des informations que nous souhaitions utiliser nous-mêmes dans nos relations avec le Bureau ovale. Quant à Bromley, il avait eu le courage de s'en prendre au Pentagone mais il avait aussi bloqué un projet d'urbanisme qui aurait bénéficié à des milliers d'habitants des taudis de Detroit. Essentiellement des Noirs, Mr. Chancellor. Bromley a abandonné le projet à des truands en échange d'informations pouvant alimenter sa croisade contre l'armée et les Noirs ont fait les frais de l'opération. Rawlins, lui, constituait l'exemple type du politicien sudiste nouvelle vague qui ne cesse de parler de « valeurs nouvelles » en public et s'oppose en coulisses à toute tentative du Congrès pour assurer une réelle application des lois. En outre, il avait abusé de jeunes Noires, ne l'oubliez pas.

– Et O'Brien ? Pourquoi voulez-vous le tuer ?

– Là encore, c'est votre faute. Non seulement il avait découvert que les dossiers n'avaient pas été détruits mais, grâce à vous, il connaît maintenant l'identité de Venise.

Peter détourna les yeux en pensant qu'il avait semé la mort sur son passage depuis le début de cette histoire.

– Pourquoi vous? murmura-t-il.

– Parce que j'en étais capable, répondit Sutherland, les yeux fixés sur la route.

– Ce n'est pas une réponse.

– Il m'a fallu toute une vie pour comprendre ce dont les jeunes prennent immédiatement conscience aujourd'hui : notre pays a abandonné ses citoyens noirs, il ne croit pas au rêve américain et considère comme suspecte la réussite de l'homme noir. Il fut de bon ton de soutenir sa promotion tant qu'elle restait une exception curieuse, mais il n'en est plus question maintenant qu'il se pose en concurrent et s'installe dans le voisinage.

– Vous, vous n'avez pas été abandonné.

– L'homme exceptionnel ne l'est jamais; je le dis en toute modestie, Dieu m'a accordé des qualités peu communes. Mais les autres? Ceux qui dès la naissance ont perdu toute chance. Je ne suis pas un révolutionnaire comme on l'entend d'ordinaire, Mr. Chancellor. Je sais vers quel holocauste certains voudraient nous précipiter. Nous n'avons pour nous ni la supériorité du nombre ni celle des armes, et c'est pourquoi je préfère utiliser un autre moyen : la peur, la chose au monde la mieux partagée, qui ne connaît pas la discrimination raciale et frappe indifféremment quiconque. Les dossiers nous permettront d'influencer les législateurs, d'assurer la promulgation de nouvelles lois et l'application de celles qu'on bafoue quotidiennement. Recourir à la violence conduirait à notre anéantissement, je ne veux pas tomber dans cette erreur. Nous réclamons ce qui nous appartient de droit, ce dont on nous a injustement spoliés. Nous voulons sortir l'homme noir de la peine, lui rendre sa dignité, et la providence nous en a donné le moyen.

– Mais vous usez de violence, vous tuez!

– Uniquement ceux qui cherchent eux-mêmes à nous tuer! tonna Sutherland.

L'explosion du colosse noir provoqua chez Chancellor une réaction de colère.

– Œil pour œil? C'est la conclusion à laquelle vous êtes parvenu après toute une vie au service de la justice? Mais que vous est-il arrivé?

– Il y a cinq ans, j'ai rendu un verdict que le ministère de la Justice n'a guère apprécié parce qu'il condamnait les abus commis par la police et mettait en cause l'un de ses responsables.

– Je m'en souviens, dit Peter. Ce fut un camouflet pour les partisans de la loi et l'ordre. Sans le prestige dont vous jouissiez, il y aurait eu renvoi devant la Cour suprême.

– Peu de temps après, Hoover me demanda de passer le voir à son bureau et malgré le caractère cavalier d'une telle convocation, j'acceptai par curiosité. Lorsque je rencontrai le premier représentant de la loi des États-Unis, il avait disposé sur son bureau les dossiers des principaux dirigeants noirs du mouvement pour les droits civiques : King, Abernathy, Wilkins, Rowan, Farmer. C'était un amoncellement de boue, de ragots calomnieux, de rumeurs sans fondement, d'enregistrements téléphoniques ou autres soigneusement montés. Je fus pris d'une flambée de colère : le directeur du FBI se livrait à la falsification de preuves, à la calomnie, au chantage ! Habitué sans doute à ce genre de réaction, Hoover laissa passer l'orage puis me déclara tranquillement qu'il utiliserait ces dossiers si je continuais à entraver son travail. A la fin de l'entretien, il ajouta en guise de conclusion : « Nous ne voulons pas d'un nouveau Chasông, n'est-ce pas, monsieur le Juge. »

– Ainsi, c'est Hoover qui vous a parlé le premier de Chasông.

– Il me fallut deux ans pour découvrir ce que ce mot signifiait mais, lorsque je l'appris, je perdis mes illusions. Les enfants avaient raison, ils avaient compris depuis longtemps, dans leur simplicité, ce que je refusais de voir : le pays se moquait éperdument de la vie d'un Noir. Mais à la différence des jeunes je savais qu'il ne fallait chercher la réponse ni dans les protestations pacifiques ni dans la violence indiscriminée. Nous devions utiliser les mêmes armes que Hoover, de l'intérieur même du système. La *peur*, Mr. Chancellor... Assez parlé : je vous laisse vous mettre en paix avec votre Dieu.

L'homme assis à côté du chauffeur consulta une carte à la lueur d'une lampe-stylo puis il tourna légèrement la tête pour s'adresser au juge en ashanti. Sutherland hocha le chef, répondit par quelques mots et annonça à Peter :

– Nous nous trouvons à deux kilomètres et demi de la station-service, nous allons nous approcher de cinq cents mètres puis mes hommes descendront reconnaître le terrain. Ils ont l'habitude, c'est un exercice qu'ils ont appris au Viêt-nam : on le réservait d'ordinaire aux Noirs parce qu'il y avait toujours des « pertes ». Si O'Brien n'est pas venu seul, s'il nous a tendu un piège, ils reviendront m'en avertir et nous repartirons. La fille mourra sous vos yeux.

C'est fini, se dit Peter, la gorge serrée. Il aurait bien dû penser que Sutherland ne se contenterait pas de quelques mots au téléphone. Il avait condamné Alison à mort; il avait aimé deux femmes dans sa vie et il les avait tuées toutes les deux.

– Comment voulez-vous qu'il vous tende un piège? Il ne peut demander d'aide à personne.

– C'est en effet quasiment impossible, répondit Venise.

– Alors pourquoi nous arrêtons-nous?

– Simple précaution. J'ai vu hier matin sur les docks de quoi O'Brien est capable.

L'homme assis à côté du chauffeur descendit de voiture, ouvrit la portière arrière, saisit le bras blessé de Peter et l'accrocha à la poignée à l'aide d'une paire de menottes.

– Je vous laisse à vos pensées, Mr. Chancellor, fit le juge en s'extirpant de la Mark IV.

Les deux « éclaireurs » disparurent dans l'obscurité et l'attente commença. Peter essayait de se persuader qu'O'Brien était bien venu seul ou, dans le cas contraire, que les hommes de Sutherland ne découvriraient pas le piège, mais plus il retournait dans sa tête toutes les possibilités moins il voyait de chances de s'en sortir.

Après quarante-cinq interminables minutes, les éclaireurs revinrent, trempés de sueur, et Sutherland s'installa de nouveau sur la banquette arrière.

– Il semble que Mr. O'Brien nous attend dans une voiture garée au bord de la route, moteur en marche. Il n'y a personne d'autre dans le secteur à cinq kilomètres à la ronde.

La Mark IV démarra, s'approcha lentement du croisement et s'arrêta de nouveau. L'un des Noirs enleva les menottes de Peter et lui fit signe de descendre.

– Prenez le volant, Mr. Chancellor, fit le juge. Mes deux amis vont s'accroupir à l'arrière, pistolet au poing. Rappelez-vous que la fille mourra si vous ne suivez pas mes instructions.

L'écrivain se glissa hors de la voiture, se planta devant le géant noir, descendu lui aussi.

– Vous avez tort, déclara-t-il en le fixant dans les yeux. Vous le savez, n'est-ce pas?

– Qui a tort, qui a raison? soupira Sutherland. Nous sommes tous deux les fruits d'une longue crise dont nous ne portons ni l'un ni l'autre la responsabilité mais à laquelle nous ne pouvons échapper.

– Est-ce un verdict?

– Non, Mr. Chancellor, c'est l'opinion d'un nègre. Avant d'être juge, je suis Noir.

Lorsque Sutherland se fut éloigné, Peter s'installa au volant et claqua la portière de la Continental. *Mon Dieu*, supplia-t-il silencieusement, *si vous existez, faites que tout aille très vite, je n'ai plus de courage.*

L'écrivain tourna à droite au croisement et descendit la route en direction de la station-service, éclairée par une seule ampoule nue.

– Ralentis, ordonna une voix derrière lui.

– Qu'est-ce que cela change? répliqua Chancellor.

– Ralentis!

Peter sentit le canon d'un pistolet s'enfoncer dans sa nuque. Il appuya sur la pédale de frein, dirigea la Mark IV vers la station et s'approcha de la voiture de Quinn. Les phares de la Continental éclairèrent l'intérieur du véhicule par la lunette arrière : il était vide.

– Mais, commença Peter.

– Il s'est allongé sur le siège. Descends et approche-toi.

Le romancier arrêta le moteur, ouvrit la portière, posa le pied sur la route. Il ferma les yeux un instant en se demandant si on allait le tuer dès que O'Brien se montrerait. Il ne se leurrait pas : Venise épargnerait Alison, mais il ne prendrait pas le risque de le laisser lui parler avant de le tuer.

– Quinn? appela-t-il.

Pas de réponse. *Qu'est-ce que tu fous, Quinn, nom de Dieu? C'est fini, de toute façon!* hurlait silencieusement Chancellor. Il s'approcha de la voiture, la gorge et les tempes douloureuses. Le ronron du moteur tournant au ralenti se mêlait aux bruits de la nuit, aux craquements des feuilles tourbillonnant sur la route. Quinn allait se montrer, la fusillade allait éclater... Peter s'approcha de la vitre du conducteur.

La voiture était vide.

– Chancellor! Couchez-vous! cria une voix dans l'obscurité.

Aussitôt un moteur se mit à rugir, des phares surgirent sur la gauche, de la station même, une voiture fonça vers la Mark IV argent, son chauffeur ouvrit la portière, sauta en marche, roula sur le ciment de la piste.

Peter entendit le fracas de la collision, le cri de la tôle déchirée, le cliquetis du verre brisé, les hurlements des deux hommes tapis à l'arrière de la voiture. La fusillade qu'il redoutait et appelait à la fois éclata enfin ; il ferma les yeux, attendit la piqûre froide de la douleur, l'obscurité.

La fusillade se poursuivait. Peter ouvrit les yeux, tourna la tête et découvrit que les coups de feu provenaient de l'endroit où se trouvait O'Brien. L'agent se releva, courut se mettre à couvert derrière la voiture vide et lança à Peter :

– Par ici !

A quatre pattes, Chancellor rejoignit l'agent qui mettait déjà en joue la Mark IV. Le réservoir explosa. A travers un rideau de flammes, Peter vit l'un des hommes de Sutherland sortir du brasier en tirant dans leur direction. O'Brien appuya de nouveau sur la détente de son arme et l'éclaireur s'effondra avec un gémissement.

– Comment avez-vous fait ? haleta l'écrivain.

– J'ai correctement interprété votre message. Le mot « ultime » m'a fait comprendre que vous jouiez votre dernière carte, et quand vous m'avez demandé de venir seul, j'en ai déduit que vous ne l'étiez pas. J'ai décidé de risquer le tout pour le tout, avec deux voitures, dont l'une servirait d'appât.

– D'appât ?

– De diversion. J'ai payé un type pour me suivre et me laisser sa voiture.

L'agent tira trois coups de feu en direction de la Continental en flammes puis se tourna de nouveau vers Chancellor.

– Montez dans la voiture ! Fichons le camp d'ici.

– Ce n'est pas la peine, répondit Peter en le retenant par le bras. Il n'y en a plus d'autres, il est seul maintenant, là-bas sur la route.

– Qui ?

– Sutherland.

O'Brien écarquilla les yeux de surprise avant de grimper dans le véhicule.

– Venez donc, s'impatienta-t-il.

Quand l'écrivain l'eut rejoint, il démarra, fit demi-tour et fonça vers le croisement. Les phares de la voiture balayèrent la nuit, accrochèrent une silhouette massive plantée au milieu de la route. Le colosse leva la main droite, l'approcha de sa tempe. Il y eut un coup de feu, le dernier, et le juge Daniel Sutherland s'écroula.

Venise était mort. Inver Brass n'existait plus.

ÉPILOGUE

Debout près de la table de travail de son bureau, le téléphone pressé contre son oreille, Peter écoutait les phrases rageuses lancées par son correspondant. Le soleil matinal inondait la pièce. Dehors, une neige épaisse, blanche, immaculée, recouvrait le sol.

Chancellor essuyait sans protester la colère d'Aaron Sutherland, le fils du juge, le « brûlot », le brillant avocat de la cause des Noirs, un homme qu'il aurait voulu avoir pour ami mais dont il ne gagnerait jamais l'amitié, il le savait.

– Je ne m'abaisserai pas à employer de telles armes, affirmait Aaron, et je ne laisserai personne d'autre s'en servir : j'ai trouvé les dossiers, je les ai brûlés. Il faudra vous contenter de ma parole.

– J'ai cru en celle de votre père, j'ai confiance en la vôtre.

– Vous n'avez pas le choix, repartit Aaron Sutherland avant de raccrocher.

Chancellor alla s'asseoir sur le divan. Par la fenêtre, il vit Alison, emmitouflée dans son manteau, protéger en riant son visage du vent. Elle marchait entre Mrs Alcott, la gouvernante de la maison de Pennsylvanie, et Burrows, le jardinier taciturne, devenu presque volubile en la circonstance.

Mrs Alcott souriait, satisfaite que la demeure accueille enfin la maîtresse dont elle avait tant besoin. Les trois silhouettes prirent la direction de l'écurie, descendirent le sentier dégagé à la pelle entre les colonnades vert et blanc des arbustes poudrés de neige. Un poulain détala derrière la barrière, s'arrêta, dressa la tête vers le trio puis s'avança tout fringant en agitant sa crinière.

Peter baissa les yeux vers son manuscrit, vers cette fiction qui était sa réalité. Il avait décidé de reprendre son livre à zéro, de raconter comme un roman une histoire vraie qu'il n'aurait pas à inventer. *Sa* réalité...

Il retourna à la table de travail, choisit un crayon dans la pinte d'étain et se mit à aligner les mots sur la feuille jaune :

> Comme le reste du mobilier, la chaise qu'occupait l'homme aux cheveux bruns sacrifiait le confort à la rigueur des lignes. La pièce tout entière avait d'ailleurs une sévérité spartiate invitant ceux qui y faisaient antichambre à méditer, avec appréhension, sur l'entrevue qu'allait leur accorder l'occupant du bureau voisin.
>
> L'homme qui attendait avait des traits anguleux, qu'on eût dits taillés au burin par un sculpteur plus soucieux du détail que de l'ensemble. Il approchait de la trentaine...

Imprimé en France par

BRODARD & TAUPIN

à La Flèche (Sarthe)
en juin 2014

POCKET – 12, avenue d'Italie – 75627 Paris Cedex 13

N° d'impression : 3006048
Dépôt légal : avril 1994
Suite du premier tirage : juin 2014
S00884/18